현대소설의 여성성과 근대성 연구

김해옥 · 김윤정 · 우미영
김미영 · 최수정 · 조은파 · 임은희

현대소설의 여성성과 근대성 연구

김해옥 · 김윤정 · 우미영
김미영 · 최수정 · 조은파 · 임은희

책을 내면서

　잃어버린 반쪽의 인간을 되찾자는 인문학적인 관심은 세기말의 끝자락을 페미니즘의 열풍에 휩싸이게 했다. 전쟁, 환경 파괴, 자연 훼손처럼 남성들의 폭력으로 얼룩진 근대는 이제 주변으로 소외시켰던 여성성을 통해서 그 위기를 극복해야 할 절박한 상황에 직면하게 되었다. 지금 여성주의는 여성자신의 아픔을 달래고 고통을 치유하는 즉자적인 의식에서 벗어나 탈식민지 이론이나 생태학과 접합하면서 인본주의를 실현하기 위한 실천적인 이론으로 부상하고 있다.

　이런 시점에서 여기 모인 글들은 여성주의를 통해 근대에 대한 인식의 지평을 넓히고 근대적 인간을 새롭게 읽어내려는 노력의 일환으로 쓰여졌다. 그동안 여성주의에 관한 많은 연구가 가부장제 사회의 남성들의 권력이 만들어낸 여성에 대한 부정적인 의식들을 타파하고 여성의 성적 정체성을 재정립하는데 기여하였다. 여기서 우리는 그동안 근대의 피해자로만 부각되어온 여성들이 근대 역사의 진행 과정 속에서 수행했던 역할에 주목하게 되었다. 그

동안 합리적인 남성성과 동일시했던 근대에 대한 인식을 확장하기 위해서는 여성들이 근대의 역사와 맺고 있는 상호 관련성을 밝혀낼 필요성을 절감하게 되었다. 연구자들은 수년동안 페미니즘 이론에 관한 독서를 하면서 근대성과 여성성의 복합적인 관련성을 해명하려고 하였다. 특히 리타 펠스키의 「근대성과 페미니즘」은 연구자들의 입론을 보강하는데 큰 도움을 주었다.

이성과 합리주의에 의한 선적인 발전 과정으로 근대를 바라보는 담론들은 근대의 적자(嫡子)는 단연 남성이라고 주장하며 여성들을 역사의 변방으로 몰아내었다. 문학 텍스트속에 형상화된 여성 인물과 그들의 현실 대응 방식을 추적해 볼 때 여성성과 근대성의 관계는 이보다 훨씬 복합적이며 다양한 양상을 보여주었다. 여성 인물들은 근대가 진행되는 동안 근대의 중심을 탈주하려는 잠재적인 욕망으로 존재하면서 남성 중심의 권력 구도를 뒤흔들고 전복하려는 변혁 세력으로 등장하고 있었다. 또한 모더니티가 진행될수록 자신들의 기호와 욕망을 자본주의 메커니즘 속에 직접 투영할 수 있게 된 여성들은 남성작가들의 작품 속에서는 근대의 물화된 부정적인 이미지로 그려지기도 했다. 이렇게 텍스트 속에 형상화된 여성인물들이 복합적으로 근대성 안에 틈입하는 과정을 살펴보면서 우리는 남성성과 여성성이 혼재하는 근대의 두 축을 전경화할 수 있었다.

「한국 여성 소설을 통해본 근대성과 여성성의 대위법」은 전체글의 입론을 확립하고 있는 글이다. 여기서는 한국 여성 소설을 통시적으로 고찰하면서 근대 권력을 해체하려는 여성 작가들의 진보적인 의식을 분석하고 근대성과 여성성이 어떻게 복합적인 관련성을 갖게 되는지를 분석하였다.

「박완서론」에서는 가부장제 사회의 억압된 타자로서의 여성이 사랑·결혼과 같은 일상성을 통해 거짓 욕망과 진정한 가치 사이에서 충돌하는 과정을 분석하였다. 여기서 주변화된 여성 의식은 가부장적 질서를 균열시키고 붕괴하는 핵심적인 요소로 작용하면서 근대의 부정성을 드러내는 이중적인 통로가 된다.

「오정희론」에서는 남성 중심적인 권력의 밖에 존재하는 여성자아
는 근대의 중심으로 부터 소외된 자, 세계에 대한 부적응자로 형상화
된다. 이처럼 현실과 불화를 겪는 여성 의식은 부정의 현실에 안주하
지 않고 기존의 세계를 탈주하려는 저항의식을 담보하게 된다.

「윤정모론」에서는 제국주의에 억압받는 제 3세계, 남성에 억압되
어온 여성, 문명에 의해 파괴된 자연을 환유하는 여성의 몸은 근대사
속에 깊게 드리운 권력의 속성을 폭로하고 있음을 살펴보았다.

「서영은론」은 여성의식이 근대 현실과의 교호 작용속에서 언어
화되는 과정을 분석하여 여성 의식과 현실과의 상호 관련성을 고
찰하였다.

「강석경론」에서는 근대의 가족제도로부터 이탈하여 여성이 하나
의 주체로 성장해 가는 과정에서 겪는 현실과의 갈등을 분석하였
다. 이것은 남성중심 사회와의 갈등뿐만이 아니라 여성들 사이에
내재한 이념적 차이를 드러내고 있음을 밝혔다.

「1970년대 대중소설의 여성성과 근대성」에서는 남성 작가들의

대중소설 속에서 여성 인물들이 형상화되는 방식을 분석하였다. 1970년대 고도의 산업화가 진행되면서 여성인물들에게 인공화, 물질화, 상품화등 자본주의의 모순들이 투영되어 표현된다.

근대성과 여성성의 상호 관련성을 밝혀 보려는 논의는 아직도 근대성에 대한 담론이 무성한 가운데 시론에 그칠 위험성과 함께 자칫 여성주의적 관점을 희석시킬 우려도 있다. 페미니즘 이론이 단순히 여성 운동과 같은 전략적인 차원에서 뿐만 아니라 인간과 세계에 대한 인식을 확장하는데 도움이 되기를 기대하는 마음에서 전체의 연구 주제를 이끌어 나갈 수 있었다. 여성주의를 통해 근대성을 새롭게 조명하려는 시도는 우리 근대 문학사를 새롭게 조명하는 작업으로서 의의를 가질 수 있을 것이다.

이 책이 완성되기까지는 많은 분들의 격려와 도움이 밑거름이 되었다. 먼저 한양대 국문과 교수님들과 어문학회의 지원에 감사드린다. 여성 연구자들의 학문적인 관심과 열정이 성장할 수 있도록 용기를 주셨던 이승훈 교수님께 감사드린다. 지난 여름학회 발표를 들으시고 격려해주셨던 박상천 교수님께서는 책으로 출판할 수 있도록 배려해 주셨고 끝까지 세부적인 지원을 아끼지 않으셨다. 아울러 어려운 경제적인 여건 속에서도 이 책의 출판을 기꺼이 허락해 주신 박현숙 사장님께 진심으로 감사드린다. 아마 이런 분들의 도움이 없었더라면 우리들의 작은 결실이 세상 문턱을 넘나드는 일은 쉽지 않았으리라.

2000년 2월 필자 일동

현대소설의 여성성과 근대성 연구

■책을 내면서

한국 여성 소설을 통해본
'근대성'과 '여성성'의 대위법

김 해 옥

1. 탈주 욕망과 타자로서의 여성 의식

근대를 이성과 합리주의에 의한 선적인 발전 과정으로 이해할 때 근대는 단연 남성의 역사라고 말할 수 있다. 즉 부르죠아 주체의 자율성에 의해 산업 생산과 자연 지배를 거듭해온 근대의 역사란 역동적인 발전과 무한한 성장의 욕망을 실천으로 옮겼던 남성들의 것이라는 것이다. 이처럼 근대성에 대한 담론들은 근대의 역사를 남성주의적인 시각에서 재구성하고 있으며 여성을 근대 역사의 주변부에 위치한 것으로 잠정적인 결론을 내리고 있다. 이렇게 남성을 근대 역사의 중심에 놓을 때 여성들의 성적 특성인 비결정성, 순응성, 심리적 충동들은 근대 남성들이 발전의 역사를 위해 억압해야 하고 극복해야 할 대상으로 폄하될 수밖에 없다.

근대의 시발점이었던 계몽주의 시대에 여성성은 특히 억압되고 극복되어야 할 부정적인 대상으로 인식되었다. 『계몽의 변증법』에서 아도르노는 「오디세우스」가 인간이 자연 지배를 시작하는 초기 단계의 역사를 반영하고 있다고 해석한다. 오디세우스가 정복지로 가기 위해서는 사이렌이라는 여성이 부르는 노래의 유혹에 빠지지 않아야 하는데 오디세우는 자신의 몸을 묶고 귀를 막아 여신의 유혹을 물리침으로써 마침내 자신의 욕망대로 정복지를 향하여 나갈 수 있게 된다. 이처럼 남성들이 근대 역사의 발전를 이루기 위해서는 자연성이나 여성성은 극복해야할 부정적인 대상으로 인식되었다. 아도르노의 근대화의 논리를 따르자면 근대는 이성과 남성이 자연과 여성을 정복해가는 지배의 역사라고 말할 수 있다.[1]

이성과 합리성, 남성성으로 구축된 근대성 자체는 본질적으로 여성을 비본질적이며 주변적인 타자로 억압해야 할 속성을 지니고 있다. 역설적으로 이러한 근대적 권력의 억압적 속성 때문에 여성은 근대 역사의 주변부에서 이성의 권력이 은밀하게 내포하고 있는 폭력의 본질과 자본주의의 제도적 모순을 투시할 수 있는 변혁의 힘을 가질 수 있게 된다. 크리스테바는 라깡이 폄하했던 상상계의 여성 의식이 오히려 상징계를 동요시키고 기존의 체제를 전복할 수 있는 혁명적인 힘이라고 인식한다. 포스트 모더니즘의 시대에 여성 의식은 기존의 권력과 중심을 해체하고 기존의 체계를 탈주하는 힘으로써 바로 제 3세계 식민주의 해방이론이나 생태학적 이론과 결합되어 실천적인 문학이론으로 부각되고 있다.

---

1) M. 호르크 하이머/Th.W아도르노 지음, 김유동 · 주경식 · 이상훈 옮김 , 『계몽의 변증법』, (문예출판사, 1995), 77-122면 참조.

근대성과 여성성을 연결지어 논의할 때 주변부나 타자로서 존재했던 여성들이 근대 역사의 진행과정 속에 수행했던 역할에 주목할 필요가 있다. 여성 노동자들이 대량 생산되고, 여성들이 소비 주체로 부상했던 19세기 서구의 경우, 여성들은 가정의 사적 공간을 벗어나 공적 공간으로 이동하게 된다. 여성들이 공적 영역을 점유하고, 소비 주체로 부상함으로써 근대는 더 이상 남성들이 구축한 안정된 체계로 존재하지 않는다. 여성들은 남성과 같은 법적, 제도적인 권리를 주장하면서 기존 체제를 동요시키고 상품 생산에 여성소비자의 기호를 반영시킴으로써 자본주의의 제도권 속에 미시적으로 자신들의 욕망을 투영할 수 있게 되었다.

그러나 자본주의의 산업화는 여성들이 정체성을 확립해나가는 데 부정적으로 작용하기도 하였다. 여성들이 전통적인 가부장제 사회로부터 근대 사회로 이동할 때 지배의 형태와 내용이 변하기 때문이다. 가부장제 전통으로부터의 해방이라는 이름 아래 경제적으로 기존 사회에서 물적 토대가 없는 여성들은 자본주의 사회에서 임노동자로 전락하거나 성적으로 대상화(물화)된다.[2] 여성들은 자신들이 자각하지 못한 상태에서 자본의 매커니즘에 유입되어 성의 상품과 소비의 대상으로 전락하게 되며 부정의 현실에 대한 비판의식을 상실하게 된다.

그러나 근대의 역사에서 여성들이 위치하고 있는 "주변부"와 "타자성"은 바로 남근주의나 이성주의에 의해 만들어진 중심을 전

---

2) Ester Boserup, 《Women's Role in Economic Development》, (New York:St. Martine's Press, 1970)

복하거나 해체할 수 있는 전략적 힘으로 작용할 수 있다. 여성들은 남성 중심사회에서 스스로를 주변적인 타자로 느끼기 때문에 근대적 주체의 독백적인 언술을 해체하고 타자(자연이나 억압된 자)와의 대화적인 관계 속에서 근대의 부정성을 투시할 수 있게 된다. 이때 여성적 글쓰기는 중심의 권력을 해체하는 실천적인 작업이 될 수 있다는 것이다.

산업화 이후 여성들은 근대화를 비판하고 기존의 체계를 동요시키는 변혁 세력으로서 근대를 움직이는 또 하나의 축을 형성하기 때문에 페미니즘은 근대성을 새롭게 해석할 수 있는 관점을 제공한다. 수동성, 무정형성, 유동성, 비합리성, 감각성 등의 여성성은 타자와 자연 지배로 점철된 남성들의 역사에서 인식의 패러다임을 바꿔줄 수 있는 새로운 가능성으로 주목할 수 있다. 페미니즘의 시각에서 근대 여성 문학을 새롭게 읽고자 하는 시도는 이처럼 남성 중심주의에 의해 왜곡되거나 편중된 근대와 근대적 인간에 대한 인식의 지평을 넓혀주는데 목적이 있다.

특히 한국 근대 여성 문학은 계급적, 성적 억압뿐만 아니라 서구 제국주의에 의한 인종적 억압까지 체현하고 있다는 점에서 여성인식이 현실의 세계사적 모순을 투시할 수 있는 객관적 가능성을 담지하고 있다. 제3세계 문학으로서 한국 여성 문학의 특수성을 고려할 때 한국 근대 여성 문학 속에 그려진 진보적인 여성 의식들은 자연과 여성 지배로 점철된 근대성을 비판하고 그 체제를 탈주하려는 변혁의 욕망으로 읽혀질 수 있다.

2. 한국 근대 여성 문학의 전개 양상

제국주의 식민지로 파행적인 근대화 과정을 겪었던 한국의 여성들은 봉건적인 가부장제 문화를 청산하지 못한 상태에서 제국주의 억압 아래 놓임으로써 열악한 생존 환경에 직면하게 되었다. 즉 여성을 억압하던 봉건 의식은 일제의 파시즘적 통치에 의해 더욱 강화된다. 어떤 특정한 국가가 파쇼화하고 권력을 집중하려면 자동적으로 권력 주체에게 가부장적인 권위가 부여되기 때문이다. 국가의 축도인 가족 구조에도 그에 상응하여 자동적으로 가부장적 권위가 강화될 수밖에 없었다.[3] 일제는 합리적인 식민 통치의 일환으로 대 가족 단위의 가부장에게 권위를 부여했으며 이러한 성 차별 이데올로기는 당대의 민족 해방이라는 거대 담론에 가려져 서구 선진국처럼 사회적인 문제로 부각될 수도 없었다.

암울했던 근대 여성 문학의 계몽시기를 대표하는 선구적인 작가는 김명순, 나혜석, 김일엽 등이다. 이 시기는 여성 작가와 작품들이 문학사에 편입된 코페르니쿠스적 전환기로서 여성 문학의 계몽적 특질을 잘 드러내고 있다. 이 시기에 조선은 한일 합방으로 근대 민족 국가로서 최대의 위기를 맞게 된다. 시민 계급의 변혁 이념이었던 반제국주의는 한일 합방으로 더 이상 현실적 의미를 상실하게 되었으며 이들은 반봉건이나 자유 연애, 구습 타파와 같은 문화 운동으로 근대의 시대적 변혁에 대처하게 된다.

---

3) F.파농/김남주역, 『자기의 땅에서 유배당한 자들』, (청사, 1978), 148면 참조.

이 시기의 계몽주의 여성 문학을 주도하던 여성 작가들은 근대 문학을 주도했던 이광수, 김동인과 같이 일본 유학을 경험한 당대의 중산층의 인텔리들이었다. 이들은 자신의 지지 기반이었던 중산층의 이념인 서구 자유 민주주의 사상을 신봉하였으므로 민족적, 계급적 갈등보다는 가부장제 이데올로기에 의한 성적 불평등에 민감하게 반응하였다. 자연히 계몽주의 여성 문학을 주도하였던 이들은 가부장제와 제국주의 식민하의 이중적 억압 속에 놓인 당대의 민중 여성들의 현실을 제대로 직시할 수 없는 한계를 보여주었다.

특히 이들은 이광수 등의 근대 남성 작가들이 내세운 개인주의로서 자유 연애나 개성 존중이 남성에게만 유리하게 적용되고 여성에게 정절과 순결을 강요하는 이중적인 성 윤리에 저항하였다. 이들은 봉건적이며 전근대적인 여성 차별 의식에 반대하며 자유 연애론을 처음으로 제기하고 그것을 여성 해방과 연결시킨 '제 1세대의 여성' 이다.[4]

당대 일본을 통해 소개된 입센의 사상, 엘렌 케이의 모성론, 베벨의 부인론, 콜론타이의 사회 해방론들이 김명순, 김일엽, 나혜석 등의 1920년대 여성 작가들에게 큰 영향을 주었다. 이러한 자유주의적 여성 해방 이론들은 서구 사회를 배경으로 한 자유주의적, 개인주의적 여성 해방론으로서 식민지 당대의 한국 여성들이 부딪히고 있는 현실과는 많은 거리가 있었으며 이것이 이 시기 여성 작가들

---

4) 김복순, 「지배와 해방의 문학 -김명순론」, 『페미니즘과 소설비평』, (한길사, 1995), 29면 참조.

의 실천적 한계로 노정되기도 하였다. 이들은 삶과 문학을 통해 봉건적 인습과 가부장제 질서에 저항했으나 기존 사회에 편입되기를 갈망하는 양가적인 감정 상태를 노정하기도 하였다. 이들은 쇼왈터가 지적한 것처럼 기존의 남성 중심 사회에 저항하면서도 여성 자신을 거부하는 단계를 보여 주고 있다고 하겠다.

진보와 보수의 이중적인 여성 의식을 잘 보여 주는 작가는 첩의 자식으로 태어나 가부장제 이데올로기의 직접적인 희생양이 되어야 했던 김명순이다. 김명순의 삶과 문학의 주제는 일부 다처제의 성윤리와 적서 차별이라는 불합리한 봉건 제도에 대한 비판과 저항이었다. 그녀의 대표작인 「의심의 소녀」에서 김명순은 조국장이라는 난봉꾼 때문에 비극적인 운명을 살아가야 하는 불합리한 현실을 고발하고 있다. 평양의 제일 미인이었던 가희 엄마는 조국장의 유혹에 이끌려 결혼한다. 조국장은 이미 세 번이나 아내를 바꾸고 십여명의 첩을 거느릴만큼 성적 외도가 심한 부도덕한 인물이다. 그러나 가부장제의 남성 중심적인 성 윤리는 조국장의 파행적인 외도를 당연하게 받아들이며 여성들은 남성들의 전횡적인 횡포를 운명으로 수용해야 하는 불합리함을 내포하고 있다.

조국장으로부터 버림받은 가희 엄마는 자살로서 이중적인 성 윤리의 불합리함에 저항하고 전통적으로 강요되어 온 순응적인 여성성을 거부한다.

……사랑을 원하여도 얻지 못하고 자유를 원하여도 얻지 못하고 이별을 청하여도 안드러 의심받고 갓치어 비관하던 남저지에 병든 몸을

일으켜 평양의 별장에서 자살을 하였다.

-「의심의 소녀」에서-

「의심의 소녀」는 이처럼 당대의 축첩제도나 남성외도와 같은 봉건적인 성 윤리를 비판하는 주제 의식뿐만 아니라 언문일치의 문장과 관념적 사고를 배제한 현실의 재현, 교훈적인 냄새가 나지 않는 보기 드문 수작으로 평가받기도 하였다.[5]

나혜석의 「경희」는 신여성에 대한 기존의 부정적인 편견을 비판하기 위해 일본 유학생인 경희라는 긍정적인 신여성을 그리고 있다. 경희는 남자에 기생하는 의존적인 여성 삶의 방식을 회의한다. 봉건적인 여성들의 전철을 밟지 않고 주체적인 삶을 살아가기 위해 경희는 일본 유학길에 올랐던 신여성이다. 경희는 신여성이 가사 노동을 기피하고 성적 방종이나 나태에 빠진다는 일반 사람들의 편견을 깨트릴만큼 부지런하고 가사일에 충실한 모습으로 그려진다. 경희는 부유한 가정의 딸이지만 자신의 주체적인 생활 방식을 갖기 위해 스스로 노동하며 실천하는 여성상이다. 김동인의 「김연실전」이나 이광수의 「무정」에 등장하는 신여성들은 감정이 통제되지 않은 비합리적인 인물로 사치스럽고 성적으로 방종한 부정적인 이미지로 그려지고 있다. 반면에 나혜석은 신여성을 자신의 삶에 대해 책임의식이 강한 주체적인 인간으로 형상화되고 있다.

경희는 신교육보다는 결혼을 강요하는 아버지의 봉건적 의식과

---

5) 이광수, 「현상소설고언」, (청춘 12, 1918), 99면 참조.

부딪히면서 갈등할 수밖에 없는 당대 신여성들의 존재론적 상황을 잘 보여 주고 있다. 결국 경희는 주체적인 삶의 필요성을 자각하여 아버지의 강요와 회유를 물리치고 자신의 신념을 관철시키는 새로운 시대의 적극적인 여성상이 된다. 이 작품은 인물 시각적 서술에 의한 대화, 극적 독백, 내적 독백, 심리 서술 기법이 사용되어 소설 미학적으로도 작가주석적 서술자의 논평과 요약이 압도적으로 많은 이광수의 초기 단편 소설(윤광호 등)에 비해 근대 소설에 접근한 양상을 보여 주고 있다.[6]

「신여성」을 창간했던 김일엽은 사회를 개조하기 위해서는 가정을 개조하고 가정의 주인이 될 여자를 해방해야 한다고 주장할만큼 당대 여성 의식의 계몽을 중요하게 생각하였다. 그는 '신여자'의 임무와 사명은 '전설적, 인습적, 보수적, 반동적인 일체의 구사상에서 벗어나는 것' 이라고 주장한다.[7] 이처럼 여성의 자각이 여성 해방과 자유를 획득하기 위한 가장 중요한 요건으로 생각했던 김일엽은 여성 인물이 가부장제 가족 문화의 폐해에 운명적으로 순응하지 않고 스스로 독립된 길을 개척해 나가는 과정을 그린 「자각」을 발표하였다. 이 작품은 순실이라는 여자 주인공이 자신의 이야기를 친구에게 편지로 전달하는 서간체 형식의 소설이다. 서간체나 일기의 형식은 여성이 내면에 갇혀 있는 심리적인 갈등을 풀

---

6) 정순진,「정월 나혜석의 초기 단편 소설고」,『한국문학과 여성주의 비평』, (국학자료원, 1992) 249- 250면 참조.
7) 김일엽,「부녀잡지 신여자 창간사」, (신여자, 1920, 3),「우리여자의 요구와 주장」, (신여자, 1920, 4) 참조.

어낼 수 있는 여성적 글쓰기의 대표적인 양식이다. 「자각」에서도 성적 정체성에 대한 자각을 이룬 서술적 자아가 아직 자각을 이루지 못한 상태의 체험적 자아를 회고적으로 서술하는 서간체 서술 기법을 통해 주인공의 의식의 변화 과정이 세밀하게 포착되고 있다.

　화자인 나는 남편이 동경 유학을 떠난 후 남편의 애정어린 편지와 귀향을 기다리며 힘든 시집살이를 참고 살아간다. 한동안 애정을 맹세하던 남편은 유학간 지 2년만에 돌변하여 임신 8개월인 화자에게 부모님이 맺어준 자신과의 인연에 미련을 갖지 말고 떠나 달라는 절연장을 보낸다. 그리고 화자는 남편이 노처녀와 일본에서 연애 중이라는 소문을 듣게 된다. 화자는 남편의 배신을 알고도 모성애 때문에 참아내는 전통적인 여성들의 현실 대응방식을 거부한다.

　나는 자식의 사랑으로 인하여 나의 전 생활을 희생할 수는 절대로 없나이다. 자식의 생활과 나의 생활을 한데 섞어 놓고 헤매일 수는 없나이다. 물론 남의 부모가 되어 자식을 기르고 교육시켜서 한 개 완전한 사람을 만드는 것이 당연한 직무겠지요. 그러나 부모의 한 사람인 아이 아버지가 아이의 양육을 넉넉히 할 수 있음도 불구하고 여지 없는 모욕을 당하면서 자식 때문에 할 수는 없나이다.　　　- 「자각」에서 -

　이처럼 주인공은 전통적인 여성의 역할인 모성을 거부하고 보편적인 인간으로서의 주체적인 삶을 선택한다. 그녀의 이러한 선택은 모성이 여성성의 전형인 것처럼 이상화되었던 당대의 상황에 비추어 볼 때 상당히 파격적인 현실 대응 방식으로 받아들여졌다.

즉, 그녀는 출산한 아이를 남편에게 보내고 자신의 삶을 새롭게 개척하기 위해 신교육을 받게 된다. 현재의 화자는 존재에 대한 자각을 통해 자율적인 여성상으로 변모하는 과정이 그려진다. 이 작품은 의식의 자각을 통해 구습으로부터 벗어나 신여자로서 자신의 삶을 개척하는 긍정적인 여성 주인공을 형상화함으로써 김일엽이 주장한 여성 해방의 논리를 잘 구현하고 있다.

이상에서 살펴본 계몽주의 시대의 여성 작가들은 신여자주의를 표방하며 구습의 타파와 자유 연애를 통한 의식의 자각을 촉구하였다. 그러나 이들의 주장은 개인의 자유를 억압하는 개별적인 갈등에 초점이 맞추어져 있어 당대 현실에 대한 총체적인 인식에까지는 이르지 못하고 있다. 자유주의 여성 해방론은 당대의 서구사회를 기반으로 등장한 것으로써 식민지 조선의 여성 억압적 현실과는 너무 동떨어져 구체성과 현실 인식이 결여되어 있기 때문에 서사적 전망을 획득하지는 못하고 있다.

여성 억압의 현실에 대해 계급적, 민족적, 성적 억압에 대해 구체적인 인식이 이루어진 것은 박화성, 강경애, 최정희가 활동했던 1930년대 여성 작가들에 의해서이다. 이들은 당대 유행하던 마르크시즘에 영향을 받고 근우회의 혁신적인 여성 단체들의 일원으로 조직적인 활동을 펼침으로써 여성 억압적 현실에 대한 민족적, 계급적 자각을 이루게 된다.

동반자작가로서 활동하였던 박화성은 1928년 근우회 동경 지부 결성 창립대회에서 위원장으로 선출될 만큼 근우회의 설립이념인 여성 해방 사상에 깊은 영향을 받았던 것으로 보인다. 특히 박화성은 계급 해방이 곧 여성 해방이라고 부르짖을 만큼 마르크시즘에 경도되었다. 박화성은 일본 유학 시절에 유행하던 복본이즘과, 귀국후 볼세비키화가 진행되었던 카프의 급진적 이념에 영향을 받았던 것으로 보인다. 그러므로 박화성의 소설에서는 여성의 억압이나 여성 삶에 대한 문제 의식보다는 계급 모순이나 민족 모순에 더 관심을 기울인 것 같다.

박화성 소설에는 식민자본주의와 가부장제 사회구조 속에서 이중적인 억압을 받고 있는 여성 인물들이 등장한다. 박화성의 데뷔작인 「추석전야」는 여성의 성적, 계급적 억압을 그리고 있다. 가난한 여직공으로 가족을 부양해야 하는 영신은 감독이 자신의 동료인 여직공을 희롱하는 장면을 목격하고 항의하다가 기계에 부상당하고 만다. 그녀는 추석 제삿상을 마련하기 위해 삯바느질까지 해서 번 돈 모두를 땅 주인에게 빼앗기면서 식민 자본주의의 현실과 심각하게 갈등한다. 이 소설은 가난한 여성 노동자 영신과 공장 감독, 지주로 대표되는 남성들 사이에서 벌어지는 성적, 계급적 갈등을 그리고 있다. 그러나 박화성이 여성 문제를 바라보는 관점은 언제나 "계급 해방이 곧 여성 해방"이라는 마르크시즘의 계급적 구도에 도식적으로 맞추어지고 있어 가부장제 사회구조내의 여성 억압의 현실이 구체적으로 포착되지 않고 있다.[8] 그의 대표적인 「하수도 공사」는 하수도 공사를 둘러싸고 임금 착취에 대항하는 노동운동이 승리하는 과정을 그린 프로 소설로서 여성이 현실과 교호

---

8) 변신원, 「동반자 작가가 본 빈궁과 여성의 현실-박화성론」, 『페미니즘과 소설비평』, 앞의 책, 199면 참조.

하면서 경험하게 되는 성적 억압은 포착되지 않고 있다.

　여성 억압의 현실을 계급적, 민족적 관점에서 전형적으로 형상화한 작가는 강경애이다. 가난한 소작농의 딸로 태어나 계부의 밑에서 빈궁한 생활을 직접 체험했던 강경애는 근우회에 가입하여 사회주의 여성 해방사상에 영향을 받게 된다. 강경애는 여성 해방을 위해서는 무엇보다도 경제적인 궁핍의 문제를 해결해야 하기 때문에 계급 해방이 곧 여성 해방의 길임을 강조했다. 또한 사회주의 운동가인 남편으로부터 사상적 영향을 받은 강경애는 여성 억압의 문제를 자본주의 사회 구조와 연결시켜 계급 해방을 통한 사회 변혁의 문제로까지 인식하여 작품으로 형상화하는데 성공하였다.

　강경애의 대표작인 「인간 문제」는 농촌과 도시의 공간을 배경으로 봉건적인 제도하에서 여성의 인권이 유린당하는 상황과 자본주의제도하의 여성 노동자에 대한 계급적 착취를 동시에 형상화하고 있다. 지주인 덕호의 집에서 대대로 노비의 신세로 살아가는 선비와 간난이는 지주 정덕호에게 강제적으로 성적 유린을 당하게 된다. 선비와 간난이는 정덕호의 거듭되는 성적 유린을 피하기 위해 도망쳐 나와 인천 방적공장의 노동자가 된다. 이들은 여기서 자신의 계급적, 성적 위치에 대한 자각을 이루게 되며 노동 운동의 선봉에 서서 현실 변혁을 위해 적극적으로 투쟁하는 긍정적인 인물로 성장하게 된다.

　이처럼 강경애의 소설에서도 여성 해방의 전망은 계급 해방을 통해 매개되도록 설정되어 있다. 강경애는 당대의 여성문제가 식민 자본주의의 봉건성과 근대성의 착종에 의해 경제적 착취와 성적 유린의 이중적 질곡으로 자행되고 있음을 비판적으로 투시하고 있다. 「어머니와 딸」에서는 남성들의 탐욕스러운 욕망에 의해 고통 받는 여성들의 삶을 통해 남성중심적인 가부장제 사회의 모순을 고발하기도 하였다.

동반자 작가 시절의 습작기를 거친 최정희는 1930년대 창작 환경의 급격한 변화를 반영하고 있다. 박화성과 강경애가 사회 현실과 사상적인 측면에 주력했다면 최정희는 전통적인 여성 영역으로 인식되는 가정생활, 여성의 내면 의식을 핵심적인 소재로 채택하였다. 최정희의 작품 세계는 가장 여류다운 체취[9]를 보여주는 것으로 평가받기도 하여 지배 이데올로기에 순응하였다는 비판을 받기도 하였다.

그러나 최정희의 작품에 등장하는 여성 인물들은 가부장제 문화가 여성에게 부여한 순결함, 순종과 같은 전형적인 이미지를 과감하게 거부하고 있다. 최정희의 여성 인물중에서 기존의 여성성의 범주를 일탈하는 대표적인 작품은 「봉황녀」이다[10]. 주인공인 봉황녀는 가부장제의 구습에 의해 결정된 정혼자인 율섭을 거부하고 자신이 좋아하는 남성인 창배를 선택할 만큼 능동적인 여성으로 그려지고 있다. 최정희의 여자 주인공들은 남성 작가들에 의해 조형화된 지고 지순한 여성상과는 다르게 자신의 성적 본능을 과감하게 드러내거나 가부장제 윤리를 일탈하여 남편을 학대하는 가학

---

9) 김윤식, 「인형의식의 파멸」, 『한국문학사논고』, (법무사, 1974), 244-266면 참조.
10) 이호숙, 「결백한 도전과 수용- 최정희론」, 『페미니즘과 소설비평』, 앞의 책, 326-327면 참조.

성조차 드러내고 있다.

이것은 여성다움이라는 기존의 성별 규범을 일탈하여 인간 누구에게나 존재하는 본연적인 감정과 행동을 보여 준다는 점에서 수동성, 순응성 같은 여성다움의 통념을 깨트리고 있다. 기존의 능동성/ 수동성과 같은 남 · 녀 이분법의 성별구도는 「흉가」의 여주인공과 「지맥」의 은영처럼 한 집안의 가장 역할을 하는 적극적인 여성상으로 인하여 전복된다. 이때 공격성, 적극성, 능동성 등은 남성들의 전유물이 아니라 환경과 고투하는 적극적인 주인공에게서 발현되는 양성 공유(兩性公有)의 인간 품성으로 그려진다.

일제 식민치하로부터 해방을 맞으면서 여성 문학의 담론은 당대의 진보적인 시대적 분위기를 반영하게 된다. 해방 공간에서 여성 작가들은 일제 강점기에 비해 이념적인 자유는 주어졌지만 기대만큼 여성 억압의 문제를 총체적으로 인식한 작품을 산출하지는 못하였다. 그것은 여성 작가들이 갑자기 주어진 해방이라는 역사적 사건에 대해 객관적 거리를 확보할 수 없었으며 이것은 소설속에 서사적 전망을 그려내는데 큰 장애로 작용하였다. 해방 직후 좌익과 우익의 이념적 대립 속에서 민족 문학의 정립이라는 시대적 과제[11]에 떠밀려 여성 문제에 대한 인식은 이 시대의 문학적 담론의 주변으로 밀려날 수밖에 없었다.

이 시기에 등단한 손소희는 해방 공간과 6. 25전쟁, 전후의 역사적 격동기를 배경으로 활발한 창작 활동을 벌였다. 손소희는 해방

---

11) 권영민, 『한국현대문학사』, (민음사, 1994), 36면 참조.

후 신세대의 기자로 일하다가 등단하였으며 1947년부터 1948년까지 여성 신문사의 기자로 재직한 바 있어 여성 문제에 대한 각별한 관심을 보여 주게 된다. 여성 의식이 잘 드러나는 「맥에의 결별」과 「이라기」에서 남편이 무능력하거나 부재하기 때문에 가정의 경제적 의무를 떠맡고 생활 현실과 조우하는 여성들이 등장한다. 초기 작품의 여성 인물들은 남성 의존적인 삶의 방식에 대한 부단한 자기 반성으로부터 출발점을 찾고 있다. 이 작품들에서는 자기 성찰을 통해 정체성의 자각뿐만 아니라 사회적인 개아에 이르는 긍정적인 여성 인물들이 등장하고 있다.

자기에게 집중되는 수많은 눈총을 보았다. 모다 자기와 같은 여인들만인 눈총. 무엇인가 갈구하여 마지 않는 희망과 기쁨에 넘친 눈들. 그는 입을 열었다.

"여러분! 지금까지의 우리들의 할머니와 어머니는 실로 좁고 험하고 거친 인생 길을 걸었습니다. 그들은 여자이기 때문에 한낮 집안이라는 울에 가친 사색과 행동과 자기를 잃은 죄수에 불과하였습니다. 그러나 오늘 이 자리에서 저를 맞아 주시는 분은 춥고 덥다는 것을 느낄 줄아는 감성의 소유자로 싫고 좋은 것과 미운것과 아름다운 것을 분별선택할 수 있는 자신의 의사를 표명해도 무방한 자유로운 단계에 서 있습니다. 이러한 우리 여인들의 성장은 곧 조선이란 국가의 성장이 되며 다시 지구위에 생존하는 모든 억눌린 자들의 성장일 것입니다. 저는 임의 한 세기의 하나를 뒤 떨어진 여자이올시다. 여러분은 나를 선생이라 생각지 마시고 그저 한 연구의 벗으로 사귀며 나를 뛰여 넘어 주십시요."

자기의 말에 사측된 눈물을 몰래 닦아내며 그가 인사말을 끝냈을 때 박수소리는 오래 멎지 않고 계속되었다.

-「이라기」에서-

주인공이 남편과 결별을 선언하고 여학교의 교사로서 사회 생활을 시작한 날 인사말을 하는 장면이다. 리라는 여성들이 감정이나 의사조차 자유롭게 표현하지 못하던 비주체적인 생활 방식에서 해방된 것을 지구위의 억눌린자들의 성장임을 자각한다. 리라가 이렇게 여성의 정체성을 자각하는 계기가 이성과의 사랑이 좌절된 뒤 선택된 비약적인 의식의 전환으로만 그려지고 있어 여성을 억압하는 현실적인 환경과의 연관성은 잘 드러나지 않고 있다.[12] 주인공의 연설 내용은 해방 직후의 사회적 분위기에서 가능했던 여성 해방에 관한 담론을 직설적으로 토로하고 있는 것으로 볼 수 있다. 이 시기의 작품에 등장하는 리라와 같은 긍정적인 여성 인물들은 작가의 치열한 주제 의식에도 불구하고 현실과 거리가 있는 작가에 의해 이상화된 인물임을 알 수 있다.

1950년대는 전쟁으로 인해 많은 혼란이 야기되었던 시대이다. 이 시기는 민족 분단으로 남한에서는 반공 이데올로기가 고착화되고 이를 기반으로 하여 사회 전체는 보수적 권위주의가 강화된다.[13] 이처럼 전후 여성 문학은 보수 이데올로기로 회귀하면서 상대적으로 침체기 또는 소강기를 맞게 된다. 전후의 혼란된 상황에

---

12) 김해옥, 『페미니즘과 소설비평-현대편』, 「현실과 낭만적 환상사이에서의 길찾기-손소희론」, (한길사, 1997), 102면 인용.
13) 이효재, 『분단 시대의 사회학』, (한길사, 1985), 313면 참조.

서 가부장제 현실에 길들여진 여성들은 전쟁 중에 갑자기 남자가 거세됨으로써 존재의 위기를 맞게 된다. 여성들은 내면 의식 속에 중심으로 자리잡고 있던 남성들의 기표를 상실함으로써 갑작스럽게 자신의 정체성을 새롭게 정립해야 하는 혼돈을 경험하게 된다. 이들은 가정 경제를 책임져야 할 생활 현실과 대면하지만 오히려 낭만적인 사랑에 집착하거나 자포자기적으로 성적 탐닉에 빠져 현실로부터 도피하려는 경향을 보여 주기도 한다.

한말숙의 작품에서는 전쟁으로 인해 정신적, 육체적으로 희생당한 여성이 기성의 권위에 도전하기 보다는 좌절하여 현실 속에 표류하고 낭만적인 사랑으로 회귀하는 과정이 포착되고 있다. 그의 대표작인 「신화의 단애」에서 전후의 궁핍한 생활 때문에 몸을 파는 미술 대학 여대생인 진영은 삶의 방향 감각을 상실한 채 오직 현재의 생존만을 위해 고투하는 인간형으로 그려진다. 진영은 자신의 성을 도구화하여 사치스런 생활이나 순간의 쾌락을 탐닉함으로써 궁핍한 현실을 몰각하는 여성으로 그려지고 있다.

「신화의 단애」의 진영, 「별빛속의 계절」의 경자, 「낙루부근」의 귀영 등은 전후의 궁핍한 현실과 대면하여 생존의 위기를 경험한다. 이들은 댄서, 양공주, 출판사 직원 등 생활 전선에 뛰어든 직업 여성들로서 생활을 위해서 기존의 성모랄을 파격적으로 이탈하기 때문에 이들의 현실 대응 방식은 당대 사회상을 직접적으로 전경화하고 있다. 그러나 작가는 성의 도구화와 매춘을 사회 구조적인 차원의 여성 문제로 인식하기보다는 전후의 혼란된 상황 속에 표류하는 여성 인물들의 실존적인 위기로 다루고 있다.

손소희의 전후 소설에서도 동일한 변모 양상이 나타나고 있다. 이 시기의 작품들에는 삶과 생활이 제거되고 사랑에만 몰두하는 낭만화된 여성들이 등장한다. 전후의 혼란은 기존의 가치관을 붕괴하면서 위기 의식을 낳게 되고 전쟁으로 인해 내일을 기약할 수 없는 여성들은 찰나주의적인 행동으로 현실에 대응하기 때문이다. 「태양의 계곡」에 등장하는 정아는 전쟁으로 인해 가족이나 애인과 헤어져야 하는 정신적 고통을 견뎌내기 위해 순간의 쾌락에 탐닉하는 인간형으로 변한다. 여대생이었던 정아는 댄서가 되어 여러 남자들과 육체적인 관계를 맺고 낙태까지 할 만큼 타락한 여성으로 전락한다. 정아와 같이 전존재를 낭만적인 사랑에 쏟아 붓는 모험주의적인 여성상[14]은 미래에 대한 긍정적인 전망을 설정할 수 없었던 전후 현실이 만들어낸 조형물들이다.

이처럼 전후 시대는 보수 이데올로기로 회귀하면서 여성 의식은 침체기를 맞게 되지만 자신의 체험에 기초하여 남성들의 전횡적인 가부장제 이데올로기에 저항했던 여성 작가들의 활동이 주목된다. 박경리는 전후의 역사적 격변기에 남성보다 상대적으로 열악한 위치에 놓여 있던 여성들이 자신들의 인간적 존엄과 자존을 지키기 위해 고투하는 상황을 반복해서 그리고 있다. 특히 이 시기에 작가는 남편과 자식을 동시에 잃는 불행을 체험하는데 전후의 피폐된 삶의 조건 속에서 전쟁 미망인은 남자의 간접적인 보호를 받고 있는 기혼 여성들에 비해 남성 중심 사회로부터 철저히 뿌리 뽑힌 자

---

14) 서정자, 「페미니스트 의식의 침체와 환상적 사랑의 병렬」, 『소설과 사상』, (1996, 여름호), 314면 참조.

로서 소외를 경험하게 된다. 박경리는 전후의 진정한 가치가 타락한 시대를 「불신시대」나 「암흑시대」라고 명명하고 있다. 이들 작품 속에서는 작가의 자아가 반영된 여성 인물이 타락한 사회 속에서 인간적 자존을 지켜가는 과정을 형상화하였다.[15]

「불신시대」는 6.25때 남편과 아이를 잃은 전쟁 미망인인 진영이 진정한 가치가 사라진 속물화된 세계에서 자신의 인간적 자존을 지키기 위해 고투하는 과정이 그려지고 있다. 진영은 세속적으로 타락한 현실 속에서도 내면 의식 속에 살아 있는 현실의 부정성에 대한 강렬한 저항 의지를 확인하게 된다. 특히 남성들이 전후의 타락한 사회에 순응하는 반면, 권력의 중심으로부터 철저히 소외된 여성이 자신의 주변적인 위치에 의해 속물화된 세계의 모순을 직시하게 된다.

'그렇지. 내게는 아직 생명이 남아 있었지. 항거할 수 있는 생명이.'
진영은 중얼거리며 참나무를 휘어잡고 눈 쌓인 언덕을 내려오는 것이다.

-「불신시대」에서-

이와 같이 진정한 가치를 추구하는 여성 인물들은 속물화된 남성들의 세계와 물화된 현실을 비판할 수 있는 여성 문학의 중요한 성과를 보여 주고 있다.

---

15) 김해옥, 「여성적 자존과 소외사이에서의 글쓰기」, 『토지와 박경리 문학』, (솔출판사, 1995), 222-231면 참조.

50년대 여성 작가들이 허무적, 소극적, 수동적 태도로 현실에 대응했던 반면 60년대는 전후의 낭만화되거나 보수화된 여성 의식에 대한 반성이 이루어 졌다. 특히 70년대 여성 문학에서는 비로소 여성이 자신의 성적 정체성을 탐색하는 과정을 보여 준다. 박완서는 중산층 여성의 속물주의를 비판하고 오정희, 이경자, 양귀자, 김향숙, 김채원 등은 여성 억압적 현실에 대한 자각과 여성 자아의 주체적인 성찰을 보여 주었다.

특히 1970년대 산업화 이후 한국은 전지구적인 세계 자본주의에 편입됨으로써 국가의 생산 양식은 자본주의 체제로 전일화된다. 이 시기는 5. 16 정권의 경제 개혁으로 가속화된 산업화와 근대화로 인해 새로운 소외 계층으로서 여성들의 사회적 위치가 부각된다. 여성의 노동이 임노동화되거나 매춘을 통해 성이 상품화되면서 여성의 몸은 본격적으로 자본주의 권력의 작용점으로 등장하게 된다. 또한 공적인 생산 영역과 가사 노동이 엄격히 구분되면서 경제 생산자인 남성의 정체성이 강화되고 여성은 핵가족화로 인한 가사 노동 담당자로 전락한다.[16] 여성은 남성에게 경제적으로 기생하는 존재로서 심각한 정체성의 위기에 빠지게 되며 70년대 여성 문학에 나타난 이러한 위기 의식은 역설적으로 여성이 정체성을 새롭게 자각하는 계기를 제공하고 있다.

이런 관점에서 오정희의 작품 세계는 여성 자아가 근대의 중심으로부터 소외된 주변적인 위치에서 세계에 대한 부정 의식과 중

---

16) 조혜정, 『한국의 여성과 남성』, (문학과 지성사, 1988)참조.

심의 세계를 탈주하려는 저항 의식을 표현하고 있다. 특히 그의 작품에서 여자 아이는 어머니와의 성적 동일성 속에서 자연적인 성(sex)을 거부하지만 '가출'이나 '유년시절의 회상'을 통해 성정체성(genderidentity)을 다시 확인해 가는 과정이 밀도있게 그려진다.

윤정모는 여성의 훼손된 몸을 통해 근대적 권력의 속성을 투시해낸다. 근대적 권력은 가부장제의 남성 권력뿐만 아니라 제국주의와 자본에 의한 제3세계에 대한 억압으로 나타나고 있다는 점에서 윤정모 소설의 페미니즘적 특성이 드러나고 있다. 그의 작품에서는 남성/여성, 제국주의/제3세계, 문명/자연의 이항대립적 관계 속에서 권력의 가장 은밀한 전략들이 드러나고 있다. 그러므로 윤정모의 작품에 등장하는 훼손된 여성의 몸은 곧 제국주의에 억압받는 제3세계, 남성에 의해 억압되어온 여성, 문명에 의해 훼손된 자연을 환유하면서 근대사 속에 깊게 드리운 권력의 억압적 속성을 폭로하고 있다.

이제 90년대 문학의 탈이념, 일상성, 내면성을 추구하는 경향은 여성성과 맞물리면서 여성적 글쓰기는 인간적 글쓰기로 부각된다. 합리적 이성과 거대 이론에 대한 거부, 포스트 모더니즘의 경향 속에서 주변적인 것의 복귀라는 측면에서 여성 문학의 당위성이 강조되고 있다. 포스트 모더니즘의 비교불가능성, 다양성, 비결정성들이 페미니즘을 무분별한 상대주의나 무비판적인 다원주의에 빠지는 한계를 보여 주기도 하였다. 90년대에는 서구 이론의 무분별한 수용에 대한 반성과 백인 중산층 여성들을 대변하는 영미 페미니즘 이론을 비판하고 한국 문학의 자생적인 페미니즘 이론의 필요성이 제기되었다.

3. 근대성과 여성성의 대위법

근대는 자본주의의 발달과 산업화, 도시 팽창, 노동의 분화 등과 같은 사회 경제적인 진행 과정을 의미할 뿐만 아니라 합리성, 자유, 평등이라는 보편적인 이념들로 형성된 세계관을 의미한다. 이때 근대성과 여성성의 관련성은 더욱 변증적이고 불안정하며 동시에 대화적이고 논쟁적인 것으로 고찰될 수 있다. 여성성과 근대성의 관계는 넓은 의미의 근대적 개념을 세분화하여 계몽주의적 근대, 모더니티의 근대 , 포스트 모더니티의 근대로 나누어 고찰할 때 좀 더 역동적으로 드러난다.

계몽주의적 근대는 헤겔의 변증법이나 마르크시즘의 진보적인 역사관에서처럼 이성과 합리성에 근거하여 인류 역사에 대한 낙관적인 전망이 드러나는 시기이다. 근대 초기인 인류 역사의 진보의 시기는 역설적이게도 여성들이 권력과 지위를 상실하는 여성의 희생 위에서 근대의 발전이 구가되었다고 볼 수 있다.

이처럼 근대 초기의 여성성과 근대성은 상호 대립적이며 모순적인 관계 속에 있었음을 알 수 있다. 즉 근대의 문명적인 발전을 이루기 위해서는 필연적으로 자연과 여성을 지배하게 되었으며 이 과정에서 여성들은 근대 역사의 주변부로 밀려날 수밖에 없었다는 것이다. 초기 계몽주의 시대에 합리적이며 이성적인 근대인들은 자연성과 여성성을 억압함으로써 중세의 미몽으로부터 벗어날 수 있다고 믿었다.

이 시기에는 특히 개인적인 영역과 사회적인 영역을 구분하여 남성과 여성을 성별 정치학으로서 분리시켰다. 즉 남성의 노동과 여성의 가사 노동이 분리되고 남성 노동이 사적 재산으로 사회화되는 반면 여성의 가사 노동은 사회적으로 은폐됨으로써 가부장제 이데올로기의 잔존 속에서 여성의 위치는 경제적으로 더욱 열악해진다. 즉 봉건적 의식이 잔존하는 가운데 자본주의라는 새로운 억압의 틀이 중첩되면서 여성에게는 봉건과 근대의 성적 모순이 동시에 작용하게 된다. 그래서 많은 여성주의자들은 이 시기를 남근주의에 의해 근대가 근본적으로 불합리한 파국의 결과를 초래하게 된 시기로 해석하고 있다.

앞에서 살펴본 바와 같이 이 시기의 한국 근대 여성 문학사에도 가부장제 이데올로기와 봉건적인 성윤리에 저항하는 여성 해방에 관한 계몽 의식이 포착되었다. 특히 김명순, 나혜석의 작품에서는 불평등한 성윤리와 남성 중심적인 사회 규범에 적극적으로 저항하는 긍정적인 인물이 형상화되었다.

모더티니의 근대는 합리적 이성이 도구적 이성으로 변질되면서 이성 중심주의나 주·객 동일성의 철학에 대한 회의가 제기되었던 시대이다. 이 시기는 세계 1, 2차 대전을 겪으면서 근본적으로 인간 이성이나 합리성에 대한 신념이 빛을 잃기 시작한다. 헤겔이나 맑스의 변증법에서 상호 모순적인 대립들이 지양을 통해 화해와 총체성에 이를 수 있다는 낙관적인 역사적 전망[17]은 부정된다. 이를 대체하는 것은 아도르노의 부정의 변증법[18]이나 벤야민의 정지의 변증법[19]이다. 즉 이제까지 총체성을 통해 진보적인 발전 과정으로 받아들여졌던 인류 역사는 양가적인 대립물들이 상호 충돌하는 과정으로 파편화된다. 자연과 타자(여성, 감성, 우연성)에 대한 지배는 합리성, 자유, 평등 등의 근대적 이념을 퇴색시키면서 자기 모순을 드러내었던 것이다.

근대성을 회의하는 모더니티의 이념은 미학적으로 반남성주의이며 여성 친화적인 모습을 띠고 있다[20]. 모더니스트들은 산업적인 남성성과 부르조아들의 진보에의 이상을 거부하기 위해 일탈적이며 반항적으로 여성성을 숭배하는 양상을 보여 주었다. 모더니즘은 이성에 대한 회의뿐만 아니라 남성 중심적인 근대의 미학적 스타일을 해체하였던 것이다. 여성성은 이제 근대적인 것과 대립하지 않고 남성 작가들에 의해 근대적인 것을 극복하기 위한 표징으로 전유되었다.

이처럼 모더니티의 근대와 여성성은 상호 보완적이면서 또한 대립적인 관계를 형성한다. 낭만주의가 근대를 비판하기 위한 대안으로 자연 친화적인 경향을 보여준 것처럼 모더니티의 근대는 반근대성의 이념을 표현하기 위해 미학적으로 여성화의 경향을 띠게

---

17) 헤겔/김종호역, 『역사 철학 강의』, (삼성 출판사, 1990), 70-80면 참조.
18) 김유동 지음, 『아도르노 사상』, (문예출판사, 1994), 17면 참조.
19) 퍼테 지마/ 허창운역, 『문예 미학』, (을류문화사, 1993), 164-173면 참조.
20) 서구의 모더니스트들인 데타당스, 유미주의자들이 댄디화의 경향을 띠고 있었던 것은 대표적으로 그들이 여성 미학을 모방하였다는 증거이다. 『근대성과 페미니즘』, 앞의 책, 153-157면 참조.

되었던 것이다.[21] 마테이 겔리네쿠스의 주장처럼 여기서는 사회적 모더니티와 미적 미더니티가 대립하는 것으로 나타나고 있다.

이때 남성 모더니스트들은 여성을 근대의 부정성에 물들지 않은 원형으로 신비화하게 된다. 즉 여성은 억압적 상징 질서 안으로 들어오기 전 오이디푸스 이전의 영역으로 이상화되어 표현된다. 여성성이 근대로의 변화 이전 무시간적인 순수성의 세계로 신비화되는 것이다. 이것은 크리스테바가 지적했듯이 여성을 대중적이고 역사적인 세계로부터 분리하여 역사 저편의 영원한 세계로 밀어냄으로써 현재의 역사와 여성이 접촉할 수 있는 영역을 소거시킨다.

산업 생산과 자연 지배의 사회적 모더니티를 비판하기 위해 당대의 아방가르드와 유미주의자들은 여성성의 미학을 자기들의 것으로 만들었다. 이때 남성 작가들은 여성적인 것을 진정성이 아닌 인공성으로, 마음의 진정한 목소리가 아닌 환상과 시뮬레이션으로 형식화하거나 새롭게 개념화하였다.[22] 이러한 여성 미학의 변질은 모더니티 초기의 근대성을 비판하는 실천적인 의미를 상실하고 오히려 현대성의 타락하고 부정적인 모습으로 비춰지기도 하였다. 또한 여성과 남성의 경계를 모호하게 만듦으로써 모더니티의 근대는 오히려 여성이 자신의 억압적 현실에 대해 자각하고 실천적 대안을 모색하는데 혼란을 야기하기도 하였다.

모더니티의 근대가 역으로 진보라는 지적, 사회적인 급속한 변화속에서 여성이 남성 부르조아 주체와 동등하게 평등 확보를 가

---

21) 리타 펠스키 지음/ 김영찬 · 심진경 옮김, 『근대성과 페미니즘』, (거름, 1998) 참조.
22) 『근대성과 페미니즘』, 앞의 책, 154면 참조.

능케하는 담론으로서 기능하기도 하였다. 여성들이 공적 영역을 점유하고, 소비 주체로 부상함으로써 근대는 더 이상 남성들이 구축한 안정된 체제로 존재하지 않는다. 여성들은 남성과 같은 법적, 제도적인 권리를 주장하면서 기존 체제를 동요시키고 상품 생산에 여성소비자의 기호를 반영시킴으로써 자본주의의 메카니즘 속에 미시적으로 여성들의 욕망을 투영할 수 있게 되었다.

역사와 변증법에 대한 믿음의 상실, 진리와 표현의 위기, 주체의 소멸로 특징지어지는 포스트 모더니즘의 시대에 여성성은 억압받은 이성의 타자, 이성에 억눌렸던 욕망의 공간, 자연의 대지와 같은 모성적 존재로서 새롭게 조명된다.[23] 즉 이성적 주체가 해체의 위기를 맞고 있는 포스트 모더니즘의 시대에는 자연이나 비이성적인 타자로 간주되었던 여성성이 대안으로 등장한 것이다.

이 시기의 근대성과 여성성의 관계는 상호 친화적이며 보완적인 관계로 설정할 수 있다. 왜냐 하면 근대의 권력을 해체하려는 포스트 모더니즘의 이념은 이성, 합리성, 남성, 문명의 중심에 의해 주변부로 밀려난 감성, 우연성, 여성, 자연들을 새롭게 복원하고자 하기 때문이다. 이때 여성성은 포스트 모더니티의 새로운 패러다임으로 등장한다. 또한 여성성은 근대 권력의 바깥에 존재함으로써 권력 구도의 모순을 투시할 수 있는 비판적 의식으로 부각되었다.

그러나 포스트 모더니즘과 여성성의 친화적인 관계는 다음의 이유 때문에 비판적 고찰이 필요하다. 여성의 종속적인 상황에서 볼

---

23) Alice Jardin, <Gynesis: Configuration of Woman Modernity>, (Ihtaca: Cornell University Press, 1985), 155쪽 참조.

때 근대 사회에 기득권을 가진 남성보다는 여성이 훨씬 현실에 대한 비판 의식을 소유하기가 쉬운 것은 사실이다. 그러나 여성은 남성 사회에 편입하기 위해서 남성에 의해 타자화된 여성성을 받아들이거나 오히려 남성보다 보수적인 성 의식을 가질 수도 있다. 헤겔의 주인/ 노예의 억압적인 상황에 니이체적인 한(恨)이라는 대항 논리를 동원할 수 있는데, 여성은 자신의 억압에 대한 경험 때문에 남성성에 대한 선망이 더 깊어질 수 있다는 것이다.

그러므로 이제는 여성 해방 문학론이 여성 정체성이라는 성적 토대에만 기초하여 여성 작가의 인식이 남성에 비해 진보적이라고 주장하는 것은 면밀한 비판적 검토를 필요로 한다. 이러한 성별에 기초한 관점은 오히려 성적 이데올로기에 의해 인종적, 계급적 시각을 은폐할 수도 있기 때문이다. 페미니즘의 인식은 단순히 여성/남성의 성적 구도뿐만 아니라 계급적, 인종적 관점을 확보할 수 있을 때 객관적 현실에 대한 총체적 관점을 드러낼 수 있다고 하겠다[24].

최근에 식민화된 여성의 몸과 제국주의에 억압받고 있는 제 3세계와의 유사성을 통해 결합된 탈식민지 페미지즘론[25]은 근대성과 여성성이 상호 긍정적인 관계로 발전할 수 있음을 암시하고 있다. 또한 여성과 자연간의 동일성을 근거로 생태학과 여성론이 결합한 에코 페미니즘은 이러한 가능성을 더욱 현실화시키고 있다.

근대 권력의 파괴적인 모습인 전쟁, 환경 파괴, 자연 훼손들의 근

---

24) 이소영, 정정호편, 『페미니즘과 포스트 모더니즘』, (한신문화사, 1995), 394-395면 참조.
25) 이경순, 「탈식민주의 페미니즘」, 『외국문학』, (1992, 여름호), 69-71면 참조.

대의 위기는 모더니스트들의 일탈적인 대응 방식처럼 여성성의 패러다임을 주목하게 만들었다. 이런 관점에서 최근의 인문학적 방법론으로서 부각되고 있는 여성주의는 권력의 중심을 쟁취하기 위한 투쟁이나 여성주의를 또 하나의 이데올로기로 만들어내자는 것이 아니다. 이것은 그 동안 이성에 의해 억압된 감성, 문명에 의해 훼손된 자연, 남성에 의해 타자화 되었던 여성성을 회복함으로서 해체의 위기를 맞고 있는 근대의 주체가 타자와 새로운 관계를 맺으려는 시도이기도 하다. 이것은 근대적 자아가 권력의 주체로부터 타자와 의사 소통할 수 있도록 자신의 정체성을 새롭게 확립함으로써 타자와의 공존 가능성을 진정으로 탐색하는 실천적인 작업이기도 하다.

■ 참고 문헌

리타 펠스키 지음/ 김영찬. 심진경 옮김,『근대성과 페미니즘』, 거름, 1998

헤겔/김종호역,『역사 철학 강의』, 삼성출판사, 1990

이소영, 정정호 편,『페미니즘과 포스트 모더니즘』, 한신문화사, 1995

김미현 지음,『한국 여성 소설과 페미니즘』, 신구문화사, 1996

조세핀 도노번/ 김익두, 이월영 옮김.『페미니즘 이론』, 문예출판사, 1993

김유동지음,『아도르노 사상』, 문예출판사, 1994

레나 린트호프 지음/ 이란표 옮김『페미니즘 문학이론』, 인간사랑, 1998

한국여성소설연구회 지음,『페미니즘과 소설비평-근대편』, 한길사, 1995

한국문학연구회 지음『페미니즘과 소설비평-현대편』, 한길사, 1997

김윤식,『한국문학사논고』, 법문사, 1974

권영민,『한국현대문학사』, 민음사, 1994

조혜정,『한국의 여성과 남성』, 문학과 지성사, 1988

이효재,『분단시대의 사회학』한길사, 1985

정순진,『한국문학과 여성주의 비평』, 국학자료원, 1992

M.호르크 하이머/Th. W 아도르노 지음, 김유동·주경식. 이상훈 옮김,『계몽의 변증법』, 문예출판사, 1995

근대주체, 소비자본주의, 여성의 욕망
- 박완서의 『휘청거리는 오후』를 중심으로

김 윤 정

1. 근대 · 몸 · 욕망 · 소비

이 글은 박완서의 『휘청거리는 오후』를 중심으로 근대 주체가 동일화와 차별화의 논리를 교묘하게 이용하면서 이성의 확장과 제국의 힘을 행사해 온 역사 속에서, 가부장제[1]의 신화가 근대의 기획에서 배제한 여성 주체[2]에 의해 탈신화화되는 과정을 살펴보려

---

1) '가부장제적' 이란 용어는 일반적으로 여성의 이익이 남성의 이익에 예속되는 권력 관계를 뜻할 때 쓰인다. 크리스틴 델피/이미연, 「가부장제, 가내생산양식: 젠더와 계급」, 『세계사상』, 제4호, 1998.

2) 주체(subject)라는 용어와 주체성(subjectivity)이라는 용어는 아직까지도 서양 철학과 정치 및 사회 조직의 중심을 이루고 있는 인본주의 개념의 개인과는 결정적인 분리를 이루는 용어이다. 독특하고 고정되며 일관된 개인과 달리 주체는 불안정하고 모순을 지니고 있으며 진행 중에 있는 것으로서 우리가 매번 말하고 생각하는 담론 안에서 계속적으로 재구성되는 것이라고 본다. 크리스 위던,조주현, 「여성해방주의와 이론」, 『여성해방의 실천과 후기 구조주의 이론』, 이화여자대학교출판부, 1993, 5면 참조.

는데 그 목적이 있다.

박완서의 작품들은 남성과 여성의 각기 다른 근대성의 경험과 근대에 대한 성별 특유의 대응 방식 가운데 특히 가부장제로부터 소외된 탈중심화된 타자로서의 여성의 삶을 탁월하게 형상화한다. 그녀의 텍스트는 가부장제의 지배, 억압, 착취의 양상이 소비자본주의와 마르크스주의에서 말하는 계급의 문제 등과 착종되면서 근대성의 모순과 양가성이 중점적으로 드러나는 지점이다. 다시 말해서 여성의 삶에서 여성 해방 운동이 여성 억압의 가장 중심주제라고 규정한 정치적 문제들 - 성별 노동 분업, 피임과 낙태, 성의 통제, 교육 혜택, 직장, 그리고 우리 삶을 지배하는 권력 등 - 이 담겨져 있다. 특히 『휘청거리는 오후』에서 드러난 탈중심화된 소외된 타자로서의 여성의 사적이고 주관적인 세계는 성별과 성차의 개념만이 아니라 억압과 착취로서의 계급 문제까지도 살펴볼 수 있는, '전유의 정치적 장'으로 역동적이고도 전복적인 공간으로 기능한다.

지금까지 박완서의 작품들은 많은 연구자들에게 여성 문제를 인식하고 살펴보기에 매우 적합한 작품으로 여겨져 왔다. 그 가운데 『살아있는 날의 시작 』, 『서있는 여자』, 『그대 아직도 꿈꾸고 있는가』 그리고 『엄마의 말뚝』 1. 2. 3 등 많은 작품들이 여성주의 시각으로 다양하게 조명되어 왔다. 그러나 『휘청거리는 오후』는 이 작품이 가지는 문제성에 비해 별로 주목받지 못했던 작품이다.

이 글에서는 여성성을 프랑스 페미니즘 이론가들의 주장과 같이 특별히 여성과 관련된 어떤 것이라기 보다는 가부장적 질서에서 그동안 소외되어 온 모든 것[3]을 가리키는 환유로서 규정한다. 그리고 사회적 의미와 무의식적 욕망이 만나는 지점으로서의 텍스트에서 우리는 순환하는 욕망과 전이되는 주체 위치를 살펴봄으로써, '다름'을 강조하는 '주변부의 드러냄'이 차이를 확대 재생산하는 것으로 끝나는 상대주의의 정치가 아님을 다시 한 번 강조하려 한다.

『휘청거리는 오후』는 한 가족을 중심으로 근대주체로서의 남성과 여성주체의 구성과정을 '지금' 이 시대의 <사랑>과 <성>과 <결혼 제도>를 통하여 보여준다. 즉 가부장제의 담론과 근대 여성 주체 구성에 관한 담론이 교차되고 착종되는 가운데 가부장제 이데올로기의 허구성은 드러난다. 그 과정에서 근대 주체의 동일자 논리에 의해 규정되고 배제되며 억압되었던 타자로서의 여성은 '사랑'과 '성'과 '결혼'의 문제에 이르러서는 주체와 타자의 욕망과 가치 충돌의 요인으로서 귀환하게 되는데 이는 제도 자체 내의 모순과 더불어 가부장적 질서에 틈을 내어 균열, 붕괴, 탈신비화시키는 핵심적인 요소로서 기능한다.

이들 근대 주체와 소비자본주의 그리고 여성의 욕망 문제를 살펴보기 위해 근대 여성 주체 형성과 생산에 관한 이론들을 간단하게 짚어보자. 이론은 서로 경쟁하고 있는 개인들의 주관적인 세계들을 모두 인정하고 설명할 수 있어야 하며, 기존의 사회적 이익들이 그 중 어떤 세계들의 이익을 반영하고 있는지를 밝혀낼 수 있어야 한다. 이것은 결국 특정한 사회 구조와 과정들이 누구의 존재 조건을 만들며, 그 존재 조건의 내용은 물질적이면서 동시에 담론

---

3) 토릴 모이/임옥희 · 이명호 · 정경심, 『성과 텍스트의 정치학』, 한신문화사, 1994, 195면.

적임을 이해하는 것을 말한다. 이러한 이해과정을 통해서 새로운 형식의 주체가 드러날 수 있으며, 개인에게는 새로운 관점과 선택의 기회를 줄 수 있고, 정치적으로는 변화로의 가능성을 열어 줄 수 있다. 그러나 동시에 이론은 변화에 대한 저항도 설명할 수 있어야 한다. 그리고 그러기 위해서 이론은 주체의 다양성을 포함할 수 있어야 한다.[4]

특히 고갑희는 후기 근대는 근대 주체의 자기중심성에 대하여 반기를 드는 것이라 말하면서 자기중심성이란 근대의 휴머니즘이 갖는 한계를 의미하기도 한다고 보았다. 근대 주체란 결국 부르주아 주체라는 점, 그래서 근대의 주체에 대한 반기는 마르크스, 니체, 프로이트에서부터 출발했다고, 여성주의도 근대의 인간주의(휴머니즘)적 주체에 대한 후기 근대의 비판에 동참하는 측면이 있는데 그 이유는 일차적으로 근대의 인간주의적 주체는 그 중심을 남성 주체에 두고 있기 때문이라고 언급한다. 따라서 행위와 인식의 주관자로서 주체에 초점을 맞추기보다 주체란 구성되어지는 것이라는 후기 근대적 인식으로부터 여성이 성적 주체로 누구에 의해, 혹은 무엇(들)에 의해 만들어지고 구성되는가라는 주체의 구성론은 여성이라는 정체성을 형성하게 되는 과정을 이해하게 하는 동시에 한편으로 일상적 삶에서 다양한 형태로 일어나는 정치성을 좀 더 치밀하게 읽어 내어 변화를 향한 새로운 성적 주체를 생산할 가능성을 열어준다"[5]고 강조한다.

---

4) 크리스 위던, 앞의 책, 12면.
5) 고갑희, 「여성주의적 주체생산을 위한 이론 1- 성계급과 성의정치학에 대하여」 『여/

'주체의 구성' 론을 생산해낸 최근의 페미니즘 이론들은 근대·몸·욕망·소비 등의 문제들도 폭넓게 조명하고 있다. 특히 몸과 정신에 대한 근대주의자들의 이분법의 한계를 폭로했으며, 그 외에도 여러 가지 문제를 제기했다. 데카르트의 <코기토>는 탈신체화된 논리 중심주의의 입장을 취하거나 정신적 내향성interiority만을 강조하게 되는데, 이 경우 몸의 외향성exteriority이 들어설 여지는 없어지게 된다. 그러나 니체가 탈근대적 사상에 미친 영향중의 하나는 정신보다 몸을 우선시하게 한 것이라 할 수 있다. 비코와 스피노자의 사상과 깊은 관련을 갖고 있는 니체에 따르면 인간에게 몸 아닌 것은 없으며 영혼은 몸에 관련된 어떤 부분을 일컫는 것에 다름이 아니다.

하버마스에 따르면 몸안의 주관성을 가장 중시하는 메를로-퐁티를 비롯하여 여러 현상학자들의 문제점은 주체 중심적subject-centered 합리성을 주장하고 있다는 데 있다. 그러나 하버마스는 이성이 의사소통적 행위로 규정되기 위해서는 기본적으로 몸을 필요로 한다는 사실을 미처 깨닫지 못했다. 요컨대 몸을 비이성적 장으로 보고, 마음을 이성의 장으로 보는 입장에서 의사소통 행위의 철학을 정의하고 있는 하버마스는 자기 패배적이다. 푸코도 지적한 바 있듯이 권력과 저항이 불가분의 한 쌍이거나 또는 서로의 <짝compatroits>이라는 것을 생각할 때 현상에 대한 전복과 저항의 이론으로서 페미니즘은 그 변혁을 시작하고 또 촉진시킬 수 있는

성이론』, 제1호, 여성문화이론연구소, 1999, 도서출판 여이연 18-47면 참조.

주체를 분명히 할 필요가 있다.[6]

또한 생산보다 소비의 관점에서 근대성을 살핀다면, 당연하게 받아들여지는 현상을 새롭게 조명할 수 있는 관점으로 전환할 수 있을 것이다. 합리화의 거대 서사가 도시 문화의 꿈의 세계[7] 및 이국적·환상적 이미지와 대치될 때, 그것은 사회변화를 설명하는 포괄적인 주제로서 그다지 설득력을 갖지 못하게 된다. 리타 펠스키는 서구 역사의 규율과 자기 절제의 지배적인 에토스를 통해 성애적 충동을 억압해왔다는 믿음은 근대 소비주의의 발흥에 향락적 욕망과 성애화된(sexualized)표상이 중심 역할을 해왔다는 사실에 의해 의문시되었다고 본다. 근대성이 생산력의 논리에 의해 추동된다는 그녀의 관점은, 무엇보다도 소비욕구가 단순히 경제적 이해관계의 수동적인 반영이 아니라 상대적으로 독립된 다양한 문화적·이데올로기적 요인에 의해 형성되는 것이라는 인식에 자리를 내주게 되었으며, 소비범주는 이전의 생산과 합리화의 담론과는 달리 여성성을 근대의 중심(근대성의 악마화 혹은 비관주의적 비전)에 놓는 원인으로서, 즉 소비문화의 등장은 여성의 사사로운 요구, 욕망, 자아인식 등이 공적인 상품의 표상과 그것이 약속하는 만

---

6) 정화열, 『몸의 정치』, 민음사, 1999, 22-23면 참조.

7) '꿈의 세계'는 발터 벤야민의 근대성 이해의 핵심이기도 하다. 그것은 사회의 탈신비화가 아니라 재마법화(re-enchantment)를 예증한다. Rosalind Williams, Dream World; Mass Consumption in Late Nineteenth-Century France (Berkeley: University of California Press, 1982), 리타펠스키, 김영찬,심진경, 「상상적 쾌락-소비의 성애학과 미학」,『근대성과 페미니즘』, 거름,1998, 105면 참조, 344면 각주 재인용.

족에 의해 매개되는, 여성의 새로운 주관성의 형식을 형성하는 데 기여했다고 본다.

프랑크푸르트 학파에서 장 보드리야르(Jean Baudrillard)의 최근 작업에 이르는 지적 전통에서, 상품 물신숭배와 기호의 전횡에 관한 담론은 항상 성별화된 하위텍스트를 드러내며, 페미니스트 이론가들은 최근까지도 이러한 디스토피아적인 관점을 받아들이고 또한 강화하며, 근대적 여성성의 구성에는 자본주의와 가부장제적인 이해관계가 체계적으로 수렴된다고 지적해 왔다. 여성은 그들의 참된 정체성으로부터 그들을 소외시키는 객체화된 이미지의 덫에 걸린 소비주의 이데올로기의 희생양으로 그려졌으며, 패션, 화장품, 여성 잡지를 비롯하여 소비문화의 뚜렷하게 여성화된 측면에서 얻어지는 쾌락은 모두 다 단순히 여성이 제도화된 가부장제적 메커니즘에 의해 조작된다는 것을 보여주는 또 다른 징후로만 해석되었다.

그러나 페미니즘과 문화 연구 내부의 최근 논의에서는 이러한 조작이론을 거부하고, 소비과정에서의 능동적인 협상 가능성과 그러한 맥락에서 소비의 의미를 재구성할 수 있는 가능성에 더 중점을 두어야 한다는 주장이 대두되었다. 페미니즘 이론은 분명히 끊임없이 소비를 수동적이고 비합리적인 행위로 폄하하는 생산/소비의 이분법에 대해서는 회의적인 시각을 견지할 필요가 있다고 강조한다.[8] 따라서 이 글에서는 여성 소비자의 저항적 힘에 대한 찬

---

8) 리타 펠스키, 『근대성과 페미니즘』, 거름 1998, 106면.

양이 새로운 교리가 될 수도 있음을 충분히 염두에 두면서『휘청거리는 오후』를 중심으로 근대 주체, 소비자본주의, 욕망, 몸의 문제 등이 자본주의적 가부장제 이데올로기와 함께 근대 여성 주체를 형성하는 핵심적인 요인으로 부상하는 정치적 의미를 규명해보도록 하겠다.

2. 뒤틀린 전능한 어머니

박완서의『휘청거리는 오후』[9]는 신문 연재소설이었던 관계로 가장 대중적인 소설이었으면서도 '오락으로서의 재미'가 아닌 '소설적 재미'와 문학적 진지성이 신문소설에서 양립하기 어렵다는 미신을 뒤엎은 작품으로 평가된다. 다양한 평가 가운데 염무웅은 박완서가 정력적으로 비판하고 있는 것이 오늘 이 사회의 중산층 소시민들의 속물적 삶을 에워싸고 있는 그 허위성이지만, 허위와 기만을 각 개인들의 인간성에서 연유하는 것으로 보느냐 그렇지 않으면 사회구조의 본질적 속성에서 연유하는 것으로 보느냐 하는 것은 중대한 차이라고 말하면서 어떤 사고 방식이란 그것을 낳을 만한 사회적 현실의 필연적 소산이기 때문에 사회구조의 차원에서 그것을 논의하지 않는다면 마치 뿌리를 건드리지 않고 잎사귀만 잘라 내려는 것처럼 헛수고에 그칠 따름이라고 그 한계를 지적한

---

9)『박완서소설전집』1., 세계사, 1993.

바 있다.[10]

그러나 여성주의적 관점에서 살펴보면 염무웅이 지적한 바와 다르게, 이 작품은 의외로 많은 이야기를 사회구조의 차원에서 전달하고 있음을 알게 된다. 사적 영역이 근대화 양식이나 사회 변화과정과 긴밀하게 관련되어 있는 것으로 나타나는 대표적인 작품으로서 『휘청거리는 오후』는 저개발국에서 개발 도상국으로 가는 길목의 부부와 그 자녀들의 결혼에 관한 이야기를 담고 있다. 결혼제도와 그로부터 파생되는 근대적 욕망의 형식들이 바로 작품의 플롯이 되는 다성적 소설인 이 작품에는 아버지 허 성씨와 민여사뿐만이 아니라 가족 전체가 주요 인물이 된다. 많은 여성 작가의 작품들의 서사구조가 딸의 관점에서 어머니의 삶을 바라보는 방식을 취하고 있는 데 비해 『휘청거리는 오후』의 서사구조는 아버지의 눈에 비친 아내와 딸의 이야기가 중심을 이루고 있다. 이 작품은 한 가족의 '성'과 '사랑'과 '결혼문제'를 바라보는 다양한 시선을 통해서 근대주체와 욕망의 문제 그리고 소비자본주의 역학관계를 이야기한다.

허 성씨는 전직 교감 선생으로서 전업주부인 민여사와 함께 장성한 세 딸 초희, 우희, 말희 그리고 동생을 선생 월급으로는 대학까지 시킬 수 없다는 판단 아래, 그 동안 몸담았던 교직을 과감히 버리고 작은 전기공장을 10년째 경영해 왔다. 그가 사업으로 직업을 바꾼 후, 기대했던 바대로 그의 가족들은 빈곤에서 해방될 수 있었으며, 딸들과 동생들도 무난히 대학을 마칠 수가 있었다. 또한

---

10) 염무웅, 「사회적 허위에 대한 인생론적 고발」, 『박완서론』, 삼인행, 1991.

교외이지만 작은 이층 양옥도 마련할 수 있게 된다.

허 성씨와 그의 아내 민여사는 우리 한국 근대사의 주인공들이다. 남자가 월급을 받아 가족을 부양하는 모형의 핵가족 제도를 확립한 첫 세대로서 명실공히 산업 자본주의화의 주인공들이며, 안정된 수입으로 한 가족을 꾸려 가는 중산층이라는 계급을 형성했다. 남편은 밖에서 공식적인 산업 역군으로 뛰었고 아내는 가정에서, 또 비공식 영역에서 계층 상승의 기획자로서 근대적 부부의 역할 분담 형태를 고착시킴으로써, 근대적 여성 주체와 남성 주체 형성의 틀을 마련했고, 또한 극히 물질주의적이고 자기 과시적인 중산층 문화를 형성하는데 기여했다.

민여사는 집안의 대소사를 결정할 때 처음엔 곧잘 남편을 끌어들여 종알종알 의논을 하는 체했다. 그러다가도 막상 결정적인 순간엔 당신은 굿이나 보고 떡이나 먹으란 한마디로 남편을 한편으로 야멸치게 밀어붙였다. (1,51-52)

남편 허 성씨와의 관계에서 본 민여사의 아내로서의 지위는 봉건주의적 가부장제 아래 살았던 아내들의 위치에 비해 압도적으로 우위를 점한다. 민여사는 딸 셋의 결혼을 준비하면서 결코 남편을 삶의 대등한 동반자로 여기지 않는다. 그녀에게 남편은 오로지 경제적 문제를 해결해주는 막대한 자금 조달자에 불과하다. 민여사에게 큰 딸 초희의 성공적 결혼은 부잣집으로 시집보내기이며, 이를 위해서 남편 허 성 씨를 비인격적으로 대하면서 남편의 직위를

임의로 조작하는 것쯤은 눈하나 깜짝하지 않을 만큼 속물적이다. 민여사의 삶의 가치는 "사기꾼의 아내가 되더라도 호강 한 번 해보고 싶다는" 말에서도 드러나듯이 물질중심주의적 욕망의 구현이다. 뒤틀린 근대적 욕망에 대한 욕망하기는 상류사회에 대한 환상과 동경으로 그리고 열등감은 소비에 대한 과도한 열정으로 이어진다.

그래서 민여사는 약혼하고 혼인날 받아논 것 이상으로 서둘러 댔다. 어마어마한 집에 보내는 것답게 어마어마하게 뭘 해주지 못해 안달을 하고 허욕을 부려 댔다. 미제 물건장수가 뻔질나게 드나들며 별의별 그릇들, 화장품, 전기용품들을 날라 들이는가 하면 민여사는 민여사대로 허구한날 시장으로 백화점으로 쏘다니면서 무엇인지 보따리 보따리 사 들였다. (1,58)

먼저 이 작품에서 집중적으로 다루고 있는 중산층의 허위의식이란 극도의 물질 중심주의와 가족 단위의 신분 상승주의를 핵심으로 하는 중간 계급 문화로부터 파생한 것이다. 이러한 중간 계급 문화를 형성한 것과 새로운 성역할 분담을 고착시킨 어머니들 중의 가장 대표적인 '현대적 아내 - 아내권은 세졌으나 여성권은 전혀 신장되지 않은-'의 예로 우리는 『휘청거리는 오후』의 민여사를 들 수 있다.[11]

---

11) 초고속의 도시화 과정과 경제 개발과정에서 여성 권한의 바탕이 모권에서 아내권으로 바뀌었으며, 자본주의적 가부장제가 발전시켜 온 보편적 가족 형태인 핵가족에서 이러한 아내권의 신장이 부부간의 친밀성보다는 상호 보완적인 역할 분담을

「아유 그 숨넘어가는 소리 좀 고만 하세요. 금단추를 단댔게 망정이
지 백금단추라도 단댔으면 정말 숨넘어가시겠수. 그게 요즘 상류사회
의 결혼 풍속인 걸 어떻게 해요. 상류사회의 사돈을 맺으려면 상류사회
의 풍속을 따라야지 별수 있어요. 당신은 마치 내가 돈 쓰고 싶어 그러
는 줄 알지만 실상 난 아무 죄도 없다구요. 상류사회의 풍속이 그렇고,
우리가 상류사회와……」
「여보 제발 좀 그만해 두구려. 그 상류사회 소리」(1,70)

어머니와 딸의 대상관계 즉 딸을 통한 대리체험, 대리만족 때문
에 빚어진 민여사의 상류사회 진입에 대한 과도한 욕망과 상식적
인 선을 넘어서는 큰 딸 초희의 결혼 선택은 이미 예정된 파멸로
서, 초희는 1년여의 짧은 결혼 생활에서 정신분열증에 걸린다. 민
여사로부터 초희로 순환되는 소비자본주의의 욕망으로 정신적으
로 붕괴해가는 초희의 모습은 소비자본주의의 덫에 걸린 이미지와
모성이 처해 있는 물적 토대를 표상한다.

「초희가 정신병이란 소리가 아니라 그쪽에서 그렇게 트집을 잡을 수
도 있다 이 말이에요. 그러니 흥정을 지금 할 게 아니라 우선 초희를 고
쳐놓고 흥정을 하는 게 유리하다니까 이인 알지도 못하고 화만 내더
라.」
민여사가 양복을 꺼내면서 혼자말처럼 투덜댄다.(1, 507)

통해 사회적 지위와 재산을 공유하는 가족의 형태로, 이는 '부부중심의 핵가족' 이
아닌 모자 중심의 핵가족으로 바뀌게 되었다.조(한)혜정, 「남성 중심 공화국의 결혼
이야기」,『성찰적 근대성과 페미니즘-한국의 여성과 남성 2』, 또하나의 문화, 1998.
151 참조.

민여사와 초희의 비분리적 관련 인식이 어머니와 딸의 반(半)공생적 관계로서 자신이나 타자를 독립적 자아로 인식하지 못하게 한다. 민여사의 초희의 결혼에 대한 권고가 막강한 효력을 발휘한 것으로부터, 황폐한 정신과 무너지는 육체를 가누지 못하는 큰딸 초희를 놓고 "흥정하는 게 유리하다"는 말로부터 우리는 왜곡된 욕망에 의해 뒤틀린 전능한 어머니의 이미지를 읽게 된다. 이 작품에서 작가는 민여사를 중산층 여성들의 주체 형성이 가부장제를 더욱 공고히 하는 데 일조를 하는 입장에 서 있음을 드러내는 전략적 인물로 배치한다. 민여사는 가족 이기주의적 성향만을 강화시킨 왜곡된 삶의 방식을 다음 세대인 딸에게 물려주기 위해 안간힘을 쓰는 인물이다. 그녀는 국가 경제 성장 과정에서 내면화한 물질주의와 속물근성, 그리고 자식의 삶에 과도하게 개입하는 '도구적 모성'[12)]의 표상이며, '근대 기획'에 종속된 주체로 남아 있는 문제적 인물로서 이러한 그녀의 근대의 부정적 가치에의 순응은 역설적으로 근대의 기획을 해체한다.

3-1. 몸 · 욕망의 사다리

소설의 처음은 맞선 광장으로 나서는 허 성씨와 민여사의 맏딸 초희의 모습을 그리는 것으로 시작된다. 도매시장에서 봉제품을 고르면서 행여 한 솔기라도 허술히 박힌 덴 없나 실밥이라도 늘어

---

12) 조(한)혜정, 앞의책, 154-155면 참조.

진 덴 없나 험을 잡아내지 못해 조바심하며 샅샅이 발기고 있는 극성스럽고 야박한 여자의 지긋지긋함으로 묘사되는 맞선 광경에서 매매혼으로서의 성격을 드러내는 현대의 결혼제도가, 그리고 중산층의 속물적 삶과 소시민의 허위의식이 날카롭고 신랄하게 파헤쳐진다.

가난한 선생의 자식으로서 자랐고, 또한 현재도 별로 넉넉하지만은 않은 가정 속에서 은행원으로 살아온 초희에게 결혼은 신분상승의 절호의 기회이므로, 그 기회를 놓치지 않기 위해 자신을 능숙하게 연기해낸다. 그녀에게 자신이 살고 있는 집은 쓰레기같은 고장으로 표현되곤 한다. 자라면서 가난 때문에 부모의 싸움을 수도 없이 목격했고, 그녀가 가장 싫어하고 두려워하는 것이 바로 생활의 궁기였고, 그렇기에 왜곡된 물질에 대한 욕망은 부에 대한 동경과 집착으로 삶 그 자체의 목적이 된다. 그녀에게 결혼이란 궁극적으로 남에게 보여주기 위한 자기과시적인 것이며, 그녀에게 행·불행을 결정해 주는 것은 물질적인 생활 환경뿐이다. 그녀의 소비자본주의의 욕망과 자신 속의 욕망을 구별하지 못하는, 자기의 목소리를 가지지 못한 공허한 모습은 아버지 허 성씨의 눈을 통해 위태롭게 묘사된다.

> 시대의 흐름에 너무도 순순히 편승하는 딸 초희는 아직 새파란 나이에 시시한 어른이 마련해 놓은 결론으로부터 출발을 하려고 한다.(1, 223-224)

초희는 민여사에 대한 증오감으로 숨이 막히는 것 같았다. 모녀간의

이런 증오에는 돌파구가 딱 하나밖에 없게 마련이다. 시집가는 것--. 초희도 그것을 안다.(1,246)

딸을 통해 부에 대한 과도한 욕망을 성취해보려는 어머니 민여사를 때로는 증오하면서도, 초희는 어머니를 넘어서 그녀에게 작용하는 권력의 실체를 꿰뚫어보지는 못한다. 물질이 삶의 중심에 놓이고, 모든 인간의 관계를 이해관계에 의해 타산적으로 따지게 되는 황폐한 그녀의 내면세계는 민여사의 분신과도 같은 모습이다.

초희는 타인과의 관계에 있어서 이 밑지고 있다는 느낌을 제일 꺼린 나머지 현재 자기가 밑지고 있나 안 밑지고 있나로 관계를 지속할 것인가, 그만둘 것인가를 결정지으면서 살아왔다고도 볼 수 있었다. (1,269)
공회장이 이렇게 적나라하게 행복해 할수록 초희는 이번 결혼에서 혹시 자기가 밑지고 있는 게 아닌가 하는 의구에 사로잡히기 시작했다. 초희가 대인관계에서 제일 싫어하는 게 이 밑지고 있다는 느낌이다. 그녀는 밑지지 않기 위해 늘 그녀의 마음속에 정확한 저울을 간직하고 사람과 사귀었다. 우정도 사랑도 행여나 받은 것보다 자기가 더 주게 될까봐 엄격히 스스로를 절제하며 살았다.(1,340-341)

진정한 인간 관계에 대한 거부와 물질적인 풍요로움을 곧 삶의 궁극적인 가치로 규정하는 초희는 자신의 미모를 밑천으로 돈많은 중년남자의 후처자리를 선택한다. 결혼으로 자신의 위치를 아버지로부터 남편으로 바꾸었지만, 지배의 주체는 여전히 남성에게 그리고 물질에 지배당하는 종속된 삶을 살아가게 된다. 초희의 자기 분열적 삶에서 그녀가 정신과 육체의 순수한 합일을 꿈꾸며 전 애인 김상기와의 만남을 갈망하고, 그의 통속적인 태도에서 느낀 환멸이란 결국 자기 내면세계의 속물성에 맞닥뜨린 것에 다름 아니다. 초희의 이러한 육체와 정신의 이원적 인식과 왜곡된 욕망은 결혼 생활을 파국으로 치닫게 하는 직접적 동인으로 작용한다.

이 작품에서 초희의 물질중심주의적 가치관과 공회장의 자본주의적 가부장제 이데올로기가 착종되는 지점은 가정이다. 정서적 만족감을 줄 수 없는 가정에서의 삶이 가져올 수 있는 인간 내면의 황폐함은 초희의 정신분열로 드러난다. 이들이 만든 가정의 붕괴는 가족이 타산이나 공리가 끼어들 수 없는 사심없는 공동체 - 그 안에서는 성원 누구나가 고락을 함께 나누는 참으로 평등한 초개인적 단위 - 라는 신성불가침의 신화가 붕괴되는 것에 대한 은유이다. 남편 공회장의 물질적 기반의 부분적 공유만이 허락되는 초희의 사치와 향락에는 '경제적 지배'의 권력에 종속되는 비인격적인 삶이 남아있을 뿐이다.

그러나 짧은 순간이지만 초희는 자신의 임신을 통해서 생명에 대한 경외감과 모성성에 대한 경건함을 깨달으면서 삶의 의미와 활력을 찾은 듯이 보인다. 하지만 자신이 가진 아이가 공회장의 아이가 아닌 전 애인 김상기와의 사이에서 생긴 아이인줄 알게 되고, 그 과정에서 남편의 아이를 가질 수 없다는 현실의 불모성은 더더욱 초희를 파멸로 치닫게 한다. 공회장의 결혼의 영역에 대한 인식 또한 이중적이다. 초희의 젊음과 미모를 돈으로 산 결혼 생활과 초희와의 사이에서 자녀를 낳지 않으려고 불임수술을 하는 이중적

인식은 오히려 가부장제 이데올로기의 허구성을 무너뜨리는 기폭
제가 되어 부메랑으로 돌아온다.

위에서 살펴본 바와 같이 초희에게 몸은 정신과 분리된 것으로
'욕망의 사다리'로 작동한다. 그녀의 물질에 대한 과도한 욕망과
상류사회 진입에 대한 열정은 현실에서 '화장'이라는 은유로 반복
되어 그려지면서 현실의 기표로 끊임없이 미끄러진다. 특히 『휘청
거리는 오후』에서 드러난 초희와 민여사의 화장하는 모습에 대한
허 성씨의 독백을 통해 우리는 화장이 가부장제 이데올로기에 의
해 뒤틀린 소외된 주체의 생존 전략으로서 소비사회의 얼굴로서
기능하고 있음을 읽을 수 있다. 초희의 근거없는 교만이 열등감에
대한 위장이듯이 "평소 얼굴에 꾸밈이 덕지덕지 발려 아름다운 데
드마스크처럼 표정이 멎어 있는" 것같은 완벽한 화장술은 존재의
불안에 대한 그녀의 철저한 허위의식의 은유로서 기능한다.

> 어제도, 그제도, 오늘 아침에도 이모가 오기 방금 전에도 바라보고
> 또 바라봐도 싫증이 안 나던 예쁜 얼굴이었는데 어디가 어떻게 달라졌
> 는지 꼴도 보기싫게 싫은 생각이 난다. 그녀는 서둘러서 화장을 한다.
> 좀 두껍게 한다. 엷은 화장을 하고 있기가 불안한 것이다. (1, 188)

민여사와 초희는 현대적 가부장제의 이데올로기에 매여 자신들
을 남성들이 투사하는 여성 이미지를 연출해 내는 데 삶의 대분분
의 시간을 소모하는 여성들로 그려진다. 특히 초희는 남자들(혹은
타인들)의 시선에 따라 자신의 가치를 가늠해 본다. 초희는 자기의

미모를 자각하고 나서부터 반드시 그 미모를 밑천으로 물질적인 풍요를 얻으리라는 꿈, 아니 집념이 있었기에 결혼 생활에서도 남편 공회장은 그리 중요하지 않았으며, 다만 공회장이 제공해 줄 생활이 중요했기에 초희의 성성은 관음증적인 남성의 시선을 위해 전시된다.[13] 초희에게 화장은 하루의 삶의 의미를 집약한 것이다. 그러나 그러한 의식은 직접적이라기 보다 간접적이어서 "남성의 시선을 받고 있는지의 여부와 상관없이 스스로의 욕망이 반사되어 있는 허영의 거울을 바라보며 도취해 있는"[14] 상태를 즐긴다.

초희는 콤팩트를 꺼내 얼굴을 비춰본다. 아주 냉정하게 자기 얼굴과 마주 대한다. 아침에 정성들여 한 화장이 젊은 살갗에 잘 스며 반질반질하도록 고운 얼굴이었다.

그래도 그녀는 콜드 크림으로 화장을 말끔히 닦아낸다. 이상하게도 화장이 벗겨짐에 따라 살갗이 얇아지지 않고 두꺼워진다. 뻔뻔스럽도록 두꺼워진 낮짝 털구멍마다 허덕이듯이 피곤을 내뿜고 있다. 그녀는 바로 그런 얼굴과 만나보기 위해 일부러 화장을 지웠던 것처럼 별로 놀라지는 않는다. 그러나 오래 그러고 있지도 않았다. 그런 얼굴과는 짧게 은밀하게 만나고 말아야 하는 것이다. 고꾸라졌다가 얼른 바로 설 수 있었던 사람처럼 재빨리 둘레를 살펴보곤 다시 기민하게 화장을 시작한다.

그녀의 손놀림은 확실하고도 완전하다. 활짝 열린 채 피곤을 내뿜고 있던 털구멍이 해면처럼 걸신스럽게 갖가지 크림과 화장수를 빨아들인

---

13) 실비아 월비/유희정, 『가부장제이론』, 이화여자대학교 출판부, 1998, 151면.
14) 백지숙, 『이미지에게 말걸기』, 1995, 문예마당.

다. 살갗이 다시 꽃잎처럼 얇고 향기로워진다. 그녀는 당장 온 세상을 상대로 엄청난 사기라도 칠 수 있는 것처럼 만만해진다.(1.42)

초희의 여성으로서의 쾌락과 그 쾌락이 만드는 여성다움의 양식은 문화적 실천들에 의해 만들어진다. 특히 화장은 미의 기표로서 얼굴의 새로운 현실원칙을 만들어 내며, 얼굴은 가치가 조립되고 구성되는 과정 속에서 소비사회의 얼굴로 나타난다. 따라서 화장을 통해 이루어지는 의미화 작용은 자본주의 생산양식과 소비양식에 밀접히 연결되어 있다. 화장한 얼굴은 맨얼굴의 흔적에 불과하다. 그 흔적이 지워지고 우리는 좀 더 아름다워지길 바라기 때문에 메이크업된 얼굴은 다시 욕망의 대상으로 바뀐다. 따라서 화장이란 흔적 지우기의 반복이다. 거울 속의 얼굴은 엄밀한 의미에서 부재하며 새로운 얼굴이 아니라 기호, 이미지일 뿐이다. 화장이 결핍의 충족욕구에서 시작되는 것은 이 때문이다.

화장처럼 초희를 즐겁게 하는 작업은 없다. 그녀는 화장을 통해 매번 새롭게 태어나는 것처럼 느끼기조차 한다.

남자가 심심하면 담배 생각이 나듯이 그녀도 심심하면 화장 생각이 났고, 남자가 문득문득 간절히 담배를 태우고 싶듯이 그녀도 문득문득 간절히 화장이 하고 싶고, 남자가 한 개비의 담배로 지독한 곤경에서 거짓말처럼 구원받는 것처럼 그녀는 그녀의 화장으로, 콤팩트 속의 갓난애 손바닥 만한 거울 속의 자기 얼굴과의 대면으로, 어떤 불행으로부터도 구원받은 것처럼 느꼈다. (1-241)

초희는 어떡하든 이 까닭모를 불안과 초조를 스스로 달래보려고 화장대 앞에 앉았다. 화장만큼 그녀의 정신을 집중하고 안식을 주는 게 없었는데 요즈음은 그것조차 뜻대로 되지 않는다. (1,431)

그녀는 막연히 남의 눈에 뜨이지 않는 그녀의 모든 부분이 엉망진창이라고 느끼고 있었기 때문에 남의 눈에 뜨이는 곳의 아름다움에 대한 병적인 집착을 갖고 있었다. "언니는 목숨 걸고 화장한다"는 동생들의 빈정거림을 들을 만큼 초희의 화장에 대한 병적인 집착은 자기 분열이라는 존재의 정체성에 대한 불안과 대비된다. 화장의 나르시시즘의 환상은 근본적으로 맨얼굴과 화장한 얼굴의 거리, 혹은 차이에서 비롯한다. 맨얼굴에서 화장한 얼굴로 바뀌는 것은 미의 의미화 작용이 일어나는 과정이다. 이러한 의미화 작용에 의해 얼굴은 신체의 한 부분으로서 갖는 자연적인 가치를 떠나 미라는 기표에 따라 가꾸어지게 된다. 욕구는 욕망의 차원으로 바뀌는 것이다. 어머니의 부재, 즉 어머니와 거리가 있는 현실이 주체를 형성하듯이 거리 두기는 욕망을 실현하는 단계이다. 맨얼굴을 유혹하는 추상적이고 모델화된 미의 이상에 의해 생겨나는 것이고, 차이와 동일성을 두 축으로 하는 잉여가치의 생산전략이 숨어있는 것이다.

화장 짙은 여자 둘이 마주앉아 진홍빛 손톱을 갈고 또 가는 일에 몰입하고 있는 광경은 뭐라고 말할 수 없이 괴기한 느낌을 허 성 씨에게 주었다. (1,87)

여태까지 갈고 다듬어서 더욱 표독해진 손톱의 빨간 매니큐어조차,

소위 상류사회로 통하는 길을 가로막고 있는 높고 견고한 담장을 감히 허물어뜨려보려고 맨손으로 쥐어뜯다 쥐어뜯다 못해 입은 피맺힌 상처처럼 참담해 보인다. 아아, 어떡하면 저 상처를 감쪽같이 아물려줄 수 있을 것인가. 불쌍한 것. 허 성 씨는 자기도 모르게 딸의 손을 꼭 잡는다. 내 손이 약손이었으면 내 손이 약손이었으면…… 속으로 그렇게 빌면서 꼭 잡는다. (1,88)

의미화의 양식은 이렇게 자본주의적인 생산전략에서 생겨난다. 얼굴에 좋은 화장품을 쓰면서 가치를 부여하고 그 가치의 양과 질에 따라 욕망을 생산하는 과정은, 노동(력) →가치(상품)→화폐→자본의 재현 및 변형의 논리와 같다. 다시 말해 욕망의 증식 운동이나 가치 증식 운동의 논리는 마찬가지이다. 따라서 의미의 기호화 과정은 생산양식과 밀접하게 연결된 채 진행된다고 할 수 있다. 시장과 생산현장에서 작동하던 돈의 경제학, 자본주의의 동일성 파괴전략이 일상적인 리비도의 경제학으로 탈바꿈하고 있는 것이다. 화장의 이데올로기는 생산관계를 비가시적이고 상징적으로 재생산하며 상징적 제도로까지 발전하였다.[15]

레비나스가 말한 가까움의 윤리나 얼굴 대하기의 윤리에 영향을 받은 이리가레이에 따르면, 시각이나 바라보기가 남성적인 것을 특권화할 뿐만 아니라 다른 감각의 희생 위에 시각만을 강조하는 것으로서 몸의 물체성과 신체적 관계를 빈곤하게 한다.[16] 그런 의

---

15) 이득재, 「화장, 리비도의 정치경제학」, 『문화연구 어떻게 할 것인가』, 현실문화연구, 1993.
16) 즉 시각이 <구경하는>것으로서 남성적인 것을 존중하는 데 비해, 만짐은 <참여하

미에서 허 성씨의 눈에 비친 아내와 딸의 '화장'에 대한 비판은 대단히 예리하다. 특히 허 성씨가 큰 딸 초희의 머리를 쓰다듬고 싶어할 때 "머리카락 한올까지 나일론 벙거지 속에 꼭꼭 숨겨 어디를 쓰다듬어야 할지 몰라" 절망하는 모습에서 읽을 수 있는 허 성씨의 가까움의 윤리는 남성의 욕망을 내면화한 초희와 민여사의 화장의 정치성과 극명하게 대비되며 무참히 좌절된다.

3-2. 육체 · 순응과 반란의 공간

어머니 민여사와 언니 초희의 삶의 방식에 대한 거부로부터 비롯된 둘째딸 우희의 결혼에 이르는 모습은 자신을 근대의 자율적 주체로서 타자화된 여성성을 극복, 초월하려는 과정으로 드러난다. 먼저 성에 대한 인식을 살펴볼 경우, 언니 초희의 순결에 대한 가치관이 남성들의 가치관을 내면화한 것이라면, 우희는 남성 중심의 이중적 성문화 제도 안에서 그 불합리한 점을 깨닫고 나름대로 주체성을 확립한 모습을 보여준다.

순결을 잃은 딸 앞에서 부들부들 치를 떨 때도 그랬지만 화가 가라앉자마자 깨진 그릇은 깨뜨린 놈한테 속하게 하는 게 수라는 상식적이고도 안전한 판단을 내릴 수 있는 아버지의 전통적인 무사안일주의에 우

는>감각으로서 여성적인 것을 중시한다. 따라서 몸의 정치를 여성화한다는 것은 곧 가까움의 감각(듣기 · 만지기 · 맛보기)을 강조하는 것이며, 우리의 사고와 행동의 한가운데 자리잡고 있는 시각의 유령을 쫓아내는 것이다. 그것은 전방위 감시체제로부터의 탈출에 비유될 수 있다. 정화열, 앞의 책 24면.

희는 구역질을 느꼈다. 우희는 그 일이 두 사람에게 같은 뜻을 지니게 되길 바랐다. 후유증이라도 좋으니 공평한 후유증이 남길 바랐지 어느 한쪽이 피해자가 되는 걸 원치 않았다.

우희는 사랑하는 남자가 생겨 몇 번 자본 걸로 자기가 어디가 이지러졌거나 금이 갔다고 생각하기가 싫었던 것이다. 그러나 민수는 우희가 의당 금 간 계집처럼 굴어야 하는 건데 그렇게 굴지 않는 것으로 불만을 삼았고 문득문득 불안해 했다.(1,199)

우희의 균형잡힌 시각과 달리, 우희의 남자친구 민수의 성에 대한 인식은 상호간의 의사 소통 혹은 정서적 교감, 친밀감의 확인, 즐김 등 인간 관계를 포함하기보다는 우희라는 한 여성에 대한 소유의식의 확인이라는 의미가 오히려 강하게 드러남을 읽을 수 있다. 가부장제 사회에서 구성된 남성의 성의 특성으로 성적인 주도권을 갖는 권력 그리고 남성이 아닌 여성에게만 강요되는 순결 이데올로기의 이중 규범은 여성을 남성보다 소극적이고 열등한 존재로 인식하도록 규정하는 가부장제 이데올로기를 유지하는 첨병이 된다.

「장인 어른이야말로 제 말을 오해하고 게십니다. 저는 그런 뜻이 아니라요……, 제가 서둘러서 우희를 제 것으로 만들어 버린건 우희에 대해 안심을 하고 싶었기 때문이었거든요. 그런데 그렇게 되고 나서도 우희는 조금도 저를 안심시켜 주지 않는다 이 말씀이에요. 처녀 때나 마찬가지로 콧대가 높아가지고 조금도 호락호락해질 척을 안 해요. 내가 걸어 찰까 봐 벌벌 떨어야 할텐데 되레 툭 하면 깨끗이 헤어지자고 토

라진다니까요. 그럴 때마다 번번이 제가 빌고 화해를 해야 되니 제 꼴
은 또 뭡니까?」(1,204-205)

앞의 인용문에서도 살펴볼 수 있듯이 민수의 성에 관한 이중적
의식을 통해서 깨닫게 된 우희의 현실에 대한 인식이란 결국 "슬레
이트 지붕과 핵가족이 삶 사는 겉모양일 뿐 속생활을 속속들이 간
섭하는 낡은 생활양식과 낡은 도덕이 건재"하는 상황에 대한 깨달
음이다. 이러한 깨달음 즉 우희의 자율적 주체로서의 몸 세우기의
노력은 그러나 "민수를 사랑하는 마음이 진해질수록 몸담고 있는
구질구질한 생활에 미리 넌더리와 혐오감을 느낀" 경제적 주체로
서의 나약한 의지와 대비되며 남성중심주의 이데올로기가 지배하
는 사회·역사적 상황에 대한 깨달음으로 발전한다. 그리고 우희
는 이미 미적 특성의 일시성과 환상적 본질을 깨닫고 있기에 초희
의 화장에 대한 병적인 집착에 대해 비판적 시각을 견지한다.

민수는 우희의 남편이기 이전에 얽히고 설킨 크고도 촘촘한 그물의
그물코였고 민수와 동격의 인간으로 민수와 결혼한 게 아니라 한 마리
의 철없는 피라미처럼 이 크고도 촘촘한 그물에 걸려든 신세인지도 몰
랐다.(1,337)

우희의 성과 몸은 여성에게 가해진 억압과 편견을 구체적으로
확인할 수 있는 테마가 된다. 우희가 육체로 말하는 언어는 수치스
럽고 비도덕적이며 불결하고 불완전한 것으로 치부된다. 그녀는
자신의 몸을 통해서 그 억압과 폭력의 양상이 촘촘한 그물코만큼

이나 숨막히는 모습임을 느끼고 체득한다. 그녀에게 몸은 미래에 대한 기대로서 현실에 대한 반란을 꿈꿀 수 있는 장소이면서 또한 현실에 대한 절망을 느끼는 곳이 된다. 이러한 저항은 그러나 우희의 불완전하고 이율배반적 현실 인식, 즉 "사랑이 없이 다만 물질적인 풍요와 안일만을 목적으로 한 결혼을 경멸"하면서도 혼수만큼은 양보하려 들지 않는 이중성에서 억압을 가중시키는 요소로 변질된다.

게다가 "직장조차 없는 여자가 결혼에 늦을 경우, 한 물 간다"는 데 대한 공포감이 강했던 우희가 보여준 모습과 초희의 "상처받은 허영심"에 대한 냉정한 시선, "아빠의 의식구조가 삼십년 전 연애 걸었다고 아빠를 고향에서 내쫓은 할아버지의 의식구조에서 한 걸음도 나아가지 않았음"을 날카롭게 비판하는 모습사이에는 엄청난 거리가 있다. 남성중심적 역사 발전을 해체하고 역사를 거스르며 세계를 재편성하려는 우희의 몸의 반란은 그녀의 균형잡힌 인식이 담보되지 않았기에 그다지 성공적이라고 말하기는 어렵다. 그러나 우희의 결혼식날, 어머니 얼굴에서 자신의 미래의 모습을 읽는 그녀를 보면서 우리는 가부장제 사회에서 근대 여성 주체로 몸 세우기가 얼마나 힘겹고 고통스런 지난한 과정인가를 다시 한 번 깨닫게 된다.

3-3. 성과 사랑과 결혼의 주인 되기

초희의 자기 패배와 남성중심의 이중 규범에 대한 우희의 반란이 역설적 성공이었다면 말희의 경우는 결혼에 이르는 과정을 통해서 진실한 만남이 가져야 할 덕목을 보여준다. 그러나 말희 또한 처음부터 그렇게 건전한 인식의 소유자는 아니었다. 아래 인용문에서도 드러나듯이, 말희의 결혼에 대한 혹은 삶에 대한 인식이란 "남녀 관계에 계산이 깔려 있는 것이 어른들의 잣대에 맞춰본 후에의 만남이 오히려 안전하다"는 것이다. 여기서 우리는 젊음의 신선함보다 삶에 타협하는 이기적인 한 개인을 읽게 된다.

「작은언니야말로 웃기네. 큰언니가 그 남자에게 연애감정이 없었다고 어떻게 그렇게 쉽게 단정을 하지? 맞선으로 만난 남자에게라고 연애감정 못 느끼란 법 없잖아. 가장 안전하고 바람직한 결혼은 큰언니의 경우처럼 어른들이 상대방의 조건을 이악하게 따져봐서 마땅하다 싶으면 서로 선 뵈고, 이렇게 해서 만난 상대에게 차차 연애감정을 느껴 골인하는 결혼이 아닐까?」(1, 55)

이렇게 이기적인 말희가 남자 친구 정훈의 자만과 자기도취, 혹은 폭군 같은 행동의 실체를 깨닫는 데는 4년이라는 시간이 필요했다. 그 시간의 흐름 사이에서 두 언니의 성과 사랑과 결혼에 대한 비이성적 순응과 이율배반적 저항의 몸짓으로부터 서서히 깨달음을 얻으면서 말희의 균형잡힌 시각이 배태된 것이다. 정훈이 보여준 야심만만함과 남성우월적인 행동의 밑바닥에 깔려 있는 허약한 본질 감추기를 발견하는 것에서 말희의 인식은 한 단계 성숙한 차원으로 변모된다.

정훈인 처음부터 말희한테 사랑한다는 말 대신 필요하단 말을 썼었다. 말희는 아무런 주저나 의심없이 필요하다는 말과 사랑한다는 말을 같은 말로 받아들였다.(1,367)

순금인 줄 알고 애지중지하던 패물이 군데군데 도금이 벗겨지는 걸 보는 놀라움처럼 여태까지 안 보이던 야비한 인간성을 하필 오늘부터 드러내기 시작한 정훈이에 대한 환멸을 말희는 그렇게 풀이할 수밖에 없다. (1,375)

정훈에 대한 환멸이란 결국 말희의 내면에 존재해 왔던 자기인식의 비합리성에 대한 깨달음에 다름 아니다. 말희가 정훈을 버리고 경하를 선택하는 것은, 그녀가 자신의 사랑과 성과 결혼의 타자가 아닌 주인이 되기 위해서 서서히 조금씩 변화하며 나름대로 고뇌한 결과이다.

말희는 초희처럼 결혼과 경제적 자립을 양자택일하지 않으면 안 되는 상극의 관계로 생각해 본 적은 한 번도 없었다. 자기가 배운 것을 통해 자립도 하고 결혼도 할 생각이었다. 그것이 무리일 까닭이 없었다.(1,389)

말희의 성숙된 인식으로의 전환, 말희와 경하의 결혼 후 외국 유학 선택으로 이어지는 과정에서 작가는 이상적 결혼형을 제시하려고 한 것 같이 보인다. 그러나 아버지 허 성씨에게 막대한 부담을 주는 말희의 혼수비용의 문제는 그녀 또한 바람직한 근대의 자율적 주체로 몸세우기에 성공한 인물로 보기에는 어렵게 한다. 따라서 소비자본주의의 결혼제도가 갖는 세속성으로부터 결코 자유롭지 못한, 냉정함을 잃어버린 허 성씨의 죽음을 보면서 우리는 그녀의 결혼이 이상적인 결혼상이라고 단언하기에 주저하게 된다.

4. 맹목 그리고 뒤늦은 통찰

『휘청거리는 오후』에서 가장 문제적인 인물은 바로 허 성씨이다. 경제적 고달픔으로부터 가족들이 벗어날 수 있도록 손가락까지 잘려 나가면서 혼신의 힘을 다해 이룩한 사업으로 그의 가족은 물질적 양적 풍요로움은 얻을 수 있었다. 그러나 허 성씨의 가장으로서의 의무를 다하려는 노력은 결코 가족의 보다 단단한 결속력을 구축하거나 조화로운 삶을 살 수 있도록, 즉 삶의 질까지 바꿔 놓을 수 있는 것으로까지 성숙되지 못한 것으로 드러난다. 허 성씨의 눈물겨운 가족애는 오히려 민여사와 가족들로부터의 단절감과 소외감을 확인하는 계기가 된다.

집안의 가장이 가족의 모든 것을 책임져야 한다는 철저한 가부장제의 규율이 지배되는 사회구조 속에서 허 성씨는 세 딸의 결혼을 아내의 주장에 따라 무리하게 성사시켜 나가면서 중심을 잃게 되지만, 딸의 아버지 노릇에 대한 회의와 환멸의 고통을 겪으면서 오히려 남녀평등에 대한 인식이 서서히 싹트는 계기가 된다. 그러한 허 성씨의 현실인식과 죽음에 이르는 과정을 통해서 철저한 가부장제 이데올로기의 수호세력으로서 근대 주체의 폭력성은 여지

없이 드러난다. 소비주의에 종속되는 근대적 여성 주체의 물신화된 삶의 통속성과 통제되지 않는 사모녀의 욕망은 아버지 허 성씨의 죽음의 동인으로 작용하면서, 자본주의적 가부장제 이데올로기의 허구성은 내파된다.

허 성씨가 아내를 보는 시각을 살펴보자. 그는 과거 한 때 아내의 모습 - 공장이 자리가 잡히고 월급보다 많은 돈을 벌어들이게 되자 돈세기를 좋아하는 아내가 신바람이 나서 돈을 손수 셈하고 장부정리까지 해주면서 행복에 겨워하던 - 을 귀엽고 사랑스러운 여자로 바라본다. 그리고 지금 변해 버린 아내의 모습에 환멸을 느낀다. 이러한 허 성씨의 시각에서 우리는 자신이 정해 놓은 범주에 들지 않는 여자들을 혐오하거나, 우리 사회의 물신성과 도덕성 상실이 마치 여자들만의 탓으로 보는 남성중심주의 이데올로기의 극치를 읽게 된다. 더욱이 큰 딸 초희의 결혼을 앞두고 맞선 보는 장면에서 드러난 허 성씨의 연애결혼에 대한 예찬은 그의 결혼에 대한 인식을 단적으로 드러 낸다.

「넌 어디가 못나서 그 흔한 연애 한 번 못하냐?」
허 성씨는 슬그머니 화가 나는 김에 초희한테 생트집을 부린다.
「아빠두, 제가 왜 연애를 못해봐요, 누굴 바본줄 아시나 봐. 해도 몇 번 했어요. 그렇지만 연애하고 결혼하고 어디 같아요. 연애는 연애 멋있게 할 줄 아는 남자하고 할만큼 해봤으니까 결혼은 결혼 생활 멋있게 할 수 있는 남자하고 할래요」(중략)
「아빠두---, 남한테 보이지 않으려면 무슨 재미로 멋있게 살아요?」(1, 17-18)

왜 젊은이답게 어른의 이 더러운 속성에 과감한 충돌로 부딪쳐오지 못하는가? 그런 신선한 모반의 씨 를 잉태하지 않은 젊음이 도대체 무슨 의의가 있단 말인가?(1,141)

초희의 결혼 과정에서 많은 실망을 느끼고 둘째딸 우희에게 젊음의 신선함을 기대했던 허 성씨는 그러나 눈앞에 자신의 기대가 현실화되는 순간, 여지없이 자신의 남성중심주의적인 시각의 한계를 드러낸다. 그에게는 딸의 순결 이외에 아무 것도 문제가 되지 않는다. 아버지 허 성씨에게 가장 중요한 것은 딸(여성)의 순결이다. 우희를 최초의 남자에게 결혼시키려는 이러한 허 성씨의 성에 대한 의식은 강박적이고도 이중적이다.

허 성 씨에겐 딸이 한번 몸을 망쳤다는 것만으로도 충분하게 끔찍했다. 그런데 그 최초의 남자를 버리고 딴 데로 옮겨가는 꼴을 어찌 보아주랴. 다리 몽둥이를 부러뜨려놓는 한이 있더라도 그 일만은 막아야겠다 싶다. 왜냐하면 그런 짓은 화냥질이기 때문이다. 안 되지, 안 되고말고. 내집에서 화냥년이 나게 할 수야 없고말고.
「여보게 답답하네 그려. 자세히 말을 좀 해보게. 요즈음도 우희를 만나긴 자주 만나나?」
「그러믄요」
「그럼 걔가 마음이 변한 것 같은 눈치를 어디서 챘는가? 난 암만해도 그 소리가 듣기 거북하이. 걔가 자네한테 호락호락 넘어갔다고 해서 아무에게나 헤프게 굴고 다닐 거라고 자네 넘겨짚는 건 아니겠지? 그렇다면 내가 자넬 용서 못하겠네. 우리 우흰 그런 애가 절대로 아냐. 자네

암만해도 우리 우휠 잘못 알고 있어」(1,204-205)

아버지 허 성씨가 둘째 딸 우희의 결혼에 대한 인식의 정도를 깨닫게 되면서, "젊은이들이 서구식 자유연애는 한 주제에 어째서 서구식 자주독립은 회피하려드는지. 왜 성의 자유는 누린 주제에, 어째서 생활의 자유는 누리기를 겁을 내며, 물질적인 도움을 바라는지"에 문제를 제기하는 비판적인 시각은 꽤 균형잡힌 것같이 느껴지기도 한다. 그러나 "아내가 가장 여자답고 귀엽고 유순해지는 때가 바로 돈을 달래기 직전의 포즈이며, 아내의 그런 모습을 즐기기까지 했었던" 허 성씨는 앞에서 인용한 글에서도 살펴볼 수 있듯이 가부장제 이데올로기로부터 비롯된 성과 사랑과 결혼에 대한 이중규범을 누구보다 온전히 딸들에게 전수하려는 인물이다. 그런가 하면 아내와의 대화에서도 드러나듯이 "딸을 섭섭해하지 않기 위해서 남자와 여자는 젓가락처럼 평등하다는 진보적인 생각을 갖지 않으면 안되었다"는, "딸가진 부모가 일방적으로 물질공세를 취해야 할 까닭이 없는 남녀평등의 시대"임을 항변하는 장면에서 미숙하나마 남녀관계에 대한 불평등에 대한 깨달음을 보여주는 혼란한 의식을 드러내 보여주는 인물이기도 하다.

허 성씨의 분열된 현실인식은 우희의 시점을 통해서 적나라하게 드러나는 데, 이는 민수와의 결혼을 억지로 인정하면서 오히려 사윗감이 될 민수에게 "기껏해야 치마 두른 것들이 감히 어쩔 거냐"는 허 성씨의 신식아버지의 꿈으로, 어른들의 케케묵은 사고방식의 그럴듯한 속임수로 나타나고 있다. 이러한 허 성씨의 성과 사랑과 결혼에 대한 이중성과 비정상적인 결벽증은 공장장 차씨와의 대화에서도 여지없이 폭로된다. 아내와의 만남에서 "연애하는 동안 노는 계집을 사는 한이 있더라도 자기 애인의 순결은 지켜줬던", "결혼이란 절차를 거치지 않은 남녀관계는 모조리 음란행위"로 보는 구식연애에 대한 향수를 버리지 못하는 그에게 우희와 민수의 일은 따라서 가문의 치욕이 된다.

「응석이라뇨? 너무해요. 이 고통이 고작 응석이라니, 좋아요, 응석이라도. 아빤 제 응석을 받아주셨잖 아요. 아빤 인자했어요. 아빤 좋은 아빠에요.」

「나도 그렇게 알았다. 될 수 있는대로 자식의 응석을 잘 받아주는 게 좋은 아빠 노릇이라고. 그러나 그건 중대한 오해였어. 응석은 어린애나 부리는 거야. 자식도 어른이 되면 어른 취급을 해주는 게 옳았어. 마냥 어린애로 있으려는 자식이 있다면 어른이 되도록 도와주는 게 옳았어.」

(중략)

허 성씨는 말희만이라도 자기가 배운 것을 통해 우선 자립의 토대를 닦고 나서 결혼하길 은근히 바랐던 터라 너무 일찍 결혼하려는 말희가 섭섭하다. 무슨 큰 덕을 보자고 공부시킨 건 아니라도 딸자식 대학교육을 위해 자기가 치른 희생을 생각하면 밑 빠진 가마솥에 물 붓기 식의 헛수고의 허망감을 감당할 수가 없다. (1, 504)

허 성씨의 분열된 목소리는 막내 딸 말희의 결혼을 준비하는 과정에서 또다시 반복되고 있다. 말희는 초희, 우희와 달리 성과 사랑과 결혼의 문제에 조금은 진일보한 모습을 보여주지만, 결혼 혼수

준비 과정에서 보여준 그녀의 대응자세는 결코 사회의 인습의 벽을 뛰어넘지 못한다. 허 성씨는 세 딸의 결혼을 통해서 '딸가진 부모의 과중한 무게'를 겪으면서 우리 사회의 결혼제도가 가진 모순을 깨닫고 서서히 인식의 전환으로 발전한다.

> 이런 소리를 태연하게 지껄이며 허 성씨는 속에서 뭔가가 무너져 내리고 있다고 생각한다.
> 오기 같은 게. 여태까지 지켜온 고지식한 삶의 질서 같은 게.
> 아직도 울컥울컥 치미는 술냄새도 실상은 그 무너져내리는 것들이 썩어가는 냄새라고 생각한다.(중략)
> 허성씨는 행복해 뵈는 말희가 사랑스럽다. 너무 사랑스러워 가슴이 다 뭉클하다.
> 애만은 행복해야 된다. 그러기 위해 뭐든지 해주고 싶다. 뭐든지. 뭐든지.
> 뭐든지 속엔 그가 할 수 있는 온갖 희생과 더불어 어떤 추악함까지도 사양하지 않겠다는 맹목의 애정이 있었다.(1, 528)

그러나 물질에 대한 욕망의 질주를 멈추지 않는 초희를 비롯 우희, 말희에게 아버지 허 성씨가 그렇게도 바라던 연애 결혼의 실체라는 것도 따지고 보면 역시 가부장제의 덫에서 결코 자유롭지 못하다. 허 성씨가 바라는 연애의 환상, 로맨틱한 사랑은 '아버지의 권력'으로부터 딸을 해방시킬지는 모르나 그 대신 여자를 점차 '남편의 권력 밑에 종속시킨다. 그러니까 '연애결혼'이란 이데올로기는 전근대적인 대가족에서 근대적인 핵가족으로 이행해 가는 역사적인 전환기에 가부장제의 근대적인 형태를 여성 스스로 기꺼이 선택하도록 한 이데올로기 장치로서 작용한다.[17]

　　허 성씨는 신부 아버지 노릇을 할 때마다 거의 병적인 과민성으로 그에게 어떤 폭력이 작용해 오는 것처럼 느꼈고 그걸 감수하기 위해 발휘해야 하는 인내력이 힘에 겹다 못해 지겨웠다.
　　허 성씨의 감수성에 의하면 그 폭력적인 것은 신랑 측에서 일방적으로 신부측에 작용해 오는 것으로서 비단 결혼식장일 뿐 아니라 그 전에도 그후에도 일관되어 양가의 관계 중에 미묘하고도 불가시적인 모습으로 존재했다. (1, 540)

　　따라서 가부장적 사회에서의 연애결혼이란 결국 가부장적 이데올로기의 수호세력으로서 작동하는 모성성의 신화를 재생산하는 여성 주체를 형성시킬 뿐이다. 이러한 현실에 대한 허 성씨의 뒤늦은 통찰은 부모가 가질 수 있는 맹목적 애정의 미망에서 벗어날 수 있는 계기를 마련한다.

5. 가족, 관계의 비정함과 허무함

　　지금까지 살펴본 『휘청거리는 오후』는 허 성씨와 민여사 그리고 세 딸의 성과 사랑과 결혼에 대한 대응양상을 중심으로, 현대 사회

---

17) 우에노치즈코/이승희, 『가부장제와 자본주의』, 1994, 녹두, 66면 참조.

에서 자기 분열적 삶을 살아가는 현대인의 모습과 가족 관계에서 친밀성의 구조변동양상, 그리고 여성의 자아정체성의 형성과정과 소시민적 허위의식을 재생산 해내는 사회 풍조까지 비판한다. 생산과 소비를, 가정과 사회를 분리시키는 가부장제 이데올로기는 허 성씨가 혼자 힘겹게 가장으로서 역할을 수행하도록 규정한다. 허 성씨는 그 역할의 허구성을 어렴풋이 깨달으면서도 결국 그 상황을 변화의 계기로 전환시키지는 못한다.

세상없는 귀부인도 고정적으로 돈을 대주는 남자가 없어졌을 때 꼭 이 여자처럼 되지는 않더라도 제 각기의 개성에 맞게 비참해지리라. 그는 뭐니뭐니해도 아내와 딸을 사랑했고 그들을 비참하게 만들 수 없었다. (1,98)

허 성씨가 가장으로서, 가족에 대해 갖는 그릇된 사랑의 방식은 아내와 세 딸이 소비자본주의의 이상적 주체로서, 불변하는 여자다움을 규정하고 통제하도록 한다. 궁극적으로 불변하는 여자다움과 남자다움이라는 것도 결국 시대의 산물이다. 자본주의적 가부장제가 지배하는 가족구조의 각기 상이한 방식으로 형성된 욕망과 욕구는 진정한 여자다움의 잠재력의 덫이 되면서 가족 관계의 비정함과 허망함을 드러낸다. 자본의 위력은 가족의 중심에 있다.

가족이란 말처럼 사람의 마음을 편하게 하는 말은 없다. 여북해야 남남끼리도 사귀기 편하면 곧 가족적이라고 하지 않는가. 그러나 와해하기 직전이라든지, 이미 와해한 걸 억지로 겉모양만 엉구어 매놓은 가족

관계처럼 불편하고 거북한 건 없다.(1, 135)

이 작품은 여기 지금, 우리 사회의 가부장제 이데올로기의 허구성이 역설적으로 내파되는 과정을 드러내는 텍스트이다.『휘청거리는 오후』의 허 성씨와 민여사, 초희와 공회장, 우희와 민수, 말희와 경하 등 한 가족의 <사랑>과 <성>과 <결혼> 문제를 중심으로 우리는 자본주의적 이데올로기의 허구성의 담지자인 남자 인물들과 그러한 사회 문화 구조 속에서 근대 여성 주체로 몸을 세우는 여자 인물들이 가부장제 신화의 탈신화화하는 과정을 자세하게 살펴볼 수 있었다. 그러면서 우리는 여성들의 글쓰기에 적용되고 있는 텍스트 전략들이 작가 자신이 살았고 작가가 접하고 있는 그 시대의 미학 담론이 위치한 사회, 계급 및 인종적으로 특수한 그 시대의 가부장제 사회가 갖고 있는 한계와 가능성들에 의해 결정되는 것임을 알게 되었다.

다시 말해서『휘청거리는 오후』는 사생활과 사적가족의 등장, 그리고 이러한 가족문제를 둘러싼 사회적 영역의 생성, 그리고 왜곡된 모성애의 강조가 자본주의의 등장에 따른 계급구조의 변화와 가족관계의 변모 및 여성 문제의 특징을 보여준다. 즉 사회적 영역으로서의 가족은 전체적인 모순구조와 연관된다. 가정의 신성화와 사적 영역의 강조는 스스로의 모순을 배태함으로써 반사회적일 수 있다는, 즉 가족과 다른 제도와의 관련성을 더욱 부각시켜 주며, 가족이 '사회적 영역' 임을 역설적으로 보여준다. 말희의 결혼식을 지켜보면서 "여성들이 자기들의 위치에 대한 자각없이는 남성위주의 폭력으로부터 영원히 자유로워지지 못하리라"는 허 성씨의 딸가진 아버지로서의 독백은 우리 사회가 한 차원 성숙한 길로 가는 문을 열어주는 화두이다.

그는 부모들이 자기들에게 돌아오는 이해관계로써 딸이 더 좋다거니 하는 기준을 삼는 걸 늘 마땅치 않게 여겨왔었다. 더군다나 신랑의 보이지 않는 폭력이 작용한다고 믿어왔던 결혼식장에서 듣는 이 소리는 심히 귀에 거슬렸다.
딸들이여, 여자들이여, 딸이 좋아, 여자가 더 좋아라는 감언이설을 십원짜리 알사탕핥듯이 핥고 있는 한 너희들은 남성위주의 폭력으로부터 영원히 자유로워지지 못하리라. (1, 541)

『휘청거리는 오후』는 근대 · 몸 · 욕망 · 소비 등의 문제를 허 성씨와 어머니 민여사 그리고 세 딸의 결혼과정을 통해서 작품의 서사구조와 주제의식으로 발전시켜 나가면서, 모성성과 여성성의 신화가 어떻게 제도적으로 관리되어 왔으며, 지배이데올로기의 수호세력으로 자리잡게 되었는가를 묘파한다. 그리고 모든 문제의 근원인 가부장적 사고에 대한 근대 주체의 반성적 깨달음, 즉 허 성씨의 딸가진 아버지로서의 절실한 깨달음이 가족적 차원에서 허무하게 끝나지 않으리라 기대해 본다. 『휘청거리는 오후』는 여성들의 억압적 삶을 변혁하기 위한 시도로서의 글쓰기로서 여성인물의 자아각성과 현실인식은 허 성씨의 딸들이 보여준 것처럼 그 한계가, 실패와 좌절의 이야기가 역설적으로 변화를 꿈꾸게 해준다. 그리고 이러한 작가의 여성의 삶에 대한 깊이있는 천착은 그 이후 발표된『살아있는 날의 시작 』,『서있는 여자』,『그대 아직도 꿈꾸고 있는가』그리고『엄마의 말뚝』1. 2. 3 등 많은 작품들에서 더욱 심화 확대되고 있음을 우리는 읽을 수 있다.

■ 작가 소개 및 작품 연보

1931년(1세) 경기도 개풍군 청교면 묵송리 박적골에서 태어남.

1933년(3세) 부친(朴泳魯)상을 당함. 어머니(洪己宿)와 오빠가 서울로 나가고 혼자 조부모, 숙부모 밑에서 어린 시절을 보냄.

1938년(8세) 서울 매동초등학교 입학.

1944년(14세) 숙명여고 입학.

1945년(15세) 개성으로 소개(疏開)하여 호수돈 여고로 전학. 여름방학 때 박적골에서 해방을 맞이 하고 서울에 와서 숙명여고에 복학함. 숙명여고 시절 소설가 한말숙, 시인 박명성, 김양식과 같은 문과반에서 공부함. 5학년 때 담임 선생님이 소설가 박노갑이었음.

1950년(20세) 서울대 문리대 국문과에 입학. 그해 6·25사변이 터지자 오빠와 숙부를 잃고 가족을 부양하기 위해 미군부대(미8군 main P.X.의 초생화부)에 취직함. 그곳에서 박수근 화백을 만남.

1953년(23세) 직장 동료 호영진과 결혼하여 1남 4녀를 둠.

1970년(40세) 「나목」으로『여성동아』장편소설 모집에 당선됨.

1971년(41세) 「세모」를『여성동아』3월호에, 「어떤 나들이」를『월간문학』9월호에 발표함.

1972년(42세) 「세상에서 제일 무거운 틀니」를『현대문학』8월호에 발표, 장편 「한발기」를『여성동아』에 연재하기 시작, 「다이아몬든」를『한국일보』에 발표함.

1973년(43세) 「부처님 근처」를 『현대문학』 7월호에, 「지렁이 울음소리」를 『신동아』 7월호 에, 「주말농장」을 『문학사상』 10월호에 발표함.

1974년(44세) 「맏사위」를 『서울평론』 신년호에, 「연인들」을 『월간문학』 3월호에, 「이별의 김포공항」을 『문학사상』 4월호에, 「어느 시시한 사내 이야기」를 『세대』 5월 호에, 「닮은 방들」을 『월간중앙』 6월호에, 「부끄러움을 가르칩니다」를 『신동 아』 8월호에, 「재수굿」을 『문학사상』 12월호에 발표함.

1975년(45세) 「카메라와 워커」를 『한국문학』 2월호에, 「도둑맞은 가난」으 『세대』 4월호에, 「서글픈 순방」을 6월 29일자 『주간조선』〔통권 339호〕에, 「겨울 나들이」를 『문학사상』 9월호에, 「저렇게 많이!」를 『소설문예』 9월호에 발표함. 평론 「'나목' 근처-그 정직한 여인들」을 『문학사상』 9월호에 발표함.

1976년(46세) 「도시의 흉년」을 『문학사상』에, 「휘청거리는 오후」를 『동아일보』에 연재함. 「어떤 야만」을 『뿌리깊은 나무』 5월호에, 「포말의 집」을 『한국문학』 10월호 에, 「배반의 여름」을 『세계의 문학』 가을호에, 「조그만 체험기」를 『창작과 비평』 가을호에 발표함. 첫 창작집 『부끄러움을 가르칩니다』를 일지사에서 출간 함.

1977년(47세) 「흑과부」를 『신동아』 2월호에, 「돌아온 땅」을 『세대』 4월호에, 「상」을 『현대문학』 4월호에, 「꿈을 찍는 사진사」를 『한국문학』 6월호에, 「여인들」 을 『세계의 문학』 여름호에, 「그 살벌했던 날의 할미꽃」을 『문예중앙』 겨울호 에 발표함. 『휘청거리는 오후』 상·하권을 창작과 비평사에서 출간함. 수필집 『꼴 찌에게 보내는 갈채』를 평민사에서, 『혼자 부르는 합창』을 진문출판사에서 출간하여 수필가로서도 자리를 잡음.

1978년(48세) 「낙토의 아이들」을 『한국문학』 1월호에, 「집보기는 그렇게 끝났다」를 『세계 의 문학』 봄호에, 「꿈만 같이」를 『창작과 비평』 여름호에, 「공항에서 만난 사람」을 『문학과 지성』 가을호에 발표함. 연작 콩트 「화랑에서의 포식」을 『향장』지에 연재하고, 「욕망의 응달」을 『여성동아』에 연재함. 『목마른 계절』을 수문서관에서, 『여자와 남자가 있는 풍경』을 한길사에서 출간함.

1979년(49세) 「내가 놓친 화합」을 『문예중앙』 봄호에, 「황혼」을 『뿌리깊은 나무』 3월호에, 「우리들의 부자」를 『신동아』 8월호에, 「추적자」를 『문학사상』 10월호에 발표함. 「살아 있는 날의 시작」을 『동아일보』에 연재함. 『도시의 흉년』을 문학 사상사에서 3권으로 출간함. 첫 창작 동화집을 『달걀은 달걀로 갚으렴』, 『마지막 임금님』 등 두 개의 제목으로 샘터사에서 출간함.

1980년(50세) 「엄마의 말뚝 1」을 『문학사상』 9월호에, 「육복」을 『소설문학』 2월호에, 「침묵과 실어」를 『세계의 문학』 겨울호에 발표함. 「오만과 몽상」이 『한국문학』 에 연재됨. 『살아 있는 날의 시작』이 전예원에서 출간됨. 「그 가을의 사흘 동안」이 『한국문학』 6월호에 발표되어 이 작품으로 한국문학 작가상을 수상함.

1981년(51세) 「천변풍경」을 『문예중앙』 봄호에, 「쥬디 할머니」를 『소설문학』 10월호에 발표함. 평론 「기이한 독서경험」을 『문학사상』 3월호에 발표함. 『도둑맞은 가난』을 민음사에서 출간함. 「엄마의 말뚝 2」를 『문학사상』 8월호에 발표하여 제 5회 이상 문학상을 수상함.

1982년(52세) 「로열복스」를 『현대문학』 1월호에, 「유실」을 『문학사상』 5월호에, 「무중」을 『세계의 문학』 여름호에 발표함. 「그해 겨울은 따뜻했네」를 『한국일보』에 연재함. 평론 「소설 이전에 주제가 있었다.」를 『현대문학』 2월호에 발표함. 『엄마의 말뚝』을 일월서각에서, 『오만과 몽상』을 한국문학사에서, 수필집『살아 있는 날의 소망』을 학원사에서 출간함. 해외연수로 유럽과 인도를 다녀옴.

1983년(53세)「그의 외롭고 쓸쓸한 밤」을『문학사상』 3월호에, 「아저씨의 훈장」을『현대문 학』 5월호에, 「무서운 아이들」을『한국문학』 7월호에, 「소묘」를『소설문학』 8월호에 발표함. 『그해 겨울은 따뜻했네』를 민음사에서 출간함.

1984년(54세)「재이산」을『여성문학』 1집에, 「울음소리」를『소설문학』 2월호에, 「저녁의 해후」를『현대문학』 3월호에, 「어느 이야기꾼의 수렁」을『문예중앙』여름호 에, 「지 알고 내 알고 하늘이 알건만」을 창작과 비평사 84년도 신작 소설집『지 알고 내 알고 하늘이 알건만』에, 「움딸」을『학원』 9월호에 발표하고「떠도는 결혼」을『주부생활』에 연재함. 풍자소설집『서울 사람들』을 글수레에서 출간함. 7월에 영세받음.

1985년(55세)「해산 바라지」를『세계의 문학』 여름호에, 「초대」를『문학사상』10월호에, 「애보기가 쉽다고?」를『동서문학』 12월호에, 「사람의 일기」를 창작과 비평 85년도, 신작소설집『슬픈 해후』에, 「저물녘의 황혼」을 문학과 지성 신작소설집『숨은 손가락』에 발표함. 「미망」을『문학사상』에 연재함. 장편『서 있는 여 자』를 학원사에서, 『그 가을의 사흘 동안』을 나남에서 출간함. 이해 11월 일본을 여행하고 돌아옴.

1986년(56세)「비애의 장」을『현대문학』 2월호에, 「꽃을 찾아서」를『한국문학』에 발표함. 에세이집『서 있는 여자의 갈등』을 나남에서, 『꽃을 찾아서』를 창작서에서 출간함.

1987년(57세)「저문날의 삽화1」을 전예원에서 출간한『분노의 메아리』에, 「저문날의 삽화 2」를『또 하나의 문화』 4호에, 「저문날의 삽화 3」을『현대문학』 3월호에, 「저문날의 삽화 4」를 1987년도『창작과 비평』에 발표함.

1988년(58세) 「저문날의 삽화 5」를 『소설문학』 1월호에 발표함. 남편과 아들을 잃고 난 뒤 미국의 딸 집에 다녀옴.

1989년(59세) 「그대 아직도 꿈꾸고 있는가」를 『여성신문』에 연재하여 삼진기획에서 단행본으로 출간함. 「복원되지 못한 것들을 위하여」가 『창작과 비평』 여름호에, 「家」를 『현대문학』 11월호에 발표함.

1990년(60세) 「한 말씀만 하소서」를 『생활성서』에 연재함. 『미망』을 문학사상사에서 3권으 로 출간함. 수필집 『나는 왜 작은 일에만 분개하는가』를 햇빛출판사에서 출간함. 이해 11월 성지순례를 함.

1991년(61세) 「엄마의 말뚝 3」을 『작가세계』에 연재하고, 「우황청심환」을 『창작과 비평』 여름호에 발표함. 『여덟 개의 모자로 남은 당신』을 정민사에서, 창작집 『저문날의 삽화』를 문학과 지성사에서, 콩트집 『나의 아름다운 이웃』을 작가정신에서 출간함. 『미망』으로 제3회 이산 문학상 수상함.

1992년(62세) 『그 많던 싱아는 누가 다 먹었을까』와 『박완서 문학앨범』을 웅진출판사에서 출간하고, 산문집 『산과 나무를 위한 사랑법』을 샘터사에서 출간함.

1993년(63세) 「나의 가장 나종 지니인 것」을 『상상』 창간호에 발표하고, 「꿈꾸는 인큐베이 터」를 『현대문학』 1월호에 발표함. 「꿈꾸는 인큐베이터」로 제38회 현대문학상과 중앙문화대상을 수상함. 『박완서 소설 전집』을 세계사에서 발간하기 시작함.

1994년(64세) 창작집 『한 말씀만 하소서』를 솔출판사에서, 창작동화 『부숭이의 땅힘』을 한양 출판에서 출간함. 『나의 가장 나종 지니인 것』으로 제25회 동인 문학상 수상함.

1995년(65세) 『그 산이 정말 거기 있었을까』를 웅진출판사에서, 수필집 『한 길 사람 속』을 작가정신에서 출간함. 「환각의 나비」를 『문학동네』

봄호에 발표하여 이 작품으로 제1회 한무숙 문학상을 수상함.

1996년(66세) 「참을 수 없는 비밀」을 『창작과 비평』겨울호에 발표함.

1997년(67세) 여행기 『모독』을 학고재에서 출간함.

1998년(68세) 『너무도 쓸쓸한 당신』을 창작과 비평사에서 출간함.

■ 연구자료

강금숙, 「박완서 소설의 공간에 나타난 여성 의식」(이화어문논집,1989,3).

강금숙 외, 『한국 페미니즘의 시학』(동화서적, 1996).

강인숙(역), 『가면의 생』, E. Ajan 『Pseudo』(문학사상사,1979).

강인숙, '박완서 소설에 나타난 도시의 양상 1'(청파문학 14호, 1984).

______, '박완서 소설에 나타난 도시의 양상 2'(문리, 건대 국문과, 7집).

______, '박완서 소설에 나타난 도시의 양상 3'(인문과학논총, 건국대학
　　　교, 16).

______, '박완서론—「울음소리」와 「닮은 방들」, 「포말의 집」의 비교연구'
　　　(인문과학논총, 건국 대학교, 26, 1994).

김경수 · 황도영 대담, 「인간의 도시와 도시의 인간」, 『세계의 문학』, 1979
　　　년 가을호.

김경언 외, 「여성해방의 시각에서 본 박완서의 작품 세계」, 『여성 2』(창
　　　작사, 1988,1).

김교선, 「호소력의 문제」, 『창작과 비평』, 1976 여름

______, 「생리적 감각적 정서 형태의 소설」, 『표현』(1989,7).

김윤식, 「박완서론—망설임 없는 의식」, 『우리문학의 넓이와 깊이』, 서래
　　　헌, 1979

______, 「박수근과 박완서」, 『황홀경의 사상』, 홍성사, 1984

______, 「신진들의 분단문학관」, 『80년대 우리문학의 이해』, 서울대출판부, 1985

______, 『오늘의 문학과 비평』(문예출판사, 1986).

______, 「박완서와 박수근―고목에서 나목에 이르는 길」, 『낯선 신을 찾아서』(일지사,1988).

______, 「천의무봉과 대중성의 근거―박완서론」, 『문학사상』, 1988년 1월호.

______, 「박완서와 박수근―나목에 이른 길」, 『낯선 신을 찾아서』(일지사, 1988).

김치수, 「함께 사는 꿈을 위하여」, 『우리 시대 우리 작가, 박완서』(동아, 1987).

박혜란, 「'여자다움'의 껍질벗기」, 『작가세계』, 1991년 여름호.

성민엽, 「윤리적 결단과 소설적 진실」, 『지성과 실천』, 문학과 지성사, 1985

______, 「박완서의 구원 추구」, 『고통의 언어 삶의 언어』, 한마당, 1986

송영희, 「중년 여성의 위기의식―『살아 있는 날의 시작』을 중심으로」, 『표현』, 1989년 1월호.

신덕룡, 「고립된 폐쇄주의, 그 비극적 결말」, 『동서문학』, 1991년 1월호.

이광훈, 「소시민적 삶과 일상의 덫」, 『현대문학』, 1980년 2월호.

이남호, 「'말뚝'의 사회적 의미」, 『문학의 위족 2』(민음사, 1990).

이동하, 「집없는 시대의 문학」, 『세계의 문학』, 1982년 겨울

______, 「70년대 소설」「한국대중소설의 수준」, 『집없는 시대의 문학』, 정음사, 1985

______, 「문제의 역사와 문학」, 『세계의 문학』, 1987 봄

______, 「근대화의 문제와 소설적 진실」『작가세계』, 1991, 여름호.

이태동, "나목의 꿈", 『펜과 문학』, 1996년 봄호.

전승희, 「여성 문학과 진정한 비판의식」, 『창작과 비평』, 1991년 여름호.

정영자, 「현대 인기 소설의 특성과 그 문제점」, 『분단 현실과 비평문학』
(한국평론가협회편, 1986)

정호웅, 「상처의 두 가지 치유 방식」, 『작가세계』, 1991년 여름호.

조남현, 「도시적 삶의 징후들」, 『현대문학』, 1979, 11월호.

＿＿＿, 「박완서 소설과 페미니즘」, 『펜과 문학』, 1996년 봄호.

조선희, 「바스러지는 것들에 대한 연민」, 『작가세계』, 1991년 여름호.

조혜정, 「한국의 페미니즘 문학 어디까지 왔나」, 『또 하나의 문화 3』(평민
사, 1987)

＿＿＿, 「박완서 문학에 있어 비평은 무엇인가」, 『작가세계』, 1991년 여름
호.

김경수(역), 『페미니스트 시학』(고려원, 1992

김열규 외(역), 『페미니즘과 문학』(문예출판사, 1988)

이재선, 『한국 현대 소설사』(홍성사, 1979).

「'나목'에서 '미망' 까지」―박완서 특집, 『작가세계』 8, 1991년 봄호.

『제3세대의 한국문학』 17 박완서편(삼성출판사, 1983).

『문학정신』(1991,11).

『박완서 문학 앨범』(웅진출판사, 1992)

권영민, 「소설 '미망' 의 구도」 『미망』 1990. 문학사상사

＿＿＿, 「분단문학의 역사적 전개」, 『소설과 운명의 언어』, 현대소설사,
1992

구상 외, 「6 · 25 분단 문학의 민족동질성 추구와 분단극복의지」, 『한국문
학』, 1985,6

김영무, 「박완서의 단편들」, 『제삼시대 한국문학, 박완서』, 삼성출판사,
1983

김주연, 「순응과 탈출」, 『변동사회와 작가』, 문학과 지성사, 1979

박완서, 「나에게 소설은 무엇인가」, 『한국문학』, 1985.5

박혜경, 「저문 날의 삽화, 혹은 소시민적 삶의 풍속도」, 『저문날의 삽화』, 문학과 지성사, 1991

원윤수, 「꿈과 좌절」, 『문학과 지성』, 1976 여름

유종호, 「불가능한 행복의 질서」, 『동시대의 시와 진실』, 민음사, 1982

이동렬, 「삭막한 삶의 형상화」, 『문학과 지성』. 1979 여름

이상옥, 「삶의 실체와 작가적 통찰력」, 『세계의 문학』, 1982 겨울

이선영, 「리얼리즘이란 무엇인가」, 『작가와 현실』, 평민사, 1979

______, 「세파속의 생명주의와 비판의식」, 『그 가을의 사흘동안』, 나남, 1985

______, 「문학과 체험 그리고 리얼리즘」, 계간연세 『진리 · 자유』, 1990 가을 제6호

정규웅, 「'목마른 계절'의 세계」, 『제삼시대 한국문학, 박완서』, 삼성출판사, 1983

홍정선, 「한 여자작가의 자기사랑」, 『샘이 깊은 물』, 1985.11

황광수, 「민족문제의 개인주의적 굴절」, 『창작과 비평』, 1985.10

이경식, 「박완서 장편소설 연구 」, 경희대 석사논문, 1986

윤철현, 「박완서 소설 연구」, 부산여대 석사논문, 1991

김종구, 「여성의 글쓰기와 자기발견의 서사구조」, 한남대 석사논문, 1992 『작가세계―박완서』, 세계사, 1991 봄

전승희, 「여성문학과 진정한 비판의식」 『창작과 비평』, 1991. 여름호.

김우종, 「한국인의 유산과 그 미망」 『세계의 문학』, 1978. 봄호.

염무웅, 「사회적 허위에 대한 인생론적 고발」 『세계의 문학』, 1977. 여름호.

강인숙, 「박완서 소설에 나타난 도시의 양상」 『청파문학』, 1984. 14호

김인환, 「이중의 분단」 『그해 겨울은 따뜻했네』, 1983. 중앙일보사.

김문조, 「참회로의 긴 여로」 『그해 겨울은 따뜻했네』, 1983. 중앙일보사.

오세은, 「박완서 소설의 '어머니와 딸' 모티프」, 『한국 여성 문학 비평론』, 1995, 개문사

최경희, 「'엄마의 말뚝1' 과 여성의 근대성」, 『민족문학사 연구 제9호』, 1996, 민족문학사연구사.

안숙원, 「엄마의 말뚝 1 · 2 · 3 연작소설과 모녀관계의 은유/환유 체계」, 『한국문학과 모성성』, 1998, 태학사.

세계에 대한 부정의식과 탈주 욕망
- 오정희 론 -

우 미 영

1. 코기토(Cogito)와 여성의 주체성

여성의 자기정체성 모색과 확인이 오정희 소설의 주된 줄기임은 자주 언급되는 바이다.[1] 그녀의 소설은 주로 "섬뜩함", "전율" 혹은 세계에 대한 비극적 전망[2]과 같은 용어로 풀이된다. 여성의 자기 정체성을 확인하려는 그녀의 소설적 노력 또한 실패로 규정되거나[3] 유아기적 무의식에 집착하는 파행성[4] 또는 비정상성과 일탈성[5]으로 정리된다. 이처럼 그녀의 소설이 보편 미학에서 긍정적인 용

1) 김혜순, 「여성적 정체성을 향하여」, 『옛우물』(청아출판사, 1994), 375-398면.
2) 김 현, 「살의의 섬뜩한 아름다움」 『불의강』(문학과 지성사, 1997), 248-256면.
   김치수, 「전율, 그리고 사랑」 『유년의 뜰』(문학과 지성사, 1981), 213-223면.
   김병익, 「세계에의 비극적 비전-오정희의 소설들」 『월간조선』(1982.7).
3) 하응백, 「자기 정체성의 확인과 모성적 지평」 『작가세계』25(95년 여름).
4) 김경수, 「여성적 광기와 그 심리적 원천」 『작가세계』25(95년 여름).
5) 황도경, 「뒤틀린 성, 부서진 육체」 『작가세계』25(95년 여름).

어로 해석될 수 없고, 부정적인 용어로만 접근이 가능한 이유는 무엇일까? 그 이유는 여성의 정체성을 긍정적으로 설명할 수 있는 이론적 틀이 부재하기 때문이다. 즉, 가부장적인 남성중심의 세계 인식의 틀 내에서 여성 또는 여성의 세계 인식 방식은 남성의 그것을 매개로 설명되어 왔으며, 여성의 고유성은 알 수 없는 것 또는 신비의 영역으로 취급되었던 것이다. 이에 따라, 남성중심적 시각에서 본다면 오정희의 소설 세계가 비정상적인 것은 당연하다. 이 글에서는 오정희 소설에서 여성의 정체성이 형성되는 과정을 타자적 정체성의 확인 그 자체에 그치는 것이 아니라, 적극적으로 여성의 주체성이 형성되는 과정으로 보고자 한다. 여성 주체성에 대한 긍정적 해석의 자세가 전제되어야 오정희 소설에 나타난 여성의 정체성 형성 과정을 온전하게 해명할 수 있으리라 본다. 여자 아이의 성장담을 근대성을 드러내는 형식으로 읽고 있는 최근 논의의 성과도 이러한 전제 아래 가능했다고 본다.[6]

우리의 근대 문학 속에서 여성은 남성 작가에게는 세계를 인식하고 해석하는 중요한 소재 중의 하나로서, 여성 작가에게는 그 삶 자체가 자신의 억압적 현실을 대변하는 절대적 소재로서 그 모습을 드러낸다. 전자의 경우 여성은 남성 의식의 투사체로서 신비화 · 이상화되거나, 근대 산책자의 응시의 대상으로 세계를 드러내는 하나의 기호, 즉 근대적 일상의 면모를 드러내는 대상[7]이 된다.

---

6) 심진경, 「여성의 성장과 근대성의 상징적 형식」 『여성문학연구』 창간호(한국여성문학학회, 1999).

7) 조영복, 『한국 모더니즘 문학의 근대성과 일상성』(다운샘, 1997), 112-165면 참조.

후자의 경우 여성은 결핍의 존재로서 자아정체성 확보가 선결과제인 존재로 그려진다. 이 두 경우 모두 여성은 고유한 주체성을 결여한 존재들이다. 남성 작가에겐 자기 성찰을 위한 도구로 철저히 대상화되어 있으며, 여성 작가의 경우 자기 정체성 자체가 회의의 대상이다.

이렇듯 우리의 근대 문학 속에서 여성이 남성작가에겐 타자화되고, 여성작가에겐 정체성 자체가 문제되는 이유는 무엇일까? 그 이유는 세계를 인식하는 근대의 논리가 남성의 논리로 일원화되었다는 점에서 찾을 수 있다. 즉, 근대 철학에서 말하는 주체를 성별화해 보면 그것은 남성주체에 다름 아니라는 것이다. 근대 철학에 이르러 처음으로 존재하는 모든 것을 근거짓는 기반으로서의 '주체'를 다른 곳이 아닌 인간 속에서 발견하게 되었다. 여기서 인간 존재의 최상의 형태는 세계를 관조하고 명상하는 관조적 삶이 아니라 현실을 가공하고 노동하는 실천적 삶이고, 그에 따라 현실 지배와 이용이 근대 합리성의 본질이 되었다. 하이데거에 따르면 인간과 존재에 대한 이러한 이해는 데카르트와 더불어 시작되었다. 데카르트의 코기토 숨의 자아(ego)가 모든 존재자의 존재를 근거짓는 절대 부동의 기초, 즉 주체가 되었다고 하이데거는 해석하고 있다.[8]

그런데, 이러한 형이상학적인 이성 중심의 근대적 주체 개념은 여성 주체 또는 여성의 정체성을 설명하기엔 불완전한 개념이다. 즉, 역사적으로 여성들은 자신을 인식하는 방식이 몸을 통한 사고

---

8) 강영안, 『주체는 죽었는가』(문예출판사, 1996), 77-81면 참조.

가 주류를 이루었기 때문에 코기토적 주체개념만으로는 그 성격을 온전하게 해명할 수 없다. 또한 근대 주체 형성의 필요 조건인 자율과 자유는 여성에게 있어서 억압적이고 바자율적인 섹슈얼리티를 매개로 한, 몸을 통한 여성의 세계 인식의 방식을 통해서는 재현될 수 없는 덕목이었다.[9] 여성의 세계 인식 방식이 고려되지 않은 근대의 주체 개념 속에서 여성은 남성에겐 타자로 존재할 수밖에 없었으며, 그 개념을 통해 세계를 인식할 수밖에 없었던 여성들이 자신들의 정체성 자체를 문제삼는 것은 지극히 당연한 결과이다.

근대의 주체 개념에 성별적 인식이 대입되는 것은 프로이트에 이르러서 이다. 그에 의해, 여성성은 결핍된 성으로 폄하되면서 팔루스 로고스 중심적 성 정체성의 형성이 정당화되고 이로써 남성은 이성적이고 근대적인 주체로 더욱 확고하게 존재를 인정받은 반면 여성은 남성적 주체에 대자적인 존재로 대상화되고 타자화되었다. 정신분석학적 페미니즘은 이러한 남성 중심의 주체 개념을 부정하고 여성 고유의 정체성을 통한 여성의 주체 개념을 긍정적으로 정립하고자 시도한다.[10] 특히, 루스 이리가레이(Luce Irigaray)는 남성과 여성이라는 두 가지 성적 특성을 포함하는 사회 현실이 끊임없이 동일한 하나의 성으로 와해되는 상황을 '동일성의 논리'로 설명한다. 그녀에 의하면 모든 것의 척도는 남성이며, 그 척도를 만들어내는 것 또한 남성이다. 이러한 동일성의 논리 속에서 여성

---

9) 이수자, 「여성 주체 형성의 삼각 구도: 몸-섹슈얼리티-노동」『여성이론』1(여성문화이론연구소, 1999.4), 85면.
10) 이수자, 앞의 논문, 71면.

은 결코 현존하는 것으로 재현될 수 없다. 그녀는 단지 남성이 아닌 것에 불과한 것이다.[11] 그렇다면 여성의 주체성은 남성의 주체성과 어떻게 다른가? 그녀는 여성과 남성의 '존재론적 차이'에서 그에 대한 설명의 가능성을 찾는다. 먼저, 그녀는 여성의 몸과 남성의 몸이 다르다는 데에서 출발한다. 남성의 몸의 특징이 단수적이고 고체적이라면, 여성의 몸의 특징은 복수적이고 액체적이다. 여기에서 그녀는 여성의 융합적, 다원적, 비동일적 특징을 이끌어낸다. 다음으로 그녀는 전오이디푸스 단계에서 소녀와 엄마 및 소년과 엄마의 관계 양상이 다르다는 점에서 양성간의 차이를 끌어낸다.[12] 이것은 낸시 초도로우의 해석과도 상통한다. 그녀에 의하면, 같은 성별의 사람을 어머니로 접하기 때문에 여자 아이는 남자 아이보다 더 유동적이고 유연한 자아 영역을 개발하게 되고 타인과 연계성이 있는 자아감을 갖게 된다.[13] 여성 주체에게서 타자와의 소통 가능성을 발견할 수 있는 것도 이러한 특징에 연유해서 이다. 남성 주체가 타자의 지배를 통해 세계를 정복하고 이용하려는 도구적 이성에 근거하고 있다면, 여성 주체는 타자와의 연계를 통해 그와 소통하려는 자세를 견지하고 있다. 근대성 극복의 한 대안으로 여성성이 갖는 가능성을 바로 여기에서 찾을 수 있다.

---

11) 팸 모리스 지음·강희원 옮김, 『문학과 페미니즘』(문예출판사, 1997), 191-192면 참조.

12) 최종렬, 『타자들: 근대 서구 주체성 개념에 대한 정신분석학적 탐구』(백의, 1999), 122-126면 참조.

13) 엘리자베스 라이트 편, 박찬부, 정정호 외 옮김, 『페미니즘과 정신분석학 사전』(한신문화사1997), 79면 참조.

우리 근대사는 1970년대 산업화 이후 전지구적인 세계 자본주의에 편입됨으로써 국가의 모든 생산 양식이 자본주의 체제로 전일화된다. 산업화와 근대화의 동시적인 진행 과정 속에서 여성들의 위치는 큰 변화를 겪게 된다.[14] 여성의 노동이 임노동화되고 여성의 몸이 상품화되는 한편으로 그들과 계층을 달리 한 여유 있고 의식 있는 여성 계층 또한 두텁게 형성된다. 이와 맞물려서 여성 문학사에서 6·70년대는 보수적 여성 의식에 대한 반성이 적극적으로 이루어지면서 여성 억압적 현실과 여성 자아의 주체적 자각의 문제가 여성 문학의 중심 테마로 자리잡기 시작한 시기이다.[15] 바로 이러한 조건 속에서 오정희의 문학이 탄생하게 된다.

이 글에서는 오정희의 초기소설[16]을 중심으로 여성의 주체성이 형성되는 과정과 그 의미를 짚어보고자 한다. 여성이든 남성이든 주체성이 형성되는 과정이 그 제반 조건에 따라 역동적이고 다변적인 모습으로 드러날 것임은 너무도 자명한 사실이다. 따라서 일

---

14) 조혜정은 196·70년대의 고도 경제 성장 시기를 변혁의 가능성을 보이는 시기로 규정하면서, 이 시기의 특징을 다음과 같이 정리하고 있다. 이 시기의 특성은 (1) 산업 자본주의화가 앞서 진행된 서구의 경우에서처럼 공/사의 영역이 엄격해지고 공적인 영역이 사적인 영역에 비해 월등히 중요해지기 시작하며, (2) 경제 생산자인 남성의 노동과 공적 정체성에 기생하는 가정 주부 중심의 핵가족화가 이루어지며, (3) 동시에 여성 교육이 대중화되고 여성의 사회적 진출이 현저해지면서 남녀 평등 이념이 상당히 보편화된다는 점에서 찾아 볼 수 있다. 조혜정, 『한국의 여성과 남성』(문학과 지성사, 1988), 90-91면 인용.

15) 김양선, 「왜곡과 침묵의 서사에서 정체성과 발화의 서사로의 긴 여정-근·현대문학에 나타난 여성문제 인식의 변모 양상」(『문학사상』, 1999.4), 86-87면 참조.

16) 텍스트는 『불의 江』(문학과 지성사, 1997)과 『幼年의 뜰』(문학과 지성사, 1981)이다.

정한 이론적 틀에 그 과정을 맞추기보다는 주체가 처한 특수한 조건 속에서 구현되는 구체성과 특수성을 함께 고려하는 작업이 반드시 병행되어야 한다. 이 글 또한 이러한 특수성 속에서 여성의 주체성이 어떻게 드러나는가를 논의의 대상으로 삼을 것이다. 이와 더불어 여성이라는 타자를 통해 세계를 인식하고 있는 오정희 소설의 의미와 가능성이 함께 논의되어야 할 것이다. 여성의 타자성이 중심에 서 있는 이성중심주의 이데올로기를 거부하고 방해하는 힘으로 연결되고 있는지, 즉 해체정신의 요체로서 기능하고 있는지[17]를 알아보아, 오정희 소설이 갖는 해체적 의미까지도 짚어보고자 한다.

2. 세계 인식의 복합성과 불완전한 부정 의식

오정희 소설에서 주인공들이 세계를 인식하는 방식은 복합적이다. 남성들의 세계 인식 방식은 주로 시각(sight) 중심주의로 설명된다. 그에 반해 여성들은 시각보다는 촉각(touch)에 근거하여 세계를 인식한다고 한다.[18] 그런데, 오정희 소설에서는 이 두 가지가 모두 복합적으로 드러난다. 그녀의 주인공들은 이성적인 사유 주체의 면모와 육체적인 감각 주체의 면모를 동시에 지니고 있으며,

---

17) 정정호, 「성차와 '여성적 글쓰기'의 정치적 무/의식」 『현대 비평과 이론』(1992년 가을/겨울호), 161면 참조.
18) 최종렬, 앞의 책, 117-123면 참조.

그것은 세계를 인식하는 별개의 체계가 아니라 하나의 체계로 수렴된다. 즉, 그녀의 소설에서 이성과 육체, 사유와 감각은 상호결합적이다.

육체는 여성 경험의 첫번째 문학적인 토대이자 그에 대한 은유라는 관점[19]에 의해 여성적 글쓰기는 자주 육체적·감각적 글쓰기와 연관된다.[20] 여기서 여성의 육체성은 여성의 몸이 세계를 향해서 열려있음과 동시에, 그것을 매개로 타인과 주변세계와의 상호관계의 장을 형성한다는 의미에 근거한 것이다.[21] 이런 관점에서 오정희 소설의 육체성을 찾는다면, 그녀의 글쓰기의 모든 특징이 육체성으로 수렴된다. 그러나, 이를 좀더 구체화하여 단적인 예를 찾는다면 그것은 소리와 냄새 및 색채적인 표현으로 드러난다. 오정희 소설의 주인공들은 소리와 냄새 및 색채로 시간과 존재를 인식한다.

나는 후루룩 숨을 들이마셨다. 구역질나는, 익숙한 냄새였다. 나는 먼젓번에도 또 그전에도 이발사의 머릿기름 냄새가 생소하지 않았다. 어디서 맡아 본 냄새였을까, 나는 안타까이 생각했었다. 그러나 그것은 흘러간 시간의 저 안쪽 어디엔가에 숨어 전혀 기억해낼 수가 없었다.

---

19) 헬레나 미키, 김경수 역, 『페미니스트 시학』(고려원, 1992), 189면.
20) '몸' 또는 '육체' 의 글쓰기는 프랑스 페미니스트 비평가인 엘렌 식수, 루스 이리가레이 및 줄리아 크리스테바가 주장하는 이론이다. 이 가운데 식수의 「메두사의 웃음」은 여성적 글쓰기에 대한 전형적인 성명서이다. 그녀는 여성적 글쓰기는 결코 이론화될 수 없다고 주장한다. 그러한 그녀의 글쓰기는 여성성을 결핍이나 부재로 묘사하기보다는 충만함, 창조적인 흘러넘침, 유희적인 잉여, 여성 육체가 갖는 물질성에 토대를 두고 있다. 팸 모리스, 앞의 책, 201-203면 참조.
21) C.A. 반퍼슨, 손봉호·강영안 옮김, 『몸·영혼·정신』(서광사, 1985), 28면.

- 중략 -

   그때 문득 나는 기억해낼 수 있었다. 바로 아버지의 머리에서 풍기던 기름 냄새였다.

   바람결에 두엄 냄새가 풍겨왔다. 여름이 시작되고 있었다.[22]

이 글에서 아버지라는 존재와 여름이라는 시간은 냄새를 통해 인식되고 있다.[23] 「중국인 거리」에서도 주인공의 유년은 '노란빛'과 '해인초 냄새'로 기억된다. 「목련초」에서도 주인공은 "세숫물에 손을 담그다가 선뜩한 느낌에 진저리를 치며, 아아, 나는 여태껏 느낌으로만 살아왔구나, 곤충이 촉각으로 살 듯 나는 그저 느낌으로만 살아왔구나"라며 자신의 감각적 세계 인식방식을 자각하는 장면이 있다. 오정희 소설의 이러한 특징들은 흔히 여성 작가들의 문체상의 특징으로 거론되는 기법상의 감각성[24]에 머무는 것이 아니라, 자신과 대상 세계에 대한 성찰적 태도와 맞물려 세계를 인식하는 하나의 방식으로 자리잡고 있다는 점에서 무엇보다 중요하다.

---

22) 「幼年의 뜰」『幼年의 뜰』, 17-18면 인용.

23) 이에 대해서는 황도경이 「'유년의 뜰'의 회상 형식 및 문체」『이화어문논집』(이대 한국어문학연구소, 1992)의 '3.3 대상과 인식의 감각화, 3.4 소리에서 환기되는 평온과 위기의 양면성'에서 구체적으로 분석하고 있다. 이를 통해 그녀는 오정희 소설이 추상성에 빠지지 않고 구체성과 미학성을 얻고 있다는 결론을 내린다.

24) 구인환은 여성적 문체의 특징으로 "감각적인 문체인상"을 들면서 여성 작가들은 소설 속에서 색채어나 명암의 표현, 직유법 등을 많이 사용한다고 지적하고 있다. 문제는 이러한 특징이 기교나 기법의 차원에서 논의됨으로써 내용과 분리된 형식의 문제로 한정되어 논의되고 있다는 점이다. 구인환, 「한국 여류 소설의 기법」『아세아여성연구』11(1972). 이에 대해서는 김미현이 「이브, 잔치는 끝났다」『문학동네』(1999, 봄), 319-320면에서 자세히 논하고 있다.

주인공들의 소리, 냄새 및 색채를 통한 세계 인식은 그들이 대상을 응시(gaze)하는 태도와 교차되어 그 모습과 방향이 더욱 구체화된다. 세계를 응시하는 주인공의 시선을 통해 주인공들의 사유 주체로서의 면모를 발견할 수 있다. 이러한 특징은 오정희 소설이 촉각적 특징을 통한 감각성에만 머무는 것이 아니라 이성적 사유성도 함께 포괄하고 있음을 뒷받침해 준다. 세계를 인식하는 방식의 복합성이란 바로 이를 두고 말한 것이다. 세계를 응시하는 시선과 그에 내재된 성찰의 태도는 근대적 개인 주체인 코기토적 주체의 특성이다. 오정희 소설에서 여성 주인공들은 타자적 존재가 아닌 주체로서 즉 사유하는 주체로서 존재한다. 특히, 그녀의 소설에서 보이는 사유하는 여성 주체로서의 면모는 주인공들이 세계를 인식하는 다양한 방식 중의 하나로 작용한다는 점에서 그 의미가 더욱 중요하다. 즉 코기토적 사유와 성찰이 여성 주체의 정체성을 형성하는 유일한 요소가 아니라 다양한 요소 중 하나라는 것이다. 여성 정체성의 해명이 간단하지 않은 것도 이러한 다양성과 복합성에서 기인한다.

오정희 소설에 나타난 주인공의 시선들은 그 방향이 대체로 일방적이다. 그것은 대상을 관찰하는 '나', 또는 자아를 관찰하는 '나'의 면모를 띤다. 그녀의 소설에서는 나와 대상의 상호 교류적인 시선은 거의 존재하지 않는다. 이러한 유형의 시선은 작가의 어린 시절 기억을 자기 성찰적인 태도로 재구성한 「완구점 여인」, 「中國人 거리」 그리고 「幼年의 뜰」에서 어린 여자 아이의 눈을 통해 잘 드러난다. 여기에서 두 가지 유형의 시선을 발견할 수 있는

데, 하나는 무관심의 시선이며 또 하나는 감정이입의 시선이다.

무관심의 시선은 먼저 「유년의 뜰」에 잘 나타난다. 거기에는 산책 중에 만나게 되는 제반 풍경들 - 언니가 다니는 학교 앞의 정경, 고아원 아이들의 모습, 읍내 저자거리의 풍경 - 과 어머니와 오빠의 긴장감이 느껴지는 방안의 풍경이 포착된다. 이것은 일종의 세상 구경 또는 그를 통한 세상 읽기와 관련이 된다. 대상을 무관심하게 바라볼 수 있다는 것은 그에 대한 거리 두기가 가능함을 의미하며, 이것은 곧 객관적으로 대상을 바라볼 수 있는 자기관점을 마련해 가고 있음을 의미하는 것이기도 하다. 특히, 아버지 부재 상황에서 벌어지는 가족간의 갈등을 무심히 바라보면서 女兒는 세상을 읽는 자기 나름의 눈을 터득해 간다. 또 하나의 유형인 감정이입의 시선은 대상을 바라보던 여아가 결국에는 대상에 감정을 이입시켜 그와 동일시하는 특징을 갖는다. 전자의 시선이 아버지 및 오빠와 밀접한 관련을 갖는다면 이 시선은 주로 여성을 향하고 있다는 점에서 특이하다. 「유년의 뜰」에서 부네의 방을 바라보는 女兒의 태도와 「완구점 여인」에서 어머니를 바라보면서 느끼는 여아의 감정 변화에서 이러한 특징을 발견할 수 있다. 이것은 여아의 성 정체성 형성과 관련되는 것으로, 그녀가 자신의 성을 어떻게 받아들이고 있으며, 그것은 그녀의 삶에 어떻게 작용하는가를 살필 수 있는 좋은 계기를 마련해 준다.

이 두 유형의 시선은 세상에 대한 女兒의 관점을 결정짓는다. 이러한 바라보기를 통해 그녀의 의식에는 세상에 대한 부정의식이 싹튼다. 그 부정의식의 정도와 의미를 무관심의 시선과 관련된 아버지와 오빠의 모습을 통해, 또 감정이입의 시선과 관련된 여성 또는 어머니의 모습을 통해 알아보도록 하자.

「유년의 뜰」에서 아버지는 그리움의 존재인 동시에 거부의 존재이다. 여아의 가족들에게 아버지는 "그립고 정답게 추억"만 하고 싶은 대상 또는 "영영 돌아오지 않기를 바라거나 돌아오지 않을 사람으로 치부"되는 존재이다. 왜 이렇게 되었을까? 아버지가 군대에 끌려가고 없는 동안 피난지에서의 그들의 생활(매일 술 취해 돌아오시는 어머니와 그녀의 바람난 생활, 매일 밤 엄마 지갑 속의 돈을 훔치는 나, 밤거리에 익숙해진 오빠와 언니, 임자 없는 닭을 훔쳐오는 할머니와 그를 맛있게 먹는 가족들)은 아버지가 계시던 시절과는 사뭇 달랐다. 그들의 생활은 규범에서 이탈된 생활이었다. 죄의식과 불안에 괴로워하면서도 그들은 적극적으로 이 생활에서 벗어나고 싶어하지는 않는다. 오히려 그들에겐 아버지의 귀가가 달갑지 않다.

이렇게 아버지의 귀가 소식에 구역질과 구토 및 "끓어오르는" 절규로 반응하면서 그를 거부하는 이유는 그들이, 특히 여아가 단순히 이탈된 생활의 맛에 길들여졌기 때문만은 아니다. 아버지에 대한 부정의식을 싹틔우는 길목에 바로 오빠가 있다. 오정희 소설에서 아버지 또는 남성 세계의 허구성은 아버지보다는 주로 오빠를 통해 폭로된다. 「유년의 뜰」의 가족들이 사는 방을 지배하는 소리는 오빠의 영어 책 읽는 소리이다. 즉, 성공해서 가족을 부양하겠다고 큰소리 치는 준가장의 목소리이다. 그러나 그 소리는 어머니의 감시 하에서만 존재하는 소리로서 오빠는 어머니가 나가자마자

책을 덮고 동생에게 흐트러진 모습을 보인다. 또 여아는 오빠에게서 가장의식에 짓눌려 "그 긴장으로 자라지 못하는 욕망, 자라지 못하는 슬픔, 분노"를 읽는다. 그녀에게 오빠는 무서우면서도, 어린애처럼 연약하고 슬퍼 보이는 존재이다. 「겨울 뜸부기」에서도 엄마와 동생의 기대주였던 오빠에 대한 기대가 한낱 환상에 불과했음이 여실히 드러난다. 오빠의 이중성과 허구성은 아버지의 이중성과 허구성이기도 하다. 아버지가 안 계신 동안 오빠를 통해 아버지 세계의 허위성을 깨닫게 된다. 그런 그녀에게 아버지의 귀가가 반가울 리 없다. 나아가 아버지의 세계는 그녀에게 부정하고 싶은 세계가 된다.

무관심의 시선에 포착되는 세계는 주체의 의도 또는 욕망과 무관하다. 거기에 아버지와 오빠가 존재한다는 것은 무엇을 의미할까? 아버지와 오빠는 가부장적 세계의 상징에 다름 아니다. 즉, 무관심의 시선과 관련된 아버지와 오빠의 존재는 가부장적 세계가 여아의 의도와 상관없이 그녀에게 주어지고 강요된 세계임을 말해준다. 여성이 사회적 존재가 되기 위해서는 남성 중심으로 동일화된 세계의 논리를 전면 부정할 수 없는 것이 현실이다. 아버지 세계의 허구성을 직접적으로 폭로하지 못하고, 오빠를 통해 우회화하고 아버지에 대해 이중적 태도를 보이는 것은 여성적 현실의 진실을 드러낸 것이라고 할 수 있다. 사회적 존재가 되기 위해서는 상징질서를 동일시의 대상으로 삼아야 하지만, 가부장제를 구현하는 의미나 가치체계를 결코 그대로 인정할 수 없는 위치에 서 있는 것이 바로 여성이기 때문이다.

감정이입의 시선을 통해 드러나는 여성의 삶에 대한 여아의 태도는 어떠할까? 오정희 소설에서 어머니는 출산의 도구와 동일시된다. 또 그 출산은 생명창조로 이어지는 것이 아니라 어머니를 죽음으로 이끄는 것으로 표현된다. 끊임없이 아이를 낳는「완구점 여인」의 어머니, 일곱 번째 아이를 배고 있는「중국인 거리」의 어머니, 산욕 끝에 앉은뱅이가 된「목련초」의 어머니 그리고 多産이 원인이 되어 정신병원에 갇혔다가 숨을 거둔「저녁의 게임」의 어머니가 모두 그러하다. 딸들은 이 어머니들을 거부하는데, 이것은 곧 임신과 출산으로만 규정되는 생물학적 모성에 대한 거부요 부정이다.[25] 특히,「유년의 뜰」에서 출산의 경험이 없는 할머니는 "흰눈에 묻어온 때 아닌 꽃잎"처럼 아름다운 여인으로, 이에 비해 어머니는 "다산의 흉한 주름"의 배를 가진 여인으로 대비되는 장면은 여아의 생물학적 모성에 대한 거부를 아주 잘 드러낸다. 이것은 거세당한 어머니[26]의 상에 대한 거부이며 자신의 정체성을 획득하려는 딸

---

25) 심진경,「오정희 초기소설에 나타난 모성성 연구」『한국문학과 모성성』(서강여성
   문학연구회 편, 태학사, 1998), 231면.

26) 루스 이리가라이에 의하면 딸은 어머니를 두 가지 유형으로 본다. 하나는 자신의
   자율적 정체성을 찾기 위해 피하지 않으면 안 되는 대상으로서의 팰러스적 어머니
   이다. 그녀는 강력한 어머니상으로서 전지전능한 공포를 야기하기도 한다. 아이에
   게 모든 것을 허용할 수 있는 어머니, 욕망의 대상이자, 아이가 그녀의 대상이길 바
   라는 주체로서의 어머니에 대한 환상이 바로 팰러스적 어머니이다. 또 하나의 유형
   이 거세당한 어머니이다. 이것은 자신이 남근 없이 해부학적으로 거세된 존재, 남성
   에 비해 열등한 존재임을 인정한 어머니이다. 결핍되거나 부적절한 어머니이기 때
   문에, 딸은 그녀에 대해 수치심과 분노를 느끼며 등을 돌리고 자신과의 동일시를 거
   부한다.(엘리자베스 라이트 편, 앞의 책, 422-423, 499-501면 참조) 심진경은 이러
   한 어머니를 '남근적 모성' 즉 팰러스적 어머니로 해석한다.(심진경, 앞의 논문, 230
   면) 그러나 이는『완구점 여인』에서 드러나는 "냉혹하고 신경질적인" 계모라는 표면

의 노력으로 해석할 수 있다. 가부장제 문화 속에서 '어머니(moth-erhood)'의 의미는 극히 제한적이다. '어머니'는 사회·경제적 위치를 차지하지 못하며, 그녀의 임신과 출산 또한 창조적인 능력으로 평가받지 못한다. 그녀에게는 양육의 정체성 이외에 다른 어떤 정체성도 허용되지 않는다. 모성이라는 이름 속에는 여성 고유의 정체성을 총체적으로 포기한다는 의미가 전제되어 있는 것이다.[27] 그러한 어머니의 모습들을 오정희 소설의 주인공들은 죽음과 동일시하면서, 자신의 정체성 획득의 출발을 모성 부정에서 모색하고 있다.

여기서 중요한 것은 이러한 모성 거부가 여성에 대한 거부와 동일시되지 않고 있다는 점이다. 「유년의 뜰」에서 여아가 부네의 방을 바라보며 "이상한 두려움과 가슴 한 귀퉁이가 무너져 내리는 듯한 슬픔에 잠기곤" 하는 이유가 무엇일까? 이 작품에서 부네는 정조를 어긴 여인의 삶을 대변하는 인물이다. 그녀는 바람을 피웠다는 이유로 어두운 방에 감금되었다가 자살로 삶을 마감한다. 바람난 여인, 이 작품에 나오는 어머니들은 모두 바람난 여인이다. 순자의 엄마가 그러하고 여주인공의 엄마가 그러하다. 그들은 가부장적

___

적인 면에만 주의를 기울인 해석이라는 생각이 든다. 오정희 소설의 주인공들이 모성을 거부하는 이유는 좀 더 근본적이다. 즉, 그들은 어머니에게서 전지전능함이라는 환상을 보기 때문이 아니라, 거세당한 어머니에게서 존재의 죽음을 의식하기 때문에 어머니를 거부하는 것이다. 거세당한 어머니의 상을 거부하는 일반적 유형이 아버지를 동일시하는 쪽으로 기우는 것과는 달리 오정희 소설의 여아는 어머니 뿐만 아니라 아버지 또한 거부하는 특성을 보인다. 이것은 여아가 세계의 중심적 존재로 직립하려는 노력으로, 자율성과 주체성을 쟁취하려는 노력으로 볼 수 있다.
27) 팸 모리스, 앞의 책, 216-217면 참조.

질서 속에서 욕망을 억압당하는 여성들이다. 이를 지켜보면서 여아는 생물학적 모성에 대해선 부정하지만 그들과 자신이 동일한 성의 소유자라는 엄연한 사실까지는 부정할 수 없다. 거기에서 비롯되는 비애 때문에 그녀는 부네의 방을 무심히 바라볼 수가 없다. 어머니에 대한 증오가 삶의 원동력이라고 하면서도 그녀에 대한 연민을 떨쳐버릴 수 없는「완구점 여인」의 여아, 어머니가 출산 후 죽을 것이라고 생각하면서도 그녀를 동정할 수밖에 없는「중국인 거리」의 여아 등이 어머니의 모습을 거부하고 부정하면서도, 동시에 그 거부와 부정이 철저할 수 없는 이유도 여기에 있다. 어머니의 출산과 여아의 초조(初潮)가 병치되면서 여아가 느끼는 절망감과 막막함은 초조를 통해 여성의 길에 들어선 자신의 삶과, 죽음 같은 출산의 고통을 느끼는 어머니의 삶이 별개가 아니라는 사실을 깨닫는 데에서 기인한다. 결국 여성들에게 감정이 이입되면서 발생하는 여아의 비애 어린 시선은 부네와 어머니들의 삶 속에서 자신과 동일한 性인 여성의 삶, 나아가 자신의 삶을 보기 때문에 발생하는 것이다.

결국, 오정희 소설의 주인공들이 어머니에 대해 이중적인 태도를 취할 수밖에 없는 이유는 자신과 동일한 성인 여성에 대한 강한 이끌림 때문이다. 이것은 오정희 소설이 갖는 아주 중요한 의미이다. 즉, 여기에서 여성의 정체성을 가부장적 인식에 의해 부정된 여성의 타자성에서 찾지 않고, 자신의 성적 동일성 속에서 찾으려 하는 자세를 엿볼 수 있기 때문이다. 루스 이리가레이가 과제로 내세우는 여성 욕망의 독자성을 발견하는 일도 이러한 자세에서 출발한 것이다. 그녀는 어린 소녀나 여성은 어머니 또는 여성에 대한 사랑을 포기해서는 안된다고 주장한다. 그에 대한 포기는 자신들의 정체성과 주체성을 빼앗기는 것과 다름없기 때문이다.[28]

지금까지 살펴 본 세계에 대한 여아의 부정의식은 한마디로 불완전하며 이중적이다. 즉, 아버지 세계에 대한 부정의식도 어머니의 세계에 대한 부정 의식도 불완전하고 이중적이다. 바로 이 불완전성 속에서 오정희 소설의 인물들은 갈등한다. 이 불완전성은 어디에서 기인하는 것일까? 아버지에 대한 부정의 불완전성은 그의 세계, 즉 가부장적인 상징 질서를 부정하고서는 사회적 삶이 불가능한 여성의 존재 조건에서 비롯된 것이다. 또 가부장적 질서 속에서 자신의 여성적 정체성을 포기한 존재이기에 어머니를 부정하면서도 동시에 그 부정이 완전할 수 없는 것은 그녀가 자신과 동일한 성적 정체성을 가진 존재이기 때문이다. 인간이 태어나서 최초로 관계맺는 자가 어머니요 다음이 아버지라면, 인간이 주체로 형성되고 사회화되는 것은 그들을 통해서 가능하다. 그런데, 남성과의 관계 속에서 '부재'와 '결핍'의 존재로 인식되어 온 여성이 주체화되고 사회화되는 양상은 이렇듯 복잡하다. 자신을 남성의 타자로 인정하고 상징적 질서와의 동일시를 시도한다면, 여성은 '남성이 아닌 존재'로 살아 갈 수 있을 것이다. 그러나 그녀가 자신의 고유한 주체성을 획득하려고 시도하는 순간, 그녀는 오정희 소설의 인물들이 부딪히는 이러한 복잡한 상황에 직면할 수밖에 없다. 부정

---

28) 루스 이리가레, 「어머니와의 육체적 조우」 『성적 차이와 페미니즘』(루스 이리가레 외 지음, 권현정 엮음, 공감, 1997), 270-271면 참조.

의식의 불완전성과 이중성은 바로 주체적인 인간으로 서고자 하는 여성의 토대의 불완전성과 그녀의 위치의 이중성을 말해 주는 것이기도 하다.

3. 위협적인 시선과 자기동일적 타자성

오정희 소설에는 주인공의 시선 이외에 또 하나의 시선이 존재한다. 그들은 늘 어딘가에서 자신을 바라보고 있는 보이지 않는 눈을 의식하며 그들의 행동은 그 시선으로부터 자유롭지 못하다. 주인공들을 대상화하면서 그들을 위에서 내려다보고 있는 주체는 현실의 사회가 그들에게 강요하는 질서와 규범 바로 그것이다. 2장에서 살펴 본 女兒의 부정의식은 바로 이 위협적인 시선과 자신의 관계짓기에서 비롯된 것이라고 할 수 있다. 즉, 세계에 대한 철저한 부정을 통해 주체를 형성할 수 없는 현실 사회에서의 여성의 위치가 작품에서는 위협적인 시선과 주인공의 관계를 통해 더욱 구체적으로 형상화되고 있다. 이 시선은 바로 여아가 부정하면서도, 한편으로는 완벽하게 떨쳐버릴 수 없는 '아버지'라는 이름의 초월적 주체의 시선이다. 여성으로서의 자신의 정체성을 기초지을 수 있는 자신만의 어떤 장소도 주어지지 않은 가부장적 질서 안에서 남성의 규정들 사이를 통과하면서 자신만의 장소를 재구성하고자[29]

---

29) 레나 린트호프, 이란표 옮김, 『페미니즘 문학 이론』(인간사랑, 1998), 232면 참조.

하는 여성의 노력이 이 위협적인 시선과 주인공의 관계 양상을 통
해 잘 드러난다.

앞 장에서 아버지에 대한 부정이 곧바로 그를 향하지 못하고 오
빠에 대한 부정으로 굴절될 수밖에 없는 이유도 이 시선의 존재 의
미를 통해 해명할 수 있다. 아버지는 직접적으로 그리고 완벽하게
부정할 수 없는 존재이다. 그에 대한 완전한 부정은 사회로부터의
추방이거나 고립이기 때문이다. 그를 완벽하게 부정했다면 오정희
의 소설세계는 사뭇 달라졌을 것이다. 그랬다면 그것은 미치광이
의 넋두리처럼 광인의 서사가 되었거나, 사회로부터 완전히 고립
되고 단절된 개인 특히 여성의 비정상적이고 완전 일탈적인 세계
가 되었을 것이다. 그러나 오정희 소설이 서 있는 곳은 비정상성과
정상성 사이, 또는 그 교차지점이다. 이것은 곧 오늘날 현실 속의
여성들이 서 있는 위치이기도 하다. 동성애를 다룬 「완구점 여인」
과 「走者」에서 주인공들이 "어둠 속에서 살피고 있는 날카로운 두
눈"이나 자신에게로 "꽂히는" "승객들의 시선"을 의식하면서 죄의
식에 시달리는 이유도 사회의 규범이 그러한 관계를 금기시하기
때문이다. 그들을 죄의식으로 몰아넣는 "두 눈"과 "승객들의 시선"
이 위협적인 시선 바로 그것이다.

위협적인 시선의 주체인 초월적 주체는 모든 것을 자신에게로
수렴하려는 자기 동일성의 원리를 갖는다. 이것은 "나는 사유한다.
그러므로 나는 존재한다"라고 하는 데카르트적인 사유주체의 속성
이기도 하다. 이 주체는 사유를 자기 고유의 소유물로 동일시하는
순간에 자체적 구성력을 지닌 자신의 소유자가 되는 것이다.[30] 모

든 것을 자신의 사유틀로 수렴하고 동일화하하는 근대 남성 주체의 원리는 그 세계의 한 존재자인 여성과도 무관한 인식 논리는 아니었다. 오정희 소설에서 그것은 주인공들의 자기 중심적 세계 인식 방식을 통해 구체화되고 있다. 그러나 중요한 것은 그 자기 중심적 사유 의식의 존재 양태이다. 그들의 내면 의식은 자기동일적 원리와 타자적 원리가 공존하는 장이다. 이것이 소설에서는 다성성과 단성성(또는 독백)이 공존하는 형태로 드러난다.[31]

아버지와 화투를 치면서도 거기에만 열중하지 못하고 주인공의 내면은 자신의 목소리와 어머니의 소리가 뒤섞여 혼란스럽다.「목련초」의 주인공의 의식엔 어머니의 영상과 남편의 목소리 그리고 자신의 목소리가 뒤섞여 있다.

나도 오빠처럼 훌쩍 나가 버릴 수가 있을까. 침몰하는 선체에서 구명조끼를 입고 결사적으로 탈출하듯 그렇게 달아나 버릴 수 있을까. 나는 매조를 먹을까 칠때를 깨뜨릴까에 긴장되어있는 아버지의 얼굴을 새삼스럽게 바라보았다. 좁고 긴 얼굴, 매처럼 구부러진 코끝은 볼의 살이 빠짐에 따라 더욱 길게 늘어져 보였다. 아가, 날 데려가다오. 여긴 무섭고 쓸쓸하단다. 그러나 어디나 마찬가지예요. 화투는 아버지의 손에서 내 손으로 옮겨갔다.[32]

---

30) Paul Hirst, 『*On Law and Ideology*』, (Atlantic Highlands, 1979), 161면, 『마르크스주의와 해체론』(윤효녕 역, 한신문화사, 1997), 205면에서 재인용.
31) 황도경은 「幼年의 뜰」의 문체 분석을 통해 텍스트의 다성적 효과와 독백적 서술 형태를 서사론적으로 분석하고 있다. 황도경, 앞의 논문.
32)「저녁의 게임」『幼年의 뜰』, 115면 인용.

오정희 소설에 나타나는 타자들은 온전히 이질적인 타자로 주체와 대면하지 못하고, 주체의 자기의식에 의해 매개된 자기동일적인 타자로 귀환하고 만다. 그러나 이질적인 타자의식을 내면화한 자기동일적 타자성은 사뭇 중요하다. 이것은 순전한 자기의식으로의 도피가 아니라 주인공의 내면에서 적극적이고도 역동적인 모색이 진행되고 있음을 의미하기 때문이다. 자기동일성과 타자성은 상반되는 개념이다. 따라서 자기동일적 타자성이란 모순적 개념이다. 가부장적 질서 속에서 자신의 정체성을 형성해 나가야 하는 여성 위치의 특수성은 이러한 모순적 개념으로 구현될 수밖에 없다. 그녀는 자기동일성이라는 남성적 원리를 무의식적으로 수용하는 동시에 여성의 특성과 맞닿아 있는 타자성도 함께 갖고 있는 것이다.

자기동일성으로 귀환한다는 한계에만 주목할 경우 오정희 소설이 갖는 적극적 의미는 희석되고 만다. 그것이 타자성과 공존한다는 것은 다양한 타자의 목소리가 혼재하는 가운데에서 진행되는 모색의 과정이라는 점에서 중요하다. 이들 인물들의 내면은 타자적 의식의 각축장이다. 즉, 이질적인 모든 것을 끌어안고 고뇌하는 과정 그 자체로서의 내면이다. 이것은 배제의 원리가 아닌 포용의 원리로 삶을 이해하고자 하는 태도이다. 즉, 타자를 배제하면서 삶을 자기중심적·단선적으로 이해하는 것이 아니라, 당장의 해결은 불가능할지라도 일단 타자를 수용한 뒤 궁극적인 해결을 모색해보려는 보다 적극적이고 성숙된 자세이다. 이것은 전오이디푸스 단계에서 자신과 동일한 성을 어머니로 접하기 때문에 여아는 타인과 강한 연대감을 갖게 된다는 1장에서의 설명과도 연관된다. 유동적이고 관계지향적인 여성의 특성이 여성주체에게 타자와의 소통 가능성을 열어 주고 있는 것이다. 여성 주체가 갖는 건강성에 기대를 걸어 보는 것도 바로 이러한 특성에 의거해서이다. 가부장적 사회에서 여성의 토대는 불안하며 그 주체성 또한 늘 유동적이다. 여성이 처한 바로 이러한 특수성이 그들로 하여금 타자의 의식을 자기 의식으로 끌어들여 함께 고민하게 한다. 마이클 라이언이 제시하는 "관계성", "상호 주관성" 및 "미결정성"등의 특성을 갖는 주체와 여성 주체를 연결지을 수 있는 것도 마찬가지 이유에서 이다.

> 역사적 상황의 필요에 따라 행동을 수행하는 사회적 행위주체들 내지 기능적 주체들, 그리고 개인과 역사의 관계에 있어서도 주체/타자간의 일방적 관계가 아니라 변화하는 조건에 따라 개인이 역사를 구성하기도 하고 역사가 개인을 구성하기도 하면서 잠정적으로 의미를 규정하는 상호 주관적 주체는 제임슨의 우려와 하버마스의 회귀를 동시에 지양하는 하나의 대안을 시사하는 것일 수 있다. 한 가지 조건은 잠정성을 견디어 내야 한다는 것인데, 잠정성은 한편으로 아주 피곤한 것일 수 있다. 그것은 견고한 토대가 아니라 늘 유동하는 변화의 물적 계기들을 시사하기 때문에, 그와 같은 성질로 규정되는 주체-상호 주체, 변별 주체, 관계 주체-는 항구적으로 움직여야 하고 상황에 따라 중첩되는 역할을 수행하여야 한다. 절대적인 피안과 영원히 완전무결한 편한-나태하고 안일한- 해결책을 갈망하는 입장에서 보면, 그와 같은 주체의 개념은 늘 불안하고 피곤할 것이다.[33]

4. 탈주 욕망과 흔들리는 상징계

지금까지 살펴본 바를 토대로 할 때 오정희 소설의 여주인공들은 경계에 서 있는 인물들이다. 이 때의 경계(boundary)란 무의식적인 욕망과 사회적인 것이 상호작용하는 경계 지역을 말한다.[34] 2장에서 살핀 여성의 부정의식의 불완전성과 이중성, 3장의 자기동일적 타자성의 모순성 등이 여성의 정체성 안에서 가능할 수 있는 것은 바로 여성의 이러한 특수한 위치에 의해서 이다. 여기서는 경계에 선 주인공의 교차되는 욕망을 살피고, 또 그것이 주인공이 서 있는 세계를 어떻게 균열시키고 있는지를 살펴보고자 한다.

오정희 소설의 인물들은 모두 "부글부글 끓는" 용광로를 저마다의 가슴 한 켠에 안고 있으면서도, 그것을 외면한 채 조용히 살아가는 인물들이다. "질식할듯한" 한가로운 일상에 내재하는 불안과

---

33) 윤효녕·윤평중·윤혜준·정문영, 『주체 개념의 비판』(서울대학교출판부, 1999), 213면 인용.

34) 팸 모리스, 앞의 책, 240-241면 참조. '경계' 는 크리스테바의 용어이다. "그녀의 설명에 따르면 무의식적인 것과 사회적 형식들 간의 '상호텍스트적' 또는 대화적 상호작용이 언어를 늘 '과정 중에 있는' 발화로 만든다. 의미는 공유가능한 것이지만 늘 다른 의미의 생성가능성을 안고 있는 불안정한 상태에 있다. 정체성 역시 무의식적인 충동들과 사회적인 것 사이의 경계 또는 그 둘 사이의 상호텍스트성을 토대로 형성된다. 자아는 이러한 두 성질 사이에서 벌어지는 대화적 상호작용으로, '과정 중에 있는' 한 주체를 생산해낸다. 결과적으로 정체성은 복수화되어 결코 고정될 수도 종결될 수도 없는 것이다."(241면 인용).

변지연은 그의 데뷔 평론에서 오정희의 장편소설 『새』의 현실적 전망과 가능성을 이와 같은 크리스테바적 관점에서 찾기도 한다. 변지연, 「두 번 훼손된 넋이 꿈꾸는 법」『한국 문학평론』(1999.봄), 223면.

긴장의 실체는 어디에서 기인하는 것일까? 그것은 그녀의 한 발이 내딛고 있는 상징적 질서 즉 가부장적 질서가 그녀에게 강요하는 삶과의 갈등에서 발생하는 것이다. 오정희의 인물들은 상징계적 사고가 내면화된 인물들이 대부분이다. 즉, 남성중심적 사유를 일단 받아들이고 거기에 맞춰 살아보고자 애쓰는 인물들이다. 회임 못하는 여성이 주인공인 「직녀」에서, 그녀가 남편과의 교합을 갈망하다가 꾸는 꿈에서 "풍작의 과일처럼 주렁주렁 달린 남근"을 보게 되는 것은 결코 우연한 일이 아니다. 남근 선망을 강요하는 가부장적 사고에 그들이 얼마나 깊이 침윤되어 있는가를 단적으로 보여 주는 예이다. 「봄날」에서의 낙태, 「어둠의 집」의 성폭행, 「불의 강」에서의 아이의 죽음 등은 한가로운 일상의 묘사 속에서 언뜻 지나가는 듯 서술되지만, 그것들은 인물들의 내면에 이는 불안과 긴장의 주된 원인으로 작용한다. 가부장적 질서가 여성에게 부여한 정조 관념, 출산의 의무 등에 의해 억압된 그들의 욕망은 주인공들에게 탈출을 꿈꾸게 한다.

그녀의 탈출은 현실이 아닌 상상을 통해 이루어진다. 「비어있는 들」에서 주인공이 기다리는 '그'는 탈출에 대한 그녀의 강한 열망이 만들어낸 상상의 존재이다. 「비어 있는 들」은 오정희 소설에서 보기 드물게 내외적으로 온전한 가정을 소재로 하고 있다. 아들 하나를 둔 아무런 문제가 없어 보이는 단란한 가정을 이룬 부부가 남편은 낚시를 통해, 아내는 "은밀하고 절박한 그리움"으로 "그"를 통해 혼자만의 섬을 만들어 간다. 특히, 아내가 기차 시간을 꼬박꼬박 챙기며 그렇게도 절박하게 기다리는 "그"라는 존재는 실존의 인물이 아니라 그녀가 만들어 낸 상상의 존재이다. 그녀는 자신를 바라보는 "남편과 아이의 *끈끈한*" 시선을 느끼며 아이에게 "잔인한" 눈길을 보내고, "낯선 저녁 거리에 울고 있는 아이의" "손을 잡고 우두커니 서 있는" 자신의 모습을 보기도 한다. 이를 통해 볼 때 그녀가 꿈꾸는 것은 남편과 아이에게 묶인 자신의 일상으로부터의 탈출이다. 그 탈출에의 욕망이 그녀의 마음속에 "그"라는 인물을 만들어 냈으며, 그녀는 "이승에서는 결코 이룰 수 없는 그리움처럼 그를" 간절하게 기다린다. 이렇게 상상의 존재에 기대어서라도 주인공은 가부장적 질서와의 불화, 여성적 일상에 의한 억압에서 벗어나려고 노력한다. 결국 "부글부글 끓는" 용광로는 남성 중심의 가부장적인 상징질서로부터 탈주하려는 여주인공들의 욕망의 현현인 셈이다. 가부장적 현실 사회와 주체적인 여성의 무의식적인 욕망이 상호작용하는 경계에서 그녀들은 전자의 세계에서 후자의 세계로 탈주하고자 한다.

그러나, 오정희 소설에 나타난 여성들의 탈주의 욕망은 그 실체가 모호하다. 그것은 두 세계의 경계선에서 그들이 어느 쪽도 선택하지 못하고, 양방향의 욕망을 모두 끌어안은 채 혼란스러워 하고 있음을 의미한다. 미결정성의 상태가 주인공의 행위를 내면의 차원에만 머물게 하는 것이다. 여성적 주체의 억눌린 삶의 출구가 상상의 세계일 수밖에 없는 이유도 여기에서 찾을 수 있다. 그러나 그녀에게 탈주의 욕망은 분명히 실재한다. 「꿈꾸는 새」의 '나'의 불안함과 저녁 산책이 이를 잘 말해준다.

그것은 어쩌면 길들여지지 않겠다는 마음의 반작용인지도 몰랐다. 갑자기 이유 모를 불안감으로 가슴이 후드득거린다거나 일없이 비어 있는 이 방 저 방을 열어 보거나 공연한 입맞춤으로 아이의 잠을 깨운다거나 끊임없이 발소리를 내어 쿵쿵거리고 마당께를 서성이며 큰 소리로 떠들어대는 것은 단순히 낯선 곳에서의 서먹함 때문만은 아니라는 것을 나는 알고 있었다.[35]

그녀의 불안함은 이사온 지 얼마 안 된 낯선 도시에 대한 부적응 때문이 아니다. 그것은 자신의 정체성 부재에 대한 막연한 깨달음의 결과 발생하는 불안함이다. 그녀의 잦은 저녁 산책이 이를 잘 말해 준다. 여성의 여행이나 가출, 외출 등은 억압 공간인 집을 떠나려는 심리에 의한 것이며, 이는 자아 인식을 위한 선결 조건으로 해석된다.[36] 「꿈꾸는 새」의 '나'의 저녁 산책도 동일한 맥락에서 볼 수 있다. 여느 날처럼 산책길에 나선 그녀가 언젠가 가 보았던 당숙모네 집을 찾아가려다 실패하고 주저앉아 있는 장면에서 이것은 더욱 확실해진다. 즉, 그녀는 "당숙모의 집으로 가는 길은 물론" 자신이 "여지껏 지나온 길도 기억할 수 없"음에 허탈해 하며, 내려다보이는 시가지 어딘가에 있을 자신의 집을 떠올리고도 "아무런 위안"을 받지 못한다. 그녀에게 집은 결코 위안의 장소가 아닌 것이다.

그런데, 오정희 소설에서 억압받는 대상은 여성에게만 국한되지 않는다. 가부장적 질서가 여성의 특성으로 규정한 것들은 그 질서

---

35 「꿈꾸는 새」『유년의 뜰』, 129면 인용.
36) 김미현, 『한국여성소설과 페미니즘』(신구문화사, 1996), 264면 참조.

의 주체인 남성이 자신의 주체성을 확립하기 위해 타자화한 것들이다. 즉, 남성들은 타자화된 여성성의 실현을 통해 주체로서 온전히 서게 되는 것이다. 타자화된 여성성의 실현이 문제에 부딪힐 경우, 위기에 처하게 되는 것은 여성만이 아니다. 그것은 결국 남녀 모두의 문제임이 「불의 강」을 통해 드러난다. 「불의 강」은 아이의 죽음 이후 황폐해 가는 부부의 삶을 소재로 하고 있다. 아이가 없다는 것 혹은 아내가 출산을 할 수 없다는 사실로 인해 아내뿐만 아니라 남편의 방황도 시작된다. 굳건하게 제도화된 가부장적 질서가 이젠 여성뿐만 아니라 남성까지도 대상화하여 그들의 욕망을 억압하고 있음을 알 수 있다. 남편의 불안을 초래하는 원인은 여기에 하나 더 보태어진다. 그는 끊임없이 되풀이되는 자신의 시간들을 견딜 수 없어 한다. 재봉사인 그는 "귓바퀴에 재봉틀 페달을 걸고 다니는 것"처럼 "집에 와서도", "버스를 타도" 재봉틀 소리에 시달린다. 그는 이에 대한 "탈출의 욕망, 이탈의 시도"로서 "탄식조의 시"를 쓰기도 하고, "방화의 욕망"을 남몰래 키우기도 한다. 「비어 있는 들」에서 남편의 낚시도 「불의 강」의 남편의 시쓰기나 방화벽과 동일한 의미를 갖는다.

이처럼 오정희 소설에서 여성 문제는 여성만의 문제가 아니라 남녀 모두의 보편적인 문제로 인식된다. 이러한 인식은 가부장적 질서의 핵심인 이성적 사유에 대한 회의로 귀결된다. 「비어있는 들」의 '나'는 "극적인 형태, 도식으로 설명될 수 있는 모든 것에 대한 혐오"를 드러내며, 「봄날」의 '나' 또한 "무엇인가 규명해 내려는 노력"은 "얼마나 어리석은 도로인가" 하고 외친다. 그들은 이성적 명료함과 결정론을 거부한다. 이와 같이 오정희 소설은 주변부의 타자적 위치에 선 여성의 관점을 통해 세계에 대한 인식을 다양화하고, 우리의 삶에 대한 지평을 확대하고 있다.

5. 경계에서의 동요와 그 가능성

지금까지 『불의 江』과 『幼年의 뜰』에 나타난 여아의 감각과 시선을 통해 여성 주체가 형성되는 방식과 그것이 갖는 의미를 살펴보았다. 도식으로 표현해 보면 이 글은 '여아의 복합적 세계 인식 → 부정의식 → 위협적인 시선에 의한 부정의식의 자기동일적 타자화 → 부정 대상인 위협적인 시선으로부터 탈주하려는 인물들의 욕망 → 상징계적 인식의 동요'의 과정으로 논의를 전개해 왔다. 이와 같이 인과론적으로 논의를 진행해 온 이 글에서 강조하는 것은 상징계적 인식의 동요가 '여아의 복합적인 세계 인식'에서 비롯되고 있다는 점이다. 오정희의 소설이 주로 여성의 삶에서 그 소재를 취하고 있는 것은 부인할 수 없는 사실이다. 소재는 여성에서 출발하고 있지만 소설에 나타난 세계의 인식의 깊이가 性을 뛰어넘고 있다는 점이 그녀 소설의 강점이다.

오정희가 性差의 세계를 뛰어넘어 주체를 둘러싼 세계인 상징적 질서의 문제점을 인식하고 그에 대한 회의에 이르게 된 것은 가부장적 질서의 주체인 남성이 아닌 여성의 위치에 대한 깊은 통찰의 결과라고 본다. 남성과는 다른 여성적인 세계 인식 방식은 가부장적 사회에서 여성의 특수한 위치에서 기인한 것임 또한 이 글에서 강조하는 것 중 하나이다. 상징계와 기호계, 아버지의 세계와 어머니의 세계 혹은 사회적인 것과 무의식적인 욕망이 교차하는 경계 지역에서 자신의 정체성을 모색하는 존재가 바로 여성이다. 크리스테바는 이러한 상호 교차 지역에서 부단히 주체를 형성해가고 있는 존재에게서 인식의 혁명 가능성을 기대한다. 타자로서의 여성성에서 현 세계의 부정성을 극복할 대안을 기대하는 것도 이러한 맥락에서 이다. 오정희 소설에서는 이러한 가능성이 내면화된 의식으로 존재함을 확인할 수 있었다. 상징계와 기호계의 입구에서 서성거리며 혼란스러워 하는 그녀 소설의 주인공들의 모습은 불완전성 또는 이중성이라는 애매한 차원으로 해석됨에도 불구하고 그것은 곧 그 자체로 오늘날 여성들이 처한 현실의 진실된 반영인 것이다. 나아가 그러한 서성거림이 세계의 '보이지 않는' 이면을 통해 가시/비가시적인 세계 전체의 문제를 인식하는 데까지 이르게 한 것이다. 이것은 또한 이성적 사유에 대한 회의에까지 이름으로써 부정적 세계로서의 근대를 불안케 하고 동요시키는 인식의 맹아로 기능한다는 점에서 더욱 중요하다.

이렇듯 오정희는 여성이라는 특수를 통해 세계 보편의 문제를 제기하고 있다. 이것은 결국 여성의 이야기 또는 여성적 소재가 주변성과 타자성 그 자체에만 머무는 것이 아님을 의미한다. 이러한 해석은 여성을 남성적 주체성과의 매개에 의해서만 존재하는 부재와 결핍의 존재가 아니라 고유한 주체적 존재로 접근할 때에만 가능하다. 여성 문학 또한 이러한 접근법을 통해 그 의미를 새롭게 새겨 볼 필요가 있다. 이를 통해 지금까지 부분적이고 고립적인 위치에 머물러 있던 여성문학은 성차를 떠나 삶의 본원적인 문제를 제기하는 문학 그 자체로 평가받을 수 있을 것이다.

■참고 문헌

1. 자료

오정희,『불의 江』, 문학과 지성사, 1997.

＿＿＿,『幼年의 뜰』, 문학과 지성사, 1981.

2. 단행본

김미현,『한국여성소설과 페미니즘』, 신구문화사, 1996.

강영안,『주체는 죽었는가』, 문예출판사, 1996.

윤효녕·윤평중·윤혜준·정문영,『주체 개념의 비판』, 서울대학교출판부, 1999.

조영복,『한국 모더니즘 문학의 근대성과 일상성』, 다운샘, 1997.

조혜정,『한국의 여성과 남성』, 문학과 지성사, 1988.

최종렬,『타자들: 근대 서구 주체성 개념에 대한 정신분석학적 탐구』, 백의, 1999.

C.A. 반퍼슨, 손봉호·강영안 옮김,『몸·영혼·정신』, 서광사, 1985.

헬레나 미키, 김경수 역,『페미니스트 시학』, 고려원, 1992.,

레나 린트호프, 이란표 옮김,『페미니즘 문학 이론』, 인간사랑, 1998.

루스 이리가레 외, 권현정 엮음,『성적 차이와 페미니즘』, 공감, 1997.

마이클 라이언, 윤효녕 역,『마르크스주의와 해체론』, 한신문화사, 1997.

3. 평론 및 논문

구인환, 「한국여류소설의 기법」, 아세아여성연구11, 1972.

김병익, 「세계에의 비극적 비전-오정희의 소설들」, 월간조선, 1982.7.

김양선, 「왜곡과 침묵의 서사에서 정체성과 발화의 서사로의 긴 여정-
        근·현대문학에 나타난 여성문제 인식의 변모 양상」, 문학사상,
        1999.4.

김치수, 「전율, 그리고 사상」, 「유년의 뜰」, 문학과 지성사, 1981.

김   현, 「살의의 섬뜩한 아름다움」, 「불의 강」, 문학과 지성사, 1997.

김혜순, 「여성적 정체성을 향하여」, 「옛우물」, 청아출판사, 1994.

변지연, 「두 번 훼손된 넋이 꿈꾸는 법」, 한국 문학평론, 1999.봄.

심진경, 「오정희 초기소설에 나타난 모성성 연구」, 「한국문학과 모성성」,
        서강여성문학연구회 편, 태학사, 1998.

______, 「여성의 성장과 근대성의 상징적 형식」, 여성문학연구 창간호, 한
        국여성문학학회, 1999.

이수자, 「여성 주체 형성의 삼각 구도: 몸-섹슈얼리티-노동」, 여성이론1,
        여성문화이론연구소, 1999.4.

정정호, 「성차와 '여성적 글쓰기'의 정치적 무/의식」, 현대 비평과 이론,
        1992.가을/겨울호.

하응백, 「자기 정체성의 확인과 모성적 지평」, 작가세계 25, 1995. 여름.

황도경, 「'유년의 뜰'의 회상 형식 및 문체」, 이화어문논집, 이대한국어문
        학연구소, 1992.

______, 「뒤틀린 성, 부서진 육체」, 작가세계 25, 1995. 여름.

김미현, 「이브, 잔치는 끝났다」, 문학동네, 1999. 봄.

■오정희 작품 연보

소설

「완구점 여인」, 중앙일보, 1968

「주자」, 월간문학 11, 1969.9

「산조」, 월간중앙 27, 1970, 6

「직녀」, 월간문학 24, 1970, 10

「번제」, 월간문학 34, 1971.9

「관계」, 현대문학 219, 1973.3

「봄날」, 문학사상, 1973.6

「목련초」, 문학사상 32, 1975.5

「적료」, 문학사상 41, 1976.2

「적료(재수록)」, 문학과 지성 24, 1976.6

「야곱의 꿈」, 세대 156, 1976.7

「안개의 둑」, 뿌리깊은 나무 8, 1976.10

「미명」, 문학과 지성 27, 1977.3

「불의 강」, 문학사상 56, 1977.5

「한낮의 꿈」, 한국문학 44, 1977.6

「동행」, 문학사상 66, 1978.3

「꿈꾸는 새」, 뿌리깊은 나무 30, 1978.8

「저녁의 게임」, 문학사상 76, 1979.1

「중국인 거리」, 문학과 지성 35, 1979.3

「비어있는 들」, 1979.

「어둠의 집」, 뿌리깊은 나무 49, 1980.3

「겨울 뜸부기」, 문예중앙, 1980.3

「유년의 뜰」, 문학사상 93, 1980.8

「별사」, 문학사상 100, 1981.2

「밤비」, 문학사상 108, 1981.10

「인어」, 소설문학, 1981.12

「야회」, 세계의 문학 22, 1981.12

「동경」, 현대문학 328, 1982.4

「집」, 소설문학, 1982.10

「하지」, 월간조선 33, 1982.12

「바람의 넋」, 1982.

「전갈」, 문학사상 123, 1983.1

「불망비」, 문예중앙, 1983.6

「지금은 고요할 때」, 세계의 문학 29, 1983.9

「순례자의 노래」, 문학사상132, 1983.10

「멀고먼 저 북방에」, 1983.

「새벽별」, 학원, 1984.5

「그림자밟기」, 문예중앙, 1987.6

「분극」, 예술계, 1987.7

「파로호」, 문예중앙, 1989.3

「옛우물」, 1994.

「얼굴」, 작가세계 40, 1999. 봄.

소설집

『불의 강』, 문학과 지성사, 1977(개정판 1995).

『유년의 뜰』, 문학과 지성사, 1981.

『동경』, 동서문화사, 1983.

『바람의 넋』, 문학과 지성사, 1986.

『불망비』, 고려원, 1987.

『야회』, 나남, 1990.

『술꾼의 아내』, 1993.

『옛우물』, 청아출판사, 1994.

『불꽃놀이』, 문학과 지성사, 1995.

『새』, 문학과 지성사, 1996.

장편동화집

『송이야, 문을 열면 아침이란다』, 한양출판, 1993.

수필집

『허리굽혀 절하는 뜻은』, 창, 1994.

■ 연구 자료

김 현, 「살의의 섬뜩한 아름다움」, 『불의 강』, 문학과 지성사, 1977.

______, 「새와 상처받은 유년」, 『뿌리깊은 나무』, 1980.8.

권영민, 「현실적 상황과 소설적 상상력」, 『문학과 지성』, 1978.봄.

______, 「동시대인들의 꿈 혹은 고통」, 『문학사상』 121, 1982.12.

김치수, 「전율, 그리고 사랑」, 『유년의 뜰』, 문학과 지성사, 1981.

김주연, 「말의 순결, 그 파탄과 회복」, 『세계의 문학』, 1981.가을.

김병익, 「세계에의 비극적 비전-오정희의 소설들」, 『월간조선』, 1982.7.

이태동, 「오정희의 '동경'」, 동아일보, 1982.4.22.

______, 「여성작가 소설에 나타난 여성성 탐구:박경리, 박완서 그리고 오정 희의 경우」, 『동국대한국문학연구』 19, 1997.3.

김용구, 「일상의 갇힘과 밀침」, 『세계의 문학』, 1983.겨울.

김 현, 「중년부인들의 고통스러운 삶」, 『한국일보』, 1983.10.

이상섭, 「'별사'의 수수께끼」, 『문학사상』, 1984.8.

권오룡, 「원체험과 변형의식」, 『우리세대의 문학』, 1985.1.

김윤식, 「창조적 기억, 회상의 형식-오정희에 관하여」, 『소설문학』, 1985.11.

성민엽, 「존재의 심연에의 응시」, 『바람의 넋』, 문학과 지성사, 1986.

성현자, 「오정희 소설의 공간성과 죽음」, 『인문학지』 4, 충북대, 1989.8.

김승환, 「오정희론-오정희적 자아의 존재양상에 관하여」, 『한국현대작가
　　　연구』, 민음사, 1989.

오생근, 「오정희 문학론-허구적 삶과 비관적 인식」, 『야회』, 나남출판,
　　　1990.

이상신, 「'바람의 넋'의 다기능 문체 분석」, 『소설의 문체와 기호론』, 느티
　　　나무, 1990.

이남호, 「휴화산의 내부-오정희론」, 『문학의 위족·2』, 민음사, 1990.

김경수, 「여성성의 탐구와 그 소설화-오정희론」, 『외국문학』 22, 1990. 봄.

＿＿＿, 「여성 성장소설의 제의적 국면」, 문학의 편견, 세계사, 1994.

＿＿＿, 「여성의 광기와 그 심리적 원천-오정희 초기소설의 재해석」, 『작
　　　가세계』 25, 1995.여름.

권택영, 「여성적 글쓰기, 여성으로서의 읽기-오정희·박완서·강석경을
　　　중심으로」, 『작가세계』, 1990. 여름.

송명희, 「한국소설의 페미니즘-오정희와 김향숙의 경우」, 『동양문학』,
　　　1991.3

신철하, 「性과 죽음의 고리 - 오정희 소설의 구조」, 『침묵하는 말』, 우리문
　　　학사, 1991.

＿＿＿, 「'별사'의 죽음 : 다시 읽어보는 오정희」, 1992.

황도경, 「빛과 어둠의 이중문체」, 『문학사상』, 1991.1.

＿＿＿, 「불을 안고 강 건너기 '불의 강'의 문체론적 분석」, 『문학과 사
　　　회』, 1992. 여름.

＿＿＿, 「'유년의 뜰'의 회상 형식 및 문체」, 『이화어문논집』 12, 1992.3.

＿＿＿, 「뒤틀린 성(性), 부서진 육체-오정희 소설의 한 풍경」, 『작가세계』
　　　25, 1995. 여름.

＿＿＿, 「어긋나는 말, 혹은 감추어진 말-오정희 인물의 말하기」, 『작가세

계』, 1996. 가을.

김영미·김은하,「중산층 여성의 정체성 탐구 : 오정희와 김채원의 소설을 중심으로」,『오늘의 문예비평』 3, 1991.9.

김혜순,「여성적 정체성을 향하여」,『옛우물』, 청아출판사, 1994.

정현기,「유년기 체험 소설 연구」,『연세대 매지논총』 11, 1994.2.

하응백,「자기 정체성의 확인과 모성적 지평」,『작가세계』 25, 1995. 여름.

______,「소멸에의 저항과 모성적 열림 : '옛우물' 자세히 읽기」,『문학과 사회』 36, 1996.11.

박혜경,「불모의 삶을 감싸안는 비의적 문체의 힘-『바람의 넋』이후의 오정희의 소설들」,『작가세계』 25, 1995. 여름.

김예림,「세계의 겹과 존재의 틈, 그 음각의 사이를 향시하는 응시」,『문학과 사회』 36, 1996.11.

이중재,「오정희 소설을 읽는 한 방법론,「저녁의 게임」을 중심으로」,『동국어문학』 8, 1996.12.

정영화, 오정희 소설 연구 :「여성적 상상력과 문체징후를 중심으로」, 중앙대 대학원 석사논문, 1996.

박찬종, 오정희론 :「비관적 세계 인식의 근원」, 중앙대 대학원 석사 논문, 1997.

김태정,「오정희 소설의 기법과 문체에 관한 연구」, 동국대 문화예술대학원 석사논문, 1998.

정우련,「오정희 소설의 서술시점 연구」, 경성대 대학원 석사 논문, 1999.

노희준, 오정희 소설 연구 :「시·공간 구조를 중심으로」, 경희대 대학원 석사 논문, 1999.

문명의 불모성과 여성의 자연성
- 윤정모 論 -

김 미 영

1. 머리말

　80년대 소설의 한 특성은 이데올로기의 강화라고 할 수 있다. 일제식민지 상황과 현대 문학의 형성·발전기라는 역사 속에서 뚜렷한 자취를 남긴 카프의 후예를 다시 만나는 것처럼 이념지향적인 소설이 문학사의 한 영역을 새롭게 형성한 것이다. 예술과 정치, 예술과 시대는 서로 유기적인 관계임을 80년대 문학은 '노동 문학'과 '노동 소설'이라는 출현으로 입증하고 있다. 이와 같은 사회적·민족적 문제들을 문학화하는 작가 중에 주목해야 할 한 명은 윤정모이다. 그는 노동 현장은 비켜갔지만 신식민지적 모순과 가부장제·성적 계급의 모순 등을 여성의 문제와 접목시켜 그려냄으로써 산업화시대의 여성 주체를 부각시키고 있다.

　현대 여성 작가의 글쓰기 범위가 가정과 개인의 사적인 영역에서 일상성에 함몰된 채, 여성의 자의식 탐구에 치중되었다면 윤정모의 소설은 이들과 궤를 달리 하고 있다. 그의 소설은 여성 작가들이 일반적으로 떠안고 있는 부정적인 시각의 테두리인 일상성에의 경도, 즉 역사성의 배제를 취한 소설이 아니다. 역사와 사회의 모순된 구조 속에서 결핍이나 거세의 존재로 취급당하고 있는 여성의 삶을 폭로하는 작품이라 할 수 있다.

그의 작품을 관통하고 있는 큰 물줄기가 왜곡된 진실을 보여 주고, 어긋난 모순을 바로 잡으려는 정의 실현이라고 한다면 여기에서 뻗어난 작은 지류들은 탈식민주의라든가 봉건적인 가부장제의 모순, 자본에 의한 하층민의 피착취 양상을 객관적으로 보여 주는 것이다. 그래서 가족 구성 내에서 벌어지고 있는 억압이나 생산 현장에서 벌어지고 있는 억압과 모순, 나아가 민족과 민족 사이에서 이루어지고 있는 억압 구조를 해체하여 '더불어 사는 사회', 협력과 조화가 이루어지는 사회를 구현하고자 한다. 그러므로 그의 작품은 이 사회가 안고 있는 총체적 모순을 '허물어뜨리는 작업' 과정으로 볼 수 있다.

윤정모가 지속적인 관심을 두고 있는 인물은 하층민 여성이다. 특히 윤락가의 매춘부들과 식민지와 6 · 25를 체험한 후 모성성의 신화를 해체하는 어머니들, 정의 실현을 실천하는 민가협의 어머니들이다. 하층민 여성들을 전경화함으로써 세계와 대응하는 여성들의 일차적 방식은 '몸' 이라는 것, 그러나 그 결과는 참담한 '몸의 훼손' 임을 드러내고 있다. 즉, 근대적 권력인 제국주의와 자본의 권력, 부계 사회 이후 형성된 가부장제의 남성 권력이 가장 집약적으로 공격을 가하는 여성의 몸은 억압의 정점이 되며, 더구나 제3세계 유색인 여성에게 가해지는 몸의 훼손 정도는 극단적임을 보여 주고 있다.

하층민 여성들의 삶은 파행적이고 여성들 범주 속에서도 최악의 위치에 감금당함으로써 그들은 '몸'으로 세상을 풀어낼 수밖에 없다. 그래서 억압받는 몸은 역설적으로 작용하여 그들을 중층으로 얽어매고 있는 모순이나 억압의 틀을 파괴할 수 있는 힘을 만들어 내는 원동력이 된다. 이들은 타자성과 주변성이 농축된 상태에 있기 때문에 중산층 여성들이 갖기 힘든 권력의 해체, 중심의 해체를 추진할 수 있는 전복의 능력을 지니게 된 것이다.

권위적이고 절대적인 남성을 중심으로 견고하게 유지되는 '가부장제'라는 억압 구조와 식민주의라는 또다른 억압 구조는 궁극적으로 긍정적인 여성성의 본질을 간직하기 어렵게 한다. 우리 나라 하층민 여성들에게 가해지는 피지배의 상황이 중층적이고 복합적인 구조로 나타나기에 그들의 육체적·정신적 훼손은 重症일 수밖에 없다. 이 지점에서 시작되는 윤정모의 소설은 제3세계 문학의 특징과 연결된다. 그의 작품들에 나타나는 여성 인물들은 제3세계 최하층 유색인 여성들이 겪는 민족적·계급적·성적 모순을 동시에 겪고 있다.

프레드릭 제임슨은 제3세계 문학의 특징을 '의식적이고 분명하게 민족 문제에 대한 집단적 진술을 하는' 것이라고 지적하였다. 또한 제3세계 문학에 들어있는 집단 의식과 그 집단의 사회 변혁 의지가 서구 문학 내지 문화적 생산물을 분석할 때 필요한 이론적 분석 과정을 거치지 않고도 드러난다고 보았다.[1] 이점은 윤정모의 작품에도 나타나는 현상으로서, 예술의 개인화보다는 예술을 통해 시대의 진실을 말하는데 주력하고 있기 때문이다. 즉, 집단의 부조리한 상황을 폭로하고 이를 개선하고자 하는 의지가 앞서고 있는 셈이다. 이렇게 제3세계 문학이 문학 자체의 합목적성을 추구하기보다 사회적 여건을 드러내는데 관심을 기울일 경우 때로는 문학성과 다소 거리가 있는 모습을 보일 수도 있다. 이것은 송명희[2]도 밝혔듯이 윤정모의 작품에서 그의 문학성을 제한하는 장애 요인이 된다. 따라서 그의 문학 세계를 지배하는 노골적인 이념지향적 성격은 다양하게 논의될 수 있는 평가의 폭을 축소시키고 있다.

그럼에도 불구하고 윤정모의 작품은 예술성을 도외시한 선동적인 문학으로 치부하여 한 귀퉁이로 내몰기에는 아쉬운, 소설 미학을 지니고 있다. 그것은 역사적 상황의 정밀한 분석과 작중 인물의 시대 인식을 소설로 형상화한 예술적 가치라 할 수 있다. 이는 주제와 소재면에서 여성 작가는 역사성을 배제한다는 한계를 극복하여 폭넓은 시각으로 세계를 해석하고 있음을 보여 주는 것이다. 또한 여성 인물의 정체성 확립의 과정을 사회와 접목시켜 구체화한 점은 페미니즘의 관점에서도 재고할 가치를 지니고 있다.

본고는 「굴레」(1977), 「바람벽의 딸들」(1981), 「에미 이름은 조센삐였다」(1982), 『고삐』(1988), 「등나무」(1983), 「어머니」(1985),

---

1) 고부응, 「서구의 제3세계 담론; 제이미슨, 아마드, 스피박」, 『문학과 사회』 가을호, 1775면.
2) 송명희, 『문학과 성의 이데올로기』, 새미, 1994.

「봄비」(1987), 『들』(1992) 등의 작품을 중심으로 훼손된 여성성의
회복을 자연성의 복구로 보며 이것을 역사적 상황과의 관계를 통
해 살피고자 한다.

특히 윤정모는 여성의 몸을 '자연의 공간'으로 환유하는 데 주
목하였다. 여성의 자궁과 몸은 대지와 자연의 환유이며 여성의 몸
이 훼손당하는 것은 제국주의와 과학주의, 산업화에 의해 무차별
적으로 개발당하는 자연의 파괴 과정과 동일한 것이다. 그러므로
여성의 육체는 젠더, 인종, 계급, 세대 등의 다중적 코드들이 각인
되는 장으로서 주체의 물질성을 담보한다.[3] 몸은 주체성을 주조하
고 억압의 체험을 각인하는 곳일 뿐만 아니라 여성성의 역할들을
선택함으로써 욕망을 현시하며 감성을 내장하는 곳이어서 주체의
근본적인 물질성을 나타낸다.

이와 같은 다중적 코드로서의 여성 몸은 윤정모의 작품에서 중
요한 키워드가 된다.

여기에서 전제되는 것은 모성성의 새로운 접근이다. 기존의 논
의에서 모성성은 여성의 존재를 가부장제에 편입시키는 편법으로
비치어 논의에서 제외시켰다. 그러나 여성성을 제대로 인식하기
위해서는 모성성을 껴안고 가야만 절반의 인식에서 벗어날 수 있
다고 본다.

기존 연구에서 주목해야 할 것은 송명희의 연구이다. 『문학과 성
의 이데올로기』에서 『고삐』에 대한 분석은 사회학적 입장에서, 이

---

3) 태혜숙, 「성적 주체와 제3세계 여성 문제」, 『여/성이론』, 1999. p.99.

작품이 지니고 있는 가치와 한계를 지적한 것으로 정확하고 치밀한 논리적 전개를 보여 준다.

필자는 점층적인 방법으로 이 논문을 전개하고자 한다. 자궁에서 몸으로, 몸에서 서사적 전략인 '몸으로 글쓰기'의 수순으로 관점을 진행시키면서 하층민 여성의 몸은 출산, 성노동화[4], 노동 등의 복합적 착취와 임무 속에서 마모되어 감을 살핀다. 또한 탈식민주의와 에코페미니즘의 상호 관계가 윤정모의 소설에서 어떤 모습으로 드러나는지를 고찰하고자 한다.

이러한 고찰로 기대할 수 있는 성과는 남성 중심으로 주도해온 근대 속에서 결핍된 존재였던 여성의 상실된 지위를 되찾는 것이며, 근대성을 회의하는 모더니티의 미래를 청사진화하는 지표에서 여성을 분리시킬 수 없음을 보여 주는 것이다.

2. 불모성과 자연성의 거리 메우기

여성 작가들의 글쓰기에서 공통적으로 관심을 갖는 분야 중의 하나는 자궁이다. 이것은 자궁이 여성의 정체성을 은유적으로 드러내는 신체 공간으로서 문학적 함축성을 띠고 있기 때문이다. 윤정모의 소설에도 자궁에 대한 의미 규명이 진지하게 논의되고 있

---

4) sex work는 위안부, 매춘, 기생 관광 부문 등에서 행해지는 일을 단순히 여성의 섹슈얼리티를 상업적으로 파는 것으로 보기 보다 노동과 연결시키는 개념이다.(태혜숙, 「성적 주체와 제3세계 여성문제」, 『여/성이론』, 여이연, 1999. 117면.)

는데 다른 여성 작가와 차이나는 점은 자궁의 훼손 과정뿐만 아니라 훼손된 자궁을 치유하는 재생의 성격에도 초점을 두고 있는 점이다. 이 장에서는 훼손된 자궁이 상징하는 '불모성'의 몸을 중점적으로 다룰 것인데, 이는 윤정모의 페미니즘적 작품이 모성성, 즉 창조성을 지니고 있음을 전제하는 것이다.

모성성 담론은 기존의 페미니즘 논의에서는 부정적인 논쟁거리였다. 그동안 페미니스트들은 가부장제의 억압적 틀을 거부했기 때문에 가부장제의 은밀한 조력자이자 이에 편입하여 사회적 보상을 받으려고 하는 어머니의 삶 자체에 거부 반응을 보였다. 그러나 페미니스트의 분리주의적 시각 때문에 평가에서 배제된, 또는 부정적이었던 어머니의 위치를 재평가해야만 가부장제의 신화적인 모성성 이데올로기로부터 벗어날 수 있을 것이다.[5] 그런 점에서 윤정모 작품의 다양한 '어머니들'의 구현은 여러 가지 면에서 시사적이다. 2장에서 다룰 자궁의 유무, 즉 자궁의 건강·불건강은 여성의 몸이 대지와 동일하다는 의미에서 생산성의 의미와 상통하는 것이다.

2-1. 훼손된 '자궁' : 불모성의 공간

훼손된 자궁을 지닌 여성 인물은 「에미 이름은 조센삐였다」의 문하 어머니, 안동 어머니, 「바람벽의 딸들」의 어머니, 『고삐』의 정

____

5) 서강문학연구회 편, 『한국문학과 모성성』, 태학사, 1998. 8면.

인, 해인 자매와 어머니, 『들』의 남촌댁 등이다. 이렇게 윤정모의 소설에서 빈번하게 등장하는 훼손된 자궁을 지닌 여성을 통해 작가가 의도하고 있는 목적은 명백하다. 윤정모는 소설에서 사회적 배경을 작품의 전면에 드러내고 있으며 훼손된 자궁의 결과 불모성의 여성이 될 수 밖에 없는 제3세계 여성의 착취당하는 삶의 현장을 생생하게 전달하고 있다. 여기서 여성들이 자궁을 상실당하는 원인은 우리 나라의 경우 제3세계와 차이나는 점이 하나 더 있다. 가부장제·제국주의·자본주의의 폭력 이외에도 우리는 이념에 의한 전쟁과 분단의 체험을 겪은 독특한 역사적 체험 때문에 이데올로기라는 원인도 만만치 않게 작용하는 것이다. 자궁의 상징은 여성성의 본질적인 면을 함유하는 것이므로 이를 훼손시킴은 여성의 존재 자체를 부정하는 것이며 이는 나아가 여성의 긍정적 의미인 생산적 권력을 박탈하는 행위가 된다.

「에미 이름은 조센삐였다」는 자궁의 훼손과 재생을 다루고 있는 문제작이다. 이 작품은 여러 면에서 「굴레」의 후속편 성격을 띠고 있으므로 그것부터 천착한 후에 그 속에 담긴 작가의 의미를 찾는 게 순서일 것이다. 두 작품의 연속성을 보면 다음과 같다.

(표 1)을 참고로 할 때, 두 작품 사이에서는 창작 시간의 편차 만큼 작가의 변모한 의식을 찾아 볼 수 있다. 우선, 딸 수하를 아들 문하로 교체한 것은 윤정모의 보수적 세계관을 보여 주는 하나의 예가 된다. 이것은 역사를 담당하는, 또는 역사의 진실을 경청하거나 서술해야 하는 주체적 행위는 남성만이 위임받을 수 있다는 관습이 작가의 무의식에 남아 있음을 보여 주는 것이다. 또한 안동 어머니

(표 1)

굴레(77년도 작)	공통점과 차이점	에미 이름은 조센삐였다 (82년도 작)
배광욱: 가짜 일본 유학생. 고등고시 합격 행세를 하여 김씨와 결혼함. 일본 도항증 위조를 하다가 체포당함.	아버지	배광수: 일본 유학생. 학병으로 징집당하여 필리핀 전투에서 부상당함. 순이의 구원으로 귀국함. 순이의 아들을 거부함.
김씨: 배광욱의 지식에 현혹해 결혼하나 버림받음. 노동을 천시하고 허영적임.	어머니	순이: 정신대 여성. 부상당한 배광수를 전쟁터에서 구해줌. 아들을 낳으나 버림받음. 하혈을 통해 심리적 위기를 극복함. 강인한 생명력과 포용력을 지님.
딸 수하: 출판사 직원. 무능력한 아버지와 허영심있는 어머니를 미워함.	자녀	아들 문하: 소설가. 자신을 아들로 인정하지 않는 아버지를 미워함. 아버지의 인생을 소설로 형상화함.
안동 어머니: 교도관. 불임여성. 남편 배광욱을 부양하나 딸에게 보내고자 함.	서모	안동 어머니: 교도관. 불임여성. 남편 배광수를 부양함. 남편이 죽은 이후 그를 동정하고 문하를 아들로 인정함.

의 태도에서는 확대된 모성성과 자궁 가족의 의미를, 아버지 배광욱(수)을 통해서는 식민지 남성의 고뇌를 후속편에서 새로이 발견할 수 있다.

먼저 이 장의 중심 테마인 훼손된 자궁의 의미를 살펴 보겠다.

「에미 이름은 조센삐였다」에서 필리핀의 전쟁터까지 배치되는 정신대의 한국 여성들은 일본 매춘부와 필리핀의 현지 매춘부, 미국인 매춘부 사이에서 약소국이라는 민족 때문에 차별을 받는다. 순이(문하 어머니)를 비롯한 그 당시 필리핀에 주둔했던 정신대 여성이 훼손된 자궁을 갖게 되는 경위는 다음과 같다.

① 사흘 만에 이윽고 하혈을 시작했다. 회음(會陰)이 터져 내장을 건드렸다던가, 피는 걷잡을 수 없이 쏟아졌고 온 몸은 누렇게 부어 올랐다.
② 아랫도리에는 주먹만한 고무 꽈리 같은 것이 밀려나와 있었다. 그것은 격한 마찰에 의해 애기집이 뒤집혀 나온 것이었다. 그 시체를 치우면서 왜놈 포주가 말하더구나. '대일본 제국을 위해 명예롭게 최후를 마쳤다'고. 그래, 우리의 임무는 죽는 순간까지 육체를 제공하는 일이었다.(271)[6]

①은 순이가 하루에 상대해야 하는 남성이 수백명에 이름으로써 이를 견디지 못하고 하혈을 하며 병원에 실려가는 내용이다. 그러나 병원에서 치료를 받은 직후 상처가 아물기도 전에 몸에 대한 폭력은 또 시작된다. ②는 한국 여성들 사이에서 정신대의 고통을 견디지 못한 여성들이 성행위 도중에 죽음을 당한 모습이다. '애기집'[7]이라고 표현한 아름다운 우리말은 이제 그 어디에도 애기가

---

6) 「에미 이름은 조센삐였다」는 1994년 인문당에서 발행한 중편소설집 『굴레』에 수록된 것을 텍스트로 하였다. 이후 페이지만 수록한다.
7) 윤정모는 자궁을 '애기집'이라고 표현하였는데 이는 에코페미니즘적 측면과 연결된다. 생태학을 뜻하는 이콜로지라는 영어의 뿌리를 거슬러 올라가 보면 '오이콜로지아oekologia'라는 그리스어와 만나게 된다. 이 그리스어는 오이코(집)라는 말과 로지아(연구)라는 말이 한데 합쳐 만들어진 말이다. 그러므로 생태학이란 바로 집을 연구하는 학문을 말한다. (김욱동, 『문학생태학을 위하여』, 민음사, 1998. 25면.) 따라서 '애기집'은 여성의 육체를 대지와 동일시하고 있기에 페미니즘 중에서도 생태

들어설 수 없는 죽음의 공간이 된다. 수백명을 상대한 정신대 여성들의 자궁은 심한 외상으로 자궁벽이 까뒤집히고 이것을 견뎌내지 못한 여성은 결국 성행위 도중에 죽음을 맞이한다. 그러나 성에 굶주린 군인들은 여성의 죽음을 알지도 못하거니와 알았어도 屍姦까지 마다하지 않을 정도로 탐욕적인 군상들이다. 이런 상태에서 여성의 자궁은 더이상 엄숙하고 고귀한 생명이 들어설 수 있는 '생명의 공간'인 애기집이 될 수 없으며 오직 남성의 성욕을 배설시키는 하수구로서의 역할만을 수행할 뿐이다.

일반적으로 불임의 의미는 그 동기에 따라 여러 가지 해석이 가능한데 본고의 텍스트에서는 가부장제의 거부, 또는 가부장제의 폭력으로 읽힌다. 이 작품에서는 불임 여성인 안동 어머니와 '안동'이라는 공간을 살펴볼 필요가 있다.

「굴레」의 안동 어머니는 처음부터 불임 여성으로 설정되어 있는데 배광욱은 일반 남성과 달리 '불임'이라는 이유 때문에 그녀와 재혼한다. 배광욱이 선택한 불임 여성의 의미는 자손에 대한 단절을 스스로 선택한 것으로서 수치스런 역사 계승의 단절, 가부장제 계승의 거부로 읽을 수 있다. 이와 같은 인식이 여성이 아닌 남성에게만 나타난다는 데 작가의 한계가 있다. 그러나 「에미 이름은 조센삐였다」에 나오는 안동 어머니는 남편 배광수에 의해 불임 여성이 된 인물이다. 그녀는 배광수가 "술 먹고 배를 걷어차서 애도 못 낳는 여자"(247)가 된, 즉 남편의 폭행에 의해 불모성의 육체를

____

학적인 면을 강조하는 에코페미니즘의 성격을 드러낸다.

지니게 된 것이다. 이것은 가부장제의 폭력에 의한 여성의 불모성화를 보여 주는 것이다. 그녀의 몸을 손상시킨 일차적 원인은 남성횡포의 가부장제로 돌릴 수 있지만 궁극적인 원인은 제국주의로 볼 수 있다. 일본 제국주의의 횡포가 한국 남성에게 가해지면 남성들은 힘없는 여성들에게 그 분풀이를 한 것이다.

불임의 안동 어머니에게 모성성은 자녀의 출산, 수유, 양육의 의미를 넘어서 여성성의 부드러움, 보살핌을 상징하는 것으로 확대된다. 그래서 무능력한 남편을 부양하는 행위를 포용할 수 있게 한다. 특히, 두 작품에 등장하는 남편은 미숙한 인격, 파탄적인 인격을 지닌 인물로서 식민지 체험이라는 특수한 역사적 정황 때문에 의식의 성장이 멈춘 어린아이와도 같은 인물이다. 두 안동 어머니는 20여년 동안 출산과 양육의 모성성 대신에 이런 남편을 부양함으로써 확대된 모성성을 보여 준다.

그러나 「굴레」의 안동 어머니가 더 이상 남편의 뒷치닥거리를 참을 수 없어하며 남편이 딸 수하에게서 돌아오지 않기를 바라는 모습을 보여줌으로써 여전히 불모성의 이미지를 지니고 있다면, 「에미 이름은 조센삐였다」의 안동 어머니는 이와 대조적이다. 그녀는 남편의 뒷수발을 지긋지긋해 하면서도 그의 장례식 이후 식민지 종속국의 남성이 겪는 물질적·정신적 피해를 거두어 들이는 동정과 연민을 드러내고, 그가 생존했을 때에는 철저히 거부했던 본처 아들 문하를 심리적으로 받아들인다. 이는 안동 어머니의 모성성을 보여 주는 것으로서 자궁이 회복되었음을 보여 주는 것이다.

또한 여기서 '안동'이라는 공간의 의미에도 유의해야 한다. 안동은 현대에도 유림들의 강한 성향때문에 가부장제의 특수성을 고수하고 있는, 봉건적 가부장제의 옹호 지역이라고 할 수 있는 공간이다. 이러한 공간의 여성들을 불임으로 설정하였다는 것은 가부장제를 거부하는 것으로 해석할 수 있다.

윤정모는「굴레」와 달라진「에미 이름은 조센삐였다」에서 식민지 종속국 여성의 훼손된 몸뿐만 아니라 종속국의 남성들이 겪는 정신적 피해에 대한 면도 보여 주고 있다.「굴레」의 배광욱이 형의 학생복과 학생모를 훔쳐서 유학생 행세를 한 도항증 위조꾼이었다면「에미 이름은 조센삐였다」의 배광수는 태평양 전쟁에 징집당한 유학생으로서 식민지 치하의 전쟁 체험 때문에 평생 동안 무위도식하는 폐인으로 전락한다. 그가 임종을 맞으면서까지 용납하지 않은 아들 문하의 핏줄 거부는 순이가 정신대 여성으로서 일본군을 상대하였다는 피해 의식의 결과였던 것이다. 그러므로 아내(문하 어머니와 안동 어머니)를 성적·물질적으로 괴롭히게 된 이유는 그를 일본의 피해 의식에 사로잡혀 살게끔 한 식민지 종속국의 남성이라는 데 있다. 이런 식의 작품 변모는 작가의 시대를 인식하는 관용적인 모습이라고 하겠지만 페미니즘적 성격은 감소시키는 것이다. '남성' 이라는 성적 우월감은 자신에게 부하된 피해 의식을 또 다른 타인(여성)에게 쏟아내고 자신의 괴로움을 덜어낸다. 이렇게 보면 제3세계의 여성은 약소국이라는 민족적 우열에 따라 성적인 유린은 그것대로 겪어야 하고, 가부장제하에서 오는 정신적인 학대도 동시에 겪어야 하는 이중고에 시달리는 인물이다. 즉, 가부장제의 남성이 제국주의 논리에 피해 의식을 가질 때 그러한 증상을 고스란히 되받는 곳은 바로 여성의 몸이 된다. 그리고 마지막 종착지인 여성의 몸에 가학이 미치는 동안 이미 가속도는 붙어 있기 마련이어서 그 피해는 절정에 이른다.

「바람벽의 딸들」에서 어머니 오화인은 식민지 시대에는 일본 순사에게, 미군정 시대에는 미군에게 준매춘행위를 한 과거를 지니고 있다. 사위의 눈에 비친 그녀의 모습은 '희끗희끗한 거웃은 불모지(不毛地)의 퍼석한 박토처럼' 보이는 불모성의 여성이다. 이 어머니 또한 자궁의 훼손을 드러내는 인물이다.『고삐』의 어머니 박화자 또한 식민지 시대와 미군정 시대에 자궁의 훼손을 경험한 여성이다.

박화자는 유교적 덕목을 고수하는 여성은 아니다. 그녀의 훼손된 자궁은 불가피한 역사적 상황도 영향을 주었지만 그에 못지 않게 개인적 성향도 작용한다. 그녀는 일본점령기 때는 일본 청년과 사랑을 하였으나 친정 어머니의 바램 때문에 우리 나라 청년과 결혼한다. 그러나 미군정하에서 공장 노동자들이 미국의 공장 인수를 저지하는 저항을 할 때 남편은 주동 인물이 되어 도피하게 된다. 이때 박화자는 남편을 찾는 미군 앞잡이의 첩이 되어 해인을 낳는다. 이 작품『고삐』는 민족 수난에 의해 단란한 한 가족이 무참히 해체당하는 모습을 보여줄 뿐만 아니라 여성의 생계 수단은 매춘[8]밖에 없음을 드러낸다. 그러므로 어머니 박화자가 여관 조바

---

8) 송명희는『고삐』가 지니고 있는 페미니즘의 한계를 예리하게 지적하고 있다. 그에 의하면, 윤정모가『고삐』에서 보여준 '매춘'에 대한 시각은 매우 개성적이고, 사회 소설로서 탁월한 사회학적 상상력을 보여 주고 있음을 인정하였다. 그러나 이 작품

일을 하는 동안의 행실은 하층민 여성의 수난적인 삶이며 이 행위의 원인은 근대사의 질곡에 있음을 잊어서는 안 된다.

여기서 특히 주목할 것은 박화자가 주로 생활했던 공간인 '부산'의 의미를 천착해 보는 일이다. 식민지 시대와 6·25 전쟁 동안 임시 수도 역할을 했던 부산은 대한민국의 자궁이라 할 수 있다. 군산·원산·부산 등의 항구 도시는 서구 세력을 받아들이는 개항지로서 여성의 자궁이 남성을 받아들이듯이 서구 세력을 받아들이며 그에 따른 불행한 잉태를 계속한다. 그러나 그것은 건강함이 아닌 부패의 온상지가 된다. '온천장'으로 공간화되어 있는 박화자의 삶의 공간은 물의 이미지를 띠고 있으면서도 생명력은 소멸된 공간이다. 온천장은 제국주의의 문화 공간이요, 남성 중심의 문화 공간이다. 온천장이나 호텔 욕조에서 매춘 행위를 해야 하는 하층민 여성들은 결국 남성들이 만들어 놓은 세계 속에서 자궁을 훼손당하는 것이다. 순이가 남성들이 자행하는 전쟁이라는 범죄적 제도 속에서 자궁의 상실을 겪었다면 어두컴컴한 뒷골목의 사창가와 향락적인 온천장, 호텔에서 성적 노리개로 전락한 매춘 여성들은 전쟁의 이면

에서 매춘은 외세에 지배된 민족 모순의 결과로서만 강조되고 있을 뿐, 즉 봉건적인 계급모순의 산물인 것으로만 인식하고 있다고 보았다. 따라서 작가는 남녀차별적인 성의 모순으로부터 매춘문제가 표출되어 나온다는 차원을 간과하고 있으며 이는 외세배격을 주장하는 민중민족운동에 여성이 동참함으로써 매춘의 모순도 사라질 수 있으며, 민중민족의 해방이 이루어지면 여성의 해방은 자동적으로 이루어질 수 있다는 단순논리를 펴고 있음을 지적하였다. 필자 또한 송명희의 의견에 전적으로 동의하는 바이다. 본고에선 자궁 상실과 회복, 그것들이 이루어지는 공간적 배경을 중시하였기에 매춘에 대한 논의는 약화시켰다. (송명희, 『문학과 성의 이데올로기』, 새미, 1994. 196-206면 참조.)

인 평화시의 남성 세계 속에서 희생양이 된 여성인 것이다.

　③ 온천장. 왜정 때부터 삶의 질을 부패시켜온 유흥지였다던가. 권력
과 향락의 찌꺼기가 발효하는가 하면 또 각기 다른 호흡기로 숨을 쉬는
곳. 대학이 있고 기생권번이 있고 범어사며 금정사 고찰이 있고 삼계절
내내 상춘객으로 멀미를 앓는 금강공원이 있고 부유층 주택가가 있고
온천물이 있고 온천을 개발한 일제의 잔재가 향수로 녹아 있는 왜색지
대.(47)[9]

　온천물 위에 부유하는 몸의 찌꺼기들은 철저한 소비와 향락, 타락
을 상징한다. 이런 온천장의 이미지는 정인이가 일본인에게 능욕을
당한 호텔 욕조에서도 드러난다. 온천장, 호텔 욕조의 물은 이미 생
명이 소생할 수 있는 공간이 아닌 '뜨거운 물'로 생명을 소멸시키는
탐욕과 타락의 공간인 것이다.

　④ 욕탕에는 이미 미지근한 물이 넘치도록 준비되어 있었다. 계획적
이구나. 그 깨달음도 머리 밖으로 흐릿하게 맴돌다가 곧 사라졌다. 그
니는 물속에 몸을 담그었다. 교포도 물속으로 들어와 그니를 껴안았다.
욕탕에서의 행위는 잠깐 사이에 끝이 났다.……(중략) 욕탕 물 위로 사
내의 배설물이 지저분하게 떠올랐고 그니가 물끄러미 배설물을 내려다
보고 있을 때 교포가 서툰 우리말로 그니를 일깨웠다.(17)

---

9) 『고삐』는 94년도판 풀빛에서 발행한 것을 텍스트로 하였다. 이하 본문의 페이지만
　수록한다.

이 예문은 정인이 가짜 여대생 행세를 하며 일본 관광 기생 역할을 하는 장면이다. 여기서 교포는 최음제를 정인의 술에 타서 먹인 후 자신의 성적 욕망을 채운다. 이때 자궁이 오염되는 공간인 ‘욕탕’은 남성의 성욕이 비누 거품처럼 부풀어 오른, 그리고 최후에는 성욕의 배설물만이 부유하는 오염된 물의 이미지다.

정인이 ‘여대생’이라고 조작한 신분을 말해야 보다 나은 대우를 받는 70년대의 매춘부 모습은 산업화 이면의 부조리한 모습인 것이다. 어머니 세대가 식민지의 비극성을 띠고 있다면 정인과 해인 자매가 겪는 자궁 훼손의 시기는 60·70년대의 산업화의 과정이 작용한다. 정인이 철암 탄광촌에서 작부 노릇과 스트립걸을 하는 행위는 산업화 과정 속에서 여성과 자연이 함께 훼손당하는 모습이다. 그리고 법원리를 비롯한 기지촌의 양공주 생활을 하는 것은 거대한 자본을 지닌 강대국의 종속적 모습을 신식민지의 모습으로 보여 주는 것이다. 이렇게 여성과 자연이 억압받고 착취당하는 데에는 무엇보다도 과학의 발달이 아주 큰 몫을 하였다. 중세기만 하더라도 자연은 ‘위대한 어머니’로서 존중을 받았다. 옛 그리스인들은 광물과 금속을 대지의 어머니 자궁 안에서 자라나는 생명체로 보았고, 이러한 것을 채취하는 것은 곧 어머니의 질을 샅샅이 뒤지는 것과 같은[10] 행위로 보았다. 결국, 남성들에 의해 주도되는 과학의 힘과 문명의 힘은 근대성이라는 막강한 패러다임을 형성하여 자연과 여성을 파괴시키고 있는 것이다.

---

10) 김욱동, 『문학생태학을 위하여』, 민음사, 1998. 388면.

이런 모습을 통해 윤정모가 드러내고자 한것은 19세기 무력에 의한 제국주의가 20세기에는 '자본'에 의해 형성된 신식민지의 논리로 여전히 작용하고 있음을 보여 주는 것이다. 그러므로 식민지 종속국에 속한 최하위층의 여성들이 성노동에 의해 몸의 억압을 받는 것은 필연적인 수순인 것이다.

『들』의 남촌댁은 이데올로기에 의해 자궁의 훼손을 당한 여성이며, 그녀가 살고 있는 농촌인 기와실은 산업화에 의해 피폐된 공간이다. 자연과 자궁의 훼손이 남성 중심의 이데올로기와 산업화의 추진 결과임을 보여 주는 단적인 예가 된다.

⑤ 자, 그럼 이거이락두 생커봐유, 젖이 많아 줄줄 흐르자 당신이 빨아먹었쥬, 밥 먹고 맹근 젖인디 아깝다구. 글구 아, 기운 난다. 그랬쥬? 자아, 어여…… 그(구황보:필자 주)는 더 참을 수가 없어서 문을 할딱 열었다. 남촌댁은 놀라 서방한테 물리려던 젖퉁이를 가릴 생각도 않고 입을 딱 벌린 채 그를 치어다봤다.(127)[11]

위의 예문은 악질적인 마름인 구황보의 성적 탐욕 때문에 남촌댁이 자궁 훼손을 겪는 내용이다. 구황보는 남촌댁의 풍만한 육체를 소유하기 위해 그녀의 남편을 빨갱이로 몰아 고문을 가한다. 남촌댁은 심한 고문 때문에 의식을 잃은 남편을 살리기 위해 남편에게 젖을 물리는데 이러한 모습은 여성이 대지임을 보여 주는 모습

___

11) 『들』은 1994년도 창작과 비평사에서 발행한 것을 텍스트로 하였다. 이하 본문 페이지만 수록한다.

이다. 이런 남촌댁은 평생 동안 구황보의 성적 욕망의 대상으로 지낸다.

　이와 같은 훼손된 자궁의 모습을 윤정모가 다각도의 관점에서 제시한 의도는 여성은 제국주의와 자본주의·가부장제·이데올로기의 모순 속에서 복합적이고 중층적인 피해자임을 보이는 데에 있다. 여성에게 있어 자궁은 풍요로운 대지로서 여성성이 결정되는 것도 자궁의 존재에서 판단되며, 프로이드가 여성을 '결핍된 남성'이라고 본 시각을 전복시킬 수 있는 근원적인 힘도 바로 자궁에서 나온다. 그러므로 여성에게 생명을 잉태한다는 자긍심을 갖게 하는 자궁을 훼손시키고 상실시킴은 바로 여성의 존재 그 자체를 지워버리는 행위가 된다.

2-2. 회복된 '자궁'-자연성의 공간

　윤정모의 소설에서는 자궁의 훼손만을 살피는 것은 큰 의미가 없다. 이보다는 불모성의 육체를 지닌 여성이 불모성을 치유하기 위해 노력하는 모습에 윤정모 소설의 미덕이 담겨 있음을 놓치지 말아야 한다. 즉 처참하게 훼손당한 자궁을 지닌 불모성의 육체에서 자연성으로 회귀하는 과정이 여성 스스로에 의한 것임을 알아야 한다. 이것이 윤정모가 의도하고 있는 소설의 정점이라고 할 수 있다. 그리고 회복된 자궁을 갖는 과정에는 문명의 힘이 아닌 원시의 힘이 작용하고 있음도 간과해서는 안 된다. 문명이란 남성들이 이룩한 문화의 총아인 것인데 여성들은 이것의 도움없이도 충분히 회복하는 것이다.

그러나 윤정모 소설의 딜레마가 될 수도 있는 모성성 신화에 다시
갇히는 모습이라든가 가부장제의 탈출구를 봉쇄해 버리는 모습도
나타나고 있어 작가의 양가적인 모습을 발견할 수 있다. 먼저 원시
성의 힘부터 살펴 보겠다.

「에미 이름은 조센삐였다」의 순이가 불구가 되거나 죽음을 맞은
숱한 정신대 여성들 사이에서 건강한 자궁의 소유자로 회귀할 수
있었던 것은 바로 열대 밀림의 거머리 때문이다. 문명국의 입장에
서 바라본 필리핀의 열대 밀림은 원시와 야만만이 존재하는 공간
이다. 그들에게는 상품성과 시장성으로밖에 환산되지 않겠지만,
그러나 그곳은 문명의 폭력에 오염되지 않은 순수함과 자연성을
보존한 장소라는 데에서 더 큰 의미를 지니고 있다.

패전한 일본군 사이에서 귀향만이 살 길이라고 생각한 한국 여
성들은 귀국의 길찾기를 스스로 시도한다. 이때 밀림 속에 서식하
는 거머리는 순이(문하 어머니)의 자궁벽에 흘러내리는 병균을 빨
아들여 불모성이 된 순이의 육체를 다시 생명이 움틀 수 있는 건강
한 대지로 회복시켜 준다.

　⑥ 새벽녘, 내 아랫도리에도 뭔가 붙은 것 같기는 한데 전혀 불쾌하
지는 않고 오히려 나쁜 피가 빠져 나가는 듯이 허전하면서도 시원한 느
낌이 들었다. 내 말이 이해가 안 갈 것 같아 다시 말한다만 나 정도된
위안부라면 그 부분의 느낌은 둔할대로 둔해져서 발뒤꿈치보다 더 무
감각해진다. 하여간에 날이 부옇게 밝아올 때 문득 아래를 내려다 보니

까 퉁퉁 붓은 산거머리가 밀착된 몸뻬 위에 붙어 있지 않겠니. 나는 물론 질겁을 하고 칼로 떼내긴 했다만 그 얼마 후에 신기하게도 부풀어 오른 상처가 가라앉아 있었다.(292-293)

여기서 한 마리의 거머리는 작품의 필연성을 떨어뜨리는 기능을 한다기 보다는 한 명의 의사와 한 알의 약, 즉 문명의 힘이 없어도 스스로 치유할 수 있는 자연의 힘을 보여 주는 상징적인 것으로 보는 것이 타당하다.

거머리 외에 또 하나 주시해야 할 것은 '하혈'의 재생적 의미이다. 순이는 정신대 여성으로서 갖은 고생 끝에 귀국을 하고 그 전쟁터에서 살려낸 부상병 배광수와 결혼하여 아들 문하를 낳는다. 그러나 정신대라는 과거의 경력 때문에 결국 남편으로부터 버림을 받고 그녀 혼자서 아들을 대학까지 보내야 하는 힘든 생활을 한다. 이런 생활 속에서 순이는 심리적으로 견디기 힘든 일이 생길 때마다 하혈을 한다. 즉 하혈을 하면서 몸의 불순물과 정신적 고통을 제거하는 것이다.

이 작품에서 하혈은 자연의 자정능력[12]처럼 여성의 몸이 스스로

---

12) 아이슬러는 1970년대에 영국의 생물학자 제임스 E.러브록이 린 말귤리스와 함께 주창한 이른바 '가이아 가설'을 새롭게 해석하였다. 이 가설에 따르면 우리가 살고 있는 지구는 삶을 유지하고 양육하기 위하여 고안된 하나의 살아있는 체계이다. 러브록은 '지구상에 살고 있는 물질, 대기, 대양, 그리고 지표는 복잡한 한 체계를 구성하는데, 그 체계는 단 하나의 유기체로 볼 수 있고 우리의 지구를 생명에 알맞는 장소로 유지시켜 주는 능력을 지니고 있다'고 말한다. 그에 따르면 가이아란 물리적·화학적 환경을 스스로 조절함으로써 지구를 건강하게 유지시켜 주는 자기 조정 능력을 지니는 생물권이다. 아이슬러는 본질적으로 가이아 가설이라는 것도 따지고 보면 여신을 숭배하던 선사시대 사회의 신념체계를 과학적으로 새롭게 설명해 놓은

건강을 지켜내기 위해 조절하는 능력의 의미를 지닌다. 여성의 몸 안에서 일어나는 신체리듬은 매우 신비하다. 대표적인 예로서 월경은 임신의 '有無' 상태를 알려주는 신호임과 동시에 여성의 몸을 정화시켜 주는 역할을 한다. 지금까지 여성의 몸에서 흘러나오는 피에 대해 인류학에 기술된 것은 부정적인 모습이었다.

우리 나라만 하더라도 산삼을 캐는 행위나 마을의 동제 등이 행해질 때 월경을 하는 여성은 참여를 할 수 없었다. 이것은 남성 중심의 사회가 만들어 놓은 문화로서 그들은 피에 대한 두려움, 공포심을 역설적으로 여성의 부정적인 이미지로 치환시켜 놓고 여성들을 공적인 행사에서 아예 배제시켜 버린 행동을 보여 준 것이다. 이와 같은 피에 대한 공포는 순이의 아들 문하에게서도 나타난다. 그는 비록 어머니이기는 하지만 여성의 하혈 장면을 보고 공포, 두려움 때문에 어머니를 버려둔 채 집을 나와 동창생 옥님이를 겁탈한다. 피를 쏟아내는 여성에 대한 공포심은(남성은 주기적으로 피를 쏟아내지 못한다) 여성의 존재에 대한 두려움이며 그러기에 여성의 학대를 통해 두려움을 해소하는 것이다.

주기적으로 몸 바깥으로 쏟아내는 여성의 피는 생명을 잉태시키지 못한 '죽은 피'이지만 이것은 몸 안에 고여 있을 때 오히려 건강을 위협하는 것이 된다. 그러므로 월경은 여성의 자궁을 청결한 상태로 비어 있게 하며 건강한 생명을 깃들게 할 수 있는 공간으로 항상 준비하는 것이다. 월경과 동일한 기능으로 작용하는 순이의

것에 지나지 않는다고 말한다. (김욱동, 『문학생태학을 위하여』, 민음사, 1998. 365면.)

하혈은 일종의 제식과도 같은 행위가 된다. 그녀에게 하혈은 몸의 사악한 기운을 쏟아내어 몸을 스스로 정화시킴으로써 새로운 힘이 되는 자생력을 갖게 하는 것이다. 가이아 가설처럼 여성의 몸은 대지와 같이 스스로 정화된다.

문명의 힘이 아닌 자연, 대지의 힘에 의해 여성의 정체성을 회복하는 또 다른 작품으로는 「봄비」가 있다. 이 작품에서 여성 인물은 장성한 자녀와 남편, 첫사랑 등에서 삶의 의미를 찾는다. 그러나 만족하지 못하고 가출한다. 귀가하는 중년의 이 여성에게 삶의 의미를 갖게 한 인물은 농촌 총각으로서 그와의 정사를 통해서이다. 배추를 가득 실은 트럭에서 행하는 성행위의 공간은 비록 대지 그 자체는 아니지만 싱싱한 배추더미는 충분히 자연, 대지의 은유인 것이다. 인생에서 상실감을 느끼는 도시의 중년 여성에게 그래도 인생은 살만한 것이라는 의욕을 불러일으킨 것은 농촌 청년이 지닌 순수한 자연의 냄새이며 배추포기가 상징하는 자연이었던 것이다. 그 후 윤정모는 「들」이라는 작품에서 대지의 자연성을 이렇게 부각시키고 있다.

⑦ 까치봉은 낮 동안 풀어두었던 앞가슴을 여미면서 몸피 구석구석을 살펴본다. 진종일 자신의 젖무덤을 파헤치며 굴밤을 찾던 다람쥐는 싹을 틔우지 못한 깨금 한 알을 다락에 숨기고 있고, …… (중략)나도 자식을 낳으리라. 내 넓은 품에서 맘껏 뛰놀 수 있는 발 달린 자식, 온갖 모습의 어여쁜 자식들을.(5-6)

이 인용문을 통해 대지의 자연성은 생산성으로서 여성의 모성성과 직결되고 있음을 또 한번 확인할 수 있다. 이상에서 윤정모 소설에 상징적으로 드러나는 훼손된 자궁의 재생 의미를 살펴 보았다. 앞장에서 자궁의 훼손 공간이 전쟁터, 온천장 등의 제국주의 문화를 상징하는 공간이라면 상처입은 자궁을 회복하는 공간은 문명화되지 않은 밀림의 공간, 자연 그 자체인 산거머리, 대지의 은유일 수 있는 하혈, 배추더미 등이었다. 제국주의의 실행과 산업화의 추진에 의해 잔혹하게 파괴당하는 자연과 여성의 동일한 이미지는 근대성의 횡포에 대한 결과이며, 이를 극복하고자 하는 자각은 모더니티의 임무라고 할 수 있다.

자궁의 훼손 그 자체에만 의미를 둔다면 식민지 종속국의 여성인 제3세계 유색인 여성이 민족적·가부장적·성적 모순의 중첩된 억압에 의해 자궁을 훼손하거나 상실하는 '보여주기' 만의 의미만 띨 것이다. 그러나 작가는 더 나아가 이 모순을 전복시킬 수 있는 힘을 여성에게 부여하고 있다. 즉 불모성의 육체를 생산성을 지닌 자연성의 상태로 회복시킬 수 있는 힘을 문명보다는 원시적인 것에 부여하고 있는 것이다. 이와 같은 문명/원시의 이원론적 사고는 남성/여성, 백인/유색인, 자본가/노동자 등의 논리로까지 확대하여 최하층의 유색인 식민지 종속국의 여성이 받는 억압의 굴레에서 벗어날 수 있는 힘 또한 그들에게 있음을 보여 준다.

3. '몸' 으로 드러나는 모성성의 허구와 진실

2장에서는 여성의 몸 중에서도 여성성의 '허여성'을 드러내는 자궁 일부만을 가지고 살펴 보았다. 이제 이 장에서는 자궁을 포함한 여성 육체 전반적인 범위에서 윤정모의 소설이 추구하는 자연성 회귀의 모습을 다루고자 한다.

몸은 자아와 세계를 연결하는 일차적 통로로써 그 결과를 위선이나 과장됨 없이 보여 주는 하나의 기호이다. 따라서 세계가 '몸'을 통해 보여 주는 기표는 고정 불변된 것이 아니라 상황과 대응 양상에 의해 끊임없이 미끄러짐의 과정 속에서 달라진다.

윤정모의 소설에서도 여성의 몸은 단순한 육체가 아니라 성차, 계급, 민족, 인종 등이 복합적으로 결합되어 그 반향을 보여 주는 기표 역할을 한다. 특히 몸의 노동성, 생산성, 성적 욕망 등의 범주에서 볼 때 그녀의 소설에서 몸은 노동의 공간, 일탈적인 욕망의 공간, 자연성으로 회귀하는 공간으로 읽힌다.

먼저 몸이 노동의 공간으로 작용할 때를 보면 여성이 모성성 신화의 이데올로기 속에 갇혀 있는 시기가 된다. 80년대 노동 소설이 기세 등등하게 공장을 배경으로 해서 노동 현장의 모순을 그리고 있을 때 윤정모는 자본주의에서 제외된 채 피폐해지는, 그리고 산업화, 경제화 과정에서 천덕꾸러기 대접을 받는 농촌 문제에 관심을 기울인다.

그의 작품에서 모성성 신화에 길들여진 인물로「등나무」와「어머니」에 등장하는 여성, 『고삐』의 정인을 들 수 있다.

⑧ 조합회원도 아니고 보증인도 없어서 농협 빚조차 얻어 쓸 수 없는 그녀는 더덕과 품팔이로 아들농사를 지어왔다. 마을 사람들은 장학생 아들에게 무슨 돈이 그렇게 많이 드느냐고 말하지만 그건 모르는 소리였다. 더덕을 낸 모갯돈에다 수박 모종일부터 모심기, 뽕잎훑기, 담배밭, 고추밭, 채소밭까지 품을 팔아 보태도 아들의 일년 하숙비가 빠듯했다. 그래서 그녀는 산다랑이에서 나오는 아끼바리 여섯 가마를 깡그리 내고 정부미를 바꾸어 먹으면서 한푼이라도 돈을 만들려고 기를 썼다.(75)[13]

예문 ⑧에서 홀어머니는 아들 교육비를 위해 농촌에서 할 수 있는 모든 돈벌이를 하러 다닌다. 이는 결국 여성의 몸에서 쏟아낼 수 있는 노동력의 최대치인 것이다. 어머니는 월남전에서 남편을 잃은 후 아들을 대학까지 보냈는데 그 아들은 유신정권에 반대하는 데모를 하다 수감당한다. 어머니의 절망적인 마음과 몸은 내버려진 박토와 닮아 간다. 그러나 보상을 바라지 않는 어머니의 애정은 버려두었던 땅을 다시 찾게 된다.

⑨ 그 넓은 집에 식구는 셋뿐이었다.……그래도 농번기에 일꾼들 밥해 대는 것보다 부엌일은 몇 배나 더 힘이 들었다. 우선 한 번도 만들어 본 적이 없는 전복죽이나 잣죽·푸딩 또는 스테이크를 굽는 법, 일식·양식·신선로 따위를 배울 땐 정말이지 진땀이 났다. 그래도 그녀는 부인이 가르쳐 주는 대로 열심히 배워 나갔다. 그 많은 이중창과 둥근창, 은

---

13) 「어머니」는 1986년도 풀빛에서 발행한 『빛』에 수록된 것을 텍스트로 하였다. 이하 본문 페이지만 수록한다.

식기까지 닦은 날은 겨드랑이에 가래톳이 섰고 그런 날이면 시숙의 당
부처럼 서울 식구가 되기 위해 참고 견뎌야 한다고 스스로 달래곤 했
다.(185)[14]

⑨에서 젊은 어머니 또한 광주 민주 항쟁에서 남편을 잃은 여성
이다. 그녀는 어린 아들의 교육을 위해 서울로 상경한 이후 농촌과
는 다른 도시의 식생활 방식 때문에 노동에 짓눌린 모습을 보여 준
다. '서울 식구'가 되기 위해, 즉 제도권에 있는 사람들 속에 포함
되기 위해 갖은 노력을 다 하지만 실패하고 결국 귀향한다.

『고삐』의 정인 또한 모성성 신화에 길들여진, 아니면 편입하고
자 하는 여성의 모습을 보여 준다. 이는 윤정모의 다듬어진 문학성
으로 본다면 오히려 상당히 후퇴한 보수적 인물의 모습을 띠는 것
이다.

⑩ 우리는 남은 가족의 생계까지 떠맡고 남편이나 자식의 옥바라지
를 하고……아, 솔이. 내 아들. 내가 낳은 가장 진하고 확실한 내 핏줄.
그래, 설령 남편이 죽는다해도 난 그애를 키워내야 한다. 그저 키우고
학교 보내는 일만으로 아이한테 부족한 것이 없다면 파출부나 장사를
해서도 자신이 있다. 친정엄마처럼 바람을 피우거나 남의 남자를 넘봐
서 아이에게 상처주는 일 따위는 절대로 없이 아이만을 위해서 살 자신
도 있다.(86)

---

14)「등나무」는 1986년도 풀빛에서 발행한 『빛』에 수록된 것을 텍스트로 하였다. 이
    하 본문의 페이지만 수록한다.

⑪ 남편이 단 한 번도 과거를 들먹이지 않고 진실로 아이까지 기다리고 있을 때 그니의 넋은 남편을 향해 큰절을 했고 맹세를 했다. 당신을 위해서라면 목숨까지 바치겠습니다. 그래서 갑자기 안존해진 새댁은 남편이 목욕만하고 돌아와도 손톱깎이를 들고 갔다. 누워요, 발톱 깎아 드릴께요. 그만하자, 발톱은 내가 깎을 수도 있잖아? 그리고 이젠 발 씻을 물을 떠주고 하지 말어. 왜요? 주인집 보기가 영 민망해. 그때 정인은 새치름하게 반박했다. 하늘 같은 남편 발물 떠다주는 건 당연한 일이에요.(88)

예문 ⑩은 반체제 인물로 수감당한 남편의 빈 자리를 정인이가 메꾸고 아들을 반듯하게 키우기 위해서는 어떤 고난도 감수하겠다는 의지를 보여 주는 내용이다. ⑪은 정인의 과거에 대해서는 일절 언급하지 않은 채 자신을 여성으로, 아내로 사랑해주는 남편에게 감사하는 마음을 갖게 되는 정인의 모습이다. 두 예문으로 봤을 때 양공주, 스트립걸 등으로 전전하며 거칠었던 하층민 여성의 모습을 지녔던 정인이가 변모한 모습으로는 비약이 너무 심하다. 그리고 변모한 그녀의 이상적인 모습은 안존한 현모양처인 셈인데 이런 모습은 지금까지 윤정모가 밀고 왔던 여성상과는 괴리되는 현상이다.

세 작품의 어머니는 모두 남편이 없는 세상에서 아들을 교육시키겠다는 일념으로 자신의 몸을 노동으로 소진하는 여성들이다. 여기에는 수백년 동안 축적되어 온 가부장제하의 '모성성'이 여성들의 삶을 속박하고 있음을 단적으로 보여 주는 것이다.

한국 사회에서 남성은 喪妻를 당했을 때 가계의 후손을 잇는다는 명목으로 당당히 재혼을 하지만 여성의 경우는 재혼을 관습적으로 금기시했기에 성적 욕망을 억압당한다. 따라서 현모양처는 여성들의 자발적인 삶의 지표이기보다는 남성 중심의 사회가 조성한 하나의 이데올로기임을 세 작품의 이면에서 찾을 수 있다. 여성들은 자신의 욕망을 직접 표현할 수 없는 갇힌 생활을 하였기에 오직 그들의 남편과 아들의 사회적인 지위에 의해서만 억압받고 감금당한 욕망의 보상을 받을 수 있다. 결국 남성은 모성성 신화라는 허구의 이데올로기 속에 여성의 욕망을 잠재운 대신 노동력을 이용한 것이다.

이처럼 모성성의 극단적인 형태를 보여 주는 여성의 모습 속에는 교묘한 논리가 숨어 있다. 혼자 남은 여성에게 지워진 가정사의 책임은 남성들이 떠맡긴 책임인 것이다. 남성은 언제나 혁명가이고, 투사이고, 선지자로서 사회의 중심 인물로 살아가는 반면, 여성은 언제나 그 빈자리를 노동으로 채워야 하는 것이다. 빛나는 수식어도 한 줄 없이. 더구나 세 여성이 남편과 사별하거나 이별하는 원인은 개인사에 있다기 보다는 사회적 환경에 의한 것이라는 데 주목해야 한다. 작품에서 여성들이 노동으로 메꾸어야 하는 모성성의 책임은 독재정권을 유지하려는 권력과 월남전을 발발시킨 제국주의의 권력이 초래한 결과라는 것을 윤정모는 보여 주고 있는 것이다.

두 번째로 윤정모의 소설에서 일탈적인 욕망을 드러내는 몸을 살펴 보겠다. 이를 잘 드러내 주는 인물은 「굴레」, 「바람벽의 딸들」, 『고삐』에 등장하는 어머니들이다. 이 여성들은 모성성의 신화를 해체하는 '낯선 어머니', '사악한 어머니'의 모습으로 그려지고 있다. 여기에는 작가의 자전적인 영향의 탓도 있을 것이다. 그러나 여성의 성애에 대해서 간과할 수 없는 문제를 작가는 외면하고 있다. 그녀는 여성을 먼저 '어머니'라는 테두리 속에 가두어 놓고 있기 때문에 여성의 복수적인 정체성을 다양하게 그리기가 어려웠다. 그러므로 성을 자유롭게 표현하는 여성은 모두 파행적인 여성의 모습을 띠고 있고 이들은 딸과의 불화와 갈등 속에서 악인역을 도맡고 있다.

⑫ 그래, 그녀는 하이라고 대답했었다. 일본 여자들을 흉내내면서 말이야. 그 말이 별로 듣기에 싫은 것은 아니었지. 음성도 고왔으니까. 그런데 그날 밤 그녀의 눈은 흡사 해면과도 같았었어. 지식인에 접착해서 그 지식인의 배경을 들이켜며 살고 싶은 해면.(37)

⑬ "속옷이나 양장 종류는 백화점에서 사야 모양도 좋은 걸 고를 수가 있단다." 수하는 어머니를 쳐다본다. 또 어머니가 밉다. 그녀는 간혹 어머니가 그렇게 미워진다. 현실성이 없는 허영을 내세울 때는.(53)

⑭ 어머니는 부지런해 보임에도 불구하고 두툼하고 큰 손을 경멸했었다. 그래서 철도원의 그 사람도 끝내는 오지 못하게 하고 말았던가.(78)

위의 인용문은 「굴레」에 등장하는 어머니 김씨에 대한 남편의 평가이다. ⑫는 남편 배광욱에 비친 어머니 김씨의 처녀적 모습으로서 일본에 대한 동경과 지식인에 대한 선망 의식을 보여 주는 것이다. 배광욱은 아내 김씨가 지식인 남편을 얻어 사회적 지위를 확보하고자 하는 욕망을 지닌 인물이라고 간파한다. ⑬은 딸 수하가 결혼을 하는데도 물질적으로 부모의 책임을 다하지 못하는 어머니에게 반감을 보이는 대목이다. 어머니는 분수에 맞지 않는 사치와 허영심을 보여 준다. 어머니 김씨의 내면에 있는 지식인에 대한 선망과 사치욕은 ⑭에서 드러나는 것과 같이 노동을 상징하는 성실성을 지니고 있는 철도원 남성을 무시하게끔 한다.

⑮ "아나따오 맛데바 아메가 후루 누레떼 고누가또 기니가 가루…"
장모가 녹음기를 튼 모양이었다. 일본 노래였다. …장모가 따라 불렀다. 쟁쟁한 목소리였다.(200)
(중략) "조선말로 뭐라더라? 아, 그래 맛뵈기야. 조선 사람들 술안주야 아주 간단하지만 일본 사람들은 진짜 안주가 들어오기 전에 여러 가지 찌끼다시부터 먹는다네."(202)
⑯ 장모는 이해할 수 없다는 듯 고개를 갸웃했다. 그리고 무슨 말인지 하려다 그만두고 자주빛 손톱으로 뻘건 생간을 집어 소금을 쿡쿡 찍더니 입에 넣고 달게 우물거리는 것이었다. (204)
⑰ 어머니는 색깔이 다 다른 일곱 개의 네일라카와 영양크림, 보디로션, 파우더, 향수, 미용비누 등등 화장품 일체를 들여다놓았다. 그리고 그것을 정리하는 모습은 콧노래라도 부를 듯이 경쾌해 보였다.(211)

인용문은 「바람벽의 딸들」에 등장하는 어머니의 모습으로서 ⑮는 「굴레」에서의 김씨처럼 일본에 대한 동경을 드러내는 것이다. 이는 식민지의 잔상을 볼 수 있는 것이다. ⑯은 어머니의 탐욕적인 식성으로서 이것은 탐욕적인 성적 욕망과도 연결되며, 50대의 연령임에도 미에 대한 추구를 보여 주는 모습은 ⑰에서처럼 딸의 생활비를 강제적으로 갈취하여 사오는 화장품에서 나타난다.

⑱ 할머니는 엄마가 난봉꾼 남자들 대신 새생활을 잡았다는 것이 대견했던지 이번에는 순순히 이삿짐을 꾸려 동래별장 뒤 그 셋방으로 아이들과 함께 옮겨 왔다.(45)

⑲ 레이스가 많은 하얀 드레스를 입은 엄마. 짙은 화장까지 도드라져 보인다. 해인이 결혼식날 엄마는 딸의 웨딩드레스를 만지작이며 우리 땐 그야말로 신식집 규수들이나 이런 드레스를 입었는데, 하고 몹시 부러워하더니만 결국 그 흉내까지 내고 말았는가. (272)

⑱⑲는『고삐』에 나오는 어머니의 성적 욕망을 보여 주는 예들이다. 이들 어머니의 모습은 모성성의 신화 속에 갇혀 있는 여성들이 아니다. 어머니들의 공통점은 일본 순사의 현지처가 되었다가 해방이 되자 버림을 받고, 미군정 시대에는 미군에게 몸을 바쳤다가 버림을 받은 여성들이다. 현모양처의 굴레에 갇혀 있는 모습대신에 자유로이 성에 대한 욕망과 물질에 대한 욕망을 추구하는 여성이다. 그러나 그들은 제국주의의의 논리에 희생당한 여성들이다. 남성들이 지키지 못한 국가와 가정 때문에 그들은 매춘으로 그 틈을 메꿔야 했으며 지속적인 가난의 굴레는 강대국들이 상업적으로 풀어놓는 풍부한 물질 앞에 현혹당할 수밖에 없었다. 하층민 여성들의 생계 위험은 급변하는 사회 의식을 깨우치며 주체적으로 수용하기에는 그 수위가 너무 높았던 것이다. 이들이 노년에 접어들면서도 일본과 미국에 대한 동경과 선망을 지니고 있는 것에서 제3

세계 유색인 여성의 정신적인 황폐화를 알 수 있다.

이들 여성의 모습은 욕망의 절제와 이성, 노동 등에 억압된 육체가 감각과 쾌락을 추구하는 '즐거운 몸'으로 전환될 때, 그 자체는 일종의 해방적 기능이 될 수 있음도 보여 준다. 그들은 비록 긍정적인 여성의 모습은 아니지만 여성이 누리고자 하는 욕망의 실체와 그 결과 얻게 되는 생의 만족감을 보여 주는 것이다. 모성성의 견고한 신화를 최하층의 여성들이 지닌 전복의 힘으로 해체시키는 역할을 하고 있는 셈이다.

이제 윤정모의 소설에서 『고삐』에 나타나는 '民家協' 어머니들의 의미를 살펴 볼 차례이다. 작품 안에서 민가협 어머니가 보여 주는 상징성은 크다고 본다. 민가협의 어머니들은 수감되어 있는 자식들을 위해 재판정으로 찾아다니며 필요할 때는 스크럼을 짜거나, 공격성을 드러내는 우산을 휘두른다거나 하여 그들의 자식을 지켜낸다. 이 어머니들, 또는 수감당한 남편을 위해 애쓰는 아내들은 혈연이 아닌 여성들의 연대로써 이루어진 자매애적 양상을 띤다.

⑳ 정인은 어설피 웃음을 물다가 노인의 비닐가방을 내려다본다. 오늘도 저 가방 속에 접우산을 넣고 오셨을까. 육순이 넘은 진우어머님. 귀염둥이 막내가 잡혀가자 머리악이 곤두서서 도저히 집에 가만히 있을 수가 없었고 그래서 농성장마다 쫓아다니며 싸운다는 할머니, 이 노인에게 접우산은 하나의 무기였다. 징벌 먹방에 금치된 아들들을 내놓으라고 항의할 때, 전경이나 교도관과 몸싸움을 할 때도 할머니는 우산이 든 가방을 돌돌 말아쥐고 방패삼아 휘두르거나 굳게 잠긴 교도소 철문을 탕탕 내리쳤다.(110)

　위의 예문은 적극적으로 불익에 저항하는 실천적인 어머니 모습이다. 모성성을 해체하는 어머니들이 자식의 미래보다는 자신의 욕망에 따라 움직인 여성이라면, 민가협 어머니들은 자식이 계기가 되어 자신도 세계 인식의 눈을 뜨는 여성들이다. 모성성이란 단순히 생산성만을 의미하는 것이 아니라 자연의 섭리대로 움직여야 하는 생명체의 모습이기도 한 것이다.

　정인이 수년 동안 행한 매춘 행위는 불모성을 상징하는 것이며 이런 정인은 역사 교사인 남편과 민가협 어머니들의 활동을 직접 눈으로 확인함으로써 여성의 정체성을 찾아간다. 허구적인 모성성 신화 속에서 자식을 통해 자신의 욕망을 풀어내는 어머니들의 모성성과 '민가협' 어머니들이 보여 주는 모성성에는 분명히 거리가 있다. 민가협 어머니들은 자식에게 그들의 욕망을 덮어씌우고자 하지 않고 오히려 자식들과 함께 어머니도 제도권의 부정성에 저항하는 모습을 나타낸다. 이들은 억압적인 권력 관계를 정당화하거나 영구화하려는 모든 형태의 이데올로기나 태도 또는 행위[15]에 저항하는 인물인 것이다. 이들은 막심 고리끼의 '어머니' 보다 더 실천적인 여성이다

---

15) 김욱동, 『문학생태학을 위하여』, 민음사, 1998. 396면.

4. 침묵에서 '말하기'의 주체로 거듭나기

4장은 지금까지의 논의에서 비껴있는 장이 된다. 제3세계 하층민 여성의 '몸'은 세계와 조응하는 하나의 통로라고 앞장에서 살폈는데 이를 더 밀고 나가면 여성의 몸은 '여성적 글쓰기' 방식의 통로가 된다. 여성의 '몸에 대한' 글쓰기가 아니라 '몸으로' 쓰는 글인 것이다. 그러나 여성적 글쓰기는 간단한 작업이 아니다. 가부장제하에서 정전과 문학 제도는 남성에 의해 형성되어 온 것이기에 여성적 글쓰기는 언어의 사용에 있어서부터 남성 언어를 차용해야 하는 역설적인 모습을 띠게 된다.

식수[16]는 여성적 글쓰기를 규정하는 것은 불가능하다고 보았다. 그 이유는 여성의 글쓰기는 이론화될 수도, 약호의 형태로 한정될 수도 없기 때문이라고 하였다. 이 말은 여성적 글쓰기의 존재를 부인하는 것은 아니다. 다만 가부장제하에서 여성의 표현은 정당한 통로가 없었고, 글로 표현하는 자체를 부정적인 것, 금기시하는 영역으로 남성들이 관습화했기에, 여성들의 글쓰기는 실현 가능성이 희박한 활동인 것이다. 게다가 글쓰기를 하더라도 남성 언어로 표현해야 하는 상황은 또다시 남성 문화에 기대는 것처럼 보인다. 그렇다고 여성의 내면에 표현의 욕구가 없었던 것은 아니다. 여성들은 말하기나 글쓰기의 행위를 '침묵'으로 대신한다. 침묵은 그 자체가 여성의 내면을 대변하는 하나의 저항 기호라고 할 수 있다.

---

16) 팸모리스, 『문학과 페미니즘』, 강희원 역, 문예출판사, 1997. 200면.

  침묵은 여성의 언술이 남성의 언술 속에 갇혀 있는 시간이다. 언술이 주체를 드러내는 기호일 때, 벙어리가 아님에도 불구하고 불구자의 덮어씌움으로 지내야 하는 것은 명백히 억압의 틀 속에 갇혀 있는 것이다. 여성은 가부장제와 계급주의, 제국주의의 힘에 억압당하고 있기에 여성의 언어는 더 이상의 선택항이 없는 침묵이거나, 유서없는 자살을 할 수밖에 없다.[17]

  「에미 이름은 조센삐였다」에서 문하 어머니인 순이가 정신대에 가게 된 원인은 오빠의 징병 대신이었다. 이는 가부장적인 가족 안에서 딸의 몸은 아들의 대용품 밖에 안되는 것을 보여 주는 행위인데 순이는 아버지의 이러한 결정에 한 마디의 항의조차 해보지 못하고 침묵해야 하는 여성이다.

  「굴레」에서 딸 수하는 무위도식을 일삼는, 그러면서도 지식인의 허위로 위장한 아버지 배광수에게 침묵으로 저항한다. 이런 행동이 극단적으로 표현될 때는 여성이더라도 폭력적인 행동을 할 수 있다. 아버지의 언어는 권위적이고 과장적이며 타인의 말을 폭력적으로 중단하는 남성 언어의 전형적인 모습을 띠고 있기에 수하는 독백으로만 아버지에게 저항한다.

  「등나무」에서 어머니는 계급주의의 횡포 앞에서 자신의 언술을

---

17) 가야트리 스피박의 글에 독립투사의 딸이 생리 중에 자살하는 행동을 분석한 내용이 있다. 이 여성은 자신의 임무를 완수하지 못하고 죽음을 결정한 순간에 말과 글로는 자신의 결백이 인정받을 수 없음을 알고 행동으로 보여준 것이다. 즉 생리중에 자살함으로써 상관과의 불륜의 관계에 대한 누명을 벗고자 한 것이다. 이처럼 여성의 말하기, 글쓰기는 '침묵'을 통해 수행된다.(「세 여성의 텍스트와 제국주의에 대한 비판」, 『외국문학』, 1992년도. 여름호.)

거부당한다. 주인집 어린 아들을 죽이려 했다는 살인미수의 혐의를 쓰게 된 어머니는 형사에게 그때의 상황을 진실대로 고백한다. 그러나 일개 가정부의 진술은 거부당하고 주인집 여자의 말만이 진실인 것처럼 받아들여지는 사회 현실은 최하위층의 삶을 살아가는 여성에게는 진실한 말을 해도 그들의 언술을 경청해줄 대상이 아무도 없음을 보여 준다.

이와 같은 남성의 폭력과 권력 앞에서 침묵으로 대응했거나 또는 언술 자체가 거부당한 행위는 여성끼리 행해질 때는 비난조의 어투, 독설 등으로 드러나기도 한다. 이것은 특히 모녀 간의 관계에서 보여지는 현상인데 딸세대가 어머니 세대의 삶을 용납하지 못하여 불화의 지속, 갈등의 심화 양상을 보여 준다. 「굴레」의 수하와 어머니, 「바람벽의 딸들」의 경숙과 어머니의 불편한 관계는 여성 의식이 싹트기 시작한 딸의 입장에서 보면 굴욕적으로 살아가는 어머니 세대의 모습이 부정적이기 때문에 대화가 이루어지지 않는 것이다.

윤정모는 자신의 작업 속에서 여성적 글쓰기의 한계점을 노정하고 있다. 그녀의 작품들은 이념적 경향이 강하기 때문에 문면에서 그대로 가부장제와 식민주의에 대한 탈주의 욕망을 읽을 수 있다. 그럼에도 불구하고 그녀의 문체와 어투는 중성적이기 보다 남성적 글쓰기의 양식을 취하고 있어 남성중심주의로 편입하고 있음을 드러낸다. 작품의 흐름에서 돌출적인 느낌을 주는 장문의 법정 진술서[18] 등은 당시의 상황을 리얼하게 전달한다는 장점도 지니고 있지만

---

18) 『고삐』에서 정인의 남편 한상우는 법정에서 장문의 법정 진술서를 낭독한다.

여성적 글쓰기의 한계를 벗어나려는 안이한 방법으로 보인다.

그리고 작중 인물의 직업에서도 여성적 글쓰기의 한계를 보여 준다.「바람벽의 딸들」에서 딸 경숙의 직업은 번역가이다. 번역은 비록 글쓰기이기는 하지만 자신의 목소리가 아닌 타인의 목소리를 옮기기만 하는 수동적인 작업이다. 이는 여성의 글쓰기가 '번역가'의 수준임을 보여 주는 것이다. 더구나 경숙은 불문과 출신으로서 어머니 친구들은 딸과 사위가 외국어를 전공하였다고 그것을 대견해 한다. 언어는 언문/한문, 한글/일본어, 한글/영어(유럽어)의 대립에서 나타나는 것처럼 남성이 사용하는 글과 강대국이 사용하는 글은 우월한 위치에 놓이고 여성의 글과 식민지 국가에서 사용하는 글은 열등한 위치에 놓이는 게 현실이다. 그러므로 경숙이가 불문과 출신으로서 번역일을 한다는 것 속에는 강대국의 언어를 구사해야만 여성 중에서도 엘리트 여성이 되는 것이다. 그리고 경숙의 직업이, 나아가 딸들의 직업이 아직 당당한 작가로 등장하지 못함은 여성의 글쓰기 한계를 상징한다.

그런 점에서「에미 이름은 조센삐였다」는 대조적이다. 여기에서 아들 문하는 소설가로 등장한다.「바람벽의 딸들」에서 번역가였던 딸의 신분이 소설가로 격상한 것이고 이 작품의 전편이라고 할 수 있는「굴레」에서 딸 수하가 출판사 직원이었던 점과 비교해도 '소설가'라는 직업은 하나의 격상된 위치이다. 그런데 왜 수하를 그대로 그려내지 못하고 아들로 대체해야 하는가? 아들일 경우에 부여받는 정당성과 권위를 인정하는 것이라면 여기에는 윤정모의 무의식에 자리잡고 있는 가부장제 의식을 드러난 것이라고 할 수 있다.

그러나 이 작품에서는 아들의 글쓰기 작업보다 두 여성, 어머니와 안동 어머니의 '말하기'에 초점을 맞추어야 한다.

여성의 말하기는 커다란 잠재력을 지니고 있다. 식수는 여성의 말하기를 이렇게 표현했다.

㉑ 여성들의 글쓰기에서와 마찬가지로 여성들의 말하기 속에서도 울림을 멈추지 않는 한 요소가 우리들을 감동시킨다. 그것은 일찍이 우리들에게로 스며들어왔고 알아차릴 수 없을 만큼 깊게 감동시켰었다. 그 요소는 바로 노래, 다시 말해 모든 여성들 속에 살아남아 있는 최초의 사랑의 목소리가 부르는 최초의 노래이다. 목소리와의 관계가 더 중요해지는 이유는 무엇인가?……여성은 반드시 '어머니'이다……여성의 내부에는 적어도 그 좋은 어머니의 젖이 늘 존재한다. 그녀는 흰색 잉크로 글을 쓴다.[19]

안동 어머니가 들려주는 자전적인 말하기 속에는 묻혀 있던 아버지의 역사가 드러나며 외면했던 전처의 아들을 자궁 가족으로 인정하겠다는 몸짓이 나타난다. 그리고 이 작품에서 무엇보다 중요한 것은 문하 어머니의 말하기로서 이것은 이 작품의 구조와도 맞물려 있다. 끝까지 숨겨져 있던 아버지와 어머니의 과거가 추리소설의 기법처럼 어머니의 말하기 속에서 그 모습을 드러내는 것이다.

아들 문하에게 순이는 자신이 정신대 여성이었음과 전쟁터에서

---

19) 팸모리스, 『문학과 페미니즘』, 강희원 역, 문예출판사, 1997. 201면.

만난 아버지 배광욱의 과거, 아버지가 자신을 버릴 수 밖에 없었던 정신적 고뇌를 담담하게 이야기 한다. 지금까지 부재한 상태로 있었던 어머니의 정체성, 그것이 비극적인 것이었든, 아들에게 말하기 곤란한 것이었든 간에 철저히 숨겨야만 하는 왜곡된 어머니의 인생이 어머니의 말하기 속에서 길을 찾는 것이다. '미친년의 넋두리' 처럼 무당의 공수처럼 어머니의 말하기는 어머니 인생, 여성의 지워진 정체성을 회복하는 방법인 것이다. 그리고 이것은 가야트리 스피박[20]이 주장한 '하위주체가 말할 수 있는가?' 에 대한 가능성은 하위주체인 여성 그 자신에게 있음을 보여 주는 것이다.

이 작품에는 「굴레」에서 드러났던 과장적이고 허위적이며 난폭한 대화를 주도하는 아버지 배광욱의 목소리는 아예 나오지 않는다. 작품 서두가 아버지의 사망을 알리는 전보로 시작하기에 이 작품에서는 남성의 목소리가 이미 사장된 셈이다. 대신 아버지의 위언이나 허언을 뚫고 이제 두 어머니의 말하기가 전반, 후반으로 나뉘어져 작품을 전개시킨다. 어머니의 말하기는 자연성을 회복하는 강인한 여성의 모습을 보여 주는 것이며 아들에게는 어머니를 이해하고 자신의 생활을 반성하게 만드는 힘이 된다. 결국 어둠 속에

---

20) '인종'과 '계급'과 '젠더'의 중요성을 회피하는 전지구적 문단의 강력한 힘 앞에서 제3세계 하위층 여성의 의식에 어떻게 다가갈 수 있을 것인가?란 질문에 가야트리 스피박이 내놓은 방식은 말걸기이다. 스피박은 하위층 여성의 의식을 특권화하지 않으면서 그것에 다가가기 위해서는 엘리트주의, 관념론, 대상화 경향을 경계하는 지식인 여성이 말없는 하위층 여성에게 말을 걸어 그들로 하여금 말하게 하고 그것을 담론과 문화영역에 끌어들여야 한다고 주장한다. (태혜숙, 앞의 글)
스피박의 글 중에 「세 여성의 텍스트와 제국주의에 대한 비판」(『외국문학』, 1992년도. 여름호)도 참고할 만한 글이다.

숨어 있거나 갇혀 있었던 여성의 존재가 역사의 전면에 부상하는 것은 그들 스스로의 몸짓 속에 있음을 보여 준다. 이와 같은 아들과의 대화는 아들 세대에게 어머니 세대의 여성들을 이해할 수 있는 계기를 만들어 주며 여성들에게는 그들을 억압하고 유린했던 남성 세계와의 화해를 시도하게끔 이끈다. 그러나 여기에서 짚고 가야 할 문제점도 있다. 왜, 남편이 살아있을 때는 어머니가 침묵하고 있어야 했는가? 남성과 여성은 대화가 이루어질 수 없는가? 어머니의 자발적인 태도가 아닌 아들의 집요한 질문에 의해 시작되는 어머니의 말하기는 아들의 미래를 더 염려하는 모성성의 또 다른 모습이 아닌지 의문이 든다.

탈식민주의적 글쓰기, 그것을 여성 작가가 실행하는 데에는 힘겨움이 있다. 그리고 유럽 열강들이 구축한 제국주의와 아프리카와의 관계에서 생성된 탈식민주의는 우리에게 그대로 적용하기 곤란한 점이 있다. 그것의 가장 큰 이유는 우리 나라의 식민지 기간인 35년이 체험 당사자에게는 고통스럽고 치욕적인 끔찍한 시간이었겠지만 객관적인 상황에서 본다면 한 민족의 민족성을 완전히 제거하거나 분리하기에는 짧은 시간이라고 할 수 있다. 그러므로 우리에게 다행인 것은 우리는 종주국 일본을 중심 문화로 하는 원형적인 것이라든가 정전이 될 만한 텍스트가 부재한다는 사실이다. 그리고 이것은 윤정모에게 탈식민지적 관점에서 '되받아쓰기'를 시도할 만한 텍스트가 없다는 의미가 된다.

그러나 한국의 여성들에게는 제국주의의 횡포 못지 않게 그들의 삶을 구속했던 것이 가부장제의 남성적 권력이었기에 윤정모는 이

점을 놓치지 않았다. 장구한 세월 동안 여성들의 정체성을 망각 속에 가두어 놓은 남성 중심의 생활 양식은 윤정모에게 '되받아쓰기'의 좋은 정전이 되는 것이다.

그래서 윤정모는 탈식민주의의 '되받아쓰기' 전략을 일본이나 미국의 텍스트에서 정하기 보다 우리의 고전인 『춘향전』에서 선택하였다. 물론 되받아쓰기의 전략이 장 라이스가 브론테의 『제인에어』를 되받아 쓴 『넓은 사르가소 바다』나 스티븐 슬레먼이 제안한 탈식민적 글쓰기의 알레고리적 수법 등을 그대로 적용한 글쓰기로써 윤정모에게 나타나고 있는 것은 아니다. 그러나 「바람벽의 딸들」에서 강나루 시인의 작업은 의미있게 보아야 한다. 이 작품에서 강나루 시인은 회상 속에 등장하는 인물이다. 경숙의 남편은 아내와 장모의 불화 속에서 옛애인인 강나루 시인을 떠올리는데 여기에서 작가는 여성적 글쓰기의 실천적인 모습을 보여 준다. 강나루는 학위 논문으로 옥중 춘향가를 분석하는 과정에서 분노한다. 이유는 서민의 위치에서 쏟아놓아야 할 옥중 춘향의 넋두리 상당수가 한자이기 때문이다. 그녀의 논지는 서민이 이해하기 힘든 텍스트가 어떻게 서민의 넋두리가 될 수 있냐고 비판하는 것이다.

㉒ 그것이 옥중에서 부른 춘향이의 시름가라는 거야. 도대체 말도 안 돼. 아무리 글공부를 익힌 규수라지만 목에 큰 칼 걸고 넋두리하는 입장에 무슨 문자가 그리도 많아. 더욱이 대학 졸업반인 나도 못 알아먹을 소리를 고난받고 시름을 푸는 민중의 노래라구?……(중략) 그녀는 밑줄 친 부분을 들어 양반의 횡포에 의해 옥에 갇힌 춘향이가 그와 같

이 문자를 읽는다면 그건 양반 편향은 그만두고라도 천민인 母系, 다시
말해서 서민계급을 완전히 부인하는 것과 같다고 주장했다.(249)

옥중에서 감금당한 춘향이가 자신의 신세를 한탄하는 대목에서
그녀의 넋두리는 서민들의 정서를 드러내는 언어보다는 양반 계층
들이 선호했던 언어를 그대로 사용하고 있다. 이점이 '춘향전'이
라는 고전과 '춘향'이라는 문제적 인물에 대해 배신감을 갖게 한
다. 이것은 춘향전이라는 정전이 지니고 있던 문학성에 독자들이
간과하고 있는 점을 부각시킨 것이다. 자신의 사랑을 견고하게 지
키기 위해 목숨마저 가벼이 하는 춘향은 유교 이데올로기에 의해
창조된 인물이며 그녀는 결국 남성 중심의, 양반 중심의 가부장제
에 편입되기 위한, 아니면 이미 그 체제에 익숙해 있는 여성 인물
임을 보여 주는 것이다. 이런 점을 놓치지 않은 윤정모의 시각은
탈가부장제의 모습을 찾고 있는 것이다. 정전을 뒤집어 읽으면서
말이다. 결국 탈식민주의이든 탈가부장제이든 그것에 대한 문학적
실천이 '되받아쓰기'의 전략에 있음을 보여 주고 있다. 그리고 강
나루의 학위논문 완성의 의미는 여성적 글쓰기의 범주가 사적인
개인담에 치중한 글쓰기가 아닌 남성에 의해 이루어진 정전과 문
학 제도에 대한 도전이라고 할 수 있다.

다음으로 윤정모의 글쓰기에서 살펴야 할 것은 어머니와 딸의
서사이다. 앞서 본 작품의 공통된 구조는 어머니와 딸의 서사가 갈
등의 틀을 지니고 있으며 이 갈등을 해소하는 역할을 남성이 맡고
있다는 점이다. 에코페미니스트가 내세우는 것은 남성과 여성 사

이의 분리를 통합하려는 점을 염두에 둘 때 윤정모는 통합의 역할을 남성에게 두고 있는 것이다. 이것은 혈연을 중심으로 이루어진 모녀관계나 자매애적 관계가 갈등의 양상을 지니고 있을 때 이를 지양하고 상호의존할 수 있는 유대감으로 상승시키는 것은 여성의 힘이 아니라 남성에게 있다는 뜻이 된다.

「바람벽의 딸들」에서 사위는 아내와 장모 사이에 팽팽하게 맞서고 있는 긴장과 갈등을 해소하기 위해 가정 불화의 원인인 장모를 자신이 살해하기로 결심한다. 물론 이 방법은 긍정적인 방법도 아니고 마지막 장면의 미묘한 분위기로 보아 그 결심을 성공적으로 실행시킬 수 있다는 보장도 없다. 다만 이 작품에서 의미있는 것은 어머니와 딸의 서사가 분리가 아닌 통합으로 가는데 당사자가 아닌 제3자, 남성이 개입한다는 점이다. 이것은 남성에게 전지의 능력을 주는 것으로 읽힐 수 있다. 이 점은 작품「굴레」에 오면 딸의 서사는 딸 스스로 완수하겠다는 의지를 보여 주는데 여기서는 통합이 아닌 어머니와 아버지 세대에 대한 철저한 분리가 심리적 배경이 되고 있으므로 진정한 통합으로 보기 어렵다. 그리고 「에미 이름은 조센삐였다」에 오면 어머니 서사와 아들의 서사는 아들에 의해 통합을 이루게 된다. 안동 어머니까지도 아들을 심리적으로는 자궁 가족의 일원으로 받아들이는 상호의존적인 통합의 성격을 드러낸다. 『고삐』에서는 통합의 역할을 남편과 아내가 함께 수행하고 있는데 앞서의 작품과 차이가 있는 점은 이 작품에서는 혈연적인 연대감보다는 공동체 의식을 지닌 여성들끼리의 연대감을 드러내는 자매애적 관계를 보여 주는 점이다.

5. 맺음말

이제까지 필자는 윤정모 소설에서 탈식민주의 경향과 에코페미니즘의 성격을 띠고 있는 작품을 중심으로 고찰하였다. 논의 과정에서 밝혀진 것을 보면 다음과 같다.

여성성의 원형이라고 할 수 있는 자궁의 훼손과 회복의 과정을 통하여 이성/감성, 문명/자연, 남성/여성, 백인/유색인 등으로 이원화된 경직된 사고의 유형을 해체하고자 하는 작가의 의도를 읽을 수 있다. 제3세계 여성에 해당하는 우리 나라의 하층민 여성들은 제국주의와 가부장제, 계급주의와 자본주의의 폭력적 권력을 중층적으로 수용하는 동안 자궁의 심한 파열로 불모화의 육체를 가지게 되었다. 그러나 밀림의 거머리와 같은 문명에 오염되지 않은 원시성의 잠재력에 의해, 그리고 가이아 가설처럼 여성 몸의 내부에서 솟아나는 자정 능력에 의해 불모성의 육체를 치유한다. 여성의 몸이 이렇게 황폐화로 치닫게 되는 과정은 과학주의와 산업화로 대표되는 근대성의 공략으로 훼손당하고 있는 자연의 모습과도 일치한다. 근대성의 덕목으로 일컬어지는 이성과 합리성, 과학주의는 철저히 타자들의 희생 속에서 배양된 문화인 것이다. 노예없는 자유없다고 하듯, 여성을 비롯한 제3세계의 착취없이는 번영할 수 없었던 것이 근대성인 것이다. 그리고 지금껏 여성들은 찬란한 근대성의 위력 앞에서 자신의 정체성을 헤아려 볼 인식의 잣대도 가지지 못했었다. 이는 인류의 생존을 위해서는 여성과 자연의 지워진 정체성을 회복하는 것이 시급한 일임을 보여 주는 것이다.

윤정모의 소설에서 여성의 몸은 노동의 공간, 일탈적인 욕망의 공간, 자연성으로 회귀하는 공간으로 읽힌다. 여성의 몸이 노동의 공간으로 재현되는 것은 모성성의 신화 속에서 여성들이 노동력으로 환원되는 것이다. 남편이 부재하는 가정을 지키고 아들을 교육시키기 위해 여성의 몸은 성적 억압을 받으면서 노동력으로 대체된다. 그러나 모성성의 신화를 해체하는 전복적인 여성의 모습, 어머니의 모습도 있다.「바람벽의 딸들」,『고삐』의 어머니는 자신의 성적 욕망과 미적 추구를 위해 자녀 양육을 유기하는 여성들이다. 이러한 여성들은 일본제국주의와 미군정기의 사회상 속에서 습득한 생활 양식을 갖게 된 것이다. 세 번째는 자연성으로 회귀하는 어머니들로서 민가협 어머니들의 실천적인 모습에서 나타난다. 자연성이란 것은 대지와 같은 생산성만을 의미하는 것이 아니라 사회의 모순 구조를 개선하려고 하는 의지까지도 포함하는 것이다. 그러므로 수감된 자식들 못지 않은 개혁의지를 보여 주는 민가협 어머니들은 진리를 향해가는 여성들이다.

마지막으로 '몸'으로 글쓰는 여성적 글쓰기의 측면에서 윤정모의 소설을 볼 때 많은 의의와 한계를 지니고 있다. 하층민 여성들이 억압의 구조에서 침묵으로 일관했던 양식에서 서서히 그들의 말을 풀어내는 단계가 보인다. 문하 어머니와 안동 어머니의 말하기는 하층민 여성의 말하기로써 남성중심의 권력에 대한 도전인 것이다. 그리고 강나루 시인이 보여 주는『춘향전』에 대한 고찰은 여성적 글쓰기의 범주를 남성적 글쓰기의 영역으로 확대함과 동시에 정전에 대한 도전이라고 할 수 있다. 그럼에도 불구하고 작가의 글쓰기 태도는 남성적인 글쓰기를 추종하는 모순을 보인다. 장문의 법정 진술을 인용한 것, 일부의 여성들이 모성성의 신화로 견고해진 봉건적 가족제도 속으로 회귀하는 모습 등은 작가의 치열한 사회 의식 중에서 페미니즘의 요소를 반감시키는 것이다.

■ 작가 소개 및 작품 연보

1946. 11. 13   경북 월성 출생.

1968년   장편소설 『무늬져 부는 바람』의 출간으로 작품활동 시작.

1970년   서라벌 예대 문예창작과 졸업.

1975년   김환과 결혼.

1981년   『여성중앙』 중편소설 공모에 「바람벽의 딸들」 당선.

1988년   제7회 신동엽창작기금 받음.

1993년   『들』로 단재문학상 수상.

■ 소설

「내가 낚은 금고기」	한국문학 109	1982.11
「등나무」	현대문학 348	1983.12
「아들」	현대문학 359	1984.11
「문 없는 방(房)」	소설문학	1985.3
「가자, 우리의 둥지로」	현대문학 363	1985.3
「신발」	실천문학 1	1985.3
「어머니」	현대문학 365	1985.5

「밤길」	창작과 비평신작 소설집	1985.7
「거멀못」	동서문학 144	1986.7
「누에는 왜 고치를 떠나지 않는가」	문학사상 166	1986.8
「그 뚜장이와 아들」	소설문학 131	1986.10
「뒤로가는 시계」	외국문학	1987.3
「사랑」	현대문학 391	1987.7
「님」	문학과 역사 1	1987
「고삐 1」	실천문학	1988.9
「빛」	창작과 비평 61	1988.9
「들」	창작과 비평	1992
「고삐 2」	실천문학	1993
「나비의 꿈」	한길사	1996
「그들의 오후」	창작과 비평사	1998

■ 소설집

『저 바람이 꽃잎을』	동민문화사	1972
『그래도 들녘엔 햇살이』	범우사	1973
『무늬져 부는 바람』	오류출판사	1973
『生의 旅路에서』	고려문화사	1973
『13월의 頌歌』	집현각	1975
『광화문통 아이』	서음출판사	1977
『關係』	서음출판사	1977
『毒蛇의 婚禮』	지소림	1978

『에미 이름은 조센삐였다』　　　　인문당　　　　　1982

『섬』　　　　　　　　　　　　　한마당　　　　　1983

『가자, 우리의 둥지로』　　　　　문예출판사　　　1985

『그리고 함성이 들렸다』　　　　실천문학사　　　1986

『님』　　　　　　　　　　　　　한겨레　　　　　1987

『고삐 1』　　　　　　　　　　　풀빛　　　　　　1988

『에미 이름은 조센삐였다』　　　　고려원　　　　　1988

■ 연구자료

고미숙, 「'덴동어미'와 '이갈리아의 딸'을 넘어서」, 『당대비평』4, 1998.

김성호, 「사실적 문학과 시적 문학 : 윤정모 장편『들』을 읽으며」, 『창작과
　　　　비평』77, 1992.

김영혜, 「여성문제의 소설적 형상화-『고삐』『절반의 실패』『수레바퀴 속
　　　　에서』를 중심으로」, 『창작과 비평사』, 1994.

송명희, 『문학과 성의 이데올로기』, 새미, 1994.

이경호, 「90년대 〈농촌소설〉의 가능성과 한계 : 윤정모 장편소설『들』」,
　　　　『현대문학』11, 1992.

■ 참고문헌

단행본

김경수 외, 『페미니즘과 문학비평』, 고려원, 1994.

김미현, 『한국여성소설과 페미니즘』, 신구문화사, 1994.

김열규, 『페미니즘과 문학』, 문예출판사, 1988.

김의락, 『탈식민주의와 현대소설』, 자작아카데미, 1998.

김욱동, 『문학생태학을 위하여』, 민음사, 1998.

김형자 · 김현숙 · 이은정 · 황도경, 『한국여성시학』, 깊은샘, 1997.

마리나 야겔로. 강주헌 옮김, 『언어와 여성』, 여성사, 1994.

머레이 북친, 문순홍 옮김, 『사회 생태론의 철학』, 솔, 1997.

송명희, 『문학과 성의 이데올로기』, 새미, 1994.

서강여성문학연구회 편, 『한국문학과 모성성』, 태학사, 1998.

실비아 월비, 유희정 옮김, 『가부장제 이론』, 이화여자대학교 출판부,
        1996.

여성문화이론연구소, 『여/성이론』, 여이연, 1999.

조갑상, 『소설로 읽는 부산』, 경성대 출판부, 1998.

조세핀 도노번, 김익두 · 이월영 옮김, 『페미니즘 이론』, 문예출판사,
        1993.

정기 간행물

고갑희, 「에코페미니즘:페미니즘의 생태학과 생태학의 페미니즘」, 『외국
　　　문학』 여름호, 1995.

고부응, 「서구의 제3세계 담론:제이미슨, 아마드, 스피박」, 『문학과 사
　　　회』, 겨울호, 1996.

고부응, 「에드워드 사이드:변경의 지식인」, 『현대시사상』 봄호, 1996.

고미숙, 「'덴동어미' 와 '이갈리아의 딸' 을 넘어서」, 『당대비평』 4, 1998.

권택영, 「탈식민주의와 문화비평」, 『현대시사상』 봄호, 1996.

김성곤, 「탈식민주의 시대의 문학」, 『외국문학』 여름호, 1992.

김성호, 「사실적 문학과 시적 문학:윤정모 장편 『들』을 읽으며」, 『창작과
　　　비평』 77, 1992.

김양선, 「젠더의 프리즘으로 형상화한 식민지 현실」, 『실천문학』 가을호,
　　　1992.

김영혜, 「여성문제의 소설적 형상화-『고삐』『절반의 실패』『수레바퀴 속
　　　에서』를 중심으로」, 『창작과 비평사』, 1994.

닐 라자러스, 이교선 옮김, 「민족의식과 (탈)식민적 지식인주의의 구체성」,
　　　『실천문학』 가을호, 1999.

민승기, 「바바의 모호성」, 『현대시사상』 봄호, 1996.

박종성, 「탈식민주의 담론에서 제3의 길찾기」, 『실천문학』 가을호, 1999.

서강목, 「탈식민주의 시대에 다시 읽는 은구기」, 『실천문학』 가을호,
　　　1999.

서경석, 「여성문학에서 한국문학으로」, 『소설과 사상』, 여름호, 1996.

서정자, 「페미니스트 의식의 침체와 환상적 사랑의 병렬」, 『소설과 사상』,
　　　여름호, 1996.

신양숙, 「여자의 병: 해체 페미니즘과 히스테리아」, 『외국문학』 여름호,

　　　1995.

안은주, 「생태학적 위기와 제국주의-토머스 핀천의 『브이를 찾아서』를 중
　　　심으로」, 『외국문학』 여름호, 1996.

에드워드 사이드, 「문화와 제국주의」, 『외국문학』 봄호, 1995.

이경순, 「탈식민주의 페미니즘」, 『외국문학』 여름호, 1992.

이경원, 「문명과 야만의 이분법:계몽주의의 양면성과 식민지 타자」, 『외국
　　　문학』 여름호, 1996.

이경호, 「90년대 『농촌소설』의 가능성과 한계 : 윤정모 장편소설 『들』」,
　　　『현대문학』 11, 1992.

이명호 · 김희숙 · 김양선, 「여성해방문학론에서 본 80년대의 문학」, 『창
　　　작과 비평』 봄호, 1990.

이승렬, 「분신의 정치학-스피박의 탈식민주의 이론에 대한 비판적 읽기-」,
　　　『현대시사상』 봄호, 1996.

이석호, 「아프리카 작가들의 글쓰기가 갖는 의미」, 『실천문학』 가을호,
　　　1999.

조미숙, 「궁핍한 삶, 이데올로기 그리고 문학-강경애 문학연구」, 『창조문
　　　학』 여름호, 1998.

헬렌 티핀, 「탈식민주의 문학과 반언술행위」, 『외국문학』 여름호, 1992.

여성인물의 자아정체성과 표현양상 연구
- 서영은론 -

최 수 정

1. 젠더 공간 속의 주체 경험의 의미화

서영은은 1968년 등단해서 꾸준한 작품 활동으로 다양한 주제의 작품들을 보여주고 있다.[1] 그런데 등단 직후부터 얼마 동안의 시기에는 인물, 화자, 주제가 유사한 형태로 집중되어 있다. 본고에서는 이 시기를 「살과 뼈의 축제」(1977.12) 발표 전까지 9년 여 동안으로 잡고 있다. 이 시기에는 주인공은 주로 남성이고 그 인물은 직장과 가정에서의 일탈을 꿈꾸거나 시도하면서 인생의 어떤 가치를 추구하겠다고 한다. 이런 성격이 1인칭 시점의 화자일 경우에는 남성의 이야기라는 경향이 더 강해질 수 밖에 없는데, 이것은 작가가 여성이라는 사실을 상기할 때 특기할 만한 현상이라고 할 수 있

---

1) 본문 뒤의 작품 연표 참고

다. 이런 현상을 하일브런은 부정적으로 생각하는데, 그 까닭은 여성작가들이 남성 주인공을 내세우는 것은 남성만이 행동을 통해서 인간 경험의 전반적인 영역을 드러낼 수 있다고 전제하는 것이라고 보기 때문이다.[2] 화자의 성차는 시점이론에서 주변적이었지만 서영은의 작품들을 보면 화자의 성차에 따라 그 텍스트의 서술적 목소리가 달라짐을 알 수 있다.[3]

본고에서는 「야만인」(1974.2), 「살과 뼈의 축제」(1977.12), 「먼 그대」(1983.5), 「사다리가 놓인 창」(1989)을 대상으로 하여 여성 주인공 내지 화자의 언어사용과 여성주인공의 자의식이라는 관계 속에서 여성인물의 자기 내·외적 현실을 실제와 다르게 표현하는 양상을 분석하고자 한다. 여성인물의 내적·외적 발화를 광증으로서의 언술이라는 측면에서 보려는 것이다. 이런 언술은 현실을 모면하면서도 진리를 말하고 변형과 치환 쪽으로 의미작용을 추동한다.[4] 이때에는 여성 주체가 세계와 만나는 경험에 대한 의식, 특히 욕망이 억압되면서 시작되는 여성주의적 자의식의 언어적 표현이 분석대상이 된다. 이로써 서영은의 글쓰기의 젠더적 특성의 변화를 그려볼 수 있을 것이다.

---

2) 쥬디스 키건 가디너, 신은경 역, 『여성의 정체성과 여성의 글』, 문예출판사, 1988, 230면.
3) 수잔 스나이더 랜서, 김형민 역, 『시점의 시학』, 좋은날, 1998, 10면.
4) 줄리아 크리스테바, 신은경 역, 『정신분석과 폴리스』, 문예출판사, 1988, 244,5면.

2. 여성인물의 자의식과 언어적 표현

본 장에서는 서영은 소설 중 「야만인」, 「살과 뼈의 축제」, 「먼 그대」, 「사다리가 놓인 창」을 대상으로 하여 여성인물과 화자의 언어사용의 특징을 자의식의 표현 면에서 분석하고자 한다. 자의식은 여성인물이 세계와의 경험에서 생긴 자아의 상처에 대한 의식으로 그 개념을 국한하고, 여성인물과 화자의 언어사용은 이 자의식이 언어화되는 것에 국한한다.

2-1. 자기현실의 간접적인 폭로

「교(橋)」(1968.10) 이후 「살과 뼈의 축제」(1977.12)까지 다수 작품이 남성주인공을 세우고 있었는데, 「야만인」(1974)은 특이한 서사구조를 보여준다. 「야만인」에서는 남성이 주인공으로 행동한다. 그런데 그 행동에 대한 이야기를 하는 화자는 여성이다. 서사 속 행동 주체는 남성이고 그 서사에 대한 서술 주체는 여성이라는 것이다.[5] 두 사람은 부부인데 여성 화자는 남성에 대한 양가적인 시

---

5) 「타인」(1973)과 「손」(1973), 「뱁새의 꿈」(1974)은 여성이 주인공, 「어릿광대」는 소년이 주인공인데, 이 작품들과 함께 「야만인」을 제외하면 공통점이 발견된다. 그것은 서사표층에서 남성과 여성이 가치론적으로 대조되어 묘사된다는 것이다. 남성은 자기정체성을 찾는다. 집이나 회사를 박차고 나와 삶의 초월적 가치를 추구한다. 여성은 남성의 그런 내면과 그것의 표출방식을 이해하지 못하고 가치추구에 관심없고 일상에 안주한다. 가치추구하는 남성이라는 인물 유형은 서영은의 그 이후 시기에도 등장한다. 「손이 긴 사내」, 「작아지는 망치」, 「관사 사람들」, 「황금깃털」, 「산행」, 「삼각돛」 등이 그렇다. 그러나 이 작품들의 남성인물은 「야만인」 이전, 「살과 뼈의

선과 어조를 나타낸다. 그녀는 남성의 행동을 위계질서 속의 어떤 위엄 있는 것으로 인정하는 듯하면서도 그것을 은근히 비꼰다.

남편은 다른 인물 모두를 깔보며 난폭하게 정체성을 찾는 모습을 행동으로 보여준다. 그러나 다른 한편으로 그는 그의 아내인 여성화자의 서술의 대상이 되어 회화화된다. 그래서 남성인물은 자기 내면을 밖으로 드러낼 때 내면의 진지성과 깊이는 박탈되고 그의 정체성 추구 자체가 외면화되는 모순어법을 나타내는 것이다.

한편 그의 아내는 일상에 안주한다는 이유로 남편의 무시와 경멸의 대상이지만 남편의 행동을 비꼬는 서술 주체이기도 하다. 그녀는 남편의 행동에 대해 경악하며 이해할 수 없다고 말한다. 즉 남성의 지위를 인정해주는 듯하지만 그의 행동을 우습게 만듦으로써 그 지위를 깎아내린다.

축제」 이전의 작품들과 다른 가치추구방식을 보인다. 작품들을 통시적으로 보면 남성인물들은 차츰 역설적으로 자기 내면을 표현하거나 표현을 아예 하지 않거나 헛웃음처럼 과장하여 자아가 세계와의 소통을 차단해 버린다. 이런 점과 달리 서영은의 이를테면 초기소설의 특이점은 남성인물들의 일상에의 회의, 자기탐구 등 내적 문제제기와 이것의 표출이 지극히 돌발적이라는 것이다. 그래서 의미는 그 내면의 행동화에 실려 있다. 남성인물들의 일탈행위는 탐색이 내적인 경로를 잠시 밟기만 할 뿐 해프닝처럼 성급히 표출된다. 이것은 세 가지의 의미를 갖는다. 첫째, 하일브런이 지적했듯이 인생의 내적 국면의 재현조차도 남성에게 맡김직하다는 현실의 고정관념이 그대로 옮겨진 것일 수 있다. 즉 남성은 적극적으로 세계를 생각하고 행동화하는데 여성은 바라보기만 하고 일상과 가정이라는 자기 틀 안에 갇혀 있다는 것이다. 둘째, 이런 현실에 대한 작가의 이중적인 표현일 수 있다. 이렇게 사회 현실에서 중심이자 전면에 있는 남성의 정체성 찾기가 좌충우돌 한계를 보여주니 현실에서 부재하는 여성의 정체성 찾기의 지난함이야 오죽하겠는가 하는 반문일 수 있다. 셋째, 그래서 서영은에 국한해 보면 이 초기 소설은 이후 서영은 소설에서 몇 년마다 발표되는 몇 작품들, 즉 본고에서 다루는 작품들로 알 수 있는 여성주의적 글쓰기의 간헐성과 동시에 끈질김의 신호탄인 것이다.

여기서 남성인물과 여성화자의 서로에 대한 태도를 무시와 회화화로 요약한다면 이 둘을 첫째, 행동과 언술, 즉 주인공과 화자의 지위라는 서사 일반적인 면에서, 둘째, 마치스모(maschimo)라는 면에서 판단할 수 있다. 마치스모는 자신의 남성다움에 자신을 잃고 불안해진 남성들이 여성을 성적으로 정복하거나 폭력을 쓰거나 여자들이 하지 않거나 못하는 무모한 짓을 함으로써 자신이 남자인 것을 과시하고 과장하는 행위이다.[6] 「야만인」에서 남편은 바로 이 모든 행동들을 보여준다. 남편은 퇴근해 들어와서는 사표냈다고 내뱉듯 말한다. 아내를 무시하고 경멸하면서 배달 온 건장한 일꾼과 함께 여성들에게는 배타적인 화제로 이야기한다. 일꾼을 앉게 하고는 고기를 굽지 않고 먹으면서 날고기 맛이 일미라고 한다. 그리고 말을 계속한다. 아내는 이런 남편의 행동에 대해 이렇게 말한다.

> 「처음은 아니지, 나도 어렸을 때 사냥하러 다니시는 어버지를 따라다니던 땐 날고기만 먹었지, 우리 아버진 직업 사냥꾼이었지. 하지만 그건 결과적으로 그렇게 된 것이고, 진짜 동기는 그 양반이 남성적인 것을 좋아하셨기 때문이지. 자네도 사냥을 해봤는지 모르지만, 아니, 사냥이라는 말은 뭔가 취미적인 냄새가 풍기니 집어 치우고 그저 짐승을 때려 잡는다고 하지.~」

> 정말 나는 너무나 어이가 없어서 테이블 모서리를 꽉 움켜쥔 채 입을 벌리고 남편의 얼굴을 뻥하니 지켜 봤어요. 뭐, 그이의 아버지가 사냥꾼이랬다고요? 곰이 어쩌 어쨌다고요? 우리 시아버님은 지금 종로에 있는 예식장의 당당한 주인이시란 말예요.~게다가 그 분처럼 살결이 희고

---

6) 최미진, 「여성주체의 자리매김과 양가성」, 『현대문학과 양가성』, 태학사, 1999, 190면.

대머리가 벗겨지고 다리가 짧은 사람이 그처럼 끔찍한 사냥꾼이라니.

(서영은 중단편 전집, 제1권, 둥지, 225~7면)

남편의 말에 나타나는 원시적, 야성적인 것이 순전히 자연회귀에의 열망이 아니라 여성 멸시, 여성 배타적인 심리를 깔고 있음을 보여준다. 이렇게 마치스모, 즉 자연회귀 내지 원시 열망과 여성 비하가 맞물려 있음을 여실히 보여주는 부분이 그날 밤 침실에서의 일이다. 아내가 먼저 잠자리에 들어 잠이 들었는데, 뭔가 찢는 듯이 아파서 눈을 떠보니 아내의 머리채를 잡고 「이년아, 빨리 일어나 옷 벗어.」한다. 알몸으로 서 있는 남편에 순순히 따랐고 남편이 뭔가 손에 든 것으로 아내의 살갖을 마구 문지르고 야릇한 동물같은 소리를 지르며 달려든다. 그런데 얼마 후 아내가 눈을 떠보니 혼자 침대에 내팽겨진 채 온몸이 피로 흥건한 것이다. 방 구석에는 돌멩이가 나두그라져 있었다. 아내가 던진 돌에 남편은 가슴을 맞고 피가 배어 나오지만 노려보다가 웃음을 터뜨린다. 그리고「네 입으로 분명히 그랬것다? 힘이 최고라고?」하면서 사과를 베어 먹는데, 아내는 그것이 야만스러워 보이고 정나미가 떨어져 외면해 버리면서 미국에서 정신분석학을 전공하고 돌아온 외사촌 오빠와 상의해야겠다고 한다. 이때 해석의 중심을 아내의 성적 희열에 두면 돌멩이의 의미는 mana적이지만 해석의 중심을 여성 자신의 온몸의 상처와 남편의 병리적 정신에 두면 마치스모적이다.

한편 아내, 즉 여성화자의 어조는 좌중의 여성들에게 말하는 것이다. 이것은 여성인물이 남성에게는 침묵을 지킬 수밖에 없는, 행동과 표현이 억압된 침묵의 세계에 있지만 서사 틀 밖으로는 화자의 지위로서 같은 여자들인 청자에게 친밀감을 표하며 당연히 동조할 것으로 믿고 말한다는 것이다. 화자의 언술의 타당성을 이미 확보한 것으로 전제하는 것이다. 이것은 침묵의 세계에 있는 여성이라는 서사 내 지위로써 행동의 세계에 있는 남성의 서사 밖의 현실을 전복하는 이중 서사의 전략이다.

그러므로 「야만인」은 겉으로는 남성인물의 내면을 그리고 있지만, 사실 여성화자는 그것에 대한 여성의 관점을 보여주는 작품이다. 이 작품을 작가의 초기 작품들과 관련해서 보면 남성인물의 정체성, 가치 추구에 대한 작가의 중의적 태도를 보여준다. 첫째, 작가가 남성을 이상적 자아로 추구한 것일 수 있다는 것이다. 이는 초기 몇년간 집중된 주제인 탈일상, 탈도시 속에 설정된 남자 주인공·화자를 보면 그렇다. 둘째, 그러나 남성의 정체성 추구라는 내적 행동을 회화적으로 그림으로써 남성들은 주변인물들, 특히 아내의 말을 끊거나 묵살함으로써 독단적인 자기 찾기를 하는데 이를 돌발적으로 행동화한다는, 즉 내면/표출, 탐색/돌출이 설익은 상태에서 회화적으로 공존하는 것을 볼 수 있다.

이 점은 문학 안에서의 자아의 형상화라는 면에서 문제가 된다. 자기 억압요인, 이를 테면 회사, 가정, 그 사이 도시의 물리적 공간의 폐쇄성, 내모는 듯한 시간들 때문에 도시 탈출이나 어떤 가치 추구를 하더라도 그것이 방향없이 잘못된 방식으로 표출된다면 문제라는 것이다-이 점과 비견되는 여성의 정체성 찾기를 다음의 장부터 볼 수 있다. 「야만인」에서는 남성이 남성중심의 사회문화 구

조에 자기폐쇄 형식으로 존재하고 여성은 그 밖의 영역에 동떨어
져 있음을 남/여, 행위자/서술자라는 상이한 지위에서 보여준다.

그러므로 「야만인」은 남성은 첫째, 일상 대화에서 발언권을 독
점하며, 둘째, 정체성 추구를 행동으로 보여줄 자유자재의 지위를
가졌고, 셋째, 원하기만 하면, 혹은 작은 내면을 도드라진 행동으로
옮길 수 있는 활력적인 존재로 가정과 사회에서 부각되는 여건을
가졌음을 보여준다

이런 점은 남성의 적극적인 존재방식이자, 표현 양식인데, 다른
한편으로는 여성의 존재 양식의 윤곽을 보여준다. 여성의 존재를
파냄으로써, 부재화함으로써, 비-행동주체화함으로써 남성을 양각
화하는 현실을 보여준다. 남성 양각화 속의 여성의 윤곽, 정체성 추
구조차 사치인 여성의 삶을 보여준다.

이제 여성작가 서영은은 문학 속에서 인간의 내면을 더 명확히
언어화하자면 현실에서 음각으로 존재하는 여성을 살려내야 했
다.[7] 「살과 뼈의 축제」는 이런 모색에서 나온다.

2-2. 자기현실의 가장된 성취

「살과 뼈의 축제」의 여성 주인공은 자기의 욕망에 맞추어 자기
현실을 반대로 말한다. 자신의 억압된 욕망에 대한 위장된 성취[8]를

---

7) 계속 이어지는 일종의 패배자의 서사에 대한 모색이라는 견지에서 여성주의적 텍스
트를 볼 수도 있을 것이다.
8) 김승희, 「상징질서에 도전하는 여성시의 목소리, 그 전복의 전략들」, 『여성문학연
구』, 제2호, 태학사, 1999, 158면.

말함으로써 자신의 젠더화 과정 속의 체험들을 반대로 보여주면서 자기의 질시를 경멸로 가장하고 지배/예속관계를 반대로 말한다. 이를테면 이런 二項的 의미전도의 내용은 크게 동네 사람들로 대변되는 일상과 여성, 그리고 '그'로 대변되는 성과 사랑이다.

일상과 여성에 대한 것을 보면 일상에 대해 자신은 무관심하다고 힘주어 반복한다.[9] 그리고 일상 생활 속에서 보이는 여성을 경멸한다고 강조한다.[10] 그러나 경제적 곤란 속에서 자기 이상을 지키는 것에 대한 불안과 현실에 대한 피해의식이 잠재되어 있고 여성들의 삶(자신의 잠재된 삶)에 대한 공포와 거부가 숨겨져 있다. 이 점은 고아 사업을 하는 이모의 위선과 이종언니의 사치에 대한

---

9) 이런 일상 경멸이 지속된 데에는 문득 찾아온 일상에 대한 어떤 느낌이 계기가 된다. 일상이 심드렁하고 서먹서먹해진다고 한다. 이것은 '문득', '어떤', '느낌', '기분' 등의 식으로 마치 까뮈의 「이방인」 같은 부조리에 대한 각성처럼 표현된다. 「교」, 「나와 '나'」, 「뒤로 걷기」, 「연주호에서 생긴 일」, 「당신은 잠이 잘 옵니까」, 「손」, 「물구나무춤」, 「산행」, 「삼각돛」이 그 예이다. 이런 것은 특히 사표던지기 충동으로 대표되며 서영은의 소설에서 인물들이 억압으로 느끼는 주된 내용이다.

10) 이런 여성들에 어머니도 포함된다. 사회적 현실과의 만남에서 의기소침해져있는 여성주인공은 어머니라는 존재, 여성의 삶 자체에 대해 절망한다.

그녀와 나 사이엔 유구한 역사를 자랑하는 관념의 강이 흐르고 있다. 어머니로 하여금 그 강을 건너오게 조르느니 차라리 잠옷을 차분히 개어서 제자리에 놓는 것이 나을 것이다.　　　　　(서영은 중단편전집 제2권, 둥지, 제116면.)

식사가 끝날 때쯤에 얘기는 이렇게 끝 맺어진다.
「너도 이젠 제발 좀 정신 차려서 식이라도 올리고 어떻게 해라. 여자의 본분이야 시집 가서 애 낳는 거지 딴 게 뭐 있니?」
　　　　　　　　　　(서영은 중단편전집 제2권, 둥지, 제117면.)

여성주인공 '나'의 삶의 여러 면들이 가능성으로 열려진 것이 아닌 상태에서 어머니는 그나마 그녀의 삶을 한정시킨다. 어머니에 대해서는 일체감에 대한 기대와 실망이 맞물려 있다.

자세한 설명과 묘사를 통해 신경질적으로 드러난다.

　　[예문2]
　　또 그 발은 누군가의 발이기에 앞서 고집스러울 만큼 소탈하고 인생
의 여러 가지 격랑 속에서 뼈가 굵은 마음이 거기 있는 것 같다. 그러나
여기에선 검소하고 소박한 점이 지나쳐 어떤 병적인 아집으로 보인다.
이 병적인 아집의 옆에 놓인 자주색 구두는 날씬하게 뽑아 올린 여자의
허리 같은 굽에다, 참기름을 바른 듯 반짝반짝 윤이 나는가 하면 신발
밑창엔 금박이 번쩍거리는 메이커의 도장이 찍혀 있다. 거기엔 일시적
인 유행 위주의 편향과 사치스럽고 교만한 마음이 엿보인다.
　　　　　　　　　　　　　　　(서영은 중단편전집 제2권, 둥지, 193면)

　　[예문3]
　　나는 슬그머니 일어나서 책상 앞으로 가 앉는다. 내 책 위에 뻔뻔스
럽게 올라앉아 있는 신발통이 또 눈에 거슬린다. 냉큼 그것을 끄집어
내려 방바닥에 쿵 던져 놓는다. 아무도 이 소리에 주의를 기울이는 사
람이 없다.~ 나는 또 밍크 코트와 구슬 백도 책상 위에서 치워버린다.
　　　　　　　　　　　　　　　　　　　　　　(위와 같은 책, 199면)

　　이렇게 자기 현실에 대해 욕망이 투사된 형태로 말하는 이중적
인 언술의 문체적 특징은 남성의 말투가 사용된다는 것이다. 경멸
과 반항의 표현은 남성만이 가능하다는 것(현실)이 반영된 것이라
고 할 수 있을 것이다.

　　[예문4]

빌어먹을 여편네. 당신은 죽을 때까지 헌 옷가지나 뜯어고치고 10원 짜리 동전이나 짤랑거릴 팔자야. 당신이 낳은 아이도 그렇고 그 아이가 낳을 아이도 그렇고. 이 세상 어딘가에서 자기가 무엇인지조차 알지 못한 채 자동 인형처럼 가계부나 쪼물락거리다 죽겠지.

(위와 같은 책, 110면)

이것은 남성과의 사랑과 성에 대한 말에서 더 부각된다. 이름은 '영민'이지만 이름은 불려지지 않고 익명처럼, 무관하고 사소한 인물로서 '그'는 존재한다. 이 점은 '나' 여성 주인공이 남성/여성의 성적·경제적·사회적 지위를 전도시켜 말하는 데 적절히 이용된다. '나'는 '그'에게서 생활비를 받기 위해 일상에 대해 그런 것처럼 성행위도 서먹서먹해진 느낌이면서도 그의 행동에 그냥 끌려간다. 그러나 그녀는 '나는 한달 생활비가 필요할 뿐'이며, '그'는 우둔하며 섹스, 혹은 사랑에 연연한다고 비하한다. 실제로는 여성인물이 경제적 곤란으로 인해 남성인물의 정기적인 방문과 성관계 요구에 응하면서도, 그것이 싫어 집을 나가면서도 마치 그가 그녀에게 흠뻑 빠져 있는 것을 너그럽게 대해주고 생활비를 얻기 위해 그를 이용하는 것인 양 말한다.

처음부터 이런 것은 아니다. '내 목소리는 무엇에 가위눌린 듯하다.'라고 하거나 '가면'을 써야겠다고 한다. 그러나 차츰 '나'는 자신의 굴욕을 은폐하고 '그'가 '나'를 대하는 실제 방식을 모방한다.

[예문5]
내가 '사랑'이란 의미를 잃어버린 순간 그는 예외에서 보통으로 넘

어가버린 것이다. 그는 이제부턴 섹스와 생활비이다. 그가 이것을 불쾌하게 여긴다면 나는 다른 대용품을 찾아야 할 것이다. 내겐 딱히 '그'이어야 할 까닭이 없다.   (위와 같은 책, 182면)

[예문6]

지금이라도 무슨 수를 써야겠다. 벌써 세 번 이상 치렀어야 할 섹스가 피부 밖으로 퉁겨져 나올 듯 충만해 있다. 다만 손을 쓸 수 있는 일은 이런 것밖에 없으니(본질적인 것은 정말 속수무책이다), 이런 거라도 우선 해결해야지, 그를 찾아가서 한바탕 연극을 꾸며 감동을 산 다음, 그 모든 스케줄 따윈 올 스톱시킨 채 아무 호텔이라도 끌고 가야지. 아 그리고…… 생리란 정말 가차 없는 시간이다. (위와 같은 책, 206면)

남성들이 여성들을 배설의 도구로 여기는 것과 다름없는 표현이다. '나'는 남성들이 性을 써버리는 것처럼 여기는 성담론을 모방하면서 자신이 '그'를 성적 도구화하는 것처럼 보이게 말한다. 사실 경제적 곤란 때문에 성행위가 사랑을 뒤집어쓴 것이지만 '나' 자신은 그렇지 않다고 여긴다. '그'에게 당신은 섹스와 생활비의 의미라고 말한다. 하지만 그는 '나'의 유혹으로만 받아들인다. '나'는 '이 사나이의 자기 중심적인 편견은 놀랄 만하다. 그가 보고 듣고 느끼는 것은 오로지 자기의 환상 뿐이다.'라고 생각한다. 그러나 '그'로서는 현실에서 성 논리 내지 관리 체제는 남성이 쥐고 있기 때문에 약자의 무기인 유혹, 여성의 성적 매력의 전략적 배치로밖에 해석되지가 않는 것이다. 그것을 가지고 '나'는 '그'를 무시하는 것처럼 말한다.

이런 것은 '그'와의 만남을 돌이켜 보는 시간적 거리와 인식상의 거리가 어느 정도 확보되었기 때문에 가능한데, 이 거리는 경제적 곤란에서 생긴 것이다. 경제적 곤란으로 인해 성관계에 화폐가 개입되고 성애가 따뜻함과 성적 흥분보다는 자기모멸감을 동반한다. 이에 따라 이성과의 만남과 배신, 이별 등의 남만보다는 생리 차원의 충동이 강조되고 너무나 현실적인 세계와 부딪치면서 물질 문제가 부각된다.[11] 물질의 문제를 안고 있는 '나'는 주변 인간들의 행동과 내면을 꿰뚫어 자기 앞의 생을 일거에 알아버린 듯한 자세를 취한다. 그리고 현실의식과 다르게 말하게 되는데, 이는 존재적인 측면에서는 물질이 아닌 가치추구를 거론하면서 삶의 가능성을 자기 내적으로 돌리려는 것이고 심리적인 측면에서는 자기를 다스리며 현실적으로 좌절된 자존심을 회복하기 위한 것이다. 의식을 언어가 따라가거나 반영하는 것이 아니라 언어가 의식을 재구성·변형하려는 기제인 것이다.

그런데 이런 의식과 언어의 관계 속에서 남성과의 관련을 반성적 거리로 바꾸는 계기가 작품 결말에 마련된다. 그것은 여행이다. '나'는 여행을 하려고 하면서 주위 여성들의 생활을 돌이켜 보며 그녀들을 이해하는 의식의 변화를 보인다. 그리고 여행을 계기로

---

11) 20세기 여성의 글에서는 이성의 유혹이나 배신을 다룬 관습적이고 구태의연한 플롯은 중요한 역할을 하지 않는다. 연인을 잃을까 두려워 하지 않고 성적으로 능동적이며 성적 사랑에 대한 속죄의식을 갖지도 않는다. 性愛는 최상적으로는 따뜻함과 성적 흥분을 주지만 큰 혼란을 야기하고 자신으로부터 소외시키기도 한다. 이런 反낭만적인 묘사는 확고한 性 정체성과 性的 정서 등에 대한 문화적 공리에 대한 거부에서 생긴다. 쥬디스 키건 가디너, 앞의 책, 236면.

'그'와 관련된 기억을 폐기시키려고 한다.

[예문7]
기실 나는 내가 여행을 떠난다는 것 이외에 아무 것도 알지 못한다. 목적지가 어딘지, 얼마나 머물 것인지, 집에 돌아올지, 안 올지 하는 따위의 것은 전부 미래가 나에게 알려 줄 사항이다. (위와 같은 책, 217면)

[예문8]
이상하다! 바깥 세계엔 아무것도 변한 것이 없는데 나는 지금 잔잔하고 평화로운, 그러면서도 뭔가를 끝없이, 끝없이 사랑할 수 있을 것 같은 기분이다. 내가 여기까지 오는 동안 나 자신도 알지 못하는 사이에 나의 내면에서 어떤 변화가 생겼음이 틀림없다. (위와 같은 책, 220면)

[예문9]
이제야 알겠다. 나는 지금 떠나는 길이 아니라 돌아가는 길인 것이다. 내가 버린 그 모든 것 속으로 다시 돌아가는 것이다.~외형적으론 내가 그 동안 버린 것과, 이제부터 도로 찾으려는 것 사이엔 아무런 차이도 없는 것 같다. 그러나 다르다. 암, 다르구말구.
드디어 차가 움직인다.   (위와 같은 책, 221면)

「당신은 잠이 잘 옵니까」, 「손」, 「틈입자」, 「초록색 회오리 바람」, 「손이 긴 사내」, 「술래야 술래야」 등의 작품에서도 여행 모티브는 중심적, 혹은 부차적으로 나타나는데, 「살과 뼈의 축제」에서는 모호성과 일면성을 극복하고 여성인물의 주체적인 의식의 맹아기적인 한 특징으로 드러난다.[12] 그렇다면 탐색 내지 각성으로 대변되는 여행으로의 마무리가 여성 자신에 대한 허위적 언술에 갖는 의미는, 첫째, 그것은 여성 주인공 자신이 세상과의 경험과 대화하는 것이라고 할 수 있다. 경험을 자아가 바라보고 세계에 곧바로 적대적으로 대응하기보다는 인식의 여유를 갖고 자기를 다스리기 위해 현실과 거리를 두거나 현실을 떠나는 것이다. 자신에게 새롭게 보여줄 세계를 준비하러 또다른 세계로 가는 것이다. 둘째, 자신을 억누르는 현실 속에서도 지배되지 않는 완강한 부분으로서 자아가 버티는 모습을 자신에게 확인하려는 것을 자의식이 보여주는 것이다. 주인공의 성과 결혼에 대한 이중의식도 바로 이런 여성현실 속에서 가질 수밖에 없는 자의식의 기제라고 볼 수 있다. 잉여의 성 에너지, 리비도, 혹은 겉멋의 성 자유가 아니라 삶을 버티는 자아의 모습인 것이다.

2-3. 자아부활의 전략적인 역설

앞장의 「살과 뼈의 축제」에서 여성 인물이 자기현실을 욕망이 투사된 형태로 말함으로써 자기 마음을 다독이면서 각성의 여행으로 전환함을 보았다면 본장에서 보려는 「먼 그대」에서는 자기 마음을 다독이는 말이 종교적 상상력의 미적 상태로 승화됨을 볼 수

---

12) 여성성장소설에서 여성인물의 탐색은 "조건지워진 감금으로부터의 탈출과 진정한 자아를 추구하는 심리적인 여행"이며, 여행은 세계 지배, 제어가 아닌 세계 이해를 위한 것이므로, 여성인물들의 성장에 있어 무엇을 이룩했는가보다는 어떤 일이 일어났으며 어느 정도로 성장의 어려움을 인식시켜주었는지를 문제 삼아야 할 것이다. 김미현, 『한국여성소설과 페미니즘』, 신구문화사, 1996, 383면.

있다. 전자가 이항전복적 언술이라면 후자는 점층적 언술이라고 할 수 있을 것이다. 또 전자가 여성 주체 자신을 젠더화하는 현실을 역반사했다면 후자는 그 젠더화의 과잉성[13]을 여성 주체의 내적 리듬에 따라 드러내며 해체한다고 할 수 있다.[14] 이런 것은 인물 혼자서는 불가능할 것이다. 바로 여성인물을 보살피며 말하는 화자가 있어서 가능하다. 「먼 그대」의 화자는 모성적[15]이며 우주적이다. 화자는 여성 인물의 피해의식을 복수가 아닌 인내심으로 돌려 자아의 죽음과 자의식의 대결을 제의적, 우주적으로 극대화함[16]으로써 여성 자아의 생존[17]과 저항 전략을 극화한다. 이런 화자의 언

---

13) 드 로레티스는 여성 주체가 재현을 통해서 자신의 육체적 경험과 협상하는 과정을 강조한다. 젠더는 재현의 효과일 뿐 아니라 그것의 과잉, 즉 어떤 재현을 붕괴시키거나 탈안정화하는 잠재적 외상으로서 담론 외부에 남아 있는 과잉을 포함한다. 한편 버틀러는 젠더 담론에 대한 트러블화를, 드 로레티스는 젠더화된 '나'에 대한 트러블화를 시도한다. 본고는 이 둘을 위 두 작품의 성격에 따라 해석해 보았다. 김선아, 「여성주의자, 그 불순한 이름에 대하여」, 『여/성이론』, 제1호, 1999.4, 60,68면.

14) 조세핀 도노반은 내면적 현실의 리듬과 외부 현실의 리듬을 문장의 미적 리듬을 통해 분석해 낸다. 조세핀 도노반, 신은경 역, 「페미니스트 문체 비평」, 『페미니즘과 문학』, 문예출판사, 1988, 104면.

15) 콘라드, 제임스 같은 기존 남성 작가들의 전지적 서술자는 자기만족적이고 득의양양하며 모든 것을 다 알고 있는 듯한 태도를 보인다고 하고 이를 남성적사실주의라고 할 수 있다. 본장에서 보려는 화자는 이와는 많이 다른 태도를 보여준다. 쥬디스 키건 가디너, 앞의 책, 93면.

16) 존 로젠 블랫은 실비아 플라스의 시에서 시적 주체의 자아, 육체에 외적인 힘이 맞설 때, 자신이 그 안에서 자유롭기 위해 제의적 대결로 그 갈등을 극화한다고 지적한다. 존 로젠 블랫, 이경희 역, 「실비아 플라스:이니시에이션의 드라마」, 『페미니즘과 문학』, 문예출판사, 1998, 201면.

17) 린다 하우는 여주인공이 운이 좋을 경우에만 단순히 살아 남아 있으니 여성성장소설은 '생존의 서사'라고 한다. 본고에서는 사건 속의 여성의 존재가 아닌 여성이 세계 경험을 내면화하고 자의식을 지탱하고 전개시켜 가는 데 주목한다. 이것은 여성 현실이 여성의 자의식에 적대적임을 전제하는 것이다. 「먼 그대」는 이런 현실에서

술적 특징을 더 자세히 보자면 셋으로 나눌 수 있다.

첫째, 화자의 위치가 '문자'와 동일한 경우이다. 그러나 '문자'의 주위 사람, 특히 회사 사람에 대해서는 대조적이다. 화자는 그녀의 침묵을 말한다. 즉 (화자에 따르면) '문자'는 그들에 대해 침묵하며 묵묵히 자기 일만 하고 자폐적이기까지 하다. 화자는 이런 그녀에 대해 대변인적이다. 화자는 '그녀는 말이 없다', '그녀는 정말 아무렇지 않았다' 등으로 그녀의 침묵을 말해준다. 그러므로 그녀가 말하지 않는 그 침묵의 상황은 바로 어떤 '말할 것이 있다'라는 해석의 법칙을 구축한다. 그리고 그 침묵 속의 그녀의 내면을 말하는 것은 그녀가 세상에 대응하는 방식이 일반적이지 않지만 내적으로는 타당하다는 해석의 법칙을 구축하는 부분이 되는 것이다.

둘째, 화자의 목소리가 '문자'와 합쳐지는 부분이다. 이는 특히 같은 집에 세든 사람들과 '한수'에 대해서 그렇다. 화자가 '문자' 내면을 말해주는 방식은 '문자'가 상황에 대응하는 방식과 표현면에서 그녀와 동일한 주체가 된다. 이렇게 '문자'의 주관성에 객관성을 부여하는 것은 다음 단계의 수사적 효과에 따른 자아 극대화의 전제조건이다.

셋째, 화자와 '문자'가 분리된다. 고통에 대한 태도에서 그러한데, 이 분리는 배리적인 것이 아닌 상보적인 것이다. '문자'는 특히 '한수'에게서 오는 고통을 침묵으로 수용하지만 화자는 침묵 속에

자기 방식으로 기꺼이 자의식을 죽이고 부활하는 방식을 내적 발화에 대한 화자의 언술의 수사적 특징을 통해 보여준다. 김미현, 『한국여성소설과 페미니즘』, 신구문화사, 1996, 380면 재인용.

고인 그녀의 고통을 끌어낸다.

이런 화자의 모습들 중에서 '문자'의 고통을 '문자'의 자의식과 함께 극대화한 것을 중심으로 살펴보자. 화자는 '문자'의 인내심을 제의적인 양식을 빌어 우주적인 범위에서 보여줌으로써 여성의 자의식을 인간 일반이 아닌 피해자적인 위치에서의 자의식으로 극대화한다.

[예문10]

새로이 눈물이 괴어 올라 눈앞이 어룽졌다. 그녀는 이를 악물었다. 그때 그녀 속에서 낙타 한 마리가 벌떡 몸을 일으켜 세우며 외쳤다.

「고통이여, 어서 나를 찔러라. 너의 무자비한 칼날이 나를 갈가리 찢어도 나는 산다.~나는 어디도 가지 않고 이 한자리에서 주어진 그대로를 가지고도 살 수 있다는 곳을 보여줄 태야. 그래, 그에게뿐만 아니라 내게 이런 운명을 마련해 놓고 내가 못 견디어 신음하면 자비를 베풀려고 기다리고 있는 신(神)에게도 나는 멋지게 복수할 거야!」[18]

(서영은 중단편전집 제4권, 둥지, 24면)

[예문11]

그래서 그 계단은, 그 위에 있는 아주 신비롭고 아름다운 세계를 그녀 혼자만 누리기 위해 외부로 나타난 부분을 일부러 조악(粗惡)하게 꾸며 논 것같이 보였다.

(위와 같은 책, 19면)

---

18) 작품 첫 부분에서는 '문자'의 내면을 " "로 표시했지만 이 부분에서는 「 」로 표시한다. 내면을 양각화하는 변화의 표시이다.

이것은 단정적이거나 중압적인 어조가 아닌 조심스럽게 조금씩의 차이를 두면서 점층적으로 강조하는 어조로 이뤄진다. 그 점층의 도달점은 신이다. '문자'의 침묵을 침묵 자체를 넘어 언어화하면서 문자의 자아가 차츰 고통을 받아들이는 것이 인내에 머무르는 것만이 아닌 신의 지위에 이르려는 것임을 그린다. 이는 화자가 '문자'의 침묵을 뒤따라 다니며 말해주는 시간적 연속성과 그녀의 자의식 자체를 우주적으로 공간화하기 때문에 가능하다.

그런데 신의 지위에 오르려는 한 발판이 낙타이다. '문자'의 자의식은 훼손된 자아의 공격성을 숨기고 그 자아를 사막으로 끌고 가서 자아 부활의 제의를 벌인다. 여성의 자아란 모순어법이므로 우선 짐승이 되려는 것이다. 그러나 그 짐승은 초인적 짐승, 즉 낙타이다. 그렇다면 현실적인 여성자아는 짐승이지만 텍스트상에서 지향하는 자아는 초인이고 과정상 자아는 낙타인데 표방하는 것은 신이라는 것은 무엇인가? '문자'의 자아가 사막에서 버티는 낙타라야 현실에서 버티는 여자, 즉 신이 될 수 있다는 것이다. 신과 낙타, 남성과 여성, 그 신격과 獸格의 거리로 인해 사막은 여성의 환경이면서 여성 자의식의 생존력의 시험대이다. 그러나 한편으로는 신이란 불가능을 가리키는 의미이므로 현실 속에 독자적으로 존재하는 텍스트상의 여성 자아의 독특한 형상화를 확인할 수 있다. 이런 일련의 은유적 존재들이 고통에 대한 인내로 가득한 '문자'의 자아에서 공존함으로써 미적 긴장이 생기는 것이다.

이 점을 은유적인 수사를 중심으로 보자. '낙타'의 활유는 은유의 동일화를 기본 속성으로 갖고서 앞에서 보았듯이 '문자'의 자

의식을 제의적으로 형상화한다. 이 낙타를 중심으로 하는 애니미
즘적 황홀경[19]은 앞의 예문 11에서 보듯이 근대적으로 구분된 사
적 영역으로서의 집을 초월한다. 집은 성애적·제의적으로 주객일
치가 된다.

[예문12]

그는 그녀의 존재 자체를 조금씩 연금(鍊金)시켜, 이윽고 일요일이
되었을 땐 그녀의 손길이 닿기만 해도 닿는 것은 무엇이든지 금빛 물이
들었다.~그녀가 그를 위해 마련한 저녁상은, 가난한 자가 일 주일 내내
거친 솔과 젖은 걸레로 마룻바닥을 힘들여 닦아서 번 돈으로 성전(聖
殿) 앞에 켤 양초를 사는 것같이 마련된 것이었다.~한수의 마음은 무디
고 이기적이어서 온 방 안에 가득 찬 금빛을 보지 못했고, 가만히 있어
도 그 침묵이 노래임을 알지 못했다. 심지어는 그녀의 몸을 만지면서도
잘 익은 과육에서 나는 것과 같은 향기가 자기 손가락에 묻어나는 것도
몰랐다.

(위와 같은 책, 21면)

표면상으로는 '그녀'가 제물을 준비하며 '그'가 사제라고 하지
만 심층적으로는 이 틀 속의 주체가 바뀐다. 즉 그녀가 사제가 되

---

19) 나르시즘에의 과정과 욕망이 반영된 메타픽션적 글쓰기에 관련해 애니미즘적 황
　　홀경을 말하는데, 본고는 주객의 문제보다는 어조에 초점을 둔다. 어머니가 가부장
　　제의 시작과 끝을 가정과 사회의 경계에서 보여주듯이 「먼 그대」의 모성적 어조의
　　화자는 가부장제적 사회의 경계에 선 여성 주체의 자의식을 포착하여 실체화하고
　　있다. 황순재, 「현대 환상문학의 이원성과 양가성에 관한 연구」, 『현대문학과 양가
　　성』, 태학사, 1999, 208면.

고 자신의 자아를 제물로 바친다. 이런 정령화는 서사전개의 장식적인 것에서 나아가 인내의 서사에 주된 의미를 부여하고 현실을 고발한다. 그 까닭은 첫째, 앞에서도 말했듯이 여성은 낙타가 되어야 신을 지향할 조건을 갖기 때문이다. 즉 짐승→인간→신이 아니라 「여자→동물→신」이라는 전도된 진화 과정[20]을 거친다. 이런 퇴보 내지 퇴행의 자아는 현실에서 주체가 지탱할 때의 어려움과, 현실의 가학성을 보이는 한 징후이며 동시에 현실에 대한 간접적인 고발인 것이다.

둘째 이것이 퇴행만이 아니고 오히려 자아의 부활이라는 면을 보이기 때문이다. '문자'는 대화에서 말하지 않기, 표정 바꾸기, 남의 가해적 행동 덮어주기, 넘어가기 등의 방식으로 자기 자존심을 누그려뜨리면서 생존한다. 그러면서 그녀는 자기 내적으로는 삶의 궁극적인 가능성을 神이라는 목표로 향하게 한다. 생존을 위한 방식의 구차함과 내적 삶의 목표의 혁명성, 즉 신의 경지라는 간극에 긴장이 있는 것은 앞에서 밝혔듯이 화자가 '문자'의 침묵을 끈질기게 따라가면서 촘촘히 언어화하기 때문이다. 그 간극에는 낙타라는 양가성, 즉 짐승과 초인의 의미의 공존성이 중심적이다.[21] 이 낙타라는 메타포가 일차적 지시대상을 딛고 신이라는 기의를 향하기에 그 의미의 경계가 위협적인 것이다.[22] 더구나 사막이라는 공

---

20) 마이틀 벨, 김성곤 역, 『원시주의』, 서울대 출판부, 1985, 57면.
21) 이때 초인은 니이체의 맥락에 국한된 것이 아니다. 경건주의가 새로운 인간이 낡은 인간을 밀어내는 시간적 지평에서 사용하던 맥락이 신앙적 갱신이라면, 본고에서 보려는 것은 여성주의적 자아의 갱신이다.
22) 칼 하인츠 보러, 최문규 역, 『절대적 현존』, 문학동네, 1995, 59면.

간은 경계성을 갖는다. 현실에서 구차한 자아를 죽이려는 충동과 완전히 다른 자아로 살아나려는 충동이 동일한 힘으로 받치면서, 다른 대안은 현실에서는 찾을 수 없어서 자신을 현실적 가능성과의 관련을 배제하면서도 진실을 말할 수 있는 계기를 사막이라는 상상적 공간, 즉 경계에 마련한다.

이렇게 외부세계를 주체가 감당할 수 없는 것은 이 「먼 그대」와 「살과 뼈의 축제」가 유사하지만, 그 차이점은 후자는 현실에 대한 분노와 공격을 자기 욕망이 투사된 언술 속에 감추면서 자기 욕망을 성취한 것처럼 말한다면 전자는 그 성취를 현실 속에서 불가능한 것으로 인정하고 그 분노와 공격을 침묵과 내면으로 돌려서 가두고 자기승화의 장소를 외딴 곳으로 옮기는 방식으로 세계와 만난다는 것이다. 그 공간은 자기 현실과 지금까지의 체험을 인정하되 그 이후의 체험의 자기 소외를 거부하기 위해 수동적 태도와 거역적 태도 모두 견지할 수 있는 곳, 즉 짐승과 초인으로 동시에 존재하면서 현실 체험을 되받아 말할 수 있는 내적 공간인 것이다. 이 공간에서 여성 자아의 죽음과 재생, 즉 부활이라는 제의적인 극단이 존재한다. 이런 여성 현실 속의 자아가 생존하는 역설적인 성격은 정신에는 외부 현실과의 분리와 동시에 반응이라는 극단적인 본능이 있고 그 자의식의 양극단을 언어가 극화한다는 점을 배경으로 볼 수 있을 것이다. 이 점이 「살과 뼈의 축제」의 자아 표현보다 더 극단적이고 복잡한 양상을 낳는 부분이다.

이와 같은 여성 자아가 스스로를 죽이면서 결국 살아남는 것을 여성 특유의 세계관이라는 면에서 보자. 일반적으로 신의 경지 운

운하는 것은 현실에서의 억제와 거부에서 오는 긴장과 신경증에
따른 일종의 종교적 상상력이나 자기 의식의 정합성 유지 욕망의
발로라고 볼 수 있다. 하지만 '문자'의 화자는 남성논리적으로 단
정적이거나 오만한 성격이 있지는 않다. 오히려 현실적인 불가능
성이라는 내포를 유념한 듯 성취가능성에 대한 현실적인 감각을
견지하며 우주적이지만 겸손하고 유연하다. 이것은 화자가 '문자'
상황의 변화 가능성에 대한 감각을 다듬으면서 '문자'의 상황을
다시, 혹은 부가하면서, 새롭게 설명하고 조심스럽게 점층적으로'
문자'의 고통을 우주적인 범위에서 드러내고 그녀의 인내심을 신
적인 것으로 만들기 때문이다.[23]

　그러므로 '문자'가 말하는 신의 경지는 현실적으로는 역전이 불
가능한 피압과 체험의 산물이며 혼란스런 삶의 에너지[24]를 모으는
한 지향점이면서, 현실에서 자아가 완강히 버티게 하기 위해 자의
식이 초현실적, 우주적 범위에 마련한 삶의 에너지의 원천이다. 이
는 바로 서사 외적 리얼리티와 내적 리얼리티가 긴장 관계 속에 존
재하는 이유이다. 현실적으로 '한수'가 신의 지위의 권력을 갖는다
면 '문자'는 신의 경지 만큼의 인내를 지향한다.

　이상으로 자기 고통을 다독이며 현실을 버티는 자아가 죽음과
재생의 제의적인 형태로 나타나는 극단적인 역설을 보았다. 이것

---

23) 이 점층적 언술 태도는 첫째, 그녀 상황에 대한 화자의 관점을 축적하면서, 둘째,
　'문자' 내면의 고통을 리드미컬하게 다독이고, 셋째, 내면의 성취를 끝없이 연기하
　는 데에 적절한 목표를 설정하는 것과 관련된다. 이런 것은 플롯에서는 문제의 미결
　형태로 나타난다.
24) 존 로젠 블랫, 앞의 책, 208면.

은 '문자', 곧 여성 현실의 황폐함과 남성과 여성의 불균등한 관계를 황폐한 공간, 사막에서 낮은 소리로 말하며 강조하는 방식이다. 덧붙이자면 그래서 이 작품에 나타나는 피학적인 면은 잉여에너지로서의 성의 변형된 표출의 차원에서 드러나는 것이 아니라 자기 마음의 지탱, 자아의 생존이라는 최소한의 조건과 출발점에서 흘러나오는 부차적인 한 현상일 뿐이다.

2-4. 여성 의식 속의 주체 결집의 서사

지금까지 「야만인」에서 남성/여성, 행동자/서술자라는 대립 속에 남성위주의 현실에 대한 은근한 비꼼을, 「살과 뼈의 축제」에서 여성이 자기 현실과 자신과의 관계를 뒤바꾸어 말하는 특징을, 「먼 그대」에서 여성 주체의 내면을 제의적·점층적으로 드러내는 수사를 보았다면 본 장에서는 「사다리가 놓인 창」의 여성 주인공이 자신을 포함한 자기 주변 인물들의 현실 자체를 문제삼고 현실과 내면 모두에 접근하는 것을 볼 수 있다. 이것은 '나'의 인물관계가 앞의 세 작품보다 더 다양하다는 점에 근거하고 있다. 그리고 그 다양하게 관련된 인물들이 '나'에게 포착된 부분은 가부장제적 사회라는 문제의식으로 수렴된다. 이런 면에서 '나'의 의식에 포착된 인물들은 크게 가부장제적 사회의 가해자 내지 수혜자적인 인물 유형과 패배자 내지 피해자적인 인물 유형으로 나눌 수 있다. 전자는 교감 선생님, 이모, 이종언니 등이 있고 후자는 첫째, '나'와 어떤 매개체에 의해 관련된 인물, 둘째, 친구들과 세든 사람들, 동네

여자들 같이 '나'와 접촉이 있는 인물들, 셋째, '나'의 가족으로 어머니, 오빠이다.

이런 인물들과의 관계 속에서 '나'의 의식이 세계와 접촉하는 양상은 크게 셋으로 볼 수 있다. 그것은 첫째, 세계에 대한 즉각적인 반응으로서 갈등이 본격적으로 드러나기 전의 의식 상태이다. 둘째, 어떤 인물에 대해 거리를 두는 듯하지만 내적으로는 신체의 반응으로 그 사람과 동화되어 있는 상태이다. 셋째, 어떤 인물에 대한 자신의 의식을 짧은 서사로 제시할 만큼 어떤 방향속에 정리된 상태이다.

먼저 사회에 대한 '나'의 의식의 초기 상태, 즉 자아와 세계의 갈등이 본격화되기 전의 상태를 단적으로 보여주는 것이 편지이다[25]. 특히 '나'는 세계에 아무 의심과 악의가 없는 상태에서 출발한다는 것을 대변한다. 편지에서 '나'의 의식과 세계 사이의 편차가 드러나고 편지는 곧바로 세상에 보내는 '나'의 호의인 것이다. '나'는 세상에 감격하며 감사한다. 그러나 세계는 곧 그녀, 그리고 그녀들의 내면을 짓밟는다는 것을 예고한다.

둘째, 이런 편지쓰기 의식 단계 후에는 현실과의 갈등이 본격적으로 나타난다. 그 갈등은 어떤 인물에 대한 현재적 단편적인 지각의 순간과 과거사실에 대한 일련의 회상이 '나'의 의식 속에서 교차하면서 전개된다. 지각은 주로 '나'의 주변 여성들에 대한 것으

---

25) '나'는 영화 「파계(破戒)」에서 오드리 헵번이 약혼 반지를 빼고 수녀원 문안으로 사라진 것을 복 지순한 매력을 빚은 검은 수녀복이 혹독한 자기부정임을 몰랐었노라고 술회한다.

로서 '나'는 그들이 생활하는 모습에서 고통을 발견하는데, 그 고통에 대한 공감과 연민은 '나' 자신의 신체상의 통증등의 증상으로 나타난다. 그리고 그 증상은 다시 '나' 자신의 의식에 영향을 준다.[26]

[예문13]

눈에는 눈물이 핑그르르 도는데 그녀가 활짝 웃으면서, "나 취했어요, 아주 취했다구요" 했다. 그녀를 쳐다보는 동안 내 마음은 알 수 없는 고통과 기쁨으로 가슴 밑바닥까지 떨리는 듯했다.

그녀가 빈 집게로 부서진 연탄을 집으려고 더듬거리는 것을 보고, 나는 문득 내 몸을 쩌르르 꿰ㄷ고 지나가는 기묘한 전율에서 깨어나, 그녀의 연탄 집게로 새 연탄을 집어 주었다. 그녀가 가고 나서 나는 한자리에 어랫동안 붙박힌 듯이 서 있었다.

(위와 같은 책, 72,3면)

[예문14]

밤이슬에 축축히 젖어 있는 어머니의 헌 고무신을 발에 꿰자 나도 모르게 흠칫 몸이 떨렸다.~나는 잠시 무엇을 해야 좋을지 모르는 채로 우

---

26) '나'는 오빠의 입사시험이나 출근준비도 촉각을 곤두세우지만 이는 잠 자는 척하는 동기로 상황에 대한 불만이 역설적으로 서술될 뿐 신체 증상을 동반하지 않는다. 오빠가 여동생과 '나'에게 생계를 이유로 쓰던 방을 세주고 다락에서 자게 할 때, 세든 여자에게 어머니가 냉혹하다고 느낄 때 '나'는 앓아 눕고, 다락에 있다가 하숙생에게 들켰을 때는 자포자기 속에 숙면을 위한다. 그러나 이런 것들은 본 장에서 보려는 타인의 삶과의 동일시와 상호 발생적으로 일어나는 신체 증상의 일부라고 보기 어렵다. 고통을 매개로 생활과 밀착되어 타인과 동화되면서 신체 증상을 동반하고 이것의 자각이 의식의 변화를 수반하는 것은 여성들에 대해서만이다.

물가에 서 있었다. 그때 오래 익은 술처럼 내 안에서 노래 하나가 맴돌았다. 그것은 차츰 삭일 수 없는 울음처럼 가슴을 밀고 밖으로 넘쳐 나왔다.

~갑자기 나는 입을 다물었다. 얼굴이 화끈거렸다. 내 마음을 내 자신에게 들킨 것이 부끄러웠다. 그럼에도 나는 입 속에서 절로 중얼거려지는 노래를 멈출 수가 없었다.

(위와 같은 책, 76,7면)

[예문15]

「이런 날이 언제가지 계속될까.」

나는 더 이상 빵을 씹을 수가 없었다. 여숙이 울음을 터뜨릴까봐 나는 겁이 났다. 우리 생애에서 참으로 짧고도 긴 순간이었다.

(위와 같은 책, 87,8면)

이런 이야기들이 모여 하나의 고통의 다발이 된다. 그 다발은 '나'의 의식에 포착된 다른 여성들의 서사의 편린이다. '나'의 의식에 영향을 주는 어떤 인물의 존재가 '나'의 신체적인 현상으로 나타나며 이런 신체 증상자각과 의식의 변화는 동시에 이뤄진다. 이런 지각의 현재성과 현상화라는 점에서 그 의식은 관념성이 아닌 현실성을 획득한다.

이런 침묵, 울음, 노래, 넋두리은 '나'에게 지각된 주변 여성들의 고통스런 내면이 새어나온 한 양상이다. 이에 여성 주인공도 울음을 삼켜 목이 매이거나 노래를 불러 보거나 앓아 눕는다. 특히 '여숙'과 대화하거나 '박상무 아내'와 맞닥뜨려졌을 때 흐르는 침묵은 그들 상호소통 공간을 보여주는 방식이다. 침묵은 설득과 설명이 필요없음을 보여주는 또다른 언어이기 때문이다. 그리고 그 언어도 여성으로 극명하게 된 현실의 억압상을 보여주는 것이기도 하다. '나' 와 '여숙' 과 현실, 그리고 '나' 와 '박상무 아내' 와 현실이라는 세 항이 침묵 속에서 고통으로 묶여 드러난다.

「살과 뼈의 축제」의 '나' 는 현실을 역으로 보여줌으로써 자의식을 지탱했다면, 또 「먼 그대」의 '문자' 가 모성적인 화자의 점층적 서술 속에서 인내를 통해 고통을 제의적으로 극화했다면, 「사다리가 놓인 창」의 '나' 는 여성들이 가부장제 현실에 갇혀서 받는 고통을 어떤 매개물을 거치거나 초월하지 않고 그대로 신체언어에 담아낸다. 특히 박상무 아내에게서 나타나는 자기 열등의식, 자기비하 같은 내면을 가감 없이 보여주는 것이 그녀들과 나의 고통이 육체로 언어화되는 방식이다.

이와 같이 신체 언어를 통해 표현되는 고통은 통증이 아닌 하나의 광증, 즉 세계에 대한 주체의 거부 반응, 혹은 신경증이다. '나' 와 그녀들이 삶에서 소외감을 이겨낼 가능성을 찾지는 못했지만 그것을 공감하는 데서 오는 심리적인 반응양상인 것이다.[27]

가부장제적 사회 속의 가해자적인 입장에 있는 인물에 대한 태

---

27) 이것은 결국 자살 기도를 부르는데, 자살 기도 후에 그 행동을 대수롭지 않게 의식한 까닭은 웃음 때문에 수면제가 튀어나왔기 때문이라는 것이다. 생에 대한 이해의 층이 죽음 앞에서 비약되어 생의 부조리를 포착했음을 뜻한다. 나중에 '나' 는 차츰 '나' 의 고통이 그 여성들에 비하면 아주 적을 뿐이고 내가 그녀들의 고통을 공감한다고 해도 그것은 간접적이라는 것을 깨닫고 자기 존재에 대한 책임감을 각성했기 때문이기도 하다.

도와 패배자적인 인물에 대한 태도가 상이한데 전자는 '교감', '이모', '이종언니'이고 후자는 '여숙', '김상무 아내' 등이 있다. 그런데 이 양극 사이에 양가적으로 존재하는 인물이 어머니, 오빠이다. 이 두 사람의 삶의 단면은 가부장제적 사회와 가정의 부조리를 보여준다. 그들이 가부장제적 사회의 수혜자, 지배자/피해자, 패배자라는 도식 속에서 양가적으로 존재하는 까닭은 어머니는 가정에 묶여져서 자신의 꿈을 접어야 했고, 오빠는 가장이라서 개인적 자질은 무시되어 사회에 내던져졌기 때문이다. 그들은 상실과 패배를 겪으면서 각각 흰머리와 손가락 절단으로 표현되는 삶의 이면을 드러낸다.

어머니는 오빠에게 모든 것을 주면서 기대를 걸지만 딸에게는 희생을 요구한다. '나'는 이 점에 대한 미움을 희화적으로 보여준다. 그런데 다른 장에서 여성 혐오의 이유였던 속물스러움이나 억척스러움은 어머니에 대한 연민이나 심지어 경탄의 이유이기도 하다. 그 생활의 단면은 종교와 대비되어 강조된다. 교회나 교리보다 생활과 현실 원리에 따를 수 밖에 없는 어머니의 삶을 연민의 시선으로 바라본다.

[예문16]
그렇게 해서 간신히 집안 일에서 헤어난 어머니는 교회에 당도하여, 수많은 신자들이엉덩이로 비비적거려 빤질빤질 윤이 나는 앉는 순간부터 그만 몸과 마음이 나른해지며 졸음이 쏟아진다고 했다.~어머니의 졸음이 말짱 달아날 때는 헌금을 거두는 권사들이 검은 주머니가 달려

있는 긴 막대를 들고, 가볍고 경쾌한 노래의 반주에 발 맞춰 신자들의
열 속으로 들어설 때였다.

가방을 열고, 백 환을 낼까 이백 환을 낼가 하는 그 망설임이 바로 졸
음에 취해 있던 어머니의 정신을 반짝 깨어나게 하는 것이었다.~당장
두 팔 걷어붙이고 해야 하는 많은 일거리들과, 몇 푼 안 되는 생활비로
매일같이 세 개의 밥상을 차려야 하는 힘겨운 생활이 기다리고 있는 집
으로 돌아오자마자, 교회에서와는 달리 어머니의 얼굴엔 긴장된 생기
가 감돌았다.

(위와 같은 책, 99, 100면)

특히 어머니의 스토리는 여성의 삶을 면면히 보이기 위한 것으로
서 '나'의 의식의 방향을 말해준다. 그러면서 억척스러운 어머니에
대해 동일시와 분리의식을 동시에 갖는 것은 주변의 다수 여성들의
삶에 대한 태도와 같은 선에 있는 심리이다. '나'의 눈에 비치는 여
성으로서의 어머니 삶에 대한 연민, 그리고 그것을 통해 본 자기에
내재된 여성 보편의 삶에 대한 공포 사이의 긴장 속에서 어머니 서
사는 여성들의 삶에 대한 나의 하나의 해석적 틀로 작용한다.

한편 오빠는 어머니의 모든 것을 독차지한다. '나'는 한번도 '나
의 오빠'라고 하지 않는다. 단순히 알리는 차원에서 '오빠'나 '그'
라고만 한다. '그'는 가정에서 왕자이지만 어머니의 과한 기대와
동시에 걱정 속에 사회에 내던져진다. 그가 자기 인생의 비극을 궁
지에 몰린 심정으로 자초하는 것은 남성이 가부장제의 희생자일
수 있음을 보여주는 것이다.

하지만 '나'는 이렇게 아들에게 전존재를 거는 어머니와 여기에 맞춰 가장 노릇을 해보려 하지만 무능하기만 한 오빠와 갈등을 벗는 과정속에서 독립적인 여성으로서의 자의식을 거쳐 가족을 지키려 현실에 뛰어들게 된다. 그 과정의 한 계기는 다락에 있다. '나'는 오빠로 인한 궁핍, 그러나 여전히 강한 그의 발언권으로 인해 주거공간이 아닌 수납공간인 다락에서 여동생과 잠을 자기까지 오빠의 결정에 따른 '나'의 충격과 분노 등을 자세히 말한다. 어느날 다락에서 잠자는 것을 하숙생들과 제대한 애인에게 들키자 그녀는 이제 삶에 대한 공포와 가식을 버리고 삶을 응시하게 된다. 특히 '나'는 다락에 오르는 습관이 애인 앞에서 드러나자 참담해진다.[28]

이렇게 여성 존재의 경계성이 다락에서 확인되자, 즉 자신이 삶에 적나라하게 드러나자 현실 의식이 남성과의 관계에도 투사된다. 「살과 뼈의 축제」에서처럼 '그'가 싫어지고 구속되기 싫어 버린 것이 아니고, 「먼 그대」에서처럼 인내심이라는 척도로서 존재하는 신의 경지를 추구하기 위해 남자의 착취를 받아들인다는 것이 아니다. 다락은 바로 주변화되는 여성의 내면 공간이다.

「먼 그대」에서 '문자' 내적으로는 사막에서 신의 경지로 비상하려 한다면, 이 「사다리가 놓인 창」에서는 내몰린 여성이 견지하는 내면 세계인 다락에서 내려와 외부세계에 현실적으로 대응하기까

---

28) 현대 여성 작가들의 여주인공들은 반복해서 반사적 지각, 즉 인물이 차례차례로 그녀가 예정치 않았던 행동과 그녀가 완전히 이해할 수 없는 상황에서 그녀 자신 또는 자신의 일부를 발견하는 식으로 묘사된다. 안네트 콜로드니, 서승옥 역, 「페미니스트 문학비평의 몇가지 방향들」『페미니즘과 문학』, 문예출판사, 1888, 61면.

지를 보여준다. 오빠가 돈많은 여자와 결혼하기 위해 이국으로 가는데, '나'는 가정의 생계를 위해, 어머니를 지키기 위해 자존심을 버리고 딸과 아들, 여성과 남성의 지위가 불균등하고 양극이 넘나듬 없는 현실에 뛰어드는 결심을 한다.

이와 같이 「사다리가 놓인 창」에서는 '나'라는 인물이 현실에 눈뜨는 과정과 여성으로서의 자의식이 주변여성들의 서사속에서 구체화되고 현실에 나서기까지를 보여준다. 특히 주변 여성들에 대한 지각은 '나'의 신체상의 실체화와 의식의 변화를 수반하며 자의식을 증폭시키고, 회상은 해당 인물의 삶을 서사화하면서 현실감각을 키우며 세계 이해를 구성한다.[29]

3. 고통과 자기극복, 생활과 삶, 상호주체성

이와 같이 서영은의 작품들에 나타나는 여성인물들의 자의식의 표현양상을 보았다. 네 작품은 통시적으로 볼 때 앞의 세 작품은 여성인물이 놓인 처지와 그에 대한 표현이 일치하지 않는 정도가 커짐에 따라 자아정체성이 커지다가 「사다리가 놓인 창」에서는 인물이 자신의 기대내용의 성취불가능성을 인정하되 여성들과의 공

---

29) 이런 여성들의 서사는 「꿈길에서 꿈길로」(1992)에서 더 전면적으로 나타난다. 그런데 기행문 양식 속에서 한 여성 자의식이 개인적인 기질의 문제로 부각되면서 그 기질에 대한 주인공의 호감, 그 여성주체의 의식을 계기로 하는 자기 반성적 인식을 특징으로 한다. 그러나 여성에게 공통된 억압을 인식, 표명, 항의하면서 '우리'라는 복수 주체의 영역을 의식적으로 경계짓고 결속력을 갖는 단계까지는 아니다.

감과 내적 연대감과 현실감각을 획득하는 모습을 보인다. 따라서 의식과 실재, 언어와 세계의 괴리를 극대화하면서도 현실감을 지탱함으로써 여성 존재를 문제화하는 방향으로 작품들의 연표가 놓인다. 「야만인」은 행동하는 남성에 대해 여성인물이 은근히 비꼬면서 서술하여 비슷한 시기의 다른 작품들과 달리 여성 자의식의 모습을 보여준 데서 시작, 「살과 뼈의 축제」가 여성인물이 자기현실의 경제적 곤란에 대한 의식의 우위를 강조함으로써 자의식을 지탱하려는 것을, 「먼 그대」는 자신에 대한 타인의 오랜 착취에 대해 인내의 신적 경지를 지향하며 제외적 극화로써 자의식을 살려내는 것을, 「사다리가 놓인 창」은 여성인물이 현실 감각을 다듬고 다른 여성들의 고통에의 교감을 집이라는 생활공간이 뚜렷한 공간에서 그리는 상호주체적 자의식 형성의 계기를 보인다. 사르트르가 실존이 본질에 우선한다고 했다면 서영은 소설들에 대해서 이렇게 말할 수 있을 것이다. 여성 자의식의 생존은 실존에 우선한다, 그리고 그 생존에는 자아에 힘을 주는 여성 자의식의 언어가 있다고.

■서영은 작품 연보

교(橋)	사상계 186, 1968.10
나와 '나'	월간문학 4, 1969.2
뒤로 걷기	8, 1969.6
연주회에서 생긴 일	25,1970.11
실(室)1	34, 1971.9
실(室)2	36, 1971.11
러브 스토리	45, 1972.8
당신은 잠이 잘 옵니까	49, 1972.12
야만인(野蠻人)	한국문학 4, 1974.2
뱁새의 꿈	10, 1974.8
사막을 건너는 법	문학사상 31, 1975.4
웃음은 거품처럼	한국문학 20,1975.4
내버린 자식	신동아 138, 1975.6
틈입자(闖入者)	문학사상 44, 1976.5
어릿광대	한국문학 34, 1976.8
유리의 방(房)	37, 1976.11
물구나무춤	월간중앙 110, 1977.5
초록색 회오리 바람	문학사상 59, 1977.8

침식	한국문학 48, 1977.10
살과 뼈의 축제(祝祭)	문학사상 63, 1977.12
삭풍(蝕風)	문예중앙, 1977.12
정적(靜寂)	뿌리깊은 나무 26, 1978.3
순례자(巡禮者)	동서문화 47, 1978.4
타인의 우물	현대문학 286, 1978.5
손이 긴 사내	문학사상 77, 1978.10
작아지는 망치	문예중앙, 1979.2
초상화	화랑, 1979.3
시인과 촌장	창작과 비평 56, 1980.6
관사(官舍) 사람들	문학사상 92, 1980.7
허무의 사원(寺院)	소설문학, 1980.8
황금깃털	한국문학 83, 1980.9
술래야술래야	서울신문, 1980
노란 반달문(門)	문학사상 123, 1983.1
먼 그대	한국문학 115, 1983.5
산행(山行)	문예중앙, 1983.12
삼각돛	현대문학 353, 1984.5
뿔 그리고 방패	학원, 1984.8
불새의 춤	주부생활, 1984
수화(手話)	문예중앙, 1986
그리운 것은 문이 되어	레이디경향, 1987,8
사다리가 놓인 창	현대문학, 1989
꿈길에서 꿈길로	현대문학, 1994
시간의 얼굴	문학사상, 1997

『서영은 중단편 전집』 둥지, 1997, 『한국현대문인 대사전』 아세아문화사, 1991. 참고함

■서영은 관련 자료 및 참고문헌

권영민, 『한국현대문학사 1945~1990』, 민음사, 1990

권오룡, 「인간과 초월 사이의 자리」, 『우리 시대 우리 작가12』, 동아출판사, 1987

김경수, 「일상의 거부와 실존의 확인」, 『사다리가 놓인 창』, 문학과 비평사, 1992

김동리, 「사막을 건너는 법 서평」, 『한국문학』, 1978.3

김미현, 『한국여성소설과 페미니즘』, 신구문화사, 1996.8

김병욱, 「원시에의 향수」, 『월간문학』, 1974.4

김선아, 「여성주의자, 그 불순한 이름에 대하여」, 『여/성이론』, 여이연, 1999.4

김수진, 「정상성과 병리성의 경계에 선 모성」, 『여/성이론』, 이이영, 1999.4

김승희, 「상징질서에 도전하는 여성시의 목소리, 그 전복의 전략들」, 『여성문학연구 제2호』, 태학사, 1999

김윤식, 「서영은의 작품세계」, 『문학사상』, 1983.11

김종회, 「80년대 우리 문학을 결산한다-서영은의 '먼 그대'」, 『문학사상』, 1989.8

김채원, 「이 작가를 말한다」, 『서영은 창작집/황금깃털』, 나남출판사, 1984

김화영,「균형과 거리에 이르는 길」,『서영은 작품선』, 문학사상사, 1986

돈나 C. 스탠턴. 고은미 역,「어머니의 은유」,『페미니즘 문학론』, 한국문
　　　화사, 1996.

라인 하르트 코젤렉, 한철 역,『지나간 미래』, 문학동네, 1996

마이클 벨, 김성곤 역,『원시주의』, 서울대출판부, 1985

박경혜,「어조의 분열:유폐와 탈주의 욕망 사이-김명순론-」,『한국여성문
　　　학과 여성담론-침묵 속의 목소리』, 제2회 한국여성문학학회 학술
　　　대회 요지문, 1999.9

방인태,「신화적 플롯과 그 나아갈 길(1)-서영은론」,『인산 김원경 박사화
　　　갑기념논문집』, 1988

＿＿＿,「신화적 세계의 갈망과 그 여로」,『시와 의식』, 1991, 여름

서정자,「페미니스트 의식의 침체와 환상적 사랑의 병렬」,『소설과 사상』,
　　　1996, 여름

송명희,「결혼을 거부한 성의자유-서영은 소설」,『여성해방과 문학』, 지평,
　　　1988

송재영,「극기와 회복」,『한국현대문학전집31』, 삼성출판사, 1986

안네트 콜로드니, 서승옥 역,「페미니스트 문학비평의 몇 가지 방향들」,
　　　『페미니즘과 문학』, 문예출판사, 1988

엘레인 쇼왈터, 박경혜 역,「황무지에 있는 페미니스트 비평」,『페미니즘
　　　과 문학』, 1988

이경희,「여성언술과 여성적 삶-서영은의 소설 "먼 그대"를 중심으로-」,
　　　『한국 페미니즘의 시학』, 동화서적, 1996

이재선,『현대한국소설사1945~1990』, 민음사, 1991

이종영,『욕망에서 연대성으로』, 백의, 1998

정미숙,「朴婉緖 소설과 서술의 이원성」,『현대문학과 양가성』, 1999.9

정순진, 「'우리'가 세운 나라-<에덴의 서쪽>」, 『여성문학연구』 제2호, 1999.12

정현기, 「두 존재양식이 가하는 작가적 관심 초점」, 『한국문학의 사회사적 의미』, 문예출판사, 1986

조세핀 도노반, 신은경 역, 「페미니스트 문체 비평」, 『페미니즘과 문학』, 1988

조영복, 「주체드러내기와 타자 배제하기」, 『술래야술래야/아메리카』, 한국소설문학대계65, 동아출판사, 1995

존 로센블랫, 이경희 역, 「실비아 플라스:이니시에이션의 드라마」, 『페미니즘과 문학』, 문예출판사, 1988

줄리아 크리스테바, 김옥순 역, 「정신분석과 폴리스」, 『페미니즘과 문학』, 문예출판사, 1988

쥬디스 키건 가디너, 신은경 역, 「여성의 정체성과 여성의 글」, 『페미니즘과 문학』, 문예출판사, 1988

질르 들뢰즈, 『매저키즘』, 인간사랑, 1996

최미진, 「여성 주체의 자리매김과 양가성」, 『현대문학과 양가성』, 1999.9

최혜실, 「신여성의 '고백'과 근대성」, 『여성문학연구』 제2호, 1999. 12.

칼 하인츠 보러, 최문규 역, 『절대적 현존』, 문학동네, 1995

플로렌스 하우, 박경혜 역, 『페미니즘과 문학』, 문예출판사, 1988

황도경, 「성(性), 육체의 시학」, 『한국 여성 시학』, 깊은샘, 1997.12

_____, 「여성의 말하기와 글쓰기」, 『한국 여성 시학』, 깊은샘, 1997.12

황순재, 「현대 환상문학의 이원성과 양가성에 관한 연구」, 『현대문학과 양가성』, 태학사, 1999.9

불완전한 개체로부터 성숙한 주체로의 거듭나기
– 강석경의 『청색시대』 고찰

조 은 파

1. 들어가는 말

　강석경은 1974년 『문학사상』에 「근」, 「오픈게임」으로 제1회 신인문학상을 수상하며 등단하였다. 이후 1981년에 장편 『순례자의 노래』(1989년 『청색시대』로 재출판), 1983년에 창작집 『밤과 요람』, 1986년에 『숲속의 방』, 1989년에 장편 『가까운 골짜기』를 출간했으며, 콩트집이나 장편동화 등을 발표하기도 했다.

　작품활동이 그다지 활발한 편은 아니지만 『숲속의 방』이라는 작품이 당대 사회에서 방황하는 젊은이의 모습을 잘 그려냄으로써 큰 관심을 받기도 하였다. 그러다 보니 그녀의 작품에 대한 비평이 많은 편이 아닌데도 그나마 『숲속의 방』에 대한 것이 대부분이라 해도 과언이 아닐 만큼 그 작품에 치중해 있는 형편이다.

　이남호는 『숲속의 방』에 대해 80년대 젊은 풍속을 총체적이지는 않지만 성공적으로 보여주면서 우리 시대가 처한 정신적 위험수위를 잘 드러냈다고 보았다. 그러면서 이 작품을 인물중심의 시각에서 분석해 나간다.[1] 김현숙도『숲속의 방』의 소양을 가족들과의 괴리, 기존질서에 대한 반란, 자기 공간 탐색의 실패로 자살에 이른 인물이라고 보고 당대의 젊은이들이 추구하는 것은 관계속의 자유가 아니라 절대 진공 상태에서의 자유라고 파악한다.[2] 권택영 역시 『숲속의 방』과 기타 단편을 분석하면서 그녀가 주로 혼돈과 모순의 세계에서 논리를 찾으려는 사람들의 불행을 그리고 있다고 보았다.[3]

그 이외에 김용구는『밤과 요람』에 대한 평에서 그녀가 다루는 내용들이 '예술과 현실의 팽팽한 긴장' 이라는 점에서 공통성을 띤다고 보면서 작품에 등장하는 인물들의 특성에 주목하여 분석을 했다.[4] 김치수 역시『밤과 요람』에 대한 비평에서 그녀의 소설을 성장소설 내지는 일종의 가족소설로 보고 주인공들이 비정상적인 가족관계 때문에 고통받고 있다고 평했다.[5]

황도경은「밤과 요람」「낮과 꿈」에서 보여지는 왜곡된 섹스를 사회전반의 타락상에서 나온 하나의 부산물로 보고 이 작품의 여성인물들이 남성에 의해 만들어진 희생자일 뿐만 아니라 역사적 · 사회적 모순과 타락이 빚어낸 희생자임을 강조하고 있다.[6]

---

1) 이남호,「회색지대의 진실」,『숲속의 방』, 민음사, 1986.
2) 김현숙,「자아정체성의 모색과 존재의 전환」,『한국여성시학』, 깊은샘, 1997.
3) 권택영,「여성적 글쓰기, 여성으로서의 읽기」,『작가세계』, 1990 겨울.
4) 김용구,「일상의 갇힘과 밀침」,『세계의 문학』, 1983 겨울.
5) 김치수,「고통의 기록과 절망의 표현」,『밤과 요람』, 민음사, 1983.

이상의 분석들은 강석경의 인물들이 지닌 비극적 측면에 초점을 두었다는 점에서 공통적이다. 물론 이런 시각이 가능한 것은 강석경이 여러 작품에서 보여준 무의지적이며 소극적인 인물들이 있었기 때문이다.

하지만 강석경은 인간들의 다양한 삶의 모습을 여러 작품들에서 그려 보이고 있다. 미군을 상대하는 기지촌 여성들(「낮과 꿈」「밤과 요람」)이 있는가 하면, 일상의 틈바구니에 끼어 숨죽이며 살아가는 소시민들(「아브라함 아브라함」「맨발의 황제」 등), 나름대로의 개성으로 작품활동을 하는 다양한 모습의 예술가들(『가까운 골짜기』), 힘겹게 홀로 서는 여성(『청색시대』) 등 중심에서 벗어나 작은 목소리를 내며 살아가는 다양한 군상의 인물들이 그녀의 관심을 끌고 있는 것이다.

그녀의 작품에 등장하는 주인공들은 대부분 여성으로 설정되어 있는데 그녀들은 대개 상황의 중심에 놓이지 못하고 항상 주변부를 맴도는 모습을 보이고 있다. 또한 그들은 대체로 자의식이 강하고 남다른 가치를 추구하기 때문에 삶을 누리기 보다는 삶에 부대끼는 모습을 보인다. 그래서 그녀가 다루는 인물들은 하나같이 매우 위태한 위치에 처해 있다고 보이거나, 현실세계와의 대결에서 실패하거나 고립된 것처럼 보이는 것이다. 그러한 특성이 응축되어 보여진 것이 '소양'이라는 인물이라고 할 수 있다. 민주화를 열망하는 사회적 분위기 속에서, 또한 한편으로는 물질적 가치에 함

---

6) 황도경,「성, 육체의 시학」,『한국여성시학』, 깊은샘, 1997.

몰해 가는 인간들 속에서 자신의 해방구를 찾지 못하고 절망해 가는 당대 젊은이의 모습이 드러나 있는 것이다.

본고에서 다루고자 하는 『청색시대』 역시 여러 면에서 『숲속의 방』과 공통점을 지닌다. 우선 젊은 세대들의 풍속도를 보여준다는 점, 그들의 방황과 고통을 작가가 연민의 시선을 통해 그려보여 준다는 점 등이 『숲속의 방』과 유사하다. 그러나 『숲 속의 방』에서 젊은이들의 방황이 좀더 처절하고, 그렇기 때문에 어두운 톤으로 그려질 수밖에 없었던 반면, 『청색시대』에서는 제목 그대로 그들의 방황에 나름대로의 서광이 비추어진다는 점에 차이가 있다. 『숲속의 방』이 소양의 죽음으로 결말지어지는 데 비해, 『청색시대』의 경임은 시련과 고통의 과정을 통해 한층 성숙해진 근대적 주체의 모습으로 변화한다.

그리고 이 작품은 강석경이 여러 편의 작품에서 꾸준히 보여준 여성문제에 대한 진지한 탐구와 그에 따른 의식을 보여준다. 「밤과 요람」 「낮과 꿈」에 등장하는 기지촌 여성들, 「물속의 방」 「거미의 집」 「가까운 골짜기」에 등장하는 기혼여성들, 「이사」 「지상에 없는 집」 「지푸라기」에서 보이는 예술활동을 하는 여성 등 다양한 여성들의 삶에 그녀의 관심은 집중되고 있는 것이다. 작품 속 여성들은 대개 남성에 의해 육체적·정신적 상처를 입은 인물들로 그려지고 있으며, 그래서 삶의 중심에 서지 못하고 주변을 배회하거나 자기만의 세계에 침잠해 버리는 공통점을 지닌다. 『청색시대』는 이러한 여성의 모습들을 한 작품 안에 다양하게 담고 있다는 점에서 작가의 여성의식을 잘 살펴볼 수 있는 근거가 되리라 생각한다.

아울러 이 작품은 성장소설적 성격도 지니고 있다. 성장소설이
란 한 인물이 겪는 내면적 갈등과 정신적 성장, 자신을 둘러싸고
있는 세계에 대한 각성을 주로 담고 있는 것[7]이라 할 수 있는데, 이
작품에서는 주인공인 경임뿐 아니라 동란이나 혜선의 의식성장도
보이고 있어 여성들이 자아정체성을 찾아가는 긴 여정이 그려져
있다고 해도 과언이 아니다. 여성을 주인공으로 한 성장소설은 가
부장제라는 이중적인 배경 속에 전경화되어 있는 여성들의 고통스
러운 성장의 기록이면서, 또한 주인공의 성숙을 위한 문화적 · 사
회적 토대를 기본적으로 상정하고 있기 때문에 우리는 이 소설을
통해 당대의 문화적 징후와 여성의 삶을 해석할 수 있는 것이다.[8]
이런 점을 감안할 때 『청색시대』는 여성주의적 시각에서 검토하기
에 가장 적합한 작품으로 여겨진다.

2. 수평적 공간 속에 병치된 '자기만의 방'

소설에서의 공간은 여러 면에서 중요성을 지닌다. 그것은 사건
이 일어나는 배경으로서 작용할 뿐만 아니라, 인물과 사건에 구체
성과 필연성을 부여하기도 한다. 특히 강석경은 자신의 소설에서
공간의 의미를 더욱 크게 부각시킨다. 작품 제목에서만 봐도 알 수
있듯이 『숲속의 방』「물속의 방」「지상에 없는 집」「거미의 집」등

---

7) 한용환, 『소설학사전』, 241-243면, 고려원, 1992.
8) 김경수, 「여성 성장소설의 제의적 국면」, 『페미니즘과 문학비평』, 고려원, 1994.

주로 '집', 그중에서도 '방'에 중요한 의미를 부여하고 있다. 이러한 작품에서의 집이나 방은 대개 가부장적 구속이나 억압의 공간이거나, 또는 정상적인 가족의 유대가 없는 소외나 허상의 의미를 지니고 있다. 그렇기 때문에 『숲속의 방』에서는 '차폐적 미학의 공간'으로서의 소양의 방과 대비되는 '개방적 배설의 공간'인 종로가 필요했던 것이다.[9]

『청색시대』는 가족이라는 틀로부터 벗어난 여성들에 관한 이야기이다. 아무리 근대화가 진행되면서 가족의 형태가 핵가족화 되었다고는 하지만 아직까지 우리의 의식은 가부장적 가족개념을 벗어난 가구의 개념에 익숙하지가 못하다. 특히 여성은 가족 내에서도 보호와 관찰의 대상으로서 여겨지기 때문에 가족들의 시선으로부터 자유로울 수 없는 존재로 여겨지곤 한다. 그렇기 때문에 그런 환경에서 여성이 주체적인 개인으로서 자아를 확립하기에는 많은 장애가 있기 마련이다. 이 작품은 이미 가족들로부터 벗어난 미혼 여성들의 삶을 보여주고 있기에 그녀들이 겪는 고뇌와 갈등이 진정한 자신을 찾아가는 과정으로 그려지는 것이다. 다만 주인공 경임의 경우는 가족과의 분리 과정이 비교적 간단하게 소개됨으로써 가족의 내력과 함께 그녀의 성격을 이해할 수 있는 근거가 제시된다.

발단 부분에서 소개되는 주인공의 가족사는 주인공이 가족을 떠나 낯선 서울에서 나름대로의 삶을 꾸려가는 이유를 알려주며, 나아가 주인공의 의식 성장에 가족이 어떻게 작용하는 지를 보여주

---

9) 이남호, 「회색지대의 진실」, 『숲속의 방』, 민음사, 1986.

기도 한다. 물론 이 작품에서 가족이 차지하는 비중은 극히 적다. 단지 한 여성이 가족을 벗어나 홀로서기를 하는 과정과 그것을 통해 자아를 정립해 가는 성장과정을 보여주는 것이 목적이기 때문이다. 하지만 아무리 가족과 직접 연결되어 있지 않다고 하더라도 그들과 함께한 유년과 청소년기의 기억이 주인공의 의식에 깊이 작용하기 때문에 작품의 발단 부분에 가족의 소개는 불가피할 수밖에 없다.

주인공 경임은 대학진학을 계기로 서울에 올라오게 된다. 그녀의 오빠와 언니들은 좌절된 자신의 꿈을 자식들을 통해 보상받으려는 아버지의 기대를 차례로 배반하는데 장남인 오빠는 규율에 얽매이기 싫어하는 자유분방함 때문에 고등학교도 마치지 못한 채 외항선원이 되고, 큰언니는 불행한 결혼생활을 한다. 그들의 가족에 결정적으로 그늘을 드리우는 인물은 경임의 작은언니로 모든 재능을 다 갖추어 아버지의 기대를 한몸에 받았으나 동신제가 열리던 날 동네 남자아이들에게 강간을 당함으로써 패자의 적의를 지닌 채 살아간다. 경임은 이러한 상황에서 작은언니와 함께 고향을 떠나 서울로 향한다. 그러나 작은언니와의 서울생활은 항상 긴장의 연속이었고 급기야 작은언니의 신경증적 행동으로 그들의 공동생활은 끝이 난다.

이때부터가 주인공에게 있어서는 진정한 의미의 홀로서기라 할 수 있다. 부모로부터 많은 도움을 받을 수 없는 형편이었기에 경임의 홀로서기는 힘겨울 수밖에 없다. 버지니아 울프가 『자기만의 방』에서 강조했듯이 여성들이 창작을 하기 위해서는 자신만의 공간과 자신의 삶을 유지해 나갈 경제력이 필요하다. 하지만 이것은 비단 창작을 하는 여성에게만 국한되는 조건이 아니라 현대 자본주의 사회를 살아가는 주체적인 여성이 되기 위해서도 필수적인 요소라 할 수 있다. 타인, 특히 혈연적인 유대로 강하게 묶여 있는 가족으로부터 벗어나 자신만의 공간을 마련했을 때 독립적인 자아로 성장해 갈 수 있는 것이다. 그렇기 때문에 이 소설의 발단 부분에서도 주인공 경임이가 가족과 떨어져 낯선 서울에서 자신의 삶을 꾸려가기 위한 필연성과 과정이 드러난다. 하지만 부모로부터 도움을 받지 못하는 상황에서 청소년기를 갓 벗어난 인물이 자신의 공간을 마련하기에는 많은 어려움이 따르기 마련이다.

그녀가 살게 된 파란 지붕의 이층집은 1층에는 주인 가족이 살고 있고 2층에 나란히 붙어있는 네 개의 방은 미혼여성들이 각기 차지하게 된 생활공간이다. 이 네 개의 방은 비슷한 듯하면서도 약간씩의 차이를 보이는데, 이것은 각각의 방들이 그곳에 거주하는 여성들의 상황의 차이를 반영하고 있기 때문이다.

우선 이층에 나란히 붙어 있는 네 개의 방 중 몰려 있는 세 개의 방은 비교적 크고 아늑한 데 비해 경임의 방은 구석에 외따로 떨어져 있으며 작고 누추하다. 이것은 그들이 지닌 경제력의 차이가 드러내는 부분이며, 방을 꾸며 놓은 모습에서도 그러한 특성은 잘 드러난다.

내 가난한 여건과 타협의 여지가 있는 방이 두어 군데 있긴 있었다. 병실 같은 아파트와 산아 제한이 전혀 안 된 이발소 주인집이었다. 가난은 참을 수 있지만 소란을 어떻게 견디겠는가. 예상했던 바지만 내가 원하는 방은 결코 나타나지 않았다. 가난하나 조용한 집, 천장이 얼룩지고 겨우 누울 만큼 작은 방이지만 창이 있고 그 창으로는 별이나, 공터 혹은 동네 전경, 아니면 뜨락의 나무 한 그루가 보이는 집.[10]

　사실 기온이 영하로 내려가는 날은 이불 속에서도 한참 동안 이빨을 부딪쳐야 할 정도였지만 내가 수자 언니의 제안을 따른 것은 꼭 그것 때문은 아니다. 내 방이 외따로 떨어져 있어서 조금만 무슨 소리가 나도 신경이 곤두섰다. 나는 결코 겁이 많은 편은 아니지만 한밤에 이따금씩 계단이 삐걱거리는 듯한 소리를 듣곤 했다. 내가 그 계단에 지나치게 공포심을 갖고 있는 탓인지도 모른다.[11]

　위의 인용문은 경임이가 방을 얻기 위해 돌아다니면서 희망한 방의 모습인 데 비해 아래의 인용문은 2만원으로 실제 얻은 방의 모습이다. 사실 경임의 방은 그녀로 하여금 가족들의 어두운 그늘로부터 벗어날 수 있는 공간이자, 새로운 삶을 꿈꾸어 볼 수 있는 장(場)의 의미를 지닌다. 그러나 경임이 얻게 된 방은 그야말로 세상으로부터 몸을 숨길 수 있는 최저의 조건만을 갖추고 있었기 때문에 이따금 그녀로 하여금 유배지에 있다는 느낌과 함께 외로움과 두려움을 느끼게 한다. 게다가 다른 방들과 외따로 떨어져 있는 그녀의 방은 사회에서 홀로 서려는 어린 여성의 심리적 불안감을 더욱 크게 하며, 작품의 초반부터 끊임없이 암시되는 계단의 위험

---

10) 강석경, 『청색시대』, 19면, 한벗, 1989.
11) 위의 책, 45면.

성은 언제 추락할 지 모를 만큼 취약한 여성의 사회적 입지를 반영한다고 볼 수 있다. 그렇기 때문에 경임은 어느 정도의 생활기반이 갖추어진 수자나 종숙의 방에서 편안함을 느끼게 되고, 때로는 자신의 분신같은 '가난한 방'에 대해 연민도 갖는 것이다.

수자나 동란은 직장이라는 안정된 기반을 가지고 있어서 어느 정도의 삶의 여유는 있는 인물들이며, 종숙은 부유한 아버지의 힘으로 호화로운 독신생활을 영위하고 있는 편이다. 그에 비해 주인공인 경임의 경우는 집으로부터 받는 도움을 최소화하려고 아이들을 가르치는 일이나 교수의 일을 돕는 등 경제적 독립을 위해서 안간힘을 쓰는 모습을 보이지만 어떤 경우에는 차비나 라면을 살 돈마저 없는 극한 상황까지 몰리기도 한다. 수자나 동란, 경임이 자력에 의해 생활을 꾸려 나가는 독립적 모습을 보이는 데 비해, 종숙은 비록 가족으로부터 떠나오기는 했지만 아직까지 아버지의 경제력에 의존한다는 점에서 진정한 의미의 독립은 이루지 못한 모습이다. 그렇기 때문에 경임이나 동란, 수자가 가족으로부터의 간섭이나 영향을 덜 받는 데 비해 종숙은 공간적으로는 멀리 떨어져 있음에도 불구하고 끊임없이 아버지의 권위와 협박에 눌려 있는 것이다. 그들이 처한 방의 모습은 바로 이러한 그들의 경제적 상황을 여실히 반영하고 있다.

종숙은 시큰둥하게 말했지만 냉장고 문을 열어젖뜨렸다. 냉장고엔 파인애플뿐 아니라 치즈와 양과자 케이크까지 들어 차 있었다. 나는 그 중 뜯지 않은 후르츠 칵테일과 달걀 두 개, 인스턴트 수프를 꺼냈다.[12]

학교 도서관에서 여덟 시쯤 돌아와서 오랜 만에 종숙의 방을 노크했다. 썰렁한 내 방이 싫었고 리포트와 사건들로 복잡한 머리를 식히고 싶었다. 종숙의 작품을 감상한 것도 애기할 겸. 음악과 모자상 조각과 프리지아 향기가 스민 종숙의 방은 사건의 치외법권 지대였다. 종숙은 어느때보다 나를 반갑게 맞았다. 종숙은 내 기분에 맞게 감미로운 경음악을 들려주며 홍차와 치즈를 넣은 비스킷을 내놓았다.[13]

나는 혹을 떼낸 심정으로 그것을 넘겨주었다. 밤 아홉 시경이었다. 약속을 지켜준 것에 종숙은 만족했다. 돈을 지불해야 하는 아르바이트 학생이 아니어서 더욱 만족했을 것이다. 종숙은 자고 싶다는 나를 억지로 제 방으로 끌어당겼다. 원산지의 커피가 향내를 풍겼고 만도린 협주곡이 낮게 울렸다. 선반 위의 코냑병이 눈에 띄었다. 피곤과 반발심. 그러면서도 방 분위기에 약간은 긴장을 풀면서 나는 코냑병을 가리켰다. "나 저것 한잔만 줄래." "병만 빼놓곤 통째로 마셔도 돼." 장식병만이 필요한 종숙은 기꺼이 술을 내놓았다.[14]

난방조차 여의치 못한 경임의 방에 비해 종숙의 방은 여대생 혼자 지내는 방치고는 너무나 호사스러운 분위기를 지니고 있다. 물론 그것이 종숙의 아버지의 경제력에 의한 것이기는 하지만 비슷한 연배의 대학생임에도 불구하고 그들이 보이는 경제력의 차이는 경임에게 알게 모르게 피해의식과 열등감을 갖게 하는 요소로 강

---

12) 위의 책, 143면.
13) 위의 책, 248면.
14) 위의 책, 271면.

력하게 작용한다.

김동란은 인물 중에서도 가장 개성적인 만큼 방의 분위기도 남다른 특성을 보인다.

방은 대충 정돈돼 있었다. 방 입구에 침대가 놓여 있고 침대 옆엔 낡은 전축과 마대 갓을 씌운 전등이 켜 있었다. 수자 언니 방과 사이에 있는 유리문은 책으로 완전히 메꾸어져 있었는데 책이 벽 한면을 채울 정도로 많았다. 책꽂이에 꽂힌 책도 책이거니와 채 정리하지 못해 탁자와 그 아래에 쌓아둔 책도 상당했다. 새 책보다는 낡고 헌 책이 많아서 방에선 습기 찬 냄새까지 풍겼다.
어두운 조명 탓인지 장식도 없는 방이 아늑해 보였다. 살림살이라곤 캐비닛과 침대, 연탄난로가 고작인데 그것이 오히려 방을 견고하게 보이게 했다.[15]

그녀의 방은 수자나 종숙의 방같은 살림의 냄새나 풍요로움은 없지만 동란의 성격과도 일치한다고 할 수 있는 견고함을 그 특징으로 한다. 그러한 견고함은 다른 여성들로 하여금 동란이나 동란의 방과 친숙해질 기회를 차단하는 요인으로 작용하기도 하는데 우연적인 인간관계의 진정성을 불신하는 동란의 대인의식을 살펴볼 수 있다.

그들의 방은 경제력이나 분위기 면에서의 차이만이 아니라 그 기능에 있어서도 차이를 보인다. 먼저 가장 빈번히 설명되는 수자의 방은 다양한 사람들이 가장 부담없이 드나드는 공간으로서 사

---

15) 위의 책, 77면.

교의 장이라 할 수 있다. 그 방에는 수자의 개성 강한 친구들은 물론, 주인집 남자나, 작품 후반에는 그녀의 애인까지 드나듦으로써 교제의 폭을 넓혀 나갈 수 있는 공간의 역할을 한다. 그러나 그 방에서 이루어지는 관계는 빈도에 비해 긴밀성이 약하다는 특성이 있다. 그곳은 진지함이나 고뇌의 정서보다는 가벼움과 유쾌함의 정서가 지배적인 곳이다.

그에 비해 동란의 방은 타인의 출입이 거의 없을 뿐만 아니라 동란 스스로가 외부로부터 자신을 격리시키기 위한 곳이라 할 수 있다. 하지만 그러한 자발적 격리는 동란이 과거 실연이나 사회운동 등을 통해 받은 상처를 치유하기 위한 것이라는 점에서 긍정성을 획득한다. 그녀가 그 방안에서 하는 주된 작업은 바로 글을 쓰는 것이다. 학생운동을 하다 투옥되기도 하고 그 과정에서 인간의 치욕적인 면을 많이 접하게 된 동란은 출옥 후 자폐증까지 앓은 경험이 있는데 이러한 것들이 글을 쓰는 행위를 통해 치유되는 것이다. 특히 글쓰기가 자기표현이자 치유의 방법이 된다는 것은 수자와 경임의 대화를 통해서도 강조가 되고 있다. 방이 창작을 통한 자기치유의 공간으로 기능하는 것은 종숙에게도 마찬가지인데, 미대 조소과 학생인 종숙 역시 자신의 방에서 모자상을 완성해 감으로써 어머니가 부재하는 공허함을 메우기도 하고 아버지에 대한 배신감을 극복하기도 하는 것이다.

이에 비해 가장 가난한 경임의 방은 방주인에게서조차 자주 버려지는 초라한 공간으로 타인의 방문은 받지 못한 채 연민만 불러일으키게 되는 곳이다. 하지만 경임은 이 속에서 그녀가 맺는 타인과의 관계를 정리하며 적극적이며 주체적인 성인으로서 발돋움하기 위한 의식적 성장을 꾀한다. 이 방을 방문하는 유일한 인물로는 경임이 교생실습 때 만난 제자인 애리가 있다. 그녀는 모범적 기준으로부터 일찌감치 벗어난 소녀인데, 경임의 방을 방문함으로써 경임과의 유대감을 형성해 나간다. 물론 애리가 경임의 방에서 자살을 시도함으로써 그 방의 황폐함이 극단적으로 드러나는데 애리의 그러한 절박한 추락이 결국에는 새로운 비상을 위한 전제였다는 점에서 경임의 방이 지닌 의미를 찾을 수 있겠다. 그 방은 미숙하고 순진했던 경임으로 하여금 좀더 성숙하고 건강한 의식의 여성이 되게 한 공간이기도 했다는 점에서 성장 공간의 역할을 했다고 하겠다.

3. 가족을 대체하는 자매애적 관계의 형성과 균열

한 개인은 가족 이외에도 다양한 인간관계를 맺으며 사회속에 존재한다. 특히 가족을 떠나 먼 곳에서 독립된 생활을 할 경우에는 가족 이외의 사람들과 맺는 관계가 더욱 각별할 수 있다. 더욱이 미혼여성들이 같은 공간안에서 생활을 영위하게 될 경우 그들간에는 나름대로의 가족적 분위기를 갖게 마련이다. 이 작품에 등장하는 여성인물들도 이러한 점에서 긴밀한 유대관계를 갖는다. 물론 서로 다른 환경 속에서 자라났으며 각각의 개성이 다른 인물들이 한데 어울리기 위해서는 그들을 융합시킬 만큼의 융통성과 사교적 성격을 지닌 인물이 필요하다. 여기에서는 '심수자'라는 인물이 그런 역할을 한다. 수자는 경임이 방을 찾는 데 도움을 준 인물이자 서로 다른 개성의 여성들을 통합시키는 존재이다. 네 명의 여성 중 가장 원만하고 평범한 듯하지만 다른 사람을 포용해서 보살피는 것이 천성인 인물이다.

나는 그날 저녁 수자 언니의 부름에 기꺼이 응하고 밥을 먹었다. 그리고 쌀이 떨어졌음을 웃으면서 고백했다. "니는 와 그리 융통성이 없노." 수자 언니는 내가 굶주릴 듯 밥을 먹는 모습을 보고 달걀을 다시 구워주었다. 수자 언니는 또 의외의 제안을 하나 했다. 연료비도 절약할 겸 함께 방을 쓰자는 것이다. 종숙이 조각실로 쓰다 내놓은 빈 방에 사람이 들어올 동안이라도. "내일 종숙이 즈그 집에 내려간다. 이층이 너무 쓸쓸하고 또 나는 아침부터 나가 밤에 들어오는데 그동안 니는 내 방에서 연탄불도 갈고 책도 보고 할 일 하믄 안 좋나. 니 침대 춥제."[16]

수자 언니는 여자의 사건을 한마디로 터줏대감에게 올린 신고식이라고 단정했다. "이 집이 터가 세서." 수자 언니는 보충설명을 했는데 그 말이 아주 실없이 들리진 않았다. 「중략」 수자 언니는 완강하게 싫다는 여자에게 뜨거운 물을 들이밀고 일요일에 찜질을 해주었으며 점심, 저녁까지 삼 인분을 척척 지어 우리의 입맛을 돋구어주었다. 누구를 거둬 먹이는 것을 천성적으로 좋아하는 수자 언니지만 그날은 유달리 기분이 좋은 것 같았다.[17]

---

16) 위의 책, 45면.
17) 위의 책, 103면.

수자는 안정된 직장을 가지고 있기 때문에 경제적인 여유도 있는 편이며, 활발한 성격으로 다양한 인물들과 쉽게 어울리는 편이다. 게다가 위의 인용문에서 보다시피 모성애적 특성도 있어서 이 층집 여성들 중 가장 여건이 좋지 못한 경임을 알뜰하게 보살피는 것은 물론, 배타적이며 이기적 성격을 지닌 동란에게도 보살핌의 온정을 보인다. 일차적으로 친밀감을 갖게 된 것이 수자와 경임이었다면, 이들의 관계가 종숙과 동란에게까지 확대된 것은 수자와 경임이 지닌 모성성과 포용성으로 말미암은 것이다. 종숙과 동란은 자기 세계에 침잠하여 창작을 하는 예술가들로서 타인에게 시선을 돌릴 여유도, 그들에 대한 배려도 없는 이기적인 면모를 도처에서 드러낸다. 그러한 자기에의 몰입이 그들의 창작활동에 중요한 과정이 되기는 하지만 자매애적 관계면에서는 일방적으로 받기만 하는 특성을 보인다.

하지만 수자와 경임의 호의에 조금씩 마음을 열어 자신을 보이기도 하고 종종 한가족처럼 모여 어울리기도 하는 등 친밀한 자매 같은 모습을 보인다. 그래서 수자와 경임의 자매애적 관계는 작품 후반으로 가면서 수자와 동란, 경임과 종숙의 자매적 관계로 변모되기도 한다.

경임은 가장 어리고 열악한 상황에 놓였음에도 불구하고 타인을 보살피는 마음가짐이 뛰어난 인물이다. 물론 그녀의 장래 희망이 상담교사라는 것도 그녀의 천성이 타인의 고통에 대해 민감하고 자기보다 약한 자를 보호하려는 심리가 남다름을 보여주는 근거가 될 수 있다. 그러한 경임의 보호의식은 사회에 편입되지 못하고 겉도는 정하영이라는 남자와, 규범을 일탈하여 방황하는 애리에게까지 확장되어 그녀가 내면의 자아의 확립해 나감은 물론 사회적 주체로서도 성장해 가는 모습을 보여준다.

수자나 경임은 자신들이 다른 이들을 보살피는 것에 대해 대가를 바라거나 그들의 무관심에 상심하거나 하지 않는다. 그렇다고 그들이 자신들의 행위를 시혜적이라고 인식하는 것도 아니다. 그들은 다만 비슷한 처지에 대한 공감 때문에 자발적으로 상대를 보살피는 것이다.

하지만 경임과 수자에 대한 종숙과 동란의 태도는 그러한 자매애적 관계를 해체하는 배반성을 보인다. 수자의 생활방식에 대한 종숙과 동란의 거부감, 경임의 도움에 대한 종숙의 대가는 화목한 듯했던 그들의 이층집 생활을 단번에 와해시키는 힘으로 작용했던 것이다.

나는 더 이상 말하지 않았다. 같이 앉아 있기도 싫을 정도로 수자 언니가 미웠다. 막내 동생 같은 아이를 어쩌자고 진흙길로 가도록 내버려 둔단 말인가. 문득 그 모든 일이 수자 언니가 생각없이 한 일이 아니라 즐긴다는 생각이 머리를 스쳤다. 아침에 김동란 씨에게 던진 말투도 그물을 씌우는 듯한 것이 아니었던가.[18]

자신이 없는 사이에 애리가 와서 수자로부터 돈을 빌려갔다는 이야기를 듣고 경임이가 보인 반응이다. 수자가 경솔했다고 보는

---

18) 위의 책, 234면.

것이 아니라 애리의 탈선을 부추기고 있다고 파악하는 것이다. 사실 경임이가 교생선생의 자격으로 애리를 대하는 태도는 매우 적극적이며 친밀하다고 할 수 있다. 요즘 세대의 학생들, 특히 문제아들을 충분히 이해하려는 자세는 바람직할 수도 있겠지만 경임 역시 제멋대로인 애리의 행동을 선도하기보다는 자신에 대한 신뢰감을 심어주는 것에만 치중했을 뿐이다. 따라서 애리가 그 이후 자살을 시도한 사건은 단지 수자만의 불찰이기보다는 일찍이 애리를 바른 길로 이끌지 못한 경임의 책임이 더 큰 것이다. 뒤늦은 후회가 경임으로 하여금 애리가 새로운 출발을 할 수 있도록 보살피겠다는 결심을 하게는 하지만 말이다.

> "여기 아주 재미있는 놈들이 있어. 잘 봐, 개미야. 힘을 합해서 빵조각을 끌고 가는 것 같지. 그런데 사실 저놈들은 제멋대로 그것을 끌어가고 있어. 앞으로 당기는 패도 있고, 뒤로 당기는 패도 있고. 저만한 빵조각이면 개미 두 마리 힘으로도 충분해. 많은 놈들이 저걸 끌어당기는 건 행동이 일치하지 않기 때문이야. 실제로 개미는 다른 개미에게 전혀 힘을 빌려주려고 하지 않지. 개미의 협동은 겉보기일 뿐이야. 모래 같은 놈들이야."[19]

위의 인용문은 자신들의 공동생활에 대한 김동란의 발언이다. 네 명의 인물이 서로의 처지를 이해하며 화목하게 지내는 듯하지만 그들 사이에 존재하는 불협화음이 있음을 제일 먼저 간파한 인

---

19) 위의 책, 268면.

물이 김동란이다. 견고한 듯하던 이들의 공존은 사실 매우 사소한 사건들을 계기로 무너져 버린다. 그 일차적인 계기가 되는 것은 수자의 연애이다. 금남의 집이라 할 수 있는 이층에 띠보라는 프랑스 남자를 끌어들임으로써 예민한 동란과 종숙, 경임을 자극하게 된 것이다.

나는 불을 끄고 누웠다. 협심증 때문에 아무 일도 할 수가 없었다. 작은언니와 함께 있으면서 얻은 증센데 어떤 일에 조금만 신경을 쓰면 심장이 터질 듯 가쁘게 방망이질했다. 공연한 예감으로 상상을 극단적으로 밀고 갈 때의 증상이었다. 나는 신경을 다른 곳으로 돌리느라 라디오를 켜려 했다. 순간 드럼을 울리는 듯한 음악 소리가 방을 진동했다. 나는 소스라치게 놀랐다. 내가 라디오 볼륨을 마구 올린 것으로 착각했던 것이다. 그러나 온 이층을 뒤흔드는 음악 소리가 김동란 씨 방에서 울려나오고 있는 것을 잠시 후 깨달았다. 지하실을 더듬는 손, 방아쇠를 당기는 소리, 흩어진 피빛 장미꽃잎, 음악은 순간순간 이런 것을 연상시켰고 소리를 높임으로써 완벽한 공포감을 조성했다. 오직 전율만을 목적으로 작곡된 현대음악이 분명했다. 나는 마치 지옥 속에 떨어진 느낌이었다. 두 눈조차 공포로 열리지 않았다. 아귀 같은 소리가 울리는 이 공간을 뛰쳐나가고 싶었다. 나는 짐승처럼 소리치려 했다. 그러자 한층 드높이 악 쓰는 주인 여자의 목소리가 복도에서 울렸다.[20]

수자가 여성들만의 공간에 남자를 데리고 온 것은 암묵적인 규칙을 어겼다는 점에서 문제가 된다. 하지만 그것에 대해 보이는 나

______

20) 위의 책, 270면.

머지 여성들의 반응 또한 지나치게 민감하다는 것도 문제라 할 수 있다. 그러나 이것은 그들이 애초부터 나름대로 버거운 삶의 무게들을 지니고 이 공간으로 들어오게 되었다는 점, 이 공간이 그러한 무게를 벗어나기 위한 도피처이자 역설적이게도 인고의 공간이라는 점을 통해 해명될 수 있다. 외관상으로는 파란 지붕의 아담한 이층집. 그러나 아무런 삶의 토대도 없이 이층에 올려진 그들은 이 작품의 마지막 장의 제목처럼 '모래의 집'을 짓고 있었던 것이다. 그렇기 때문에 그들간의 왕래가 빈번한 듯하면서도 응집성은 약할 수밖에 없고, 각자의 고뇌가 커져갈 무렵 발생한 사소한 사건을 계기로 그 붕괴 조짐을 보이기 시작한 것이다.

두 번째 사건은 경임과 종숙의 사이에서 벌어진다. 한때는 수자로부터 "느그들 요새 쌍둥이같이 친하데."라는 말을 들을 정도로 친밀했던 그들의 관계가 틀어진 것도 처음부터 예견되었던 상황이라 할 수 있다. 제일 비슷한 연배임에도 불구하고 그들은 경제적인 측면에서 극심한 차이를 보였는데 종숙이 아버지의 경제력을 바탕으로 풍요롭고 아늑한 방에서 호사스러운 생활을 한 반면, 경임은 스스로의 생활을 해결해 나가기 위해 끊임없이 일자리를 찾아야 하는 상황이다. 그런 그들이 가까워지게 된 계기는 종숙의 보고서를 경임이 대신 써준 이후부터라 하겠다. 물질적으로는 풍요롭지만 지적 작업은 싫어하는 종숙에 비해 경임은 놀라울 정도의 지적 욕구와 탐구심을 보인다. 따라서 경임이가 종숙의 보고서를 대신 쓰거나 그녀의 영어공부를 돕는 것은 결과적으로 종숙은 자신의 일을 타인에 의해 쉽고 편하게 해결한다는 이점을, 경임은 남을 도

우면서 자신의 지적 만족을 충족시킨다는 이점을 지니는 것이다. 그러나 문제는 이러한 일이 있을 때 보이는 종숙의 태도이다. 경임이 친구의 입장에서 순수하게 한 일에 대한 종숙의 대가, 한 번에 그치지 않고 반복되는 상황, 그러한 사실이 이층에 거주하는 다른 인물들에게까지 알려졌다는 점 등이 경임의 내면에 숨어있던 피해의식과 열등감을 자극한 것이다. 결국 종숙으로부터 대가로 받은 니체 전집, 샴푸 등은 종숙의 경제적인 풍요로움과 경임의 초라함을 대비시킴으로써 경임에게 잠재되어 있던 신경증적 행동을 유발한 것이다.

"수고했다. 샴푸 이거 하나 써." 어느새 내 손에 샴푸가 쥐어져 있었다. 동냥받은 거지꼴이었다. 종숙은 의무적으로 웃어 보이곤 문을 닫았다. 눈 앞으로 별똥이 스쳐가고 내 손에서 샴푸가 굴러 떨어졌다. 나는 한 손으로 머리를 움켜쥔 채 걸었다. 다리가 후들거렸다. 목구멍까지 무언가 꽉 차고 열기가 뻗쳐올랐다. 방문을 열어젖뜨리자 순간 앞에서 불꽃이 일었다. 니체 전집의 황금색 활자가 불타듯 번쩍거렸다. 나는 그것을 몽땅 뽑았다. 그리고 뻣뻣한 팔로 복도 끝으로 마구 던졌다. 분노로 내 눈에는 아무것도 보이지 않았다. 새끼 부르주아. 수고했다고? 그래서 샴푸를 주는 거냐? 내가 부자집 딸인 네게 대가를 바랐다고 생각하는 거지.「중략」종숙이 문 앞으로 나와 경멸의 눈초리로 나를 바라보았다. 나는 몇 발자국 앞으로 나서다 허공에 손을 허우적댔다. 층계 난간 앞에서였다. 나는 휘청 쓰러지며 내 몸이 어둠 속을 구르고 있다는 것을 어렴풋이 깨달았다. 어두운 밤, 층계를 오르내릴 때마다 상상했던 나락의 아가리 속으로 한없이 구르고 있는 것만 같았다. 이윽고

둔중한 것에 머리를 부딪쳤다. 끈끈한 액체가 입술속으로 스며들었다. 혀끝으로 비릿한 피맛을 느끼고 나는 정신을 잃었다.[21)]

이 작품의 도입부분에서 이층집의 계단에 대한 묘사가 나온다.[22)] 경임으로 하여금 시종 긴장과 불안을 느끼게 하는 공간이라 할 수 있는데 작품의 절정 부분에서 결국 그녀로 하여금 추락하게 하는 결과를 보여준다. 이것은 단순히 물리적이고 육체적인 추락만을 보여주는 것은 아니다. 한 사람이, 더군다나 한 여성이 아무런 기반도 마련되지 않은 상황에서 홀로서기를 하는 것이 얼마나 어렵고 불안정한가를 상징하는 장면이라 할 수 있으며, 남성위주의 가부장제 사회에서 여성의 자매애적 관계가 얼마나 견고할 수 있는가에 대한 작가의 회의적 시선이 드러나는 부분이기 때문이다. 결국 이들은 김동란의 말대로 '개미집'의 면모를 보인 것이다.

이러한 일련의 사건들이 발생한 후의 소원해진 분위기는 어느 누구에 의해서도 수습이 되지 않는다. 수자는 띠보를 따라 어디론가 이사를 가버리고, 종숙도 경임을 차갑게 외면하는 등 단란하던 이층의 분위기가 순식간에 냉각되어 버린다. 결국 이층의 공동생활은 무너지고 각자는 이 사건들로 인해 받은 상처를 나름대로 극복하는 수밖에 없는 것이다.

---

21) 위의 책, 272-273면.

22) …목조계단은 미끄러울 뿐 아니라 가파르고 삐걱거렸다. 나는 처음 온 날부터 난간을 잡고 계단을 올라갈 정도로 조심했다. 복도의 불빛만으로 걸어가기엔 계단이 길었다. 더구나 한밤에 화장실이라도 가려면 그 계단은 끝도 없는 어둠의 골짜기 같아서 나는 무중력 상태에서처럼 발을 허공으로 내디뎌야 했다. … 위의 책, 25면.

4. 자기 치유와 자아의 확대

이 작품에 등장하는 여성들은 모두 나름대로의 상처를 지니고 있다. 그리고 그 상처들은 대부분 남성으로 인한 것이라는 점에서 공통점을 보인다. 우선 주인공 경임의 작은언니는 성적 폭력으로 인해 상처받았다는 점에서 그 피해가 제일 크다. 그녀는 소녀 적에 마을의 사내아이들에게 윤간을 당했는데, 그 사건은 남다른 재능으로 집안의 기대를 한몸에 받았던 여성이 정상적인 사회적 유대 관계를 맺지 못한 채 패자의 적의만을 가지고 유리되는 불행을 야기하며 그 가족에게까지 어두운 그늘을 남긴다. 경임이도 수자가 산부인과 의사를 짝사랑하자 중간에서 가교의 역할을 하지만 오히려 그녀에게 호감을 지닌 산부인과 의사에 의해 강간당할 위기를 겪는다.

이 일련의 사건들은 작은언니나 경임이 지닌 순진함에도 원인이 있겠지만 남성의 폭력에 대한 사회적 통제의 미약함에 더 큰 문제가 있다. 급진적 페미니스트들은 여성에게 가해지는 남성의 폭력이 성적인 요소와 사회적인 요소 둘 다에 의해 행해진다고 본다. 남자들은 남자다운 남자로 키워지면서 문제 해결을 위해서는 폭력을 쓰도록 길들여지며 강간조차도 영웅적이고 남성적인 것처럼 여겨진다는 것이다. 그런 면에서 볼 때 강간은 사회적으로 구조화된 것이며 여성의 종속과 깊이 관련되어 있다. 결국 남성 폭력은 여성에 대한 사회 통제의 한 형태가 되는 것이다.[23]

그런가 하면 경임의 큰언니나 혜선은 그들이 타고난 미모가 오히려 남성들로부터 시련을 겪게 되는 원인을 제공한다. 그것은 비록 직접적인 성적 폭력은 아니라 하더라도 그들이 원만하고 평범한 삶을 살아가는 데 큰 장애가 되는 것이다.

종숙은 아버지로 인한 상처를 지닌 인물이라 볼 수 있다. 가족들 사이에서 평온하고 풍요롭게 살다가 어머니가 병으로 죽고나자 곧이은 아버지의 재혼, 그것도 어머니를 돌보던 간호원과의 재혼이 종숙에게는 가족관계의 종말처럼 느껴진 것이다. 어머니의 사망으로 인해 훼손되었던 가족의 구도는 새어머니에 의해 다시 바로 잡혔지만 종숙으로 하여금 돌아가신 어머니에 대한 아버지의 사랑이 불신되는 결과를 초래했다고 할 수 있다. 그렇기 때문에 종숙의 작품인 모자상에서 그녀가 그리워 하는 어머니라는 고향을 느낄 수 있는 것이다.

이렇게 각각의 상처를 지닌 인물들은 그 상처를 극복하고 새로운 정체성을 갖추기 위해 그들만의 공간이 필요했고 그곳에서 열병을 앓았던 것이다. 어찌 보면 그러한 각자의 상처가 그들을 진정한 자매애적 관계로 묶이지 못하게 하는 요소로 작용했다고 할 수 있지만 그나마 앞으로의 삶을 모색하게 하는 동인이 되었다는 것은 분명하다.

캐롤 길리건은 남성의 도덕적 관점을 정의의 윤리로, 여성의 도덕적 관점을 보호의 윤리로 파악한다. 그렇기 때문에 여성은 자기중심적 입장으로부터 지나칠 정도로 이타적이거나 자기희생적인

---

23) 실비아 월비, 『가부장제 이론』, 202-203면, 이화여자대학교 출판부, 1996.

입장을 거쳐 궁극적으로는 타인과 함께하는 자아의 입장으로 도덕적 발전을 한다고 하였다.[24] 주인공인 경임은 교생실습을 통해 경험한 것을 바탕으로 고향에 돌아가서 상담교사로서의 삶을 선택한다. 그리고 애리의 삶을 바르게 인도하고자 하는 열의를 보인다. 이러한 면모는 그 이전에 정하영을 만나는 과정에서도 드러난다. 정하영에게 있어서 경임은 어머니이자 누이같은 존재로 그를 정상적인 삶으로 이끄는 데 있어 결정적인 역할을 한다.

이 작품에서 가장 문제적이라 할 수 있는 게 혜선이라는 인물이다. 그녀는 시종일관 차분하고 단아한 외양으로 묘사되고 있으며 성격도 얌전하고 여성적인, 즉 남성의 기준에서 이상적이라 할 만한 조건을 갖추고 있다. 동란이 마녀적 인물로 그려졌다면 혜선은 성녀의 모습으로 그려졌던 것이다. 혜선은 작품에서 꾸준히 착한 여자로 묘사되는데 비록 유부남과 불륜의 사랑을 하고는 있지만 그것이 그 남자의 가정에 미칠 고통에서 자유롭지 못한 채 방황하다가 결국 자신의 사랑을 포기하고 그것을 이타적 사랑으로 확장시킨다. 혜선이 나환자촌에서의 봉사와 헌신의 삶을 선택하는 것은 바로 그런 성녀의 면모를 완성하는 행위라 하겠다.

경임이나 혜선이 타인들과의 관계를 통해 자아의 정체성을 확립하고자 했다면 동란과 종숙은 예술활동을 통해 자신의 상처를 치유하고 새로운 삶의 방향을 모색하였다는 공통점이 있다. 즉 그들에게 예술은 자신의 응어리를 풀어내고 자아를 확립할 수 있는 유

---

24) 로즈마리 통, 『페미니즘 사상』, 259면, 한신문화사, 1995.

일한 언어이자 사회와의 관계를 유지할 수 있는 유일한 통로였던 것이다. 그래서 그들의 창작활동은 더욱 고통스럽고 은밀하게 진행될 수밖에 없었다. 길버트와 구바는 여성예술가들에게 있어서 자아의 정체성을 정의내리는 핵심적 과정은 자신의 내부에 자리잡은 가부장적 정의로 인해 복잡하게 뒤엉켜 있기 때문에 자신들이 여성예술가로서 당당하게 설 수 없으리라는 불안에 사로잡히게 된다고 하였다.[25]

그래서 이 작품의 인물들에게는 나름대로의 광기가 있다. 물론 '광기'라는 모티브는 강석경이 여러 작품에서 즐겨 쓰는 것 중의 하나인데, 그녀의 작품에 나타나는 광기들은 하나같이 긍정성이 부여되어 있다는 점에서 공통적이다. 광기는 인물로 하여금 사회에 부적응하게 되는 장애로 작용하지만, 그것은 부조리하고 난폭한 사회가 순수한 한 인간을 파괴한 흔적이기도 하기 때문이다. 빌헬름 라이히에 따르면 모든 정신질환자들은 제각기 자신을 지키기 위하여 그들 고유의 세계에 침잠하여 자신이 존재할 수 있는 어떤 새로운 비현실적 세계를 건설한다고 한다. 즉 광기란 원래 잃어버린 자아를 재구성하기 위한 하나의 시도인 것이다.[26] 그런 면에서 볼 때 작품 속의 인물들이 지닌 광기는 결국 새롭게 자아를 확립하기 위한 과정이라 하겠다.

이 작품에서 광적인 이미지가 특히 강조되는 인물이 바로 동란이다. 그녀는 작품 여러 곳에서 광녀, 마녀, 무당 등의 모습으로 묘

---

25) 토릴 모이, 『성과 텍스트의 정치학』, 68면, 한신문화사, 1994.
26) 빌헬름 라이히, 『문화적 투쟁으로서의 성』, 72면, 솔, 1996.

사된다.

"그때의 체험이 굉장히 어두웠나봐요. 감방에서 동성 연애하는 것도 보고 인간의 치욕스런 면을 많이 봤대요. 밖에 나와선 한동안 자폐증 환자가 됐대요. 광신도인 어머니가 안수까지 시키려 했다는데 글 쓰면서 극복이 된 것 같아요."[27]

수자 언니 방과 붙어 있는 방에서 주인 여자와 손님이 둘러보고 있었다. 수자 언니 방과 그 방 사이엔 벽 대신 우유빛 창이 가로질러 있어서 말소리는 물론 그림자까지 얼핏 보였다. 나는 슬그머니 방을 나서며 옆방을 기웃했다. 여자는 낡은 듯한 회색 외투에 칙칙한 털목도리를 두르고 있었다. 굽슬거리는 머리가 어깨로 흐트러져 있는 뒷모습을 바라보는데 여자가 획 돌아섰다. 시선이 마주치자 여자는 쏘아 보듯 나를 바라보았다. 무엇이라도 흡수할 듯한 강렬한 시선과 꽉 다문 입이 고집스러워 보였다. 마녀 같다.[28]

여자는 동전을 두 손에 넣고 흔들기 시작했다. 눈을 감고 굳게 입술을 다물고 있었으나 동전이 흔들릴 때마다 얼굴의 근육이 미세하게 꿈틀거렸다. 나는 멍하니 서서 여자를 바라보았다. 수자 언니가 언젠가 여자를 무당 딸이라고 불렀지. 과연 혼신의 힘으로 동전을 흔들어대는 여자의 모습은 무당이 신장대를 흔들 때의 그런 모습이었다. 이윽고 여자는 여섯 개의 동전을 하나씩 탁자 위에 놓았다. 여자는 한참 동전을 들여다보더니 "수산건" 신음하듯 말했다. "뭐하는 거예요." "악괘야."[29]

---

27) 위의 책, 146면.
28) 위의 책, 67면.

창조성이 남성적인 것으로 규정되었기 때문에 여성성에 대한 지배적 이미지 역시 남성들이 만들어낸 환상의 성격을 띤다. 여성은 자신의 이미지를 창조하기보다는 가부장적 기준에 순종해야만 했던 것이다. 길버트와 구바는 어떻게 해서 19세기의 '영원한 여성다움'이 천사다운 아름다움과 부드러움으로 만들어지게 되었는지를 밝혔는데, 이때 이상적 여성상은 수동적이고 가정적이며 무엇보다도 이타적인 인물이어야 했다. 길버트와 구바는 이타적이라는 것은 고상한 것일 뿐 아니라 죽은 것이라고 하면서 그러한 천사의 뒤에는 헌신적이길 거부하고 자신의 주체성에 따라 행동하는 여자, 말할 거리가 있는 여자가 숨어 있다고 보았다. 그리고 이러한 여성은 가부장제가 마련해준 순종적 역할을 거부하는 마녀적 인물이라고 보았다.[30] 이런 면에서 볼 때 동란은 여성들에게 강요된 천사의 이미지를 과감히 벗어버리고 진정한 자기의 모습을 찾고자 하는 살아있는 여성이라 하겠다. 그렇기 때문에 작가는 작품 속 인물들의 광기에 연민을 느끼면서 그들에게 애정의 시선을 보낸다.

발톱을 세우고 서로 상처 주는 도시 사람들에 비하면 작은언니는 갓난아이 같다. 작은 언니의 희생을 위해 내 죽은 사랑부터 회복해야지. 나도 무대에서 퇴장하듯 이 집을 떠나리라. 청색 지붕 아래 살았던 여느 사람들과 마찬가지로 나도 골짜기같이 어둡고 긴 복도를 기억하기 싫어할지 모른다. 미성숙한 에고들의 갈등, 그 젊은 치기를 더 이상 떠

---

29) 위의 책, 231면.
30) 토릴 모이, 『성과 텍스트의 정치학』, 67-68면, 한신문화사, 1994.

올리고 싶지 않을 것이다. 그러나 나는 이 집에서의 체험에 감사할 작
정이다. 여러 형태의 삶을 보았고 성숙했다.[31]

5. 맺는 말

강석경은 여러 작품들에서 여성문제에 대한 나름대로의 인식을
보여주고 있는데, 특히 『청색시대』는 그러한 인식이 가장 집약적으
로 표현된 작품이다. '최경임'이라는 여대생을 일인칭 주인공으로
내세워서 그녀의 의식성장을 보여주고 있는데, 그녀를 둘러싼 여
성들의 모습에도 많은 비중을 둠으로써 다양한 여성의 삶을 그리
고 있다. 그들은 모두 가부장적 가족에서 벗어난 미혼 여성이라는
점과, 나름대로 극복해야 할 상처들을 지니고 있다는 공통점을 지
닌다. 그런 공통분모 때문에 한 공간에 거주하면서 서로에 대한 관
심과 애정을 보일 수 있었던 것이다.

우연히 모여서 이루게 된 이층집에서의 공동생활. 가족으로부터
는 분리되어 독립을 이루었지만 또다른 수평적 공동체를 이룸으로
써 그 안에서 조화와 갈등을 경험해 나간다. 비록 지금은 가족들과
떨어져 있지만 각자의 가족들이 지닌 상처나 억압의 구조는 그들
이 독립한 후의 삶에도 직·간접적인 영향을 미친다. 그러한 상처
나 억압은 근본적으로 남성으로부터 말미암은 것이라는 데 공통점

---

31) 위의 책, 283면.

이 있다. 그렇기 때문에 그들이 상주하는 공간은 자연히 금남의 집이 되고 있으며, 그 주변을 맴도는 남성들은 위험한 요주의 인물이 되는 것이다.

이런 점들이 그들로 하여금 자매애적 결속을 하게 되는 요인이 되지만 작가는 그러한 결속이 불완전할 수밖에 없다는 회의적 시선을 보인다. 자매애는 이제까지 억압받아온 여성들이 새로운 힘을 얻기 위한 하나의 전망이 될 수 있다. 그럼에도 불구하고 작품 속에서는 경임이 자신의 친언니들과의 관계에서도, 이층집의 다른 여성들과의 관계에서도 진정성을 획득하지 못하고 있다. 그러한 결과가 발생한 원인에는 여러 가지가 있겠지만 결국 자매애가 여성문제 해결을 위한 최선이 될 수 없다는 것, 그리고 불평과 불만이 해소되지 못한다 하더라도 남성과의 공존은 불가피하다는 것 등이 작가의 생각인 것 같다. 다만 주인공인 경임이가 자신의 제자인 애리를 끝까지 책임지려는 태도를 견지하는 것만이 그나마 진정성이 담긴 자매애를 보인 경우라 하겠다.

비록 자매애를 통한 새로운 여성관계의 모색에는 실패했더라도 이 작품의 인물들은 자신들이 지니고 있던 상처를 극복해 나가는 양상을 보인다. 그러한 극복이 타인과의 조화와 타협에 의한 것이 아니라 궁극적으로는 혼자만의 치열한 싸움 끝에 이루어진 것이라는 점이 특징적이다. 그런 점에서 강석경의 다른 작품에서 등장하는 여성들처럼 이 작품의 인물들도 매우 주변적이면서 폐쇄적인 면모를 지니고 있다. 중심에 뛰어들어 부대끼지도 않고, 자신의 상처를 드러내어 위로받으려 하지도 않은 채, 철저히 칩거한 상태에서 상처를 숨기고 혼자서만 들여다 보는 행위를 반복하는 것이다. 그러한 폐쇄성은 결국 인물들로 하여금 극도로 예민한 상태가 되게 하고 어떤 형태로든 신경증적 행동을 표출하게 한다. 하지만 시련에 대한 끊임없는 성찰과 인고의 과정을 통해 그들이 각자의 상처를 극복하고, 사회와의 연결고리를 만들어 갔다는 점에서 나름대로의 의식의 변화를 찾아볼 수 있었다.

■작품 연보

1974. 『문학사상』에 「끈」「오픈게임」 발표.

1975. 『문학사상』에 「동전 한 닢」 발표.

1976. 단편 「녹색의 휘파람」(『문학사상』), 「한밤의 나팔수」「겨울비」(『월간문학』) 발표.

1977. 단편 「달리는 황제」(『문학사상』) 발표.

1978. 단편 「동백꽃」(『문학사상』) 발표.

1979. 단편 「하루가 연장된 이별」「나비」(『문학사상』) 발표.

1980. 단편 「엘리께여 안녕」(『문학사상』) 발표.

1981. 단편 「이사」「모과」(『문학사상』) 발표. 『여성중앙』에 일 년간 연재했던 장편 『청색시대』출간.

■ 강석경 연구 자료

김용구, 「일상의 갇힘과 밀침」, 『세계의 문학』, 1983 겨울.

김치수, 「고통의 기록과 절망의 표현」, 『밤과 요람』, 민음사, 1983.

진형준, 「순수 탐구의 드라마」 『우리세대의 문학』4, 문학과 지성사, 1985.

고미석, 「활기넘친 소설문학」. 『동아일보』, 1986. 4. 16.

김윤식, 「중간세대의 문학과 그 형식」, 『세계의 문학』, 1986 여름.

이동하, 「오만과 폐쇄기질로 관념벽 못 뚫은 희생양 - 강석경 '숲속의 방'
        의 자살한 소양」, 『동서문학』, 1986. 9.

이남호, 「회색지대의 진실」, 『숲속의 방』, 민음사, 1986.

이남호, 「강석경 소설의 몇 가지 특징」, 『우리 시대 우리 작가 21』, 동아출
        판사, 1987.

박덕규, 「현실과 예술 그 화해의 거부」, 『한국일보』, 1989. 4. 11.

서경석, 「80년대적 삶의 풍경 찾기」, 『문학사상』, 1989. 8.

박덕규, 「삶과 예술, 그 가깝고도 깊은 골짜기」, 『출판저널』38, 1989.

오생근, 「도시공간의 소설적 기능」, 『현대소설』, 1990. 8.

권택영, 「여성적 글쓰기, 여성으로서 읽기」, 『작가세계』, 1990 겨울.

이재선, 「삶의 이쪽을 사랑하기」, 『우리 시대의 한국문학』, 계몽사, 1991.

권택영, 「역설과 무의지의 아름다움」, 『우리 시대의 소설가/숲속의 방』, 동
        아출판사, 1995.

황도경, 「성, 육체의 시학」, 『한국여성시학』, 깊은샘, 1997.

■ 참고문헌

강석경,『청색시대』, 한벗, 1989.

권택영,「여성적 글쓰기, 여성으로서의 읽기」,『작가세계』, 1990 겨울.

김경수,「여성성장소설의 제의적 국면」,『페미니즘과 문학비평』, 고려원, 1994.

김용구,「일상의 갇힘과 밀침」,『세계의 문학』, 1983 겨울.

김치수,「고통의 기록과 절망의 표현」,『밤과 요람』, 민음사, 1983.

김현숙,「자아정체성의 모색과 존재의 전환」,『한국여성시학』, 깊은샘, 1997.

이남호,「회색지대의 진실」,『숲속의 방』, 민음사, 1986.

한용환,『소설학 사전』, 고려원, 1992.

황도경,「성 육체의 시학」,『한국여성시학』, 깊은샘, 1997.

빌헬름 라이히,『문화적 투쟁으로서의 성』, 솔, 1996.

로즈마리 통,『페미니즘 사상』, 한신문화사, 1995.

실비아 월비,『가부장제 이론』, 이화여자대학교 출판부, 1996.

토릴 모이,『성과 텍스트의 정치학』, 한신문화사, 1994.

1970년대 대중소설의 여성성과 근대성
―「별들의 고향」「겨울여자」를 중심으로 ―

임 은 희

1. 들어가기 : 대중소설의 개념과 범주

1960년대 초까지만 해도 전형적인 농업사회였던 한국사회는 70년대에 들어서자 급속한 경제 성장과 산업구조의 변동으로 광공업이나 서비스업 등의 2, 3차 산업에 종사하는 산업사회로 변화되었다. 그러나 이러한 산업화가 경제 제일주의의 성장정책만을 강조하면서 불균형적으로 진행되어 오는 동안, 사회적 불평등은 지역간·산업간·계층간 등 사회 제 분야에 걸쳐 확대·심화되었다. 이것은 사회 규범을 와해시킴으로써 사회구성원들의 일탈적 사고방식과 행동을 유발시켰고, 사회 각 계층의 부정부패를 조장하고 만연시키는 결과를 초래했으며 대중의 소외와 비인간화 등의 현상을 증대[1]시켜 왔다.

또한 10월 유신의 발표로 군사정부 주도하에 이루어지는 기형적인 당시의 산업화는 특히 인간의 소외문제를 낳았다. 어느 사회 구조 속에서도 소외가 존재하지 않았던 사회는 없었지만 이 시대에 직면하게 되는 소외는 심각한 문제라 할 수 있다.

인간의 소외를 부채질 한 70년대 한국의 산업화와 도시화는 세계적으로 유례를 찾아보기 어려울 만큼 급속하고도 총체적인 것이었다. 이것은 서로 연결된 사회적 현상이면서 전통적인 한국인의 생활양식에 근본적인 변화를 가져오는 요인이 되었다. 또한 농촌생활과 농업경영에 토대를 두어왔던 전래의 가치관, 태도, 생활양식 등에 일대 혁명적 변화를 야기 시켰고 삶 속에서 부딪치고 해결해야 하는 문제의 유형도 전혀 다른 것으로 만들었다. 도시적 생활은 생산과 소비를 이원화하고 일터와 생활의 터전을 분리시켰으며, 그 결과 도시화는 소비를 통한 문화, 소비를 통한 상호작용을 강화시켰고 이에 따라 일에 대한 태도의 변화, 새로운 여가 관념, 물질주의적 가치관이 형성[2]되었다.

이러한 상황은 이전의 문화와 차별화 하는 공백기를 야기하였고 이 공백기를 메울 수 있는 새로운 가치가 필요하게 되었다. 따라서 시대에 상응하는 중심적 가치규범 내지 중심문화가 필요하였으며, 문화적 공백기에 재빨리 대체된 문화가 매스미디어의 문화 즉 한국의 대중문화[3]이다.

---

1) 심윤종. 1994. 「서설 사회개혁과 사회운동」 사회학회 편 『한국 사회개혁의 과제와 전망』 (새 길) 11면.
2) 박명규. 김영범. 1882. 「해방 후 한국의 문화변동과 집합의식」 『해방 후 한국사회의 구조적 변동과 사회발전』 (한국사회학회 공편) 269-270면.
3) 이강수. 1980. 「매스미디어와 대중문화」 『한국사회』 (민음사)

대중문화는 소극적으로는 수용자들에게 대리만족을 제공하여 정치화시키고 적극적으로는 문화 내용 속에 자본주의의 이데올로기를 주입함으로써 체제에 편입시키며, 또한 자본주의 사회의 특징인 소외, 물화 현상들을 강화 보존[4]시키는 가장 효과적인 방법 중 하나로서 자리 매김을 하게 되었다. 그것은 그 자체의 획일성, 표준성, 일방성, 소비성을 통해 단일한 생활양식을 파급시키는 데 그치지 않고 지배적인 가치체계와 이데올로기의 변화에도 커다란 영향을 미쳤다. 대중매체를 통해 보급되는 생활양식은 기본적으로 도시중산층 중심 · 소비 지향적 · 획일적 · 탈 정치적 성격을 띠게 되었다.

또한 대중매체는 그 자체가 상업적 고려를 최우선으로 하여 움직이는 만큼, 현실비판 감각의 고취나 종합적 인식능력의 제고보다는 즉각적인 반향을 불러일으키고, 또한 사람들에게 굳이 무거운 사고를 요구할 만한 내용을 제외하거나 가볍게 처리해버림으로써 탈 정치적 태도를 강화하였다.

대중문화에 대한 인식은 기존의 가치체계에 대한 시각을 견지한 부정성이었다. 대중문화는 고급문화를 타락시키는 저급한 문화로 대중의 미적 수준을 저하시키거나 지배층의 대중조작을 위한 수단으로 사용된다는 대체적으로 보수적이고 귀족주의적이며 맑스주의적 입장을 견지하고 있다. 이러한 비판적 인식에 비해 절충주의적 입장을 취하는 인물로 갠즈를 들 수 있다. 그는 대중문화가 각

---

4) 박명규 · 김영범. 앞의 글. 285면.

사회계층들이 향유하고 있는 각기 다른 문화와 그들 특유의 취향을 가능하게 하였고 또 연령이나 성별에 따라 각기 다를 수 있는 하위 문화적 특수성을 중요시하고 있는 점에서 소수 상류층에 의해 획일적으로 강요되는 고급문화보다는 보다 바람직한 것임을 설명하고 있다. 또한 대중은 일부학자들이 주장하듯이 수동적으로 대중매체에 의해 주어지는 정보를 무분별하게 흡수만 하는 것이 아니라 개개의 정보를 취사선택하여 받아들일 수 있는 선별적 감지력을 가지고 있는 만큼 대중매체에 의해 조작되거나 조종되어지지는 않을 것이라는 이론을 전개하고 있다.

더 나아가 소비를 통해 근대성을 논한 이론가로 리타 펠스키를 주목[5]해야 한다. 그녀는 근대를 생산보다는 소비의 측면에서 보고 그 동안 당연시하게 받아들였던 현상들을 새롭게 규정하고 있다. 근대성이 생산성의 관점에서 추동된다는 것은 소비욕구가 경제적 이해관계의 수동적인 반영이 아니라 상대적으로 독립적인 다양한 문화적, 이데올로기적 요인에 의해 형성된다는 것이다. 소비범주는 이전의 생산과 합리화의 담론과는 달리 여성성을 근대의 담론에 놓았다. 따라서 대중성은 단일한 통합적 이데올로기나 세계관으로 쉽게 종합될 수 없는 다양한 목소리와 전망을 드러낸다고 보고, 모더니즘 시대에 대중소설은 여러 다양한 계층의 욕망을 담고 있다는 점에서 중요하다고 역설한다.

1970년대 본격적인 대중사회로의 전환점에서 문화적 공백기를

---

5) 리타펠스키. 1998. 김영찬, 심진경 옮김, 『근대성과 페미니즘』, 183-226면.

매스미디어가 중심이 되었다는 것은 주목의 가치가 있다. 이 당시 중요한 매스미디어는 신문이었으며, 이 신문을 통한 새로운 문화 창출의 수단 가운데 하나가 연재소설 즉 대중소설이었다. 대중소설은 두 가지 방향에서 그 개념을 정리할 수 있을 듯 하다. 그 하나는 개인주의적 문학 내지 자아 중심적 문학의 대립개념으로서의 문학을 이름이며, 다른 하나는 순문학 혹은 본격문학의 대립개념으로서의 그것이다. 전자는 문학의 사회적 기능 내지 교훈적 기능을 우위에 두는 문학으로서 당대 현실의 실제적 국면을 폭넓게 수용할 수 있어야 한다는 것을 전제로 하는 문학이다. 이에 반하여 후자는 문학의 오락적 · 소비적 성향을 우위에 두는 것으로 가능한 한 광범위한 독자를 포용할 수 있어야 하는 것을 전제로 하는 문학[6]이다. 따라서 '대중소설'은 경제적 측면을 강조한 상업소설, 문학의 효용적 측면에서는 오락소설, 작품의 내용적인 측면에서 부정적인 면을 강조한 통속소설을 모두 아우르는 개념[7]이다.

본고에서는 70년대의 다양한 대중소설 가운데 '대중문화화' 한 것을 중심으로 살펴보고자 한다. '대중문화화' 한 것이라는 의미는 대중소설이 대중문화 현상으로 나타나고, 그 당시의 생활방식에 영향을 준 작품[8]을 말한다. 최인호의 「별들의고향」(조선일

---

6) 천이두. 1995.「대중문학의 성격과 기능」『대중문학이란 무엇인가』(평민사) 32-33면.

7) 김윤식. 1979.『한국현대문학사』(일지사)

8) 「별들의 고향」「겨울여자」「영자의 전성시대」가 1970년대 대중적 반향으로 상업적 성공을 이룬 작품이다. 이 세 작품은 단행본 이후 영화화되었고, 영화 역시 큰 성공(1970년대 최다관객 동원작으로 선정된다. 유지나 외. 1999.『멜로드라마란 무엇인가』(민음사))을 거두었으며 영화 이후 더 많은 부수가 팔렸다. 「영자의 전성시대」

보.1972.9.2-1973.9.9), 조해일의 「겨울여자」(중앙일보.1975.1.1-12.31)[9]는 시대의 반영이라는 점, 대중적 선호라는 점에서 주목의 가치가 있다.

순문학 혹은 본격문학에 대립하는 개념으로서의 대중문학은 문학의 오락적·소비적 성향을 우위에 두는 말하자면 가능한 한 많은 독자를 포용할 수 있어야 하는 것을 전제로 하는 문학[10]이다. 따라서 대중문학이 기존의 본격문학이 지향하고자 하는 방향과 틀을 달리하며 새로운 장르로 자리 매김이 될 때, 이를 연구한 문학자 또한 본격문학을 연구한 방법론을 잣대로 해서는 대중소설의 의미를 밝히지 못할 것이다. 대중 소설의 이러한 면은 소설이라는 하나의 문학장르만을 대상으로 그것을 사회학적 관점에서 규명하고자 하는 문학사회학의 방법론을 요한다. 따라서 먼저 소설이라는 문학적 현상을 사회학적 현상으로 간주할 수 있어야 한다. 다시 말해서 문학의 본질은 설명 불가능하고 객관적 해석이 성립되지 않는다는 관점 즉 사회학적 문학 비평에 대한 선험적인 거부가 없어야

는 단편의 양식으로 대중소설의 개념에 부합되는 면이 적어서 본 논고에서는 제외하였다.

「별들의 고향」은 단행본으로 출간되어 100만 부 이상이 팔렸고, 이듬해 이장호 감독에 의해 영화화되어 50만 명 이상의 관객을 동원하기도 했다. 또 당시 여성들 사이에 작품의 주인공이었던 '경아' 신드롬이 일어날 정도로 이 소설의 인기는 대단했다. 또한 최인호는 청바지와 통기타, 생맥주로 대변되는 당시 젊은이들의 문화를 대변하였다.

9) 본고에서 텍스트로 삼은 것은 「겨울여자 上·下」(솔. 1991) 와 「별들의 고향 上·下」(샘터. 1994)을 참조함.

10) 천이두, 1995. 「대중문학의 성격과 기능」『대중문학이란 무엇인가』(평민사) 32-33면.

하는 문학사회학적 접근 방법[11]은 대중소설의 진정한 의미를 드러
낼 것이다.

대중소설은 실제로 발표지면이 다량의 소비계층을 전제로 하고
있으며, 본격소설과 주변소설과의 대비 속에서 질적 하락이라는 이
유 때문에 1970년대 신문 연재소설들은 평론가들로부터 부정적인
평가를 면치 못하거나 아예 평가대상에서 제외되었다. 이러한 점은
문화적 우월주의적인 관점에서 고급과 저급, 중심과 주변, 순수와
대중이라는 이분법적 시각으로 작품을 해석한 것으로 보인다.

대중소설은 문학과 지성 그룹에서 문학 사회학적 관심이 고조되
면서 70년대 대중소설이 사회를 반영하고 있다는 점에서 관심을
갖게 되었다. 그러나 대중문학에 대한 초기의 연구[12]들은 대부분
경직된 시각을 견지하여, 대중 소설의 해악을 강조하면서 70년대
대중소설을 세속적인 명예와 돈의 형태로 매개되는 상업주의적이
고 소비적이라는 부정적인 평가를 내린다.

작품의 실제적인 분석조차 외면 당한 채 기존의 잣대로만 바라
보던 대중문학에 대한 편중된 분석은 80년대에 이르러 70년대의

---

11) 이동열. 1988 『문학과 사회묘사』 (민음사) 189면.
12) 김병익. 1979. 「70년대 소설을 어떻게 볼 것인가」 (상황과 상상력, 문학과 지성사)
　　염무웅. 1978. 「최근 소설의 경향과 전망」 (창작과 비평) 봄호.
　　김종철. 1983. 「상업주의 소설론」 백낙청 · 염무웅 편. 『한국문학의 현 단계 2』 (창
　　　　　작과 비평사)
　　김주연. 1979. 「70년대 작가의 시점」 『변동사회와 독자』 (문학과 지성사)
　　　　　1987. 「산업화의 문화충격」 『문학을 넘어서』 (문학과 지성사)
　　　　　1992. 「산업화의 안팎」 『김주연 평론 문학선』 (문학 사상사)
　　김치수. 1977. 「문학과 문학사회학」 『문학과 지성』 겨울호.

대중소설이 당대의 정치적·경제적인 상황과의 관련하에 형성되었음을 지적하는 본격적인 연구[13]와 함께 비판적인 시각으로 검토해 보고자 하는 시도가 일어난다. 근래에는 대중문화에 대한 긍정적인 시각으로 대중예술의 통속성에 대한 부정적인 시각을 미학적인 측면으로 접근한 『대중예술의 미학』이라는 연구서가 등장하였다. 이것은 문학사회학적 입장에 지나치게 경도된 대중문화에 대한 연구방법을 가급적 지양하면서 미학적인 측면에서 대중소설을 연구할 수 있는 몇 가지 주요하고 특징적인 단초를 제공한다. 통속성의 미학이라는 것이 바로 그것인데 통속성의 범주는 대중소설의 작품의 내적 특성을 연구하는 데 주요한 기능[14]을 할 수 있다.

근대는 생산과 발전의 논리를 지닌 긍정적인 면을 지니고 있지만, 이면에는 비합리적이고 모순적인 부정적인 양상 또한 존재한다. 근대에 대한 자각과 방식을 달리한 시각이 대중소설이라 할 수 있다. 이러한 시각은 대중소설의 양식이 기존체제에 얼마나 순응 혹은 저항하고 있는가를 가려낼 수 있는 단서를 찾아낼 수 있다. 대중소설에 빈번하게 드러나는 도식적 형식, 과도화 된 스타일들이 가부장제를 거꾸로 비판적으로 드러내고 있는 부분은 없는가하는 점이 생각의 출발이다.

---

13) 김홍신. 1993. 「1970년대 소설에 나타난 산업화 양상 연구」(건국대학교)
　　박철우. 1996. 「신문 연재 소설 연구」(중앙대학교 문창대학원)
　　박휘종. 1995. 「1970년대 대중소설 연구」(계명대학교)
　　추은주. 1997. 「1970년대 대중소설 연구」 (부산대학교)
　　장서연. 1998. 「1970년대 대중소설 연구」 (동덕여자대학교)
14) 박성봉. 1995. 『대중 예술의 미학』(동연)

　본고에서는 여성주의 시각의 입장에서 대중문학에 드러난 도식성이 작가의 주제를 구현하기 위한 의도적 서사전략임을 밝히고, 그 이면에 무의식적으로 노출된 근대적 인식을 살펴볼 것이다. 나아가 이 논의는 페미니즘이 왜 지속적으로 연구되어야 하는가에 대한 해명이 될 것이다. 여성의 진정한 정체성의 확립은 올바른 근대문학과 근대성에 대한 정립에 필연성을 부여하며, 진정한 근대사회의 회복을 지향하는 길이 될 것이다. 또한 90년대의 소비문화의 특성의 단초를 찾을 수 있을 것으로 본다.

2. 과잉된 수사의 반어적인 미학과 지배적 전략

　대중문학의 형식적 특징인 도식성과 과도한 스타일이 작품의 미학적 특징을 파헤치면서까지 즐겨 쓰는 이유는 무엇일까? 박성봉은 대중예술에 드러나는 도식성은 현상적 상상의 세계를 드러내는 틀로서 자신의 고유한 기능을 갖고 있으며, 대중예술의 단조롭고 진부하고 뻔한 통속성의 요소들은 바로 체험의 과정 속에 말초적, 즉각적, 직접적인 요소들과 함께 역동적으로 상호 작용하면서 대중예술과 관련된 미적 대상의 논의에 중요한 핵심을 이룬다[15]고 논하고 있다. 본고는 「별들의 고향」「겨울여자」에 드러난 형식적 특성들을 논하고 그 의미를 밝혀보도록 하겠다.

---

15) 박성봉. 1996.『대중예술의 미학』(동연) 244면.

먼저 형식적인 면에서 드러나는 '반복' 의 의미를 살펴보겠다.

대중문학의 서사적 특징 가운데 가장 대표적인 '반복' 은 맑스주의 미학에서는 이데올로기적 장치이거나 차이를 무너뜨리는 것으로 해석하였고, 순수 미학 이론에서는 동일한 것의 재 진술로서 진부함이나 단순한 리듬을 만들어내는 것[16]으로 해석되었다.

그러나 작품은 독자의 독서행위를 통해서 완성된다[17]는 문학 작품의 이해에 근거해서 바라볼 때 '반복' 의 의미는 긍정적인 것[18]으로 논의되었다. 여하튼 작품의 내적인 면에서 미학적 특성을 고려할 때 '반복' 의 서술양식은 대중소설의 도식적인 특성 가운데 하나이며, 통속성의 대상적 측면[19]으로 대중소설을 가치절하 시키는 한 요소임에는 분명하다. 그럼에도 불구하고 대중소설에 빈번하게 드러나는 이유는 무엇인가? 라깡이 "도둑맞은 편지"에 대한 분석을 재해석하면서 작품의 반복적 구조는 작가의 무의식을 이루는

---

16) 주창윤. 1995. 「반복과 차이 : 텔레비전과 대중미학」『언론과 사회, 제10호』 겨울 호.

17) 차봉희 편저. 1993. 『독자반응비평』 (고려원) 11면.

18) 원용진(1996. 「대중문화의 패러다임」 (한나래) 285-286면)은 만남-섹스-이별의 반복구조는 '구멍난 서사체' 로 이야기 구조가 느려서 일정기간동안 시청하지 않아도 이야기를 따라갈 수 있도록 짜여짐으로써 친숙함이라는 즐거움으로 상업적인 성공을 거두었다고 바라보았다. 또한 강명구의 논의(1995. 「대중문화의 위상」『현대사회론』 (사회문화연구소))에서도 기어츠의 용어를 빌려 '두껍게 묘사하기' 로 해석하면서 패턴의 반복을 통하여 느린 진행으로 반복적인 정보를 제공하여 수용자가 어떤 사건이나 주제도 전체적인 맥락에서 파악하게 되는 효과가 있다고 바라보았다.

19) 박성봉. 1996. 『대중예술의 미학』 (동연) 184-187면. 박성봉은 통속성의 체험영역을 통속성의 주제적 측면, 대상적 측면, 관계적 측면, 기능적 측면이라는 4가지로 나누어서 통속성에 대한 미학적 접근을 보여준다.

강박증이라 하였듯이 대중소설에 빈번하게 드러나는 반복에서 기인하는 강박증은 무엇일까?

「별들의 고향」「겨울여자」에서 "만남-이별"의 반복구조[20]는 남자에 의해 버림받는 여성의 모습이 이중적으로 제시된다. 「별들의 고향」에서 소설의 여주인공인 경아와 「겨울여자」의 이화가 남자를 반복적으로 만나는 것은 외면적으로는 여성이 자신의 정체성을 새롭게 발견하는 점층적인 "성숙"의 이미지[21]로 보여주고 있다.

예문1)

경아는 예뻤다. 약간 아래로 향한 듯한, 어딘지 살짝 그늘이 져 보이는 그 여자 애의 얼굴은 그의 시 선이 무심코 가 닿는 순간 그의 마음에 일찍이 경험해 본 적이 없는 이상한 충격을 안겨주었다.… 깜짝 놀라게 하는 이상한 얼굴을 가진 애였어 … 예쁘장하게 생긴 애가 아니라….

성 관계를 갖고 난 후 보통 예쁘다고 하는 표현만 가지고는 설명할 수 없는 얼굴이야. 석기 씬 불쌍하게 죽었지만 절 바보로 만들어 놓고 죽진 않았어요 … 눈물을 머금은 채 그렇게 미소지어 보이는 그녀의 얼굴이 수환의 눈에는 순간 몹시 성숙해 보였다

「겨울여자 상·하, 78-79, 137, 206면」

---

20) 별들의 고향에서 경아는 영석, 이동혁, 김문오 겨울여자에서는 민요섭, 우석기, 허민, 김광준과 만남과 이별의 반복구조.

21) 추은주(1997. 「1970년대 대중소설 연구」(부산대))는 이화가 남성과 반복적으로 만나는 플롯의 흐름을 '나선형의 구조'로 보고, 이것은 자신(이화)의 몸에 대한 발전된 인식으로 해석함으로써 여성으로서의 정체성에 대한 인식을 보여주는 것이라 논의하였다.

예문2)

그녀는 눈에 띄게 예뻐졌다

이미 그녀는 성숙해져 있었다.

여자가 남에게 말할 수 없는 비록 어머니라 할지라도 널어놓을 수 없는 비밀을 가질 때 그녀는 비로소 성숙 하여지는 것이다.

여자의 몸은 남자에 의해 길들여지는 것으로 믿고 있는 나는 몸을 파는 여자에게서 언뜻 느끼곤 하는 그런 메쓱하고 때묻은 냄새는 아니지만 무언가 조금 무너져 있는 흔적, 표피를 벗긴 과일이 공기에 의해 착색되어 있는 흔적, 그러나 그 흔적으로 더욱 풍요로운 점액질과 같은 육체를 경아에게서 보고 있었다.

훌륭한 육체를 가진 여인…… 깨끗한 여인……아주 예쁜 얼굴…… 고통이 없는 듯한 표정이 의심스러울 정도……

「별들의 고향 상·하, 87, 187, 106, 67면」

예문 1)에서 이화는 민요섭, 우석기, 수환, 허민과의 만남에서 그녀의 예쁨이 성숙된 아름다움으로 화하는 과정을 보여주고 있다. 예문 2)에서도 경아라는 여인이 음악선생, 강영석, 이만준, 김문오를 만나는 과정에서 보여지는 성숙된 모습이다.

이러한 그녀들의 성숙은 그 여인이 만난 남성들(이들은 서로 아무런 관련이 없고, 서로에 대한 갈등양상도 드러나지 않는다)의 시선에 의해 해석되어진다. 또한 남성과의 만남은 여성이 다른 세계를 맞이하기 위해서는 꼭 통과 의례적으로 거쳐야하는 것으로 필연성과 당의성을 부여하고 있다.

이상의 두 작품에서 드러난 '반복구조' 는 남성의 무의식에 있는 지배이데올로기를 반복적으로 여성에게 부여하고자 하는 지배적 의도를 드러낸다.

표면적으로는 여성을 점차적으로 성숙하게 하는 타자로서 반드시 존재해야 할 性으로 그리고 있지만 내면적으로는 끝없이 여성의 성욕을 타락과 부패에 연결함으로써, 여성의 비주체적 삶만을 강요할 뿐이다. 이에 경아와 이화는 타자화 된 시선에 의해 자신의 삶을 맞추어 나가는 태엽감긴 자동인형의 삶의 모습이다.

두번째로 형이상학적인 표현양식은 어떤 의미를 드러내는가?

작가는 여성의 내면이 점차적으로 부식되어 가는 것을 가리기 위해서 여성에게 온갖 찬란한 장식을 달아준다. 과장과 반복, 점층적인 반복[22], 비유적인 언어[23]에 기대어 형이상학적인 여성의 모습을 보여준다. 왜일까? 브룩스는 "모든 것을 표현하려는 욕망은 멜로드라마 양식의 기본적인 특성으로 보인다"[24]고 지적한다. 그는 이러한 양식은 이 세상에 존재치 않은 것에 대한 동경을 입증함으로써 관념적이고 추상적인 것을 표현하려는 의도라 하였다.

그렇다면 70년대 대중소설에 유독 여성에 대한 찬미가 많은 양을 차지하고 있는 것은 단지 이 세상에 존재치 않은 것에 대한 작가의 동경에서 비롯됨인가? 물론 작품에 드러난 비유적인 단어와

---

22) 「별들의 고향」에서 경아는 예뻤다 → 눈에 띄게 예뻤다 → 엄청나게 예뻤다…
   「겨울여자」에서는 이화는 아름다웠다 → 눈부시게 아름다웠다 → 백 배나 아름다웠다…
23) 흰 두루미같이, 숲속의 요정처럼, 한 쌍의 나비처럼,……
24) Brooks. 1984. 《The Melodramatic Imagination》 (New York : Columbia University Press) 리타 펠스키. 같은 책. 197면. 재인용.

형용사(예쁘다, 아름답다, 착하다, 눈에 띄다, 깨끗하다)를 분석해보면 여성의 천사 이미지를 성취하기 위한 작가의 동경이 드러난다. 그러나 '착함 - 예쁨'의 점층적인 반복은 여성에게 강요한 또 다른 남성의 목소리를 들을 수 있다. 그것은 착한 여성은 예쁘며, 이 두가지를 지닌 여성만이 남자들의 사랑과 관심을 받을 수 있다는 가부장적 남성관을 거부감 없이 여성에게 스며들게 하기위한 것이다.

「겨울여자」에서 이화는 첫 남자인 요섭이 자신에게 부여한 사랑을 잘 받아들이지 못해서 그를 자살로 이끌었다는 죄책감으로 자신의 삶의 노정을 남성의 '타자화 된 시선'으로 바꾼다. 민요섭이라는 남자 주인공은 부잣집의 아들로 아버지가 정치적인 부정으로 돈을 모았다는 사실을 알고 무척 갈등하는 인물이다. 그러나 그는 유약하여 그러한 갈등의 해소를 단지 공부를 하지 않는다던가 내지는 아버지가 사 주신 보트를 받지 않는 소극적인 행동을 통해서만 보여줄 뿐이다. 그는 이화에게 고등학교 1년 동안 지속적인 관심을 보인다. 아름다운 미사여구로 된 익명의 편지를 보내거나, 대학에 들어가자 멋진 자신의 별장을 구경시켜 주며, 그녀에게 포옹함으로써 애정과 관심을 표현한다.

이화는 요섭이 육체적인 접촉을 통해 보여준 적극적인 애정을 자신이 거부했기 때문에 그가 죽었다고 받아들이고, 그의 죽음은 자신의 잘못된 삶의 방식 때문이라고 생각한다. 따라서 그녀는 대학을 나와 신문사 일을 하면서 가정 갖기를 거부하며 봉사활동에 전념하는 주체적인 여성의 모습을 보여준다. 그러나, 그녀의 삶의 계기가 항상 남성의 '타자화 된 시선'를 통해서 자신의 행동을 드러낸다는 점에서는 수동적인 여성의 모습이다. 그녀는 민요섭이 그녀에게 부여한 모든 가치기준을 무의식적으로 따라가는 '남성에 의해 규정된 여성'이 되어버렸다는 점이다.

그러므로 작품에 드러난 과도한 스타일은 남성의 리모콘에 의해 조종될 수 있는 '착함-예쁨'이 상존하는 여성상을 바라며 그러한 여성을 포장하기 위한 남성적 서사 전략임을 의미한다.

세번째로 서술양식과 시점은 어떠한가?

허구적인 여성성을 강압적인 어조로 더욱더 확고하게 자리 매김을 한 일대기적 서술양식[25]과 시점의 혼용을 들 수 있다.

이 두 작품에서는 남녀관계가 서로 치열하게 삼각관계로 갈등을 일으키면서 생동감과 긴장감을 유지하며 서술되어지는 것이 아니라, 한 여인의 삶을 남성과의 관계를 중심으로 일대기적으로 서술하고 있다. 일대기 형식은 사람의 일생을 자연적 시간순서로 서술하는 서사의 한 형식으로 그것은 기본적으로 경험적 자아가 역사적·윤리적 충동에 따라 수행하는 삼인칭 서술[26]이다. 이러한 서술형태는 공적인 서술자가 사람의 일생을 서술함으로써 집단적 가치를 추구하는 3인칭 서술로서 집단적이고 교술적인 의미를 우월하게 지니는 서술형태이다. 브룩스는 등장인물들이 공공연하게 자신이나 다른 사람, 또는 세상에 대한 도덕적 판단을 소리내어 말하는

---

25) 「미스 장의 모험」「영자의 전성시대」에서도 영자와 미스 장이 고향을 벗어나 서울로 상경하면서 겪게 되는 삶의 모습을 일대기적인 서술방식을 통하여 드러내고 있다.

26) 김열규, 1971. 「전기적 유형」『한국민속과 문학연구』(일조각)

것은 멜로드라마적 상상력의 핵심[27]으로 보고 있다.

이 두 작품은 이러한 미학적 형식을 보여주는 좋은 예이다. 「별들의 고향」은 결국 "경아전"으로 불릴 수 있는 것으로 노동보다는 쾌락, 정신보다는 성욕의 길을 선택하면서 갈수록 피폐화 된다. 「겨울여자」는 "이화전"으로 경아와는 반대로 노동과 정신을 추구하는 듯하지만 그러한 추구가 여성의 종속을 정당화하기 위한 수단에서 벗어나지 못한다는 점을 보여준다. 작가는 "너희 삶의 피폐화는 남성들 잘못도 있다. 그러나 너희 잘못이 크다"라는 나름대로의 윤리적 잣대를 들이대면서 도덕적 판단을 높인다. 특히 <별들의 고향>에서는 시점의 혼용이 드러나며 작가의 도덕적 개입이 더욱더 두드러진다.

예문3)

이런 상태는 꽤 오래 끌었다. 그러나 기억해 둘 것은 <u>우리가</u> 잠을 자는 한밤중에라도 우썩우썩 키 크는 호박순처럼 눈에 확실히 띄지는 않지만 질 나쁜 암세포인양 성욕이 자라고 있다는 사실이다.

그것이 그토록 조바심과 조바심, 초조심과 안간힘 속에 행해진 정사 끝에 얻어진 것이라면 너무도 어이없다. 그러나 그것을 알면서도 <u>우리</u>는 옷을 벗는다. 마치 그것이 최초이자 최후의 승부이기나 한 듯이 당신이 만약 당신이 사귀는 여자가 어느날 임신을 했다고 고백하면 당신은 친구를 불러내서 강소주를 마시며 재수 옴 붙었어, 젠장, 무슨 좋은 수 없을까 하고 투덜대려 들 것이다.

---

27) Brooks. 1984. 《The Melodramatic Imagination》 (New York : Columbia University Press) 리타 펠스키. 같은 책. 194면. 재인용.

「별들의 고향 상·하, 107, 115, 143면」

「별들의 고향」 1장에서 나(김문오)는 경아의 죽음 소식을 경찰에게 듣게 되고, 2장부터 경아와의 일을 회상하는 어조로 이야기를 한다. 1인칭 주인공 시점으로 경아의 이야기를 서술한 서술자는 예문 3)에서 보여진 바와 같이 시점의 혼용을 드러낸다. 작품인물인 '나'가 서술자인 동시에 인물인 상황에 대한 고려가 적을 때, 내면에 가득 찬 작자의 관념이 지배적으로 노출되어 작품 전체에 비추어 일관성 없이 개입하여 주제를 노출함으로써 작품의 형상성과 통일성을 훼손한다. '우리'는 작중인물을 가리키는 것인지 독자를 향한 것인지 알 수 없다. 특히 여성의 입장에서의 서술인 경우에는 진정 작가와 작중인물의 목소리를 구별할 수 없게 된다. 작가의 억압적인 사회적 언어가 경아의 삶을 가차없이 재단함으로써 경아라는 개별인물을 통하여 도덕적 절대성을 표현하는 대리인으로서의 의미를 부여한다.

또한 작가는 여성의 심증과 입장을 마치 이해하고 있다는 듯이 경험자의 위치에서 집단적 가치를 강요하며 도덕적 처벌을 가한다. 서술자의 어조는 도덕적으로 우월한 입장에서 독자들을 끌어들여 여성들을 지배하려는 가부장적 의지와 공모하도록 한다.

경아가 첫 번째 남자에게 배신을 당하고 두 번째 남자 이혼남인 이동혁과 결혼할 때, 서술자의 어조는 도덕적인 우월자의 위치에서 끊임없이 여성의 순결이라는 문제를 강요하면서 경아의 순결치 못함에 대한 죄의식을 강요한다.

예문4)

식탁보와 이름은 최초의 것에서부터 아껴야 하듯 한번 얼룩진 식탁보라면 우리는 자포자기의 심정으로 쏟지 않아도 좋을 수프를 일부러 엎질러버리는 것과 같은 것이었다. 더구나 그녀는 첫사랑의 남자에게 소중한 정 조를 주어버렸다. 정조를 주어버린다는 것은 몇 방울의 출혈 이전에 나의 모든 것을 맡긴다는 일종의 계약이 었던 것이다.

너는 조금 있으면 최초의 밤을 보낸다. 그이의 몸에 안기어 최초의 몸을 허락해야 한다. 하지만 너는 처녀가 아니다. 너는 더럽고 타락한 여자야. 넌 참 뻔뻔하고 뻔뻔해. 참 천연덕스럽군. 너는 남자의 몸에 대해 이 미 익숙해진 여자야. 그런데도 너는 태연스럽군. 마치 즐겁다는 듯이 목욕물을 끼얹고 있어. 이제 목욕을 끝 내면 향수까지 뿌리겠지.

「별들의 고향 상. 187, 259면」

텍스트에 드러나는 서사적 관점은 의식하지도 못한 사이에 텍스트가 제시하는 여러 가치들에 공감하도록 만드는 강력한 수단 중의 하나이다. 예문4)는 남성적인 관점으로써 정작 이동혁은 과거에 결혼하고 딸까지 가졌으며, 더구나 나이도 많은 남성임에도 불구하고 경아의 성적 타락을 용납하지 않는다. 그녀의 성적타락은 가정의 파괴와 죽음으로 도덕적 처벌을 받는다.

이상의 작품에서 드러나는 수사적 장치들은 그 시대의 거대한 지배전략을 독자에게 강요함으로써 또 다른 남성관에 맞는 새로운 이데올로기를 만들어내고 있음을 살펴보았다. 외면적으로는 이상적인 여인의 모습을 전달하고자 하는 작가의 욕망이 드러나지만, 또한 이러한 절대적인 것은 현존하지 않는다는 반어성을 강하게 보여준다. 더구나 작가의 남성 지향적인 가치와 태도로 계세적인 의도를 지나치게 노출함으로써 작품의 미학적 특징을 파괴하였다. 그러나 의식하지도 못한 사이에 텍스트가 제시하는 여러 가치들에 공감하도록 만드는 서사적 관점을 취함으로써, 여성독자들이 거부감 없이 기존체제에 동조하게 하는 서사전략을 보여준다. 표면적으로는 여성의 성적인 해방과 여성 스스로 자신의 정체성을 찾아 주체적으로 살아가는 모습을 이상적으로 제시하지만 내면적으로는 지배적인 서사의 흐름을 교묘하게 남성적 관점을 취함으로써 남성의 시각에 맞춰진 여성상을 제시하려는 남성의 가부장적 의지를 드러낸다.

3. 주체의 위기와 거대화된 타자성

소설의 서사형태는 존재에 대한 인식 그리고 사건들이 필연적으로 취하게 되는 여러 형태들에 대한 우리의 인식을 보다 확고히 하는데 도움을 준다. 본고는 2장에서 대중소설의 서사구조는 기존의 가치체계를 옹호하기 위한 전략적 장치였음을 살펴보았다. 타자로 인식된 여성의 삶은 거세되어 버렸고, 남성적인 가치와 삶의 장식을 재생산해 내는 주체의 입장은 더욱더 견고해 진 듯이 보였다.

Ⅲ장에서는 남성이 주체의 모습으로 여성인 타자를 어떻게 인식하는가? 여성이 타자화 되는 과정이 의미하는 것은 무엇인가? 타자의 정체성이 변화되어 갈 때 파편화 되어 가는 주체는 무엇을 의미

하는가? 주체의 정체성이란 문제 또한 타자와 연관된 성격[28]이라는 점에서 자기 정체성을 건설하기 위해서는 타자와의 연관성을 고려해야 한다.

경아와 이화에 드러난 개별적인 미적 아름다움은 작가의 사실적 묘사로 인해 70년대의 근대적인 미로 보편화된다. 이 장에서는 70년대의 산업화시대로 인해 소비주의가 확산되면서 여성이 성애화되어 공적인 쾌락을 추구하는 여성이 많이 등장하게 된다. 이러한 상황에서 남성들의 소비욕망이 여성에게 어떻게 투사되어 있는지

---

28) 더글러스 켈너/차원현 옮김. 1997. 「대중문화와 탈 현대적 정체성의 구축」, 『현대성과 정체성』(현대 미학사). 171-175면.

　　정체성은 계몽주의의 이성개념에 이르기까지 일종의 본질적이고 불변하며 단일한 고정된 또는 본질적으로 변화할 수 없는 어떤 것으로 규정되어 왔다. 전통사회에 있어서의 정체성의 추구는 사고와 행위의 영역을 설정해줌으로써, 사회적 역할을 부과하는 기능을 가졌으며, 세계 내에서의 개인의 위치에 대한 방향성 및 종교적 잣대로서의 역할을 수행했다. 현대 이전의 사회에 있어서 정체성이란 문제시 될 수 없었던 문제의 일종으로 반성이나 토론의 대상이 되지 못했다. 그러나 현대성 속에서 정체성은 좀 더 유동적이고 복합적이고 개인적인 문제로 되었으며 끊임없이 회의의 대상으로서 변화와 급격한 변동의 대상이란 처지에 놓이게 되었다. 또한 현대에는 개인의 정체성이 오히려 결정화되고 더욱 공고해짐으로써 권태만을 나타낼 수도 있다. 그래서 개인은 자신에게 주어진 사회적 역할과 기대치 그리고 사회적 관계라는 망 속에 갇히게 된다.

　　따라서 현대성에 있어서 정체성이란 문제는 타자와 연관된 문제로써 타자는 정체성을 구성하는 한 요인이며 타자와 연관된 성격이라는 점에서 개인의 자기 정체성의 인식과 이의 건설을 위해서는 타자와의 관련성을 고려해야 한다. 그래서 현대에 있어서 정체성이란 문제는 결국 자기자신과 타자들에 대해 스스로 어떤 방식으로 구축하고 지각하며 해석하고 제시하느냐에 놓여있다. 정체성이란 내가 무엇인지를 결정하고 내적 본질을 찾아내어서 그것을 확증하는 데서 얻어지는 것이며, 또 다른 한편으로 그것은 주어진 사회적 역할과 물질적인 것으로부터 추출 가능한 일종의 구축물이자 만들어진 것이다. 따라서 정체성의 문제가 이전과는 다른 양상으로 나타나는가 아닌가에 따라서 현대와 탈 현대를 구분할 수 있다.

살펴보기로 하겠다. 타자를 끝없이 거세하려는 남성의 욕망은 여성을 타자화 하는 과정을 통해서 드러난다고 본다.

작가는 여성의 아름다움을 실제 인물처럼 드러내기 위해서 상세하게 묘사한다. 외모에 대한 모습도 "키는 155㎝를 넘지 못하였고 가슴둘레는 78㎝가량, 몸무게는 44㎏" 이라 서술하여 추상적인 것들을 구체화하고 있다. 또한 이처럼 정교하고 섬세한 묘사에 대해서 펠스키는 극도의 낭만화를 보여주는 것으로써, 소설 속의 여인들이 환상 속에만 존재하는 여인이 아닌 바로 우리 주변에 상존하는 여인의 모습을 보여주기 위함이다라고 보고 있다. 즉 소외된 남성에게 구원을 주는 여성은 항상 우리 주변에 있다라는 위로를 주기 위한 방식이다. 여성의 육체는 면밀하게 관찰되는 남성의 시선 아래 시각적인 쾌락을 안겨주는 유희의 대상으로 그려진다.

이와 같이 여인에 대한 묘사가 남성의 시선에 의해 그려졌다는 점은 중요하다. 이는 산업화된 자본주의 시대에 또 다른 여성의 미의식을 규정하는 강압적인 남성의 지배 이데올로기를 드러낸다. 이는 은유적으로 드러난 여성성에 잘 드러난다. 여성을 타자화 하는 과정은 다음 몇 가지의 이미지로 살펴볼 수 있다.

자본주의가 시작되면서 여성에게 빠지지 않는 "화장"을 들 수 있다. "화장"이 의미하는 것은 무엇인가? 20세기 중반까지 화장은 여배우와 창녀만이 하는 것으로 금기시 되었다. 특정계층에 한정된 화장이 일반 여성의 일반적인 미의식으로 바뀌는 것은 미의 의미화 작용이 일어나는 과정으로 볼 수 있다. '화장' 의 의미를 여성 수용 독자 측면에서 해석할 때 그 동안 무시하고 소홀히 여기던 여성들의 사소한 행동을 발견함으로써 여성 독자들은 여성적인 것에서 자신감을 가지는 즐거움을 경험하게 되는 것으로 보는 관점에서 더 나아가 여성 화장의 이중적인 의미를 해석해야 한다. 「별들의 고향」에서 특히 여성의 화장하는 모습이 빈번하게 드러나는 데 '화장'의 의미를 어떻게 해석해야 할까? "화장"과 여성이 밀접하게 관련되었다는 점을 고려하여 살펴볼 때 "화장"의 의미는 새롭게 해석될 수 있을 것이다. 이 작품에서는 여성의 화장이 배우자를 잘 만나기 위한 방편으로 이용된다는 점을 간과해서는 안 된다. 경아는 눈에 띌 만큼 아름다운 여인이지만 새로운 남성을 만날 때마다 화장품을 사며 치장을 한다.

예문5)

경아는 화장을 종전보다 짙게 하곤 했었는데 그것은 여자의 화장이 남성의 눈을 즐겁게 해주는 것이라고 생각 했기 때문이었다.

「별들의 고향 상·하, 122면>

예문 5)에서와 같이 경아의 화장은 '남성의 눈을 즐겁게 해 주는' 것이라 생각하고 자신을 더 가꿔야 아름다워진다는 미의식을 드러낸다. 즉 남성의 시선을 끌기 위해서는 가능한 한 자기 자신을 유혹적인 존재로 만들어야 하는 미의식 말이다. 펠스키는 여성의 화장이 상품화 된 형태의 당대 여성의 성욕을 입증케 해주는 의미를 지닌다고 보았다. 화장은 카니발의 가면처럼 껍데기 밑에 무엇인가를 은폐하고 있는 것이 아니라 얼굴의 새로운 구조를 만들어내는 것이다.

예문 6)
경아는 앉아서 주섬주섬 화장 도구를 꺼내어 저녁 화장을 시작하였다. 대충대충 크림으로 얼굴을 닦아낸 다 음 용용 죽겠지 하는 듯이 입술을 모으고 루즈를 바르고 조그마한 빗으로 길고 부드러운 머리칼을 빗어 내 리기 시작하였다. 내킨 김에 맨발의 발톱에도 경아는 메니큐어를 바르기 시작하였는데, 그 작업이 얼마나 진 지하고 열심인지 경아는 주위의 나를 의식하지 못하고 자기만의 즐거운 시간에 빠져 있었다.
「별들의 고향 하, 142면」

예문 6)에서처럼 경아는 자신의 모습이 아닌 다른 자신의 모습에 만족한다. 경아의 점점 진해지는 화장은 여성의 자연적인 미가 제거된 인공화, 형식화 된 미를 보여준다. 이는 여성만의 아우라를 제거하고, 기술복제시대의 상품화로 전락시키고 있다.

더 나아가 화장의 논리란 것도 차이의 반복이면서 동시에 차이 속의 동일성 혹은 획일화를 유혹하는 것에 불과하며, 개성이란 이름으로 혹은 미라는 이름으로 혹은 자연과의 친화력이라는 이름으로 주체를 주체의 중심에서 이탈시키고 오인 받은 주체로 중심을 옮겨놓는다. 주체의 분열은 자본주의가 성과 욕망의 충동을 약호화 시킨 결과이다. 화장의 이데올로기는 생산관계를 비가시적으로 싱징적으로 재생산하는 데 있다. 이것은 개인의 차원에서 차이의 강조를 통해 전사회적으로 다시 동일성을 유지하는 이중의 전략으로서 자본주의의 동일성 파괴전략을 의미한[29]다.

두 번 째로는 석녀의 이미지를 들 수 있다. 「겨울여자」에서의 이화, 「별들의 고향」에서의 경아는 자궁의 기능이 거세된 여인으로 그려지고 있다.

이화의 육체가 '아무에게도 속해 있지 않으면서 또 누구에게나 속해 있는' 대지(大地)로 표현되면서, 그것을 파괴하고자 하는 사람까지도 무한히 포용하는 데에 두려움으로 그려진다. 즉 그녀의 육체는 욕망의 대상인 동시에 두려움의 대상인 것이다. 그러나 그녀의 자궁은 재생산으로서의 역동적인 의미는 상실한 채 유희의 대상으로 보일 뿐이다. 경아 또한 첫 번째 남자와의 관계에서 생긴 아이를 지우기 위한 소파 수술로 그녀의 자궁은 부패되어 여성만의 고유한 공간을 상실한다.

여성의 육체는 두 가지 의미를 지닌다. 권력의 현실적인 작용점으로서의 육체와 저항의 시발점으로서의 육체이다. 여성의 육체는 억압받는 현실의 가시적인 형태일 수 있다. 기존의 상상력에서 여성의 육체는 풍요로움의 상징일 수 있었다. 그런데 그러한 여성의 육체가 어떻게 부정적으로 변화되었는지를 통해 당시의 빈곤했던 상황을 효과적으로 제시할 수 있다는 것이다. 여성의 육체는 권력의 지배에 저항하면서 현실을 비판하는 역할을 담당한다. 이런 의미에서 여성의 육체는 생물학적 차원을 떠나 문화적이고 사회적인 구성물이다. 바흐진은 라블레의 걸작인 「가르강튀아」와 「팡티그뤼엘」을 분석하면서 여성의 육체에 대한 관심을 보인다.

---

29) 이득재. 1993. 「화장 리비도의 정치 경제학」『문화 연구 어떻게 할 것인가』(현실문화연구) 222면.

그에 의하면 주로 육체 하부로 대표되는 여성은 타락시키는 동시에 재생시키는 화신이다. 그런데 이러한 이중적인 여성의 이미지 중에서 부정적인 이미지만을 강조하여 여성을 비천함만을 지닌 변덕스럽고 관능적이며 욕심많은 인물로 바꾼 것은 후대 사람들의 의도적인 변형으로 본다. 이러한 바흐진의 지적은 그가 여성의 육체에 대해 본질적으로 옹호적이었음을 나타낸다. 여기서 여성의 육체를 생산성, 다산성, 풍요성, 재생성과 연결시킬 수 있는 토대가 마련[30]된다.

여성에게 있어서 자궁은 자신의 육체에 대한 자의식이 형성되는 공간이자 세상을 받는 그릇으로서 풍요로움과 생명력을 상징하는 공간이다. 그녀에게 이처럼 이상적인 공간을 돌처럼 물질로 만든 것은 생명의 탄생으로 행복한 미래를 꿈꿀 수 있는 자궁을 제거하여 자연적인 여성성을 제거함으로써 여성을 비인격화 시키고자 하는 의도이다.

세 번째는 "껌"의 이미지를 들 수 있다. 격하된 여성은 껌을 통하여 근대적 표상으로 드러난다. 「별들의 고향」에서 나(김문오)는 경아의 죽음을 맞이하는 순간에 경아와의 관계를 '껌'으로 연결지음으로써 여성을 소비대상으로 변화시킨다. 그래서 '아무렇게나 뱉어버려도' 되는 경아의 죽음이 '장난처럼 다가오는' 가벼움으로 남녀 관계를 그리고 있다. 이는 산업화가 되면서 변화된 위상을 대량생산과 은유적으로 연결함으로써 남성에 의해서 버림을 받더라

---

30) 김미현. 1996. 『한국여성소설과 페미니즘』(신구문화사) 52-3면.

도 도덕적으로 사회 의식에 환기를 시키지 못한다. 여성은 어느 상점에 가서든 돈으로 살 수 있는 껌으로, 언제든지 단물이 빠지면 버릴 수 있는 가벼운 대상으로 상징화되고 있다. 이 작품에서 껌은 여성의 젖꼭지와 동일시된다. '그녀의 젖꼭지는 정말 씹다 버린 껌과도 같았어 처음에 입에 넣으면 수축되고 딱딱하지만 서너 번의 저작으로 말랑말랑하게 풀어지' 는 껌과의 공통적인 속성을 통하여 여성의 육체를 물질화한다. 그래서 껌을 심는 심정은 '그녀가 아무렇게나 죽음의 벽 위에 붙여놓은 껌을 입안에 털어 넣은' 것과 같이 경아의 죽음은 진열대 위에 있는 껌이 없어진 것처럼 산업화 시대에 소비재의 한 상품이 사라짐과 같다.

이상의 근대적 여성성에 대한 지배적 표상들이 남성적 환상의 편견에 의해 형성되었기 때문에 여성의 경험을 정확하게 재현하고 있다고 볼 수 없다. 타자화 된 여성의 이미지는 산업화 시대에 보여주는 여성의 근대적 미의식을 규정하고 있다. 화장을 통한 인공화, 형식화 된 여성은 자궁까지 제거된 비인격화된 상품으로 더 나아가 껌과 같은 소비대상으로서의 여성으로까지 변질되어 나타남을 살펴볼 수 있었다. 따라서 여성를 버리는 행위는 윤리적, 사회적인 의식에 더 이상 환기될 수 없는 철저히 상품화 된 근대적인 미의식으로 드러났다.

가차없이 작동하고 있는 물신화의 과정은 기존의 정체성과의 연관성을 허물어뜨리기 위해서 불안정하고 유동적이며 변화에 민감한 정체성들을 생산하고 있다. 주체인 남성의 욕망이 타자에 대한 미의식을 물질적인 이미지로 그림으로써 타자성이 왜곡되게 변화되었다. 그러나 이면에는 주체인 남성이 타자인 여성을 거세하면 할수록 주체 또한 거세된 회오리에 휘말려 서서히 분열되고 있음을 드러내고 있다. 주체인 남성의 모습이 비결정적이고 수동적이고 불안정적으로 여성화되었다는 것이다.

「겨울여자」에서 이화의 첫 번째 남자인 민요섭은 '얼굴이 몹시 희고 몸집이 야윈 청년'으로서 그는 편지를 써서 이화에게 접근한다. 편지글에 드러나는 내면적 감정이나 비밀의 고백, 자기변명 등의 내용은 여성적인 글쓰기의 대표적인 형태로써 여성화 된 남성적인 모습을 제시하고 있다.

특히 「별들의 고향」[31]에서 경아가 만난 첫 번째 남자 영석은 '몸이 가늘고 얼굴이 예쁘며…… 유아적인 데가 있어 보이며, 얼굴은 희고…… 늘 화려한 빛깔의 넥타이'를 매고 다니는 인물이다. 또한 그 사내는 유독 가불을 자주하고 늘 세련된 복장과 구두를 신고 다녔으며, '늘 남에게 동정을 받고 싶어하는 듯한 어린애 같은 요소'를 지닌 남성이다. 그는 경아와의 결혼문제도 자신이 처리하지 못하고 어머니를 통해 해결하는 무력함을 보인다. 두 번째인 이동혁은 '약간의 결벽증이 있거나 …멋을 굉장히 부리는 편이며…지나간 옛날에 집착을 보이고' 있는 남성으로 옷을 꽤 세심하게 입고 다니며, 손가락에는 늘 반짝 빛나는 반지를 끼고 다닌다. 세 번째 남자인 김문오는 미술학도이지만 룸펜으로서 사랑하는 애인인 혜정이 있었지만 항상 그 주변에서 머뭇거리는 남성이다. 근대화된

---

31) 『도시의 사냥꾼』에서의 작중인물인 이형국 또한 여성적 취향을 즐기는 남성으로 드러나고 있다.

미의식에 익숙해진 작가는 남성들의 여성적인 취향을 통한 미적 인식의 변모와 여성화된 남성의 모습 즉, 수동적이고 불안정적인 남성의 욕망을 보여준다. 따라서 타자를 거세하려는 주체의 모습 또한 여성화되어, 인공적이고 형식적인 미의식을 지닌다.

이는 잘못된 타자와의 관계에서 빚어지는 소비사회의 분열된 인간의 모습을 그리고 있다. 소비사회에서 갈수록 확산되는 상품화의 거세효과에 의해 이번에는 남성이 여성화되고 있다는 불안이 공공연하게 대두되어 주체는 중심을 잃고 자기 개인의 욕망을 통제하기는커녕 이미지 산업이 현혹하는 힘의 먹이가 되어버리는 모습[32]으로 드러나고 있다. 근대 소비자의 특징으로 여겨지는 수동적이고 유혹에 빠져 쾌락을 추구하는 양태를 보여준다.

남성들은 여성이라는 알 수 없는 타자에 그들 자신의 환상과 두려움을 투사시킴으로써 남성들은 진정한 여성과 접촉할 기회를 잃어버리는 것이다. 아이러니컬하게도 여성들에게 가면을 만들어 주어 그들이 원하기만 한다면 언제라도 그들 자신의 정체를 숨길 수 있도록 한 것은 바로 남성들이다. 이로 인해 남성들이 자신의 정체성에 대해 가지는 확신도 의심스러운 것[33]이 되어버렸다.

따라서 거대화된 타자성은 주체 또한 거세시키고 있으며, 소비문화가 가져오는 것은 인간의 존재론적 구조의 왜곡이라는 문제를 은유적으로 제시한다. 또한 이 시대의 정체성을 새롭게 구축하여

---

32) 리타펠스키. 김용천, 심진경 지음.1998.『근대성과 페미니즘』106-7면.
33) 존 스토리 지음. 박모 역. 1994.「페미니즘」『문화연구와 문화이론』(현실문화연구) 51면.

제시함으로써 변화된 미의식과 시대상을 보여준다.

4. 소외된 남성주체의 존재양식과
낭만적 사랑의 허위성

70년대 사회는 기형적인 산업구조로 인해서 인간의 소외를 가중시켰고, 여성교육이 대중화되고 여성의 사회적 진출이 현저해지면서 남녀 평등 이념이 보편화되었다. 여성의 활동이 점차 확대되면서 동시에 혼란기의 특성을 보임으로써 전통적 가부장제와 자본주의적 가부장제의 혼합이 두드러지게 나타나며 변혁의 가능성을 보인 시기이다. 프롬은 근대 이후 산업화에 따른 개체화의 과정에서 개인이 자유로운 삶의 주체가 되기는 하였으나 소속감과 안정감을 상실하게 되어 결과적으로 고독감과 불안감을 경험하고 있음을 지적하고 소외를 발생시키는 사회 경제적 구조를 중시함과 동시에 경제적 상황이 인간의 욕구를 통하여 어떻게 이데올로기를 변화시키는가 하는 문제를 그의 사회적 성격론과 결부시켜 고찰[34]하였다.

소외를 논함에 있어 아노미 역시 한국사회의 윤리적 혼란과 위기를 이해하는 데 있어서도 필수적인 사회학적 개념이고 또한 이론이라고 할 수 있다. 현대의 한국사회는 특히 60년대 이후 급속한 산업화, 도시화 등의 사회변동을 경험하면서 전통적인 윤리체계가

---

34) 김기삼 · 전정태 『사회학의 이해』 (삼영사) 403-404면.

해체되는 가운데 아직도 새로운 시민사회의 윤리가 확립되어 있지 못해 일종의 윤리적 공백상태를 맞고 있어 이른바 무규범성의 현상을 빚어내고 있기 때문이다. 거기에다 급속한 공업화는 대부분의 한국인들에게 물질적 성공의 목표를 추구하게 만들었으며 그와 같은 목표의 달성을 위해 수단과 방법을 가리지 않은 편법주의적 행위양식도 만연[35]되었다.

베버가 말했던 산업사회 계층 체계의 핵심적 구조인 관료제에 의한 소외, 파운드의 급격한 사회변동으로 인한 광범위한 무력함, 무규범감 및 무의미감과 그로 인한 고독감과 무관심의 양상은 이 시대에 들어날 수 밖에 없다. 주체의 소외는 올바른 타자와의 관계를 정당화하지 못할 뿐만 아니라, 이러한 주체인 남성의 도피물로 등장한 낭만적 사랑은 기든스가 말한 해방으로서의 발전적인 의미는 될 수 없다.

「겨울여자」「별들의 고향」에 나오는 남성 인물들은 그들이 가정 내지는 사회에서 소외된 인물들이다. 「겨울여자」에서 이화가 만난 남자들을 살펴보자. 첫 번째 남성인 민요섭은 아버지의 정치적인 부정을 알고 가정으로부터 소외된 인물이다. 두 번째인 우석기는 대학생이다. 그는 학교재단의 부정사건들로 인해서 사회와의 갈등을 통하여 군대에 가게되는 사회로부터 소외된 인물이다. 세 번째인 교수 허민은 부인과 이혼한 상태로 가정으로부터 소외된 인물, 네 번째인 김광준은 집을 나와서 천막학교에서 철거민의 아이들을

---

35) 임희섭. 1990 『아노미의 사회학』 나남. 183면.

가르치는 가정과 사회로부터 소외된 인물이다.

「별들의 고향」에서 경아가 만난 첫 번째 남자인 영석은 결손가정에서 유아적인 성향을 지닌 인물로서 '세상 사는 데 지친 듯한 표정'을 하고 다닌다. 이동혁은 부인과의 사별 이후 가정적으로 소외되어 과거에 집착하는 인물이다. 세 번째 남성인 김문오는 미술을 전공한 인텔리이지만 사회로부터 소외되어 있는 룸펜이다.

불안정한 사회일수록 자기존재의 의미가 희미해지고 절망적일수록 소외되고 흔들리는 주체는 자신의 정체성을 추구하기 위해서 낭만적 사랑을 통해 감당하기 힘든 상황으로부터 도피해보고자 하는 성향이 높아진다. 공허감에 대한 대안으로 설정된 낭만적 사랑은 가부장제하에서 올바른 방향을 획득하지 못하여 여성의 진정한 자아정체성 추구와는 거리가 먼 또 다른 타자화, 대상화로 전락한다. 낭만적 사랑의 추구를 통해서는 남성주체의 존재양식에 대한 두 가지 양상을 보여준다. 그 하나는 도착된 욕망에 의해 피폐해진 삶의 모습과 다른 하나는 기존 사회의 제도권으로의 회귀이다.

전자의 양상은 「별들의 고향」에서 보여지는 남녀간의 사랑에서 잘 드러나고 있다. 남녀인물의 낭만적 사랑이 자유와 자아실현을 결합하여 서로의 결핍을 채워주는 발전적인 관계가 아닌 경우에 드러나는 양상이다. 기든스에 의하면 낭만적 사랑이란 자유와 자아실현을 결합시켜가면서 남녀관계에 인격적 평등을 가정하는 친밀성의 영역을 상정[36]한다고 한다. 또한 그 자체가 부족한 부분을

---

36) 앤소니 기든스, 배은경, 황정미 옮김, 1996. 『현대사회의 성 · 사랑 · 에로티시즘』, 새 물결.

메꿔주는 대상인 타자가 단지 딴 사람이 아닌 바로 그 사람이란 이유 하나만으로도 자신의 결여를 채워줄 수 있는 존재이다. 이러한 결여가 바로 자기 정체성과 관련되는 것이며, 어떤 의미에서는 낭만적 사랑은 불완전한 개인을 완전한 전체로 만들어주는 것이라고 정의 내리고 있다.

그런데 「별들의 고향」에서는 경아와 남성들과의 관계가 낭만적 사랑을 추구하고는 있지만, 그러한 사랑이 자아실현과 결합된 관계가 아니라 단순히 여성을 도구화한 사랑이였기 때문에 파멸될 수 밖에 없다. 경아가 만난 유아적인 영석, 과거 망상적인 이동혁, 우유부단한 김문오는 경아와의 사랑을 통해 자신의 존재를 찾으려 한다. 자기 정체성이 타자가 자기를 발견해줌으로써 비로소 인정받기를 기다리고 있는 경아의 사랑에 대한 행동양식은 능동적으로 생산되지 못한다. 경아는 향락과 위안의 대상으로 도구화되는 비극으로 끝날 수 밖에 없다. 따라서 영석은 섹스 중독자로, 두 번째 이동혁은 술 중독과 과거의 집착자로 세 번째 김문오는 비판력을 상실하고 사회에 편승하는 자로 파멸한다.

두 번째 양상인 기존 사회의 제도권으로의 회귀는 「겨울여자」에서 중심적으로 보여준다. 이 작품에서는 이화라는 여인이 자율적인 여성의 모습이지만, 결국은 남성의 낭만적인 사랑에 도구화되는 여성의 모습이다. 이화가 만난 민요섭, 우석기는 사회적인 갈등을 지니고 있다. 전자는 부정적인 정치인인 아버지, 후자는 학교재단의 부정사건으로의 소외가 심하다. 그러나 그들에게 중요한 것은 이화와의 낭만적 사랑의 추구에 있다. 정치적 입장인 부정부패는 부차적인 의미를 지닐 뿐이다. 피상적이고 무의미할 뿐이다. 그들은 죽음으로써 사회적인 갈등을 해소한다. 그러나 그들이 추구한 이화와의 사랑은 그녀의 삶에 영향을 준다.

세 번째 남자인 교수 허민과의 만남부터 이화는 적극적인 사랑의 추구를 보여준다. 그러나 그와 이화와의 사랑의 추구는 다른 대상으로 전도되어 추구되는 형태를 보여준다. 이화와 근대적 개체로서의 동등한 사랑의 형태를 보인 허민은 이혼한 전 부인 윤희와의 재결합을 통하여 기존사회의 제도권으로 돌아간다. 네 번째 남자인 김광준 또한 이화의 사랑이 새로움을 지향하여 서로의 결핍을 보완해주는 완전한 사랑임을 보여주는 듯 한다. 그러나 완벽한 김광준에게 이화는 '따라가는' 종속적인 인물로밖에 드러나지 않는다.

결국 허민, 김광준으로 대변되는 남성이 추구하는 장소는 남성성의 전통적인 상징으로 간주되는 곳, 권위와 위신을 지탱하는 곳인 가정인 것이다. 그들에게 있어 사랑은 자신들의 이상적인 공간을 건설하기 위한 도구밖에 되지 않는다. 이화를 도구화 한 낭만적 사랑은 결국 살스비의 말처럼 남성에 대한 절대적 의존, 자발적 순종을 자처하는 사랑으로서 한 사회의 성원을 일정한 방향으로 유도하는 허위의식이라 볼 수 있다. 역사적으로 여성을 억압하고 종속시킴으로써 여성의 진정한 해방을 가로막는 요인으로서 말이다.

낭만적 사랑에서 주어지는 성적인 자유는 어떻게 그려지고 있는가?

「겨울여자」에서는 성적인 자유가 몸의 해방적인 인식으로 그려지고 있다. 몸에 대한 해방적 인식은 마치 그녀의 주체적인 모습을 찾아가는 듯이 보인다. 그러나 여성의 몸은 남성들의 성적인 욕망를 해소하기 위한 도구화와 좋은 남편을 선택하여 기존의 가족체제에 귀환하기 위한 것이다.

예문 7)
　자신의 육체에 관해서는 그것이 처음부터 그렇게 아끼고 도사릴 만한 특별히 소중한 것은 아니라는 생각에 도달했다. 애초에 자기라는 개체 자체가 그렇게 인색하게 아끼고 도사릴 만한 존재는 아니지도 모른다는 생각마저 들었다.　　　　　　　　　　　　「겨울여자 上, 119면」

예문 7)에서처럼 이화는 자신의 육체에 대해서 자연스럽고 전복적인 인식을 보여준다. 그러나 성에 대한 새로운 인식이 행동화될 때에는 해방의 차원으로 나아가기보다는 남성의 성적 즐거움의 도구화로 드러난다는 점이다. 굶주린 남성을 성적으로 해소시켜 주는 모습을 보일 뿐이다. 이화와 남자와의 관계에서는 '육체' 라는 것이 발전적인 측면으로 해석 되지 않고 별개의 문제로 취급되고 있다. 즉 성으로 인한 인식의 변화가 드러나지 않는다. 단지 그 남성들에게 위안의 차원으로만 보여질 뿐이다.

이상에서는 남성 지식인들이 낭만적 사랑을 통하여 드러낸 소외된 남성의 존재에 대하여 살펴보았다. 남성 지식인들 스스로 소외를 벗어나기 위해서는 기존의 틀을 깨고 새로움으로 나아가야 하는데, 이 작품에서는 그들의 틀을 넘어서지 못하고 우회적으로 기존세계에 편승하고 있다. 이는 기존의 틀을 전복하는 새로운 의미를 주지 못하고 기존의 도덕적 가치를 재생산하는 대중소설의 한계를 드러낸다. 그리고 낭만적 사랑에서 보여지는 여성의 육체에 대한 자유로움은 해방의 차원이기 보다는 여성의 육체를 도구화하여 여성성 자체를 파괴하는 의미로 살펴볼 수 있었다.

5. 나오며 : 1970년대 대중소설에 드러난 여성성과 근대성

산업화, 도시화라는 1970년대의 사회적 배경은 대중을 출현시켰고, 그러한 대중은 자신들의 문화를 형성하였다. 그 가운데 하나인 대중문학은 문학의 정전에서 보여준 문학의 틀과는 아주 다른 새로운 시각을 견지한 문학형태였다. 문학이 시대나 사회에 따라 변화했다면 그 변화의 문학적 의미는 무엇인가를 따지는 동시에 집단의 세계관이 문학 속에 어떻게 드러나 있나를 파악하는 일은 그 자체로서 중요한 의미를 지닌[37]다고 본다. 대중소설의 평가는 기존의 틀로써 단지 긍정과 부정이라는 이분법적인 틀로만 매길 것이 아니라, 새로운 시각에 의한 자리 매김이 되어야 할 것이다.

대중소설은 무엇보다도 독자를 우선시하여 문학의 효용적인 측면에 치중하여 쓴 작품이다. 이와 같이 방향을 달리한 소설을 기존

---

37) 김현. 1987. 「1970년대의 문학사회학」, 『문학사회학』 (민음사) 31면.

의 문학정전을 해석한 틀로 보려한다면 대중문학의 진정한 가치가 왜곡될 수밖에 없다. 작가의 서술태도가 다르다면 그러한 작품을 보는 독자 또한 새로운 해독자세를 가져야 할 것이다.

바흐찐이 카니발 문학에서 다의적인 언어를 통해서 민중들의 삶을 잘 대변하고 있다는 점에서 긍정적인 가치를 부여하고 있듯이. 대중소설 또한 본격문학에서 보여주지 않은 대중소설만이 지니고 있는 가치를 찾아볼 수 있을 것이다. 특히 70년대의 다양한 대중소설 가운데 대중들의 가장 큰 호응과 그들의 문화에 가장 큰 영향을 미쳤던 작품들을 중심으로 대중소설의 긍정성과 부정성을 아울러 고찰해보고자 한다.

대중소설에 드러나는 형식적 특징들, 즉 도식성은 대중소설을 통속적이게 하는 기법으로 부정적인 기능으로 평가되었다. 그러나 이러한 평가는 문학의 정전을 해석하는 틀로서 작품을 바라본 결과였다. 그렇다면 대중소설에서 빈번하게 드러나는 미학적 장치들이 문학의 효용적인 측면에서는 어떠한 기능으로 작용하는가? 이것은 작가가 가부장적인 권위를 구현하기 위해서 계획적으로 사용된 서사전략으로 철저히 남성의 서사였던 것이다. 문학을 도구로서 사용했던 카프 문학의 또 다른 형식을 보여주고 있다.

그러나 텍스트에서 어느 만큼 객관적 현실을 반영하고 또 굴절시켜 타락한 현실사회의 모순을 고발하는 한편 삶의 진실을 드러내어 진정한 가치를 추구하였는가 라는 진정성의 문제에 있어서는 산업사회에 있어서의 인물의 정체성의 문제를 새롭게 제시하고 있다는 점에서 긍정적으로 평가할 수 있다.

주체와 대립되는 타자를 설정하여 타자화 된 여성을 미화되고 과장된 이미지로 보여 줌으로써 여성을 물질화, 비인격화, 상품화 했다는 점에서는 부정적인 기능으로 평가될 수 있다. 그러나 주체와 타자와의 관계에 대한 문제제기와 이로 인해 거대해져 버린 타자성에 의해 주체인 남성조차 분열되어, 재구축 되고 변형된 정체성을 드러내어 소비사회의 모습을 제시하고 있다는 점과, 작품 곳곳에 드러나는 다양한 주체의 욕망 즉 지식인 문학에서 보여진 발전적인 주인공이 아니라, 근대적 개인의 소비적 욕망이 투사되어 수동적이고 비결정적이며 충동적인 다양한 욕망을 보여 주었다는 점에서는 긍정적인 기능으로 평가할 수 있다.

■작가 연보 및 연구자료

최인호

1945년 10월 17일 서울에서 출생

1963년 고2 때 단편 「벽구멍으로」가 (한국일보) 신춘문예에 입선

1967년 단편 「견습환자」가 (조선일보) 신춘문예에 당선

1972년 「타인의 방」「처세술 개론」으로 현대문학상 수상. 연세대 영문과
　　　　졸업, 「별들의 고 향」집필

1974년 「바보들의 행진」 간행

1975년 「샘터」에 「가족」 연재

1977년 「도시의 사냥꾼」「개미의 탑」 간행

1979년 「돌의 초상」「사랑의 조건」「천국의 계단」 간행

1980년 「지구인」「불새」간행

1982년 「깊고 푸른 밤」으로 제6회 이상문학상 수상
　　　　「적도의 꽃」「위대한 유산」 간행

1985년 「겨울 나그네」간행

1987년 천주교에 귀의, 세례명 베드로

1988년 「잃어버린 왕국」 전5부작 완간

1989년 「어머니가 가르쳐준 노래」 간행

1991년 「구멍」 간행

1992년「가족1 · 신혼일기」「가족2 · 견습부부」「가족3 · 보통가족」「가족
　　　4 · 이웃」간행
1993년「길 없는 길」간행

소설집
「별들의 고향」(예문관, 1973)
「우리들의 시대」(학원 출판사, 1973)
「타인의 방」(예문관, 1973)
「최인호 작품집 전 6권」(예문관, 1974)
「맨발의 세계일주」(예문관, 1974)
「영가」(예문관, 1974)
「우리들의 시대」(예문관, 1975)
「구르는 돌」(예문관, 1975)
「내마음의 풍차」(예문관, 1975)
「개미의 탑」(예문관, 1977)
「도시의 사냥꾼」(예문관, 1977)
「돌의 초상」(예문관, 1977)
「작은 사랑의 이야기」(예문관, 1978)
「청춘은 왕」(예문관, 1978)
「사랑의 조건」(예문관, 1978)
「가족」(예문관, 1978)
「천국의 계단」(예문관, 1979)
「불새」(예문관, 1980)
「지구인」(예문관, 1980)
「안녕하세요, 하느님」(예문관, 1980)

「위대한 유산」(문학과 지성사, 1981)

「적도의 꽃」(중앙 일보사, 1982)

「가면 무도회」(민음사, 1982)

「전람회 그림」(우석 출판사, 1983)

「물 위의 사막」(갑인 출판사, 1983)

「고래사냥」(동화출판사, 1983)

「가족」(샘터, 1984)

「겨울 나그네」(문예출판사, 1984)

「타인의 방」(동화출판공사, 1984)

「별들의 고향」(동화출판공사, 1984)

「지구인」(중앙일보사, 1985)

「내 마음의 풍차」(중앙 일보사, 1985)

「밤의 침묵」(청호 문화사, 1985)

「불새」(우석, 1986)

「잃어버린 왕국」(우석, 1986)

「황진이」(동화출판공사, 1986)

「이상문학상 수상작가 대표 작품선 2」(문학사상사, 1986)

「술꾼」(동아, 1987)

「무서운 복수」(고려원, 1987)

「가족」(샘터사, 1987)

「바보들의 행진」(청호문화사, 1987)

「작은 사랑의 이야기」(여학생사, 1987)

「우리들의 영웅」(여학생사, 1987)

「도시의 사냥꾼」(우석, 1987)

「흔들리는 성」(동화출판공사, 1989)

희곡

「달리는 바보들」(현대문학 199, 1971, 7)

「향기로운 잠」(문학사상 53, 1977,,2)

수필집

「누가 천재를 죽였나」(예문관, 1978)

「모르는 사람에게 보내는 편지」(제삼기획, 1987)

「오 노 노우」(동화출판공사, 1987)

조해일

1941년 만주 하얼빈 출생

1945년 귀국, 서울에서 성장

　　　　경희대 국어국문학과, 동대학원 졸업

1970년 중앙일보 신춘문예「매일 죽는 남자」가 당선

1974년「아메리카」발표

1975년「왕십리」발표

1986년「임꺽정」발표

1990년「반연애론」「무쇠탈」발표

단편으로「멘드롱 따또」「통일전 소묘」「뿔」「대낮」과 중편「아메리카」

　　　　「무 쇠탈」연작, 장편소설「겨울여자」「지붕위의 남자」「갈 수

　　　　없는 나라」발표

1999년 경희대학교 국어국문학과 교수로 재직.

소설집

「아메리카」(민음사, 1974)

「왕십리」(삼중당, 1975)

「겨울여자」(문학과 지성사, 1976)

「매일 죽는 사람」(서음 출판사, 1976)

「우요일」(지식산업사, 1977)

「지붕 위의 남자」(열화당, 1977)

「갈 수 없는 나라」(삼조사, 1979)

「아메리카」(고려원, 1980)

「엑스」(현암사, 1982)

「겨울여자」(중앙일보사, 1985)

「임꺽정에 관한 일곱 개의 이야기」(책세상, 1986)

「아메리카」(고려원, 1987)

연구자료

김치수, 1972. 9.「한국소설은 어디에 와 있는가 - 최인호와 황석영을 중심
　　　　으로」『문학과 지성 9』

오생근, 1974. 6.「타인의식의 극복」『문학과 지성 16』

이보영, 1980.1.「환상적 리얼리즘의 허실」『현대문학 301』

김치수, 1982. 12.「개성과 다양성」『문학사상 121』

김병익,「과거의 언어와 미래의 언어 - 조해일의 근작들」『문학과 지성
　　　　13』(1937,9)

오생근,「타인의식의 극복」『문학과 지성 16』(1974,6)

■ 참고자료

1930년대 대중문학 연구논문

송경섭. 「일제하 한국 신문 연재소설의 특성에 관한 연구」, 서울대, 1973.

양찬주. 「1930년대 한국 신문 연재소설의 성격에 관한 연구」, 동아대, 1978.

오인문. 「한국 신문 연재소설의 사회적 기능에 관한 고찰」, 중앙대, 1979.

고준영. 「신문장편 소설에 나타난 민족관」, 고려대, 1980.

고인덕. 「신문소설에 나타난 가치 연구」, 서강대, 1980.

민병덕. 「한국 근대 신문 연재소설 연구」, 성균관대 박사, 1988.

권선아. 「1930년대 대중소설의 양상 연구」, 고려대, 1994.

김강호. 「1930년대 한국 통속소설 연구」, 부산대, 1994.

김영찬. 「1930년대 후반 통속소설 연구」, 성균관대, 1994.

오미남. 「1930년대 후반기 통속소설 연구」, 중앙대, 1994.

최소영. 「이태준 신문 연재소설 연구」, 연세대, 1994.

백은주. 「1930년대 대중소설의 독자 공감요소에 관한 연구」, 제주대학 교육대학, 1996.

1970년대 대중문학 연구논문

김홍신. 「1970년대 소설에 나타난 산업화 양상 연구」, 건국대, 1994.

박휘종.「1970년대 대중소설 연구」, 계명대, 1995.

박철우.「신문 연재소설 연구」, 중앙대 박사, 1996.

심미애.「베스트셀러에 나타난 감정구조 연구」, 서강대, 1995.

추은주.「1970년대 대중소설 연구」, 부산대, 1997.

장서연.「1970년대 대중소설 연구」, 동덕여대, 1998.

단행본

김병익.『상황과 상상력』, 문학과 지성사, 1979.

김주연 편.『대중문학과 민중문학』, 민음사, 1979.

강현두 편.『대중문화의 이론』, 민음사, 1980.

『한국의 대중문화』, 나남, 1987.

최정호.『언론문화와 대중문화』, 민음사, 1982.

권영민.『소설의 시대를 위하여』, 이우 출판사, 1983.

양 평.『베스트셀러 이야기』, 우석, 1985.

현실문화연구 편.『문화연구 어떻게 할 것인가』, 현실문화연구, 1993.

문학사와 비평 연구회 편.『1970년대 문학 연구』, 예하, 1994.

대중문학 연구회 편.『대중문학이란 무엇인가』, 평민사, 1995.

박성봉.『대중예술의 이론들』, 동연, 1994.

『대중예술의 미학』, 동연, 1995.

김창남.『대중문화와 문화실천』, 한울, 1995.

박명진 외.『문화, 일상, 대중』, 한나래, 1996.

원용진.『대중문화의 패러다임』, 한나래, 1996.

김정자.『한국 현대문학의 성과 매춘』, 태학사, 1996.

이강수 편.『대중문화와 문화산업론』, 나남, 1998.

이임자.『한국출판과 베스트셀러』, 경인문화사, 1998.

국외논저

알란 스윙지우드. 이강수 역.『대중문화론의 원점』, 전예원, 1984.

A카플란. 최민 역.「대중예술의 미학」『예술의 창조』, 태극출판사, 1984.

R 알렌 역. 김훈순 역.『텔레비젼과 현대비평』, 나남, 1992.

존 스토리. 박모 역.『문화연구와 문화이론』, 현실문화연구, 1994.

허버트 J. 갠즈. 강현두 역.『대중문학과 고급문학』, 나남, 1998.

소논문

오인문.「신문 연재소설의 변천」.『상황과 상상력』, 문학과 지성사, 1979.

서영채.「1930년대 통속소설의 존재방식」『민족문학사 연구 4』, 1993.

김창식.「1930년대 한국 신문 소설의 특성과 그 존재 의미에 대한 일고
　　　찰」『국어국문 학 32』, 부산대 국어국문학과, 1995.
　　　「신문 소설의 대중성과 즐거움의 정체」『오늘의 문예비평』봄호,
　　　1997.

김우종.「신문소설과 상업주의」『신문연구』가을호, 1977.

김병익.「70년대 신문소설의 문화적 의의」『신문연구』가을호. 1977.
　　　「70년대 소설을 어떻게 볼 것인가」『상황과 상상력』, 문학과 지
　　　성사, 1979.

염무웅.「최근 소설의 경향과 전망」『창작과 비평』봄호. 1978.

김주연.「대중문학 논의의 제 문제」『현상과 인식』겨울호. 1978.

김경동.「대중사회와 인간」『현상과 인식』겨울호. 1978.

손봉호.「대중과 문화」『현상과 인식』겨울호. 1978.

박순영.「대중사회와 대중문화」『현상과 인식』겨울호 1978.

최일수.「신문소설과 윤리」『상황과 상상력』, 문학과 지성사, 1979.

김치수.「산업사회에 있어서 소설의 변화」『문학과 지성』가을호 1979.

김우창. 「산업시대의 문학」『문학과 지성』 가을호. 1979.

김종철. 「대중문화, 고급문화, 사회」『문학과 사회』 민음사. 1979.

류재천. 「인쇄매체에 나타난 가치관 분석 70년대 신문 연재소설의 분석」
        『한국의 사회 와 문화 제1집』, 한국 정신문화 연구원, 1980.

정달영. 「신문 연재소설과 사회윤리」『신문과 방송』, 1982.12.

조남현. 「대중소설의 다면적 성격」『해방 40년: 민족 지성의 회고와 전망』,
        문학과 지 성사, 1985.

        「1970년대 소설의 실상과 의미」『현대문학』 3월호 1989.

이문열, 김병익, 전영태, 권두대담. 「대중문학의 문제점」『현대문학』 6월
        호. 1985.

김성렬. 「1970년대 한국소설과 사회의식」『민족문학 연구소 19호』, 고려
        대 민족문화 연구소, 1986.

박명진. 「즐거움, 저항, 이데올로기」『사회과학과 정책연구』, 서울대 사회
        과학 연구 소 13권 2호, 1991.12.

최재봉. 「베스트셀러의 역사」『소설과 사상』 여름호. 1995.

박혜숙. 「남성의 시각과 여성의 현실」『민족문학사 연구 제9호』, 민족문
        학 연구소, 1996.

여성문학 관련 참고문헌

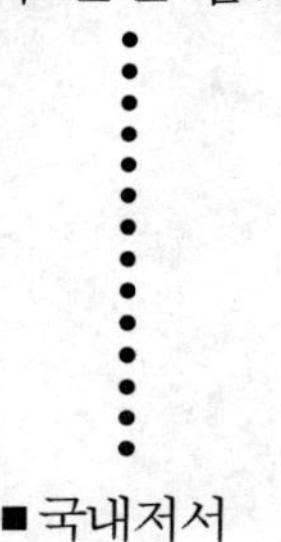

■ 국내저서
■ 국내연구논문

■ 여성문학 관련 참고문헌

〈국내저서〉

『家와 家門』 김열규, 서강대학교 인문과학연구소, 1989.

『가족과 성의 사회학』 박숙자 외, 사회비평사, 1995.

『강의실에서 읽는 여성주의 소설』 하응백, 책나무, 1994.

『고려와 몽고의 여성』 이현희, 명문당, 1988.

『고령화 사회와 여성』 여성문제연구회 편, 여성문제연구회, 1992.

『교육과 법에 대한 여성학적 접근』 윤후정 외, 청하, 1991.

『90년대와 여성정책』 한국여성정치연구소 편, 한국여성정치연구소, 1990.

『굴레속의 한국여성』 김진명, 집문당, 1995.

『근대가족의 변모와 여성문제』 조은 · 이정옥 · 조주현, 서울대학교출판부, 1997.

『길찾기 ― 소설로 보는 여성문제』 송지현 엮음, 동녘, 1994.

『괴테문학의 여성미』 안진태, 열린책들, 1995.

『깨어나는 여신』 김재희 엮음, 정신세계사, 2000.

『나혜석 전집』 이상경 교열, 태학사, 2000.

『남성을 위한 여성학』 편집부, 한국여성개발원, 1994.

『다시 쓰는 여성과 문학』 송지현, 평민사, 1995.

『달뜨고 별지면 울고 싶어라』 이상현 편저, 국문, 1981.

『대중매체와 성의 상징질서』 박정순 · 김훈순 공편, 나남출판, 1997.

『대중매체와 성의 정치학』 김명혜 외, 나남출판, 1999.

『매스미디어와 여성』 김선남, 범우사, 1997.

『명작속의 여성 73』 임헌영 외, 공동체, 1993.

『모성의 담론과 현실』 심영희 외 편, 나남출판, 1999.

『몸 또는 욕망의 사다리』 이거룡 외, 한길사, 1999.

『몸의 정치』 정화열, 민음사, 1999.

『문학과 성의 이데올로기』 송명희, 새미, 1994.

『문학과 여성상』 유종호, 중앙일보사, 1985.

『문학의 편견』 김경수, 세계사, 1994.

『버지니아 울프 — 여성/모더니티/글쓰기』 태혜숙, 건국대학교출판부,
    1996.

『사회주의 여성해방의 현재와 미래』 한국여성연구회, 백두, 1992.

『사회학자들이 본 남성과 여성』 박미해, 한울, 1993.

『삶의 여성학』 박혜란, 또하나의 문화, 1993.

『새내기를 위한 여성관련 도서목록』 여울슬, 여성사, 1994.

『새로 쓰는 사랑 이야기』 또하나의 문화동인, 또하나의 문화, 1998.

『새로 쓰는 성 이야기』 또하나의 문화동인, 또하나의 문화, 1999.

『새로 쓰는 여성과 한국사회』   여성한국사회연구소, 사회문화연구소,
    1999.

『새 여성학 강의』 한국여성연구소, 동녘, 1999.

『생떽쥐베리와 여성의 이미지』 이광섭, 신아사, 1996.

『성 · 미디어 · 문화』 김명혜 외, 나남출판, 1994.

『성역할과 여성』 임정빈 · 정혜정, 학지사, 1997.

『성의 기원』 김학현, 민음사, 1996.

『성차별적 언어 사용에 관한 연구』 편집부, 한국여성개발원, 1996.

『성찰적 근대성과 페미니즘 ― 한국의 여성과 남성 2』 조혜정, 또하나의 문화, 1998.

『세상의 절반 여성이야기』 우리교육출판부, 우리교육, 1999.

『시네 ― 페미니즘 대중영화 꼼꼼히 읽기』 김소영 편, 과학과 사상, 1995.

『신여성들은 무엇을 꿈꾸었는가』 최혜실, 생각의 나무, 2000.

『신여성론』 김옥희, 지구문화사, 1995.

『신자유주의적 반격하에서 핵가족과 가족의 위기』 이미경, 공감, 1999.

『아시아에서 여성으로 산다는 것』 변영주, 화평사, 1995.

『어떻게 여자가 되는가』 임선희 · 유희정, 고려원, 1990.

『에로티시즘 ― 성애적 경향, 성질』 송윤하, 춘광, 1998.

『여성 가족 사회』 이은죽 · 장지연, 세영사, 1999.

『여성과 교육』 곽삼근, 박영사, 1998.

『여성과 남성을 위한 여성학』 부산대학교여성연구소, 중앙적성출판사, 1996.

『여성과 노동』 동녘편집부, 동녘, 1985.

『여성과 리더쉽』 편집부, 한국여성개발원, 1999.

『여성과 문학』 성신여자대학교 인문과학연구소 편, 성신여자대학교출판부, 1990.

『여성과 민요』 임동권, 집문당, 1984.

『여성과 법률』 정욱태 외, 전남대학교출판부, 1989.

『여성과 사회』 조정숙 외, 중앙출판, 1983.

『여성과 사회』 윤근섭 외, 문음사, 1996.

『여성과 철학』 김혜숙외, 철학과 현실사, 1999.

『여성과 한국사회 — 한국여성학시론』 여성한국사회연구회 편, 사회문
　　화연구소출판부, 1993.

『여성과 한민족』 남인숙 외, 학문출판, 1996.

『여성과 현대사회』 윤근섭 외, 문음사, 1999.

『여성관련석박사학위논문초록집 — 1975~1985』 한국여성개발원,
　　1989.

『여성 그 다름과 힘』 김홍희 편저, 삼신각, 1994.

『여성 · 몸 · 성』 장필화, 또하나의 문화, 1999.

『여성문화 예술이론』 심정순 편역, 동인, 1999.

『여성문화의 새로운 시각』 김진영 외, 월인, 1999.

『여성사회철학』 한국여성연구소 편, 이화여자대학교출판부, 1987.

『여성사회학』 이홍탁, 법문사, 1986.

『여성사회학』 여성사회학연구, 한울, 1988.

『여성사회학 — 여성학이론정립을 위한 시도』 이홍탁 외, 법문사, 1994.

『여성심리』 김태련 외, 이화여자대학교출판부, 1996.

『여성심리 140』 정한택, 성정출판사, 1982.

『여성심리학 — 여성과 성차』 장휘숙, 박영사, 1996.

『여성심리학』 홍순정 외, 교육과학사, 1998.

『여성 · 여성학』 변혜정 외, 단국대학교출판부, 1996.

『여성운동』 이상운 역, 춘추서각, 1984.

『여성운동과 정치이론』 이승희, 녹두, 1994.

『여성은 남자와 무엇이 어떻게 다른가』 김정휘 외, 서원, 1995.

『여성의 글 여성의 삶』 강금숙, 국학자료원, 1999.

『여성의 눈으로 읽는 문화』 송명희 외, 새미, 1997.

『여성의 몸에 관한 철학적 성찰』 한국여성철학과, 철학과 현실사, 2000.

『여성의 사회의식』 이효재, 평민사, 1978.

『여성의 삶과 공간환경』 김대년 외, 한울, 1995.

『여성의 일과 삶의 질』 손승영 외, 생각의 나무, 1999.

『여성의 일찾기 세상 바꾸기』 또하나의 문화, 1999.

『여/성이론 1』 여성문화이론연구소, 도서출판 여이연, 1999.

『여/성이론 2』 여성문화이론연구소, 도서출판 여이연, 2000.

『여성학』   이화여자대학교한국여성연구소, 이화여자대학교출판부, 1979.

『여성학』 아세아여성문제연구소, 숙명여자대학교출판부, 1981.

『여성학』 김옥희, 세광, 1986.

『여성학』 노진곤 · 류정희, 신성, 1996.

『여성학 강의』 한국여성연구회, 동녘, 1994.

『여성학 강좌』 오아름, 인문당, 1986.

『여성학 방법론』 한국여성연구소 편, 한학사, 1986.

『여성학 연구』 최지희, 세종출판사, 1994.

『여성학 영역별 연구』 이화여자대학교한국여성연구소, 이화여자대학교 출판부, 1989.

『여성학의 실제와 적용』 박충선 · 정영숙, 대구대학교출판부, 1998.

『여성학의 이론과 실제』 임돈희, 동국대학교출판부, 1986.

『여성학의 이해』 한국여성학연구회, 경문사, 1998.

『여성해방과 문학』 송명희, 지평, 1988.

『여성해방의 문학』 또하나의 문화, 1995.

『여성해방의 이론과 현실』 이효재 편, 창작과 비평사, 1980.

『여자는 왜?』 서진영, 동녘, 1991.

『여자로 말하기, 몸으로 글쓰기』 또하나의 문화 제9호, 또하나의 문화, 1992.

『열린 사회 자율적 여성』 또하나의 문화동인, 또하나의 문화, 1995.

『영미여성소설의 이해』 나영균 외, 민음사, 1994.

『오늘의 여성문학』 이대동창문인회 편, 문학세계사, 1989.

『오늘의 여성학』 김원홍 외, 건국대학교출판부, 1999.

『오늘의 페미니즘 · 세계여성운동』 장미경 편저, 문원, 1996.

『왜 여성학인가』 남인숙, 학문사, 1998.

『우리나라 여성들은 어떻게 살았을까 1, 2』 이배용 외, 청년사, 1999.

『우리 소설속의 여성들』 조동길, 새미, 1997.

『우리 시대의 성담론』 송명희 외, 새미, 1998.

『우리 여성의 역사』 한국여성연구소여성사연구실, 청년사, 1999.

『울타리를 넘어서』 박완서 외, 공동체, 1987.

『유리파수꾼』 박화성 외, 동녘, 1989.

『이광수의 민족주의와 페미니즘』 송명희, 국학자료원, 1997.

『21세기 문화 미리보기』 이영철 엮음, 시각과 언어, 1996.

『21세기 여성의 노하우』 정선진, 서림문화사, 1990.

『21세기 여성인력개발에 관한 연구』 중앙대학교가정문화연구소, 1997.

『21세기와 여성』 노미혜 · 변화순, 한국여성개발원, 1993.

『21세기 정치와 여성』 이범준 외, 나남출판, 1998.

『인간여성』 김종해, 이목, 1995.

『인물여성사 — 한국편』 박석분 외, 새날, 1994.

『인물여성사 — 세계편』 박석분, 새날, 1996.

『일곱가지 여성 콤플렉스』 여성을 위한 모임, 현암사, 1999.

『일과 성』 이상화 외, 청하, 1992.

『일상의 여성학』 곽삼근 외, 박영사, 1998.

『일제하의 영남지역 여성관련 자료집』 부산여자대학교여성문제연구소, 1997.

『제3의 성』 여성을 위한 모임, 현암사, 1999.

『주부 그 막힘과 트임』 조혜정 외, 또하나의 문화, 1999.

『중국여성의 성과 사랑』 이은하, 동방미디어, 1997.

『차이의 정치학』 세계사상 4호, 동문선, 1998.

『참된 페미니즘을 위한 성찰』 유순하, 문이당, 1996.

『탈식민지시대 지식인의 글읽기와 삶읽기(1)』 조혜정, 또하나의 문화, 1992.

『탈식민지시대 지식인의 글읽기와 삶읽기(2)』 조혜정, 또하나의 문화, 1994.

『탈식민지시대 지식인의 글읽기와 삶읽기(3)』 조혜정, 또하나의 문화, 1996.

『페미니즘과 문학비평』 김경수, 고려원, 1994.

『페미니즘과 소설비평』 한국여성소설연구회 공저, 한길사, 1995.

『페미니즘과 소설읽기』 조애리 · 장정희, 동인, 1998.

『페미니즘과 영미문학 읽기』 이정호 편저, 서울대학교출판부, 1996.

『페미니즘과 포스트모더니즘』 이소영 · 정정호, 한신문화사, 1992.

『페미니즘문학론』 임명진 · 최동현 편, 한국문화사, 1996.

『페미니즘 비평과 한국소설』 송지현, 국학자료원, 1996.

『페미니즘/영화/여성』 유지나 · 변재란, 여성사, 1993.

『페미니즘은 휴머니즘이다』 한국문학연구회, 한길사, 2000.

『페미니즘의 이론과 정치』 장미경, 문학과학사, 1999.

『포스트모던 시대의 한국여성신학』 이은선, 분도출판사, 1997.

『學과 여성학』 유종호, 중앙일보사, 1985.

『한국고전 여성문학의 세계』 이혜순·정화영, 이화여자대학교출판부, 1998.

『한국근대여성사』 최은희, 조선일보사, 1991.

『한국근대여성소설연구』 서정자, 국학자료원, 1999.

『한국근대여성연구』 서정자·박영혜, 숙명여자대학교 아세아여성문제 연구소, 1987.

『한국근세여성사화』 이옥주, 규문각, 1985.

『한국문학과 여성』 최재구 외 공편, 박이정, 1997.

『한국문학과 여성주의 비평』 정순진, 국학자료원, 1992.

『한국문학에 있어서의 집 그리고 가족의 문제』 김정자 외, 우리문학사, 1992.

『한국민족주의와 여성운동』 이윤희, 신서원, 1995.

『한국사회의 여성과 가족』 조은 외, 문학과 지성사, 1990.

『한국여성문학비평론』 안숙원 외, 개문사, 1995.

『한국 여성문화 논총』 김활란박사 근속40주년기념위원회, 이화여자대학교, 1999.

『한국여성문학연구』 허미자, 태학사, 1996.

『한국여성미학의 사회사』 강성원, 사계절, 1998.

『한국여성사』 최숙경·하현강, 이화여자대학교, 1993.

『한국 여성소설과 페미니즘』 김미현, 신구문화사, 1996.

『한국여성소설선 I · II』 서정자 편, 갑인출판사, 1991.

『한국여성소설연구』 김정자, 민지사, 1991.

『한국여성시인연구』 정영자, 평민사, 1996.

『한국여성시학』 김현자 외, 깊은샘, 1997.

『한국여성영웅소설의 연구』 전용문, 목원대학교출판부, 1996.

『한국여성운동사』 정효섭, 일조각, 1984.

『한국여성의 노동과 섹슈얼리티』 김경애, 풀빛, 1999.

『한국여성의 의식구조』 이규태, 신원문화사, 1993.

『한국여성인권운동사』 한국 여성의 전화연합, 한울, 1999.

『한국여성철학』 여성철학연구모임, 한울, 1999.

『한국 여성학 연구서설』 강숙자, 지식산업사, 1998.

『한국 역사속의 여성인물』 편집부, 한국여성개발원, 1998.

『한국에 페미니스트는 있는가』 유숙렬 외, 삼인, 1998.

『한국의 여성과 남성』 조혜정, 문학과 지성사, 1988.

『한국의 여성운동』 이효재, 정우사, 1996.

『한국 페미니즘문학연구』 정영자, 좋은날, 1999.

『한국현대여성문학론』 정영자, 지평, 1988.

『한국현대 여성운동사』 이승희, 백산서당, 1994.

『한국희곡과 여성주의 비평』 유진월, 집문당, 1996.

『한 몽상가의 여자론』 유순하, 문예출판사, 1994.

『현대문학과 여성』 이명희, 깊은샘, 1998.

『현대사회와 여성』 우리사회연구학회, 정림사, 1998.

『현대사회와 여성의 역할』 노미혜 외, 한국여성개발원, 1987.

『현대여성소설연구』 김정자, 민지사, 1991.

『환경과 여성의 역할』 편집부, 한국여성개발원, 1993.

⟨국내연구논문⟩

「가정소설의 구조와 전개 — ⟨사씨남정기⟩⟨치악산⟩⟨삼대⟩를 중심으로」 최시한, 서강대학교 박사학위 논문, 1990.

「강경애 · 백신애 비교연구 — 시점과 작가의식을 중심으로」 신현주, 국민대학교 석사학위 논문, 1997.

「강경애 소설 연구」 김정화, 동국대학교 박사학위 논문, 1991.

「강경애 소설 연구」 김현영, 경상대학교 석사학위 논문, 1992.

「강경애 소설 연구」 양지숙, 전북대학교 석사학위 논문, 1992.

「강경애 소설 연구」 오현미, 중앙대학교 석사학위 논문, 1993.

「강경애 소설 연구 — 계급문제와 여성문제를 중심으로」 서은영, 연세대학교 석사학위 논문, 1993.

「강경애 소설 연구 — 여성인물을 중심으로」 엄현미, 성신여자대학교 석사학위 논문, 1991.

「강경애 소설 연구 — 여성의 현실문제 인식을 중심으로」 이경란, 광운대학교 석사학위 논문, 1996.

「강경애 소설 연구 — 여성인물의 의식변모과정을 중심으로」 이금란, 숭실대학교 석사학위 논문, 1996.

「강경애 소설 연구」 이은경, 연세대학교 석사학위 논문, 1990.

「강경애 소설 연구 — 작중인물의 변모양상을 중심으로」 심문자, 건국대학교 석사학위 논문, 1996.

「강경애 소설 연구」 정혜경, 고려대학교 석사학위 논문, 1991.

「강경애 소설 연구」 최광현, 인하대학교 석사학위 논문, 1994.

「강경애 소설 연구 — 현실 형상화 방법의 변모과정」 이유미, 연세대학교 석사학위 논문, 1996.

「강경애 소설에 나타난 여성문제 연구」 민은홍, 덕성여자대학교 석사학위 논문, 1995.

「강경애 소설에 나타난 여성인물 연구」 이재빈, 공주대학교 석사학위 논문, 1993.

「강경애 소설의 변모과정 연구」 김종원, 연세대학교 석사학위 논문, 1993.

「강경애 소설의 여성의식 연구」 고은미, 전북대학교 석사학위 논문, 1996.

「강경애 연구」 도애경, 건국대학교 석사학위 논문, 1987.

「강경애 연구」 안숙원, 서강대학교 석사학위 논문, 1976.

「강경애의 소설에 나타난 여성문제 연구」 민은홍, 덕성여자대학교 석사학위 논문, 1995.

「강경애의 〈인간문제〉 연구」 현종헌, 한국교원대학교 석사학위 논문, 1993.

「강경애의 장편소설 연구」 박용수, 전남대학교 석사학위 논문, 1992.

「강경애 ‘인간문제’ 연구」 김도훈, 한양대학교 석사학위 논문, 1993.

「강경애 장편소설 연구」 김은경, 목포대학교 석사학위 논문, 1994.

「강경애 장편소설 연구」 심진경, 서강대학교 석사학위 논문, 1993.

「강신재 소설 연구」 박미선, 경희대학교 석사학위 논문, 1996.

「고소설에 나타난 악녀의 실상」 한상현, 건국대학교 석사학위 논문, 1996.

「고소설에 나타난 호걸적 여성상 연구」 박민자, 동의대학교 석사학위 논문, 1997.

「고속요의 여성화자 연구」 황영미, 부산외국어대학교 석사학위 논문, 1995.

「고정희 페미니즘 시연구」 이승이, 목원대학교 석사학위 논문, 1998.

「근대 이후의 여류가사 연구」 임종숙, 한남대학교 석사학위 논문, 1988.

「김동리 소설의 여성인물 연구」 최의영, 동국대학교 석사학위 논문, 1996.

「김유정소설의 여성상 연구」 박길숙, 수원대학교 석사학위 논문, 1997.

「노천명 시 연구」 김정희, 전주대학교 석사학위 논문, 1988.

「노천명 시의 연구」 류지연, 관동대학교 석사학위 논문, 1996.

「모성론에 관한 비판적 고찰」 이연정, 서울대학교 석사학위 논문, 1994.

「〈바리공주〉에 나타난 여성의식의 특징에 관한 비교고찰」 이경하, 서울대학교 석사학위 논문, 1997.

「박경리 소설 연구」 조순자, 숭실대학교 석사학위 논문, 1994.

「박경리 소설의 비극성 연구」 김명희, 전주대학교 석사학위 논문, 1994.

「박경리의 〈토지〉 연구」 김영신, 배재대학교 석사학위 논문, 1993.

「박경리의 〈토지〉 연구」 문상경, 계명대학교 석사학위 논문, 1996.

「박경리의 〈토지〉 연구」 이승윤, 연세대학교 석사학위 논문, 1995.

「박경리의 〈토지〉 연구」 정운갑, 중앙대학교 석사학위 논문, 1996.

「박경리 초기소설 연구」 백지연, 경희대학교 석사학위 논문, 1995.

「박완서 소설 연구」 함윤주, 동덕여자대학교 석사학위 논문, 1996.

「박완서 〈엄마의 말뚝〉에 나타난 서사전략 연구」 이두혜, 동아대학교 석사학위 논문, 1997.

「박완서 장편소설 연구」 안광진, 중앙대학교 석사학위 논문, 1997.

「박완서 초기 장편소설 연구」 이홍진, 계명대학교 석사학위 논문, 1996.

「박화성 단편소설 연구 ― 해방이전의 작품을 대상으로」 임성희, 연세대학교 석사학위 논문, 1990.

「박화성 소설 연구」 박운희, 충남대학교 석사학위 논문, 1992.

「박화성 소설 연구 — 사회의식과 여성의식을 중심으로」 변신원, 연세대학교 박사학위 논문, 1996.

「박화성 연구 — 해방전 소설을 중심으로」 허정란, 숙명여자대학교 석사학위 논문, 1993.

「박화성의 초기소설 연구」 박혜원, 계명대학교 석사학위 논문, 1993.

「박화성 초기소설의 경향성 연구」 정헌숙, 부산대학교 석사학위 논문, 1990.

「〈방한림전〉의 여성주의적 시각 연구」 차옥덕, 성신여자대학교 박사학위 논문, 1999.

「백신애 소설 연구」 구교범, 영남대학교 석사학위 논문, 1989.

「백신애 소설 연구」 박미현, 전남대학교 석사학위 논문, 1992.

「백신애 소설 연구」 배옥남, 인하대학교 석사학위 논문, 1990.

「백신애 소설 연구 — 빈궁문제의 수용양상을 중심으로」 김현정, 성신여자대학교 석사학위 논문, 1992.

「백신애 소설 연구」 오안나, 전남대학교 석사학위 논문, 1994.

「백신애 소설 연구」 유수연, 전북대학교 석사학위 논문, 1993.

「백신애 소설 연구」 이은숙, 서울대학교 석사학위 논문, 1989.

「백신애 소설 연구」 이은희, 건국대학교 석사학위 논문, 1990.

「백신애 소설 연구」 정일진, 대구대학교 석사학위 논문, 1989.

「백신애 소설 연구」 주정숙, 계명대학교 석사학위 논문, 1989.

「백신애 연구」 하소양, 충남대학교 석사학위 논문, 1990.

「백신애 연구」 한명환, 고려대학교 석사학위 논문, 1986.

「백신애 소설의 여성문학적 고찰」 김태자, 계명대학교 석사학위 논문, 1992.

「서간체 소설의 시학적 접근 및 사적 성격」 이은경, 서강대학교 석사학위 논문, 1984.

「서사무가 〈바리공주〉연구」 노영근, 국민대학교 석사학위 논문, 1994.

「성으로 본 여성의 실상 — 80년대 단편소설을 중심으로」 박혜란, 이화
　여자대학교 석사학위 논문, 1987.

「성의식의 관점으로 본 강릉 관노가면극」 유재숙, 숙명여자대학교 석사
　학위 논문, 1997.

「소월시의 페미니즘 연구」 유창근, 명지대학교 석사학위 논문, 1989.

「숙향전 연구」 이종길, 부산외국어대학교 석사학위 논문, 1995.

「시집살이 민요 연구」 박인희, 국민대학교 석사학위 논문, 1996.

「신소설에 나타난 신여성 연구」 최종순, 목원대학교 석사학위 논문,
　1994.

「신소설의 페미니즘 연구」 김은희, 국민대학교 석사학위 논문, 1989.

「18세기 열녀전 연구」 이대형, 연세대학교 석사학위 논문, 1994.

「여성가사의 표현의 특성과 그 변모양상에 관한 연구」 조금주, 연세대학
　교 석사학위 논문, 1994.

「여성 영웅소설의 갈등양상에 관한 연구」 정연지, 배재대학교 석사학위
　논문, 1996.

「여성 영웅소설의 갈래와 구조적 특징」 박상란, 동국대학교 석사학위 논
　문, 1992.

「여성 영웅소설의 출현과 후대적 변모」 민찬, 서울대학교 석사학위 논문,
　1986.

「여성영웅신화 연구」 윤교임, 서강대학교 석사학위 논문, 1996.

「여성의 글쓰기와 자기발견의 서사구조」 전창호, 한남대학교 석사학위
　논문, 1993.

「염상섭 소설의 신여성상 연구」 전윤정, 숭실대학교 석사학위 논문,

1997.

「오정희 소설 연구」 정영화, 중앙대학교 석사학위 논문, 1996.

「〈우렁색시〉 설화 연구」 진은진, 경희대학교 석사학위 논문, 1995.

「이상 시의 페미니즘적 연구」 박진임, 서울대학교 석사학위 논문, 1991.

「이선희 소설 연구」 남상임, 동국대학교 석사학위 논문, 1992.

「이선희와 지하련 소설 연구 — 순수문학적 특성을 중심으로」 박미정, 숙명여자대학교 석사학위 논문, 1990.

「20세기의 한국소설에 나타난 근대적 집의 형성사 연구」 이동재, 고려대학교 박사학위 논문, 1999.

「이태준 장편소설에 나타난 여성상 연구」 민영주, 인천대학교 석사학위 논문, 1994.

「일제 강점기 한국 여류소설 연구」 서정자, 숙명여자대학교 박사학위 논문, 1987.

「임옥인 소설의 플롯 분석」 박임순, 동국대학교 석사학위 논문, 1986.

「전란을 소재로 한 여성우위 서사물의 양상과 의미」 김동진, 경북대학교 석사학위 논문, 1993.

「젠더공간구조로 본 서사체 연구 — 1930년대 소설을 중심으로」 강금숙, 이화여자대학교 박사학위 논문, 1989.

「조선조 기녀 시조문학의 연구」 정수향, 경북대학교 석사학위 논문, 1988.

「조선후기 한문단편에 나타난 여성상 연구」 이현주, 영남대학교 석사학위 논문, 1997.

「지하련 소설 연구」 장윤영, 상명대학교 석사학위 논문, 1997.

「지하련 소설의 인물연구」 남찬우, 경남대학교 석사학위 논문, 1991.

「1930년대 여류소설에 대한 연구」 임경선, 이화여자대학교 석사학위 논문, 1976.

「1930년대 여류소설 연구」　원종인, 숙명여자대학교 석사학위 논문, 1988.

「1930년대 여류작가의 작품경향 연구 — 박화성, 강경애, 백신애 작품에 나타난 저항의식을 중심으로」　강인숙, 이화여자대학교 석사학위 논문, 1982.

「1930년대 여성소설 연구」　허유진, 경원대학교 석사학위 논문, 1996.

「1930년대 여성소설에 나타난 여성문제인식 연구 — 박화성, 강경애, 백신애 소설을 중심으로」　박인숙, 한성대학교 석사학위 논문, 1994.

「1930년대 여성소설에 나타난 여성의 자아실현 양상 연구」　김유미, 인하대학교 석사학위 논문, 1994.

「1930년대 여성작가의 여성문제 인식에 관한 연구 — 강경애, 백신애, 박화성 작품을 중심으로」　이영숙, 이화여자대학교 석사학위 논문, 1988.

「1930년대 한국소설에 있어서의 여성자아 정립양상 연구」　송지현, 전남대학교 박사학위 논문, 1991.

「1930년대 희곡에 나타난 여성의 현실 대응 방식」　이은영, 경북대학교 석사학위 논문, 1996.

「1920년대 단편소설에 나타난 페미니즘 연구 — 양성성을 중심으로」　유남옥, 숙명여자대학교 박사학위 논문, 1993.

「1950년대 강신재 소설 연구」　이다영, 연세대학교 석사학위 논문, 1995.

「1950년대 여성작가 연구」　이정희, 경희대학교 석사학위 논문, 1994.

「최정희 소설 연구」　이우희, 경희대학교 석사학위 논문, 1996.

「최정희 소설에 나타난 여성인물 연구」　김효임, 숙명여자대학교 석사학위 논문, 1994.

「최정희 소설에 나타난 풍속성 연구」 강현아, 영남대학교 석사학위 논문, 1992.

「최정희 소설의 공간 분석」 정미숙, 부산대학교 석사학위 논문, 1990.

「최정희의 소설 연구」 한경숙, 연세대학교 석사학위 논문, 1990.

「최정희의 〈인간사〉 연구」 권기성, 한양대학교 석사학위 논문, 1996.

「최정희 초기소설 연구」 김소영, 계명대학교 석사학위 논문, 1994.

「춘향전에 나타난 기생의 세계」 서례순, 고려대학교 석사학위 논문, 1988.

「카프문학에 대한 페미니즘적 접근」 최현주, 서울여자대학교 석사학위 논문, 1997.

「〈토지〉의 인물과 총체성 연구」 이주연, 동국대학교 석사학위 논문, 1996.

「페미니즘의 시각에서 본 춘향전 연구」 최현경, 성신여자대학교 석사학위 논문, 1998.

「한국 근대 고백체 소설 연구」 박재섭, 서강대학교 박사학위 논문, 1993.

「한국근대소설 속에 나타난 신여성상 연구」 황수진, 건국대학교 박사학위 논문, 1999.

「한국 근대소설에 나타난 여성의식 연구」 방영이, 전북대학교 박사학위 논문, 1992.

「한국 근대시의 여성편향성에 관한 연구」 황윤철, 대구대학교 석사학위 논문, 1987.

「한국 근대 여성소설의 페미니스트 시학」 김미현, 이화여자대학교 박사학위 논문, 1996.

「한국소설에 나타난 여성인물 연구 — 속죄양적 인물을 중심으로」 황수진, 건국대학교 석사학위 논문, 1989.

「한국 여류소설 연구 ― 1920,30년대를 중심으로」 이정옥, 서강대학교 석사학위 논문, 1988.

「한국여성문학연구 ― 1920~30년대를 중심으로」 정영자, 동아대학교 석사학위 논문, 1988.

「한국현대 여류시에 나타난 애정의식 연구 ― 모윤숙, 노천명, 김남조, 홍윤숙 시를 중심으로」 김복순, 서울여자대학교 박사학위 논문, 1990.

「한국 현대 여성문학 연구」 김지현, 부산여자대학교 석사학위 논문, 1991.

「한무숙 단편소설 연구」 정재원, 연세대학교 석사학위 논문, 1995.

「한무숙 소설 〈만남〉연구」 김정호, 경상대학교 석사학위 논문, 1996.

「한무숙 소설 연구」 변지연, 동국대학교 석사학위 논문, 1994.

「한무숙 소설의 페미니즘적 요소 연구」 오소영, 이화여자대학교 석사학위 논문, 1995.

「허난설헌 문학과 생에 대한 페미니즘 연구」 김종순, 한성대학교 석사학위 논문, 1995.

「허난설헌 한시에 나타난 페미니즘 연구」 전재년, 인하대학교 석사학위 논문, 1998.

「현대소설의 남성중심주의 연구」 박선경, 서강대학교 박사학위 논문, 1993.

〈국외 번역본〉

『가부장제와 자본주의』 우에노 치즈코, 녹두, 1994.

『가부장제 이론』 실비아 월비, 이화여자대학교출판부, 1998.

『가정주부 ― 보이지 않는 노동자들』 레이 안드레, 한국여성개발원, 1987.

『가족·사유재산·국가의 기원』 엥겔스, 아침, 1987.

『가족은 반사회적인가』 미셸 바렛 외, 여성사, 1994.

『거절할 줄 아는 여자』 진 베어, 햇빛출판사, 1986.

『게오르그 짐멜 ― 여성문화와 남성문화』 가이 오크스 편역, 이화여자대학교출판부, 1993.

『교차로에서의 만남 ― 여성심리와 여아발달』 린 미켈 브라운·캐럴 길리간 공저, 이화여자대학교출판부, 1997.

『근대성과 페미니즘』 리타 펠스키, 거름, 1999.

『나·너·우리』 뤼스 이리가라이, 동문선, 1996.

『나와 너』 마르틴 부버, 문예출판사, 1984.

『남성과 여성』 마가렛 미드, 범조사, 1980.

『남성심리 여성심리』 칸바 와타루, 삼천리, 1992.

『낭만적 사랑과 사회』 재크린 살스비, 민음사, 1985.

『내셔널리즘과 젠더』 우에노 치즈코, 박종철출판사, 1999.

『늑대와 함께 달리는 여인들』 클라리사 에스테스, 고려원, 1994.

『다른 목소리로』 캐롤 길리건, 동녘, 1997.

『다시 꾸며보는 세상』 아이린 다이아몬드 외, 이화여자대학교출판부, 1996.

『더 이상 어머니는 없다』 아드리엔느 리치, 평민사, 1995.

『도전하는 여성』 김종숙 편역, 샘터사, 1983.

『마돈나의 이중적 의미 ― 슬레이브걸과 일상적 성 사회화』 프리가 하우그 외, 인간사랑, 1997.

『마음속의 몸』 마크 존슨, 한국문화사, 1992.

『몸 · 영혼 · 정신』 C.A. 반퍼슨, 서광사, 1985.

『몸의 철학』 미와 마사시, 해와 달, 1993.

『무엇이 여성을 분노하게 하는가』 해리엇 골드허 러너, 이화여자대학교
　　출판부, 1995.

『문학과 페미니즘』 팸 모리스, 문예출판사, 1997.

『문화적 투쟁으로서의 성』 빌헬름 라이히, 솔, 1996.

『미셸 푸코 섹슈얼리티의 정치와 페미니즘』 미셸 푸코 외, 새물결, 1995.

『미술과 페미니즘 — 굴절된 여성의 이미지』 노르마 부르드 외, 동문선,
　　1994.

『반항의 의미와 무의미』 줄리아 크리스테바, 푸른숲, 1998.

『발전주의 비판에서 신자유주의 비판으로』 다이앤 엘슨, 공감, 1998.

『보디랭귀지』 줄리어스 파스트, 언어문화사, 1981.

『브레히트의 여성관』 우테 베델, 미크로, 1999.

『사랑과 사치와 자본주의』 베르너 좀바르트, 까치, 1997.

『사랑 성 그리고 성역할』 컨스탄티나, 자유인공동체, 1995.

『사랑의 역사』 줄리아 크리스테바, 민음사, 1995.

『사랑의 이해』 에스터 하딩, 문학동네, 1996.

『사랑의 정신분석』 줄리아 크리스테바, 민음사, 1999.

『살아남기 — 여성, 생태학, 개발』 반다나 시바, 솔, 1998.

『30대의 여성이 알아두어야 할 일』 시모쥬 아끼꼬, 신서출판사, 1992.

『새내기 여성학』 헤디 위스, 여성사, 1994.

『생명과학에 대한 여성학적 비판』 루스 허바드, 이화여자대학교출판부,
　　1994.

『성과 텍스트의 정치학』 토릴 모이, 한신문화사, 1994.

『성의 계약』 헬렌 페셔, 정신세계사, 1999.

『성의 역사』 미셸 푸코, 나남출판, 1990.

『성의 정치학』 케이트 밀레트, 범조사, 1977.

『성적 차이와 페미니즘』 뤼스 이리가레이, 공간문학사, 1997.

『세계여성사 1, 2』 G. 트뤽, 문예출판사, 1995.

『시대를 앞서간 여자들의 거짓과 비극의 역사』 로사 몬떼로, 작가정신,
  2000.

『신체의 현상학』 리차드 자너, 인간사랑, 1993.

『심리이론과 여성의 발달』 캐롤 길리간, 철학과 현실사, 1994.

『아주 특별한 용기』 에렌 베스, 동녘, 2000.

『악녀』 린다 하트, 인간사랑, 1999.

『어머니와 창녀』 자포니쿠스 기획, 지인, 1994.

『어머니의 신화』 새리엘 서러, 까치, 1995.

『언어와 여성』 마리나 야겔로, 여성사, 1994.

『에로티즘』 조르주 바타이유, 민음사, 1993.

『XY 남성의 본질에 대하여』 엘리자베트 바뎅테, 민맥, 1993.

『여성과 남성이 다르지도 똑같지도 않은 이유』 캐롤 타브리스, 또하나의
  문화, 1999.

『여성과 범죄』 프랜시스 하이덴손, 나남출판, 1994.

『여성과 사회』 A.베벨, 한밭출판사, 1982.

『여성과 복지』 상원양자, 홍익재, 1997.

『여성과 이원론 ― 지식사회학적 분석』 린다 M.글레논, 이화여자대학
  교출판부, 1990.

『여성과 정치』 비키 랜달, 풀빛, 2000.

『여성과 지적 창조』 시몬느 드 보봐르, 소담출판사, 1991.

『여성과 혁명운동』 마리 M.멀래니, 두레, 1986.

『여성과 환경 그리고 지속가능한 개발』 로지 브라이도티 외, 한국여성개
　　발원, 1995.

『여성노동론』 다케나카 에이코, 여성사, 1996.

『여성노동시장이론』 나탈리 J.소콜로프, 이화여자대학교출판부, 1990.

『여성노동의 역사』 셸라 레웬학, 이화여자대학교출판부, 1995.

『여성들의 관계미학』 해리엇 러너, 지샘, 1998.

『여성론』 아우구스트 베벨, 까치, 1995.

『여성 망명정부에 대한 공상』 글로리아 스타이넘, 현실문화연구소,
　　1995.

『여성사회학』 파멜라 애보트 외, 경문사, 1991.

『여성상위시대연구』 에쉴리 몬테구, 한국학습개발원, 1996.

『여성심리학』 카렌 호니, 이화여자대학교출판부, 1982.

『여성에게 문화는 있었는가』 이케가미 순이치, 사계절, 1999.

『여성에의 연민』 몽떼를랑, 법문사, 1959.

『여성은 진화하지 않았다』 사라 블레퍼 홀디, 서문관, 1994.

『여성의 노동 여성의 삶』 J. 세이어즈 외, 천지, 1990.

『여성의 상태』 나탈리 에니크, 동문선, 1999.

『여성의 신비』 베티 프리단, 평민사, 1996.

『여성의 심층』 에리히 노이만, 삼성미술문화재단, 1982.

『여성의 역사』 조르주 뒤비 외, 새물결, 1999.

『여성의 예속』 존 스튜어트 밀, 이화여자대학교출판부, 1995.

『여성이 갖고 있는 남성의 이미지』 사라 켄트 외, 삼신각, 1996.

『여성주의와 연극』 수 엘렌 케이스, 한신문화사, 1997.

『여성프론티어』 아일레사 포르시, 태양사, 1989.

『여성학의 이론』 글로리아 불스 · 르네이트 듀엘리 클레인 공편, 을유문화사, 1986.

『여성해방과 성의 혁명』 데이빗 슐츠, 일월서각, 1983.

『여성해방논쟁』 로버타 해밀턴, 풀빛, 1982.

『여성해방론』 조금안 역, 동녘, 1988.

『여성해방론과 인간본성』 앨리슨 재거, 이론과 실천, 1992.

『여성해방문학의 논리』 앤 로잘린드 존즈, 창작과 비평사, 1990.

『여성해방사상의 흐름』 水田珠枝, 백산서당, 1983.

『여성해방의 실천과 후기 구조주의 이론』 크리스 위던, 이화여자대학교 출판부, 1993.

『여성해방의 역사』 앙드레 미셸, 백의 1994.

『여성해방의 이론체계』 앨리슨 재거 · 폴라 로덴버그 스트럴, 풀빛, 1983.

『여성해방의 정치학』 린지 저먼, 여성사, 1994.

『여성해방이론의 쟁점』 하이디 하트만 외, 태암, 1989.

『여자가 겪는 인생의 사계절』 대니얼 래빈슨, 세종연구원, 1998.

『여자는 무엇으로 사는가』 안드레아 도킨, 문학관, 1990.

『여자는 왜 여자답게 말해야 하는가』 로빈 레이콥, 고려원, 1991.

『여자들의 꿈』 루시 구디슨, 또하나의 문화, 1997.

『여자란 무엇인가』 바이올러 클라인, 태광문화사, 1988.

『열린 세대 자신있는 여성』 로즈마리 아고니토, 평민사, 1995.

『우리 속에 숨어 있는 힘』 미리암 그리스팬, 또하나의 문화, 1995.

『우리 속에 있는 여신들』 진 시노다 볼린, 또하나의 문화, 1992.

『유혹에 대하여』 장 보드리야르, 백의, 1996.

『육체의 문화사』 스티븐 퀸, 의암, 1996.

『육체의 언어학』　낸시 M. 헨리, 일월서각, 1990.

『이미지와 현실 사이의 여성들』　수잔나 D. 월터스, 또하나의 문화, 1999.

『20대의 여성이 알아두어야 할 일』　시모주 아키코, 태학당, 1995.

『20대의 여성철학』　시모주 아키코, 태학당, 1995.

『21세기는 여성이 리드한다』　이나게 노리코, 글사랑, 2000.

『이제 여성도 말하기 시작한다』　안니 르끌렉, 열음사, 1990.

『자기만의 방』　버지니아 울프, 예운, 1990.

『자유주의 여성해방론의 급진적 미래』　질라 R. 아이젠시타인, 이화여자
　　대학교출판부, 1988.

『젊은 여성을 위한 심리동화』　알랜 B. 치넨, 황금가지, 1998.

『재생산의 비밀』　레오뽈디나 포르투나띠, 박종철출판사, 1997.

『제2의 성』　시몬느 드 보봐르, 을유문화사, 1994.

『중국여성사회사』　안변성웅, 일월서각, 1992.

『지배로부터의 자유 — 여성철학의 새로운 시각』　캐롤 굴드, 한국여성
　　개발원, 1987.

『지적 악녀』　소지진이자, 서림문화, 1988.

『집안의 남자』　울라 한, 청하, 1995.

『크리스테바 읽기』　켈리 올리버, 시와 반시, 1997.

『페미니스트 문학비평』　K.K.루트벤, 문학과 비평사, 1989.

『페미니스트 시학』　헬레나 미키, 고려원, 1992.

『페미니즘』　리우스, 오월, 1991.

『페미니즘과 문학』　김열규 외 편역, 문예출판사, 1988.

『페미니즘과 언어이론』　데보라 카메론, 한국문화사, 1995.

『페미니즘과 종교』　리타 M. 그로스, 청년사, 1999.

『페미니즘과 포스트모더니즘과의 만남』　이창순·정진성 편역, 한울,

1997.

『페미니즘 — 무엇이 세계를 움직이는가』 수잔 앨리스 왓킨스, 이두, 1997.

『페미니즘 무엇이 문제인가』 캐롤린 라마자노글루, 문예출판사, 1997.

『페미니즘 사상』 로즈마리 통, 한신문화사, 1995.

『페미니즘 사전』 리사 터틀, 동문선, 1999.

『페미니즘 시각에서 본 가족』 배리 쏘온 외, 한울아카데미, 1991.

『페미니즘 이론』 조세핀 도노반, 문예출판사, 1993.

『페미니즘 이론 사전』 메기 험, 삼신각, 1995.

『포스트구조주의와 페미니즘 비평』 크리스 위든, 한신문화사, 1994.

『푸코와 페미니즘』 C. 라마자노, 동문선.

『행동하는 페미니즘』 이소영 편역, 지구문화사, 1998.

『현대사회의 성·사랑·에로티시즘』 앤소니 기든스, 새물결, 1996.

『현대여성해방사상』 헤스터 아이젠슈타인, 이화여자대학교출판부, 1989.

『현대중국의 여성』 마저리 울프, 한울, 1996.

『혼인의 기원』 J. F. 맥리넌, 나남출판, 1996.

현대소설의 여성성과 근대성 연구

2000년 4월 25일 인쇄
2000년 4월 30일 발행

저 자 김해옥 외 6인
펴낸이 박 현 숙

110-290 서울시 종로구 인사동 153-3 금좌B/D 305호
T : 723-9798, 722-3019 F : 722-9932

펴낸곳 도서출판 깊 은 샘

등록번호/제2-69호 등록년월일/1980년 2월 6일

ISBN 89-7416-094-3
※저작권자와 협의에 의해 인지를 생략합니다.
※잘못된 책은 바꿔드립니다.
값 15,000원